KB082675

상도

상도 1

1판   1쇄 발행 | 2000년 11월   1일
1판 117쇄 발행 | 2009년   6월 24일
2판   6쇄 발행 | 2013년   2월 14일
3판   3쇄 발행 | 2015년 10월 10일
4판   1쇄 발행 | 2020년 11월 22일

지은이 | 최인호
펴낸이 | 정태욱
책임편집 | 강은영
디자인 | 신유민, 안승철
펴낸곳 | 여백출판사

등 록 | 2019년 11월 25일 제 2019-000265호
주 소 | 서울시 성동구 한림말길 53, 4층 [04735]
전 화 | 02-798-2368
팩 스 | 02-6442-2296
E-mail | yeobaek19@naver.com

ⓒ 최인호 2009. Printed in Korea
ISBN 979-11-90946-00-1 04810
ISBN 979-11-968880-8-4 (전3권)

· 책값은 뒤표지에 있습니다.
· 잘못된 책은 바꿔 드립니다.
· 이 책의 판권은 지은이와 여백출판사에 있고,
· 양측의 서면 동의 없는 무단 전재 및 복제를 금합니다.

상도

최인호 장편소설

❶ 천하제일상(天下第一商)

여백

개정판을 내면서

　《상도(商道)》를 처음으로 펴낸 것이 2000년 깊은 가을이었으니 어느덧 십 년째를 맞는다. 지금까지 3백 50만 부 정도 판매되었으므로 상도는 내가 쓴 작품 중 독자들이 가장 많이 찾은 소설이다. 그러나 줄곧 마음속으로는 뭔가 미진한 느낌을 갖고 있었다. 책을 펴낼 때 내가 직접 교정을 보고 두 번 정도 대폭 수정도 하고 거의 한 권 정도의 분량을 삭제하기도 하였으나 작가의 눈으로는 보이지 않는 상당량의 정리되지 않은 부분이 남아 있을 것이라는 예감 때문이었다. 그러나 워낙 바쁘고 여유가 없었는데 지난 봄 어쩔 수 없는 투병으로 시간이 남자 이번 기회에 작심하고 한 달가량 출판사에 출근하며 교정을 보았다.

　십 년 만에 작품을 보니 신문의 연재소설이었으므로 어쩔 수 없이 반복하고 중언부언하는 문장들이 눈에 들어오고, 거슬리는 상투어 같은 것이 마치 안경을 새로 맞춘 듯 선명하게 눈에 띄었다.

결국 천 매 정도 더 털어 내고 문장도 다듬어 다섯 권짜리 대하소설을 세 권짜리 장편소설로 탈바꿈하는 데 성공할 수 있었다.

　이번 개정판이야말로 작가인 내가 봐도 깔끔하고 깨끗하게 정리된 느낌이다. 때 묻고 더러워 지저분하였던 내 아이를 목욕시키고 고운 때때옷 입혀 마치 첫돌 잔칫상에 앉힌 기분이다. 새로 낳은 내 늦둥이 새끼를 예뻐해 주시기를 바란다.

2009년 깊은 가을
최인호

소설 《상도(常道)》는 오래전부터 갖고 있던 소재였다.

내가 이 소설을 처음으로 구상하기 시작한 것은 수많은 기업인들을 만났을 때 우리나라에는 본받을 만한 역사적인 상인이 없다는 자조적인 탄식을 듣기 시작하였을 때부터였다. 역사적으로도 '사농공상(士農工商)'이라 하여 상업을 가장 낮은 가치로 인식해왔던 우리 민족은 이처럼 이윤을 추구하는 상업을 '가장 떳떳지 못한 천한 일'이라고 생각해왔던 것이다.

그러나 나는 그렇게 생각지 않고 있었다.

이데올로기도 사라지고 국경도 사라진 21세기, 밀레니엄의 새로운 미래가 열리는 바로 지금이야말로 경제의 세기이며 이에 따른 경제에 대한 신철학이 생겨나야 한다고 생각하고 있었던 것이다.

'경제의 신철학(新哲學).'

그것이 내가 쓰는 상도의 주제였다.

2백여 년 전에 실재하였던 의주 상인 임상옥(林尙沃)'. 우리나라가 낳은 최대의 무역왕이자 거상이었던 임상옥의 발견은 우리나라에도 상업에 도(道)를 이룬 성인(聖人)이 있다는 자부심을 느끼게 하였으며, 그렇다면 오늘을 사는 기업인들에게도 자랑할 만한 사표(師表)로서 임상옥을 부각시키는 것이 올바른 도리라고 생각했던 것이다.

임상옥은 죽기 직전 자신의 재산을 모두 사회에 환원하였고, 財上平如水 人中直似衡'이란 유언을 남긴 최고의 거상이었다.

재물은 평등하기가 물과 같고, 사람은 바르기가 저울과 같다' 라는 그의 유언은, 평등하여 물과 같은 재물을 독점하려는 어리석은 재산가는 반드시 그 재물에 의해서 비극을 맞을 것이며, 저울과 같이 바르고 정직하지 못한 재산가는 언젠가는 반드시 그 재물에 의해서 파멸을 맞을 것이라는 교훈을 우리에게 주고 있는 것이다. 지금까지 우리나라의 경제는 정경유착, 부정부패, 매점매석과 같은 사도(邪道)에 의해서 발전되어 왔었다.

그러나 이제는 우리의 상업도 공자가 말하였듯 이(利)' 보다는 의(義)' 를 추구하는 올바른 길, 즉 정도(正道)를 통해 바르기가 저울과 같은 상도(商道)로 나아가 기업가들도 상업의 길(商業之道)' 을 통해 부처를 이룰 수 있으며, 또 그럴 때가 되었다고 나는 믿고 있는 것이다.

   또한 이 소설에 등장하는 또 다른 주인공들, 홍경래와 김정희 같은 역사적 인물들은 우리에게 어떠한 삶의 방식이 올바른 것인가를 선험적으로 드러내 보이고 있다.

   그러나 임상옥에게 석숭 스님이 내려주었던 죽을 사(死)'와 솥 정(鼎)'과 계영배(戒盈杯)'의 세 활구(活句)야말로 오늘을 사는 우리들이 반드시 간직해야 할 화두라고 나는 생각하고 있는 것이다.

   어쨌든 하나의 소설이 끝나면 그와 함께 살았던 인생도 세월도 모두 함께 사라져버린다. 마치 가을이 되면 무성했던 나뭇잎들도 떨어져 바람에 구르고 땅 위를 덮어 사라져버리는 것처럼.

   부처는 금강경(金剛經)에서 "과거의 마음도 얻을 수 없고, 현재의 마음도 얻을 수 없고, 미래의 마음도 얻을 수 없다"고 하였으니 이 소설이 태어나기까지의 3년의 세월도 없고, 삼제(三際)의 마음도 얻을 수 없는 것이 분명한데, 그렇다면 이 소설은 어데서 나온 일물(一物)인가. 묻노니, 이 일물은 도대체 누가 만든 일물인가. 도무지 알 수가 없구나.

   가가가가(呵呵呵呵).

                              2000년 깊은 가을 해인당에서

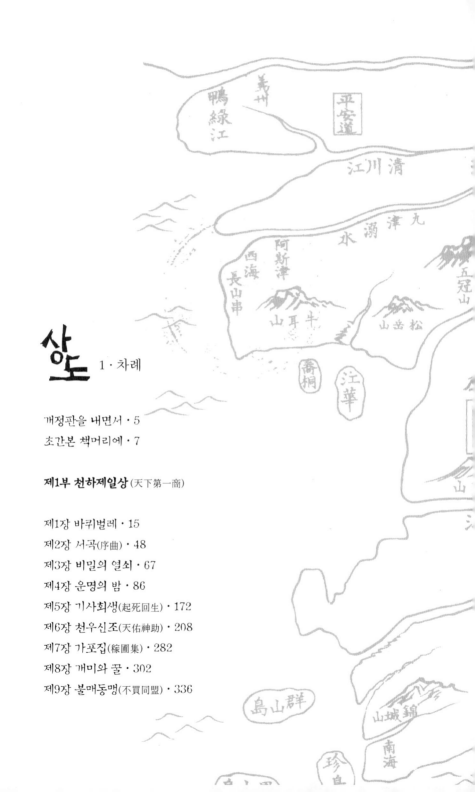

상도 1·차례

제1부
천하제일상

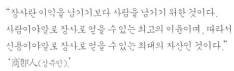

"장사란 이익을 남기기보다 사람을 남기기 위한 것이다.
사람이야말로 장사로 얻을 수 있는 최고의 이윤이며, 따라서
신용이야말로 장사로 얻을 수 있는 최대의 자산인 것이다."
'商卽人(상즉인).'
'장사는 곧 사람이며 사람이 곧 장사'라는 상도에 있어서의
제1조는 임상옥이 평생을 통해 지켜나간 금과옥조였다.

제1장 바퀴벌레

1

내가 김기섭(金起燮) 회장의 돌발적인 사고 소식을 들은 것은 1999년 12월 말이었다.

해마다 연말이면 묵은해를 보내는 각종 행사들과 그에 따른 술자리, 연회 등으로 바쁘고, 새해를 맞는 설렘으로 몸과 마음이 분주하기 마련인데 1999년의 연말은 다른 해보다도 한층 더 바쁜 나날이었다.

며칠만 지나면 마침내 서기 2000년으로 접어들어 신세기(新世紀)가 열리기 때문이었다. 인간의 역사 속에서 천년 동안 우리의 일상을 지배해왔던 서기 1000년의 숫자가 마침내 '2'의 숫자로 바뀌는 그 순간이 다가오고 있었다.

그리스도교의 일부에서는 1999년을 세기말적인 현상이 두드러지게 나타나는 해라고 하여 어쩌면 인류의 멸망이 이해의 한순간에

다가올지도 모른다고 일년 동안 줄곧 경고해왔었다.

그러나 새로운 세기, 새로운 2000년의 세기가 다가오고 있다는 막연한 희망 같은 것으로 모든 사람이, 모든 사회와 모든 국가가, 지구촌 전체가 흥분으로 끓어오르고 있었다.

1999년의 성탄절은 각별한 의미를 갖고 있었다.

아내와 나는 밤 열두 시에 열리는 자정미사에 참석했었다. 교황은 다가오는 2000년의 신세기에는 전지구와 전인류에게 평화가 있기를 바란다는 성탄절 메시지를 내렸으며, 지구촌에서 유일한 분단국인 한국이 2000년대에는 반드시 통일된 국가를 이루기 바란다는 전언(傳言)을 한국 교회로 보내왔다.

아내와 나는 미사가 끝난 후 성당 마당에 만들어진 대형 크리스마스트리 곁에 누운 아기예수의 모습을 보았다.

그리스도교를 믿는 사람이건, 믿지 않는 사람이건 인류의 역사 속에 아기예수가 태어난 것이 오늘로 1999년째가 되었다.

그리고 이제 얼마 안 있으면 예수가 태어난 지 2000년이 되는 새로운 시대가 시작되는 것이다.

미사가 끝나고 밤 두 시가 다 되어 집으로 돌아왔을 때 아내는 습관적으로 TV를 틀었다.

TV에서는 KBS교향악단의 연주가 방송되고 있었다. 베토벤의 심포니 제9번, 합창교향곡이었다. 교향곡은 절정에 이르러 웅장한 합창곡이 터져 흐르고 있었다.

"찬양하라 노래하라 창조자의 영광을.

뻗어나는 새싹들은 쉬지 않고 자란다.

봄비 내려 새싹 나는 나무들을 보아라…"

갑자기 합창곡의 절정에서 음악이 멈췄다. 방송사고인가 하고 본능적으로 화면을 보았다. 대형 무대의 오케스트라를 비추던 TV 화면이 갑자기 스튜디오로 장면이 바뀌었다.

"뉴스 속보를 말씀드리겠습니다."

성급히 나온 듯 아나운서는 넥타이를 고쳐 매면서 말을 시작하였다. 나는 외출복을 벗다 말고 TV 앞으로 다가갔다.

"방금 들어온 뉴스 속보를 말씀드리겠습니다."

아나운서는 같은 말을 두 번씩 되풀이한 다음 황급히 쓴 것 같은 원고를 읽기 시작했다.

"기평그룹의 총수 김기섭 회장이 교통사고로 별세했습니다. 독일의 비스바덴 고속도로 위에서 사고가 났다고 합니다."

나는 소파 위에 털썩 주저앉았다.

아니 도대체 무슨 소리인가.

"…김기섭 회장은 21세기를 겨냥하여 기평그룹에서 총력을 기울여 만든 신차(新車)를 직접 몰고 독일의 고속도로 위에서 시운전하다 비스바덴 근처의 고속도로에서 사고를 일으켜 별세했다고 합니다…."

나는 믿을 수가 없었다. 그러나 TV 화면에는 김기섭 회장의 사진이 고정되어 떠오르기 시작했다. 틀림없는 그의 얼굴이었다.

"다시 한번 말씀드리겠습니다."

아나운서는 짧은 뉴스의 내용을 되풀이해서 읽기 시작했다.

"방금 들어온 뉴스 속보를 말씀드리겠습니다."

낡은 흑백사진의 얼굴 위로 아나운서의 목소리가 겹쳐 들리기 시작했다.

"기평그룹의 총수 김기섭 회장이 교통사고로 별세했습니다. 독일의 비스바덴 고속도로 위에서 사고가 났다고 합니다…."

나는 둔기로 머리를 얻어맞은 것 같은 충격을 느꼈다.

"…자세한 뉴스는 아침 여섯 시 첫 뉴스 시간에 속보가 들어오는 대로 말씀드리겠습니다."

불과 일이 분쯤 지났을까.

짧은 뉴스 시간이 끝나자마자 다시 멈췄던 베토벤의 합창곡이 화면을 가득 채우며 터져 흐르기 시작하였다. 이 우주만물을 창조한 하느님의 영광을 노래한 쉴러의 시에 곡을 붙인 베토벤의 웅대한 합창소리는 한 인간의 죽음 따위는 강물을 흐르는 물거품에 불과하다는 듯 순식간에 뒤덮어버렸다.

그가 죽었다.

나는 외출복을 갈아입는 것을 잊은 채 망연하게 넋을 잃고 앉아 있었다.

김기섭 회장이 독일의 고속도로 위에서 교통사고로 죽고야 말았다. 독일의 독재자 히틀러가 그 기초를 닦았다는 고속도로, 제한속도 없이 달리고 싶은 대로 얼마든지 달릴 수 있는 아우토반. 일년에 한 번이나 두 번은 반드시 직접 스포츠카를 몰고 독일의 고속도로에서 아무도 태우지 않고 혼자서 시속 2백 킬로미터 이상으로 달리는 스피드광. 그가 결국 독일의 고속도로에서 직접 차를 몰고 운전하다가 사고를 내어 죽고 말았다.

1999년이 저물어가는 이날 밤에, 모여서 술을 마시고 노래를 하는 이 즐거운 성탄절날 밤에, 대기업의 총수가 마치 어머니의 꾸중을 듣고 화가 나서 집을 뛰쳐나와 가출한 소년처럼 차를 몰고 가다가 그대로 죽어버리고 말았다. 신세기가 열리는 그 성탄절 전야(前夜)에 김기섭 회장은 시대에 반항하듯, 지구에 넘쳐나는 축제 분위기에 저항하듯 21세기를 겨냥해서 만든 신차를 타고 혼자서 독일의 고속도로 위에서 차를 몰고 가다가 알 수 없는 사고를 일으켜 죽어 버리고 만 것이다.

차에 미친 사람.

사람들은 김기섭 회장을 그렇게 부르곤 했었다.

그러나 본인은 남들이 그렇게 자신을 불러주는 것을 좋아하지 않았다. 딱 한 번 그는 내게 고백한 적이 있었다.

"이것은 당신에게만 고백하는 말이오. 난 그 누구에게도 말한 적이 없어. 난 내가 차에 미친 사람이라고는 생각지 않아. 어떤 사람은 나를 스피드광이라고 하지만 내가 미친 것은 차가 아니야."

"그럼 무엇에 미치셨습니까."

내가 묻자 김 회장은 정색을 하고 대답했다.

"내가 미친 것은 바퀴(輪)야. 나는 어릴 때부터 바퀴가 좋았어. 바퀴는 그 어떤 무거운 물건도 쉽게 운반시켜 주지. 바퀴는 사물을 이동시켜 줄 뿐 아니라 빨리 굴리면 속도가 나거든. 바퀴는 또 둥글고 모난 데가 없어. 난 그래서 바퀴가 좋아. 그래서 말인데, 사람들이 나를 차에 미친 사람이라고 부르는 것은 알맞은 별명일 수가 없거든."

"그럼 남들이 뭐라고 부르면 좋겠습니까."

내 질문에 그는 싱긋이 웃으면서 대답했다.

"바퀴벌레."

김 회장의 입에서 흘러나온, 남들이 불러주었으면 하고 바라던 별명. 물론 그의 설명대로 차에 미친 것이 아니라 바퀴에 미친 것이라 해서 스스로 붙인 자신의 별명, 바퀴벌레.

"사람들은 바퀴벌레를 싫어하고 징그러워하지. 그런데 말이야, 어떤 음식점에서는 바퀴벌레를 돈벌레라고 해서 봐도 잡지 않고 그

대로 키우기도 한단 말이야. 또 바퀴벌레는 어두운 곳을 좋아하고
밝은 곳을 싫어하거든. 중국 사람들은 바퀴벌레를 '향낭자(香娘
子)'라고 부르지. 향기로운 냄새가 나는 아름다운 여인이라는 뜻이
지."

"그래서 사람들과 어울리는 것을 싫어하십니까. 바퀴벌레처럼
나타나지 않고 어두운 곳에서 숨기를 좋아하십니까."

김 회장의 대인기피증은 정평이 나 있었다. 그는 매스컴의 집요한
요청에도 불구하고 인터뷰는 물론 사진을 찍히는 경우도 드물었다.

"그런가. 그렇군. 허허허허."

크게 파안대소를 하면서 그는 무릎을 쳤다. 뭔가 마음에 들면 그
는 크게 웃으며 손으로 무엇인가를 치는 버릇이 있었다. 책상이 있
으면 책상을 치고 탁자가 있으면 탁자를 치고 아무것도 없으면 무
릎이라도 쳤다. 크게 웃으면 치는 힘도 강해지는데, 그래서 번번이
탁자 위의 물이 쏟아지곤 했다.

바퀴벌레 김기섭 회장이 성탄절 전야에 독일의 고속도로 위에서
혼자서 차를 몰고 가다가 죽어버린 것이다.

도대체 무슨 사고였을까.

밤 두 시는 뉴스의 사각지대로, 이리저리 채널을 바꿔보았지만
성탄절 특집만 방송하고 있을 뿐이었다.

좀더 상세한 사건의 전말을 알기 위해서는 아나운서의 말처럼 여
섯 시 첫 뉴스 방송시간까지 기다리거나, 아니면 조간신문이 올 때
까지 기다릴 수밖에 없을 것이다.

잠옷으로 갈아입었지만 도저히 잠이 오지 않을 것 같아 나는 한
잔 가득 위스키를 따라 얼음을 채워 들고 베란다로 나가보았다.

깊은 밤중이었는데도 아파트의 많은 방들은 불이 환히 켜져 있

었다.

　나는 위스키를 마시면서 베란다와 거실을 서성이었다.

　거실의 장식장 위에 놓인 벽돌 한 장이 눈에 띄었다. 나는 다가가서 그 벽돌을 들어보았다.

　Freiheit.

　벽돌 위에는 붉은 글씨로 그렇게 씌어 있었다.

　프라이하이트. 독일어로 자유를 뜻하는 말이다. 처음 그 벽돌을 발견했을 때 그 붉은 글씨가 페인트가 아닌 붉은 피로 썬 글씨가 아닐까 하는 느낌을 받았었다. 그만큼 그 붉은 글씨는 선혈처럼 섬뜩한 느낌을 주었다.

　나는 그 벽돌을 무너진 베를린 장벽의 잔해더미에서 주웠다. 그때가 1989년 11월 9일. 지금으로부터 10년 전의 일이었다.

　나는 제2차 세계대전이 끝난 후 동서냉전시대의 상징이었던 베를린 장벽이 무너지는 그 역사적 현장을 취재하기 위해 방송국 팀과 함께 독일에 머무르고 있었다. 김기섭 회장을 처음으로 만난 것은 바로 그 무렵의 독일에서였다.

　베를린에서 광란과 같은 축제를 취재한 우리 촬영팀은 일단 프랑크푸르트로 철수하였다. 그 전날 밤, 나는 우연히 브란덴부르크문 옆 장벽의 잔해더미에서 붉은 벽돌 한 장을 발견했었다. 그 벽돌 위에는 누가 썼는지는 모르지만 Freiheit' 라는 글씨가 낙서되어 있었다.

　그 글씨를 본 순간 자유를 찾기 위해 수많은 사람들이 이 벽돌로 이루어진 장벽을 넘다가 피를 흘리며 죽어갔음을 떠올렸다. 이 벽돌 한 장은 자유를 위해 죽어간 이름 없는 사람들의 묘비명인 것이다.

　지금은 다만 하나의 돌멩이에 불과하지만 언젠가 이 벽돌 한 장은 미치광이 히틀러와 공산주의 냉전체제의 갈등과 스탈린 등 20세기의 역사를 증언하는 기념비로 남게 될 것이다.

나는 10년 전 독일의 베를린에서 주운 그 벽돌을 다시 제자리에 놓았다.

이제 일주일 뒤면 20세기는 종말을 고한다.

베를린 장벽이 무너지고 아편전쟁으로 인해 영국의 식민지가 되었던 홍콩도 이미 2년 전, 1997년 7월 1일자로 중국으로 다시 귀속되었다. 그 숨가쁜 20세기의 역사는 이처럼 붉은 벽돌 한 장만을 남기고 종말을 고하고 있는 것이다. 그 막바지의 절정에서 김 회장은 독일의 아우토반 위에서 목숨을 잃었다.

내가 김기섭 회장을 처음으로 만난 것은 프랑크푸르트에서였다. 그때 독일을 운항하는 항공 직항로가 프랑크푸르트밖에 없었기 때문에 우리는 독일에서의 모든 촬영을 마치고 프랑크푸르트로 되돌아왔다.

그날 저녁, 나는 호텔 방에서 모르는 사람으로부터 전화를 받았다.

그는 대뜸 전화를 받는 사람이 정상진(鄭相鎭) 선생님이냐고 물어왔다.

나는 그렇다고 대답했다.

상대방은 다시 그렇다면 소설을 쓰는 정 선생님이 맞느냐고 물어왔다.

내가 다시 그렇다고 대답하자, 상대방은 곧 호텔로 찾아뵐 테니 로비에서 잠깐만 만나주셨으면 좋겠다고 제의를 해왔다. 낯선 도시에서 모르는 사람으로부터 만나자는 제의가 썩 기분 내키는 것은 아니었지만 전화를 해온 말투와 태도가 무척 예의바르고 정중하였으므로 굳이 마다할 이유가 없었다.

로비로 내려갔을 때 이미 로비에 한 사람이 앉아 있었다.

나를 보자 의자에 앉아 있던 그 사람은 자리에서 벌떡 일어섰다.

"정 선생님 맞으시죠."

내가 그렇다고 대답하자 그는 지갑에서 명함을 꺼내 내밀었다. 명함은 한쪽에는 독일어로, 뒷면에는 한국어로 되어 있는 주로 현지 주재원들이 사용하는 다목적용이었다.

'기평그룹 프랑크푸르트 지사장 한기철'

명함에는 그렇게 인쇄되어 있었다.

"전 명함이 없습니다."

명함을 받았지만 따로 내어줄 명함이 없었으므로 겸연쩍게 대답하자 그는 손을 내저으며 말을 이었다.

"정 선생님 같은 분이 무슨 명함이 필요하시겠습니까. 명함 같은 것은 저희와 같은 장사꾼들이나 필요한 겁니다. 정 선생님의 존함은 글을 통해 익히 알고 있습니다. 이렇게 뵙는 것은 처음인데요. 독일에는 무슨 일로 오셨는지요."

사내에게서는 외국 주재원 냄새가 풍겨나고 있었다. 빈틈없는 태도에 말쑥한 옷차림으로 비즈니스맨이라기보다는 무슨 정보원 같은 느낌을 주고 있었다.

"독일의 통일을 취재하기 위해서 왔습니다. 방금 베를린에서 오는 길입니다. 베를린 장벽의 붕괴를 취재하고 돌아가는 길입니다."

"언제 돌아가실 예정이신데요."

그는 습관적인 듯 수첩과 볼펜을 챙겨들고 있었다.

"내일 오후 비행기로 떠납니다."

"일행이 있으십니까."

"방송국 직원 다섯 명입니다. 프로듀서, 촬영감독과 같은 스태프들과 저까지 합하면 여섯 명이 됩니다."

"일정이 괜찮으시다면."

사내는 내가 하는 말을 수첩 위에 메모하다 말고 말을 잘랐다.

"며칠 더 이곳에서 머무르실 수 없으시겠습니까."

"글쎄요."

나는 좀 난처했다.

"함께 왔으니 함께 떠나야죠. 또 돌아가서 할 일도 있구요."

사실 내겐 할 일이 남아 있었다.

이번 특별기획 취재에 리포터로 참석하였을 뿐 아니라 3부작 다큐멘터리에 처음부터 끝까지 내레이션을 작가인 내가 직접 쓰도록 계약되어 있었기 때문이었다. 연말 특집방송이어서 약 한 달 정도 남아 있었지만 촬영한 필름을 편집하고 내레이션을 녹음하려면 빠듯한 스케줄이었다.

할 일이 많이 남아 있어 일행들과 함께 돌아가야 한다는 내 말을 듣자 그는 난처한 표정으로 수첩을 덮었다.

"정 선생님만 남아주십시오. 물론 여행경비와 체재비 등은 저희들이 모두 전담하겠습니다. 돌아가실 때까지 모든 편의는 저희들이 제공하겠습니다."

"도대체."

나는 이해가 가지 않았다.

"제게 무슨 용건이 있으시죠."

"정 선생님을 만나고 싶어하는 분이 계십니다."

그는 갑자기 긴장된 표정으로 대답했다.

"저를 만나고 싶어하는 사람이 있다구요, 어디에서요."

"독일에서입니다. 바로 프랑크푸르트에서입니다."

"그분이 누구신데요."

"솔직히 말씀드리면."

그는 사무적인 어조로 말을 이었다.

"저희 그룹의 회장님이십니다."

나는 당황스런 느낌이 들었다. 좀 전에 그가 주었던 명함을 다시 한번 들여다보았다. 나는 글을 쓰는 작가로 무슨 기업이나 사업에는 전혀 문외한이었다.

"회장님이 정 선생님을 만나고 싶어하십니다. 제가 정 선생님을 찾아뵙는 것도 회장님의 명령입니다. 회장님의 명령을 받고 저희 지사에서는 시내의 모든 호텔을 뒤졌습니다. 그러다가 마침내 이 호텔에 묵고 계시다는 사실을 확인하게 됐던 것입니다."

"잠깐."

나는 무슨 미스터리에 빠진 느낌이었다.

"한 가지 묻겠는데요. 그렇다면 회장님은 어떻게 제가 이 프랑크푸르트에 있다는 사실을 알고 계신 것일까요."

"그건 솔직히 말씀드려서 잘 모르겠습니다. 오늘 오후에 K-2의 수행비서로부터 연락을 받았습니다. 프랑크푸르트의 모든 호텔을 뒤져서 소설가 정상진 씨의 숙소를 확인해서 보고하라는 내용이었습니다."

"K-2의 수행비서라니요."

"K-2는 저희 회장님의 암호명입니다. 저희들은 회장님을 K-2라고 부르고 있습니다."

"그렇다면 K-2가 도대체 누구십니까."

"김기섭 회장님이십니다."

경제에는 전혀 백지인 나였지만 김기섭이라는 이름은 충분히 알고 있었다. 그제야 나는 기평그룹이 어떤 회사인가 하는 초보적인 상식을 떠올릴 수가 있었다. 기평그룹은 한때 많은 계열회사를 거느린 재벌기업이었지만 90년대 초부터는 일체 자동차에 관련된 사업만 일관되게 추진한 외곬 기업이었다. 기평그룹의 그러한 독특한 성격은 그룹을 창업한 김기섭이라는 인물에서 비롯되는데 사람들은 그를 '자동차에 미친 사람'이라고 부르곤 했다.

나는 그에 대한 수많은 소문을 이미 듣고 있었다.

매스컴을 기피하여 한국판 하워드 휴즈로 불리고 있다는 사실을. 미국의 석유왕이자 항공산업의 개척자였던 하워드 휴즈는 말년에 저택에만 은거하고 자신의 모습을 전혀 드러내지 않았다. 세균 노이로제에 걸려 사람들과 악수할 때도 전신을 소독하게 하였으며, 홀로 있을 때도 세균을 모두 죽인 보호막 속에서 숨어 살다가 비참한 생애를 마쳤었다.

김기섭 회장은 이 세균 노이로제에 걸린 하워드 휴즈처럼 매스컴을 극도로 기피하여 많은 사람들은 그를 신비한 사람으로 여기고 있었다. 그의 사생활에 대해서도 알려진 것은 거의 없었다. 재벌의 총수로서 공식적인 모임에도 참석하지 않았다. 그러한 수수께끼의 인물이 자신의 사업과는 전혀 무관한 나를 왜 만나고 싶어하는 것일까.

나는 그에게 그 이유를 물었다.

"그건 저희도 모릅니다. 다만 분명한 것은 정 선생님이 K-2가 만나고 싶어하는 유일한 사람이라는 것입니다. 제가 알고 있는 것은 그것뿐입니다."

"좋습니다. 하룻밤만 더 생각해보고 내일 아침에 결정을 내리겠습니다. 일행들과 의논을 해봐야 하니까요."

우리는 일단 헤어졌다.

나는 다시 내 방으로 돌아왔다. 뜨거운 물로 샤워를 하고 TV를 켰다. 국영방송에서는 내가 방금 취재를 마치고 돌아온 베를린 장벽에서 세기의 첼리스트 로스트로포비치의 무반주 첼로 조곡이 생중계되고 있었다.

첼로의 거장 로스트로포비치는 휘황한 조명에 비치고 있는 한밤의 베를린 장벽 잔해더미 속에서 홀로 연주하고 있었다. 수많은 사람들이 모여서 전쟁과 살인, 광기와 이데올로기가 무너진, 새로운 평화를 기원하는 첼로 연주에 귀를 기울이고 있었다. 어떤 소녀는 자유를 찾기 위해서 장벽을 넘다가 죽어간 많은 사람들의 넋을 달래기 위해 울면서 헌화하고 있었다.

다음날 아침, 약속대로 한기철 지사장으로부터 전화가 걸려왔다. 나는 그의 제안을 받아들여 프랑크푸르트에 남겠다고 대답을 했다.

그는 오전 열한 시쯤 차를 갖고 호텔로 찾아오겠다고 했다. 아침 일찍 방송국 직원들이 비행기를 타기 위해서 공항으로 떠나자 나는 곧바로 짐을 싸들고 호텔 로비로 내려왔다.

열한 시 정각에 한기철은 나를 픽업하기 위해서 찾아왔다. 이렇게 해서 수수께끼의 인물, 자신의 표현대로 바퀴에 미친 '바퀴벌레' 김기섭 회장과의 첫 만남이 시작된 것이었다.

나는 잔에 가득 들어 있던 위스키를 다 마셨다. 한 잔 더 따라 들고 거실의 불을 켰다. 레코드들 속에서 로스트로포비치가 연주한 바흐의 판을 뽑아들고 턴테이블 위에 올려놓았다.

10년 전 독일을 떠날 때 공항에서 샀던 판이었다.

파리에 살고 있던 세기적인 거장 로스트로포비치는 자신의 전용

비행기를 타고 세 시간씩이나 걸려 베를린으로 날아왔다. 그는 분단의 상징 브란덴부르크 성문 옆 장벽 아래 의자 하나만을 갖다 놓은 자리에서 모인 관중들에게 이렇게 말했었다.

"텔레비전 방송을 보면서 나는 눈물을 흘렸습니다."

장벽을 때려부수던 관중들이 행동을 멈추고 침묵하였다. 로스트로포비치는 다시 이렇게 말을 이었다.

"나는 이 역사적인 장벽 앞에서 자유를 찾기 위해 생명을 잃어버린 모든 사람들을 회상하며 그들의 넋을 달래기 위해 이 연주를 합니다."

그가 연주했던 곡은 바흐의 선율. 사라반드 C장조. 그리고 나서 프랑스의 농민무곡 부레를 연주했다. 11월의 밤은 쌀쌀해서 외투를 걸치고 있던 그는 연주를 끝내고 나서 독일의 독한 술 슈납스 한잔을 마시고 싶다면서 그 자리를 떴다.

스피커에서는 그날 밤 베를린 장벽 아래서 연주했던 로스트로포비치의 바로 그 음악, 바흐의 사라반드가 흘러나오고 있었다.

내 귓가에는 김 회장이 내게 했던 질문의 내용이 떠올랐다.

"도대체 무엇을 보기 위해 베를린에 왔습니까."

그것이 내게 던진 김기섭 회장의 첫 질문이었다.

"베를린에서 무엇을 보셨습니까. 무엇을 느꼈습니까."

나는 당황했었다. 그때 나는 짐 속에서 베를린 장벽의 잔해더미에서 내가 주웠던 그 벽돌 한 장을 보여줬던 것으로 기억된다.

그는 벽돌 위에 낙서된 붉은 빛깔의 'Freiheit'란 글씨를 물끄러미 바라보았다. 그는 웃으면서 말했다.

"이것을 줍기 위해서 베를린에 왔습니까."

나는 기분이 나빴다. 초면에 그는 나를 무시하고 있는 것일까.

"이것은 그저 하나의 돌멩이에 지나지 않습니다. 이것을 줍기 위해서 베를린에 오신 것이라면 나 같으면 당장에 창문 밖으로 던져버리겠소."

그는 10층의 호텔 창문 밖으로 당장이라도 벽돌을 던져버릴 듯한 행동을 취하면서 유쾌하게 큰소리로 웃었다. 사실 생면부지의 나에게 던진 기상천외한 첫 질문이나, 벽돌을 던져버릴 듯한 무례한 행동들은 평소 수줍음을 잘 타는 김기섭 회장으로 보면 예외적인 행동이었다.

"프라이하이트, 자유라는 낙서가 새겨진 벽돌이라 하더라도 이것은 한갓 돌멩이에 불과합니다. 정 박사(그는 달리 부를 만한 마땅한 호칭이 떠오르지 않자 나를 계속 그렇게 불렀다), 내가 정 박사를 만나고 싶었던 것은 소설가인 정 박사가 1989년 11월 9일 밤 베를린의 무너지는 장벽 아래서 도대체 무엇을 보고 무엇을 느꼈는가, 그 대답을 듣고 싶었기 때문이었소."

"제가 그 자리에 있었던 것을 어떻게 아셨습니까. 또 제가 프랑크푸르트에 온 것은 어떻게 아셨습니까."

"나도 그 자리에 정 박사와 함께 있었으니까. 베를린 장벽 아래서 촬영을 하고 있는 사람들을 보았소. 낯익은 방송국의 이름이 있어 바라보니 정 박사 일행이 촬영을 하고 있더군. 독일을 떠나려면 프랑크푸르트로 돌아올 것은 분명한 사실이니까."

그는 무릎을 치면서 웃었다.

"그럼 이번에는 제가 묻겠습니다."

나는 복수하는 심정으로 그가 내게 했던 질문을 똑같이 했다.

"그러면 회장님은 무엇을 보기 위해서 베를린에 오셨습니까."

"무엇을 보기 위해서 독일에 왔느냐구요."

김 회장은 내 질문을 되뇌었다. 그러고 나서 내 모습을 정면으로 보았다.

"내가 무엇을 보고 무엇을 느끼기 위해 독일에 왔는지. …함께 밖으로 나갑시다, 정 박사."

그가 보여준 행동은 독일의 고속도로로 나와 함께 나선 것이었다. 나중에 알게 된 것이지만 그는 해외에 출장을 오면 일년에 한 번이나 두 번씩은 반드시 독일의 아우토반에서 차를 몰았다. 이때는 옆에 비서를 앉히거나 하는 일 없이 그 누구의 도움도 받지 않고 직접 운전대를 잡고 차를 몬다는 것이었다. 시속 2백 킬로미터 이상 차를 몰아 비서진들은 일년에 한두 번 있는 이 상황을 K-2의 비상작전'이라는 특별 암호명으로 부르고 있는데, 이 한 시간 남짓의 미친 듯한 광란의 질주야말로 초비상사태라는 것이었다.

그런 의미에서 나는 K-2의 비상작전'에 함께 동승했던 유일한 사람이었다. 그의 미친 듯한 운전, 바퀴에 미친 바퀴벌레의 그 무서운 집념을 바로 한 자동차 속에서 지켜본 유일한 목격자였다.

출발한 곳은 프랑크푸르트의 외곽지대, 고속도로의 시작 지점이었는데 이미 김 회장이 탈 차가 대기하고 있었다.

차에 대해서는 전혀 문외한인 나였지만 한눈에 알아볼 수 있을 만큼 아름다운 차가 고속도로 입구에 서 있었다. 전체가 완전하게 붉고, 공기의 저항을 최대한 줄이기 위해 유선형으로 만든 스포츠카였다.

이태리의 명차로 이름은 페라리(Ferrari). 기종의 이름은 F40'이었다.

그때가 오후 세 시쯤 되었을까.

만추의 독일에서는 이미 땅거미가 어스름한 초저녁이랄 수 있었다. 차는 바퀴만 빼놓으면 전체가 붉어서 마치 적토마(赤兎馬)처럼 보였다.

　김기섭 회장이 탑승하기 전에 미리 예열(豫熱)을 시키기 위해 시동을 걸어놓고 있었으므로 차는 앞으로 뛰쳐나가려는 질주의 욕망으로 부르릉거리면서 몸을 떨고 있었다. 말갈기를 휘날리면서 주인의 명령을 좇아 산을 넘고 내를 건너, 절벽을 지나고 강을 뛰어넘으려는 흥분과 기다림으로 붉은 스포츠카, 페라리는 헤드라이트의 두 눈을 부릅뜬 채 이를 악물고 고속도로를 노려보고 있었다.

　"이 차의 이름이 뭔지 아십니까, 정 박사."

　김 회장은 손으로 윤기가 흐르는 차의 겉면을 부드럽게 쓰다듬으며 내게 물었다.

　"모릅니다. 전 차에 대해서는 전혀 백지입니다."

　"차를 운전하십니까."

　"운전은 하고 있습니다."

　"차종은 뭡니까."

　나는 미안했다. 김기섭 회장의 라이벌 회사 차를 타고 있었다. 내가 그 승용차 이름을 대자 그는 빙그레 웃으면서 말을 했다.

　"앞으로는 우리 차 타시오. 우리 차가 안전도에 있어서는 월등하니까."

　그는 붉은 스포츠카를 가리키면서 말했다.

　"이 차의 이름은 페라리요. 이 자동차를 처음으로 만든 엔초 페라리를 기념해서 그의 이름을 붙인 명차 중의 하나요. 작년엔가 내가 직접 그 할아버지를 만난 적이 있소. 이 차는 2년 전인 1987년에 엔초 할아버지가 자신의 차가 처음으로 출고된 지 40주년이 된 것을 기념해서 만든 것인데, 이 차를 만들 때 할아버지의 나이는 89세였소.”

그는 주머니에서 뭔가를 꺼내 입안에 털어넣었다. 은단인가 했더
니 그게 아니라 박하향이 나는 작은 사탕의 일종이었다. 하루에 두
갑씩 담배를 피우던 그는 담배를 끊고 그 무료함을 박하사탕으로
달래고 있었던 것이다.

“이 차는 지금 전세계에 4백 대밖에 없습니다. 이 차는 그러니까
4백 대밖에 없는 그중에서 뽑힌 ‘미스터 페라리’인 셈이지. 나머지
는 타고 나서 말을 합시다. 참, 타기 전에 미리 말해둘 것이 있는데
난 운전면허가 없거든. 생명보험도 들지 않았고. 그러니까 무서우
면 타지 말고 차에서 내리시오, 정 박사.”

나는 그의 말을 그저 단순한 농담으로 받아들였다.

우리는 차 안으로 들어가 앉았다.

차는 네 개의 문이 있는 승용차와는 달리 두 개의 문만 있는 2인
승의 쿠페였다.

“유명한 자동차 평론가가 이 차를 시승하고 나서 이렇게 말했더
군. 페라리 F40과 함께하는 드라이빙은 떠들썩한 사랑의 서사시와
같다고. 몇 번의 말다툼이 있더라도 이내 서로를 이해하고 사랑에
빠지게 된다고.”

그는 신사복의 윗도리를 벗고 넥타이를 풀었다. 그리고 안전벨트
를 매고 나서 운전대를 잡았다.

“자, 정 박사. 우리도 떠들썩한 사랑의 서사시를 읊어봅시다.”

나는 그의 얼굴을 옆에서 지켜보았다. 그리고 얼굴은 흥분과 끓
어오르는 기쁨으로 생생하게 빛나고 있었다.

“자, 출발합니다.”

김 회장은 힘차게 액셀러레이터를 밟았다. 차는 순간 박차에 채

인 말처럼 쏜살같이 앞으로 튀어나갔다. 무서운 기세로 속도를 가리키는 계기판의 바늘이 떠오르기 시작하였다.

차는 점점 더 속력을 높이고 있었다. 외곽으로 나아갈수록 도로는 왕복 8차선으로 넓어지고 있었다. 독일의 행정수도인 본으로 직통하는 메인 도로였지만 차량의 통행은 한산한 편이었다.

160km, 180km, 200km.

차는 무서운 속도로 질주해 나아갔다.

김 회장이 모는 페라리는 마치 장애물경주라도 하듯이 앞서가는 모든 차들을 따라잡았다. 속도가 높아질수록 그는 말을 끊고 무겁게 입을 닫았다. 그리고 불타는 눈으로 정면을 무섭게 노려보고 있었다.

갑자기 차의 뒤쪽에서 깜박깜박 헤드라이트의 불빛이 명멸하였다. 나는 본능적으로 고개를 돌려 뒤를 보았다.

시속 2백 킬로미터로 달려가는 페라리 바로 뒤쪽에서 차를 비켜달라는 듯 회색빛 스포츠카 한 대가 전조등을 번쩍거리고 있었다.

순간 김 회장은 무서운 속도로 달려오는 뒷차의 기세에 눌렸는지 차선을 바꿔 피해주었다. 바짝 따라오던 스포츠카는 굉음을 내면서 앞서 나갔다. 차 안에 선글라스를 쓴 젊은 남자와 연인이 앉아 있었다.

"저 차가 무슨 차인 줄 아세요."

묵묵히 차를 몰던 김 회장이 마침내 입을 열었다.

"모릅니다."

"포르셰(Porsche)요. 차종은 911 터보(Turbo). 게르만 민족의 혼이 담긴 꿈의 스포츠카라고도 하지요."

김 회장은 꿈꾸듯 중얼거려 말하였다.

"벨트를 맸습니까."

"맸습니다."

페라리는 곤두박질치면서 가속하였다. 앞서가는 포르셰를 따라 잡기 위해서 액셀러레이터를 밟기 시작했던 것이다.

"저 차는 백 미터를 불과 3.7초 만에 도달합니다. 하지만 정 박사, 저 차가 아무리 달리는 꿈의 궁전이라고 해도 페라리는 당할 수 없을걸. 이 차는 세계에서 가장 빠른 자동차 실력을 겨루는 포뮬라원(F1) 레이스에서 자그마치 105회나 우승하였소. 다른 것은 몰라도 빠르기에서 이 페라리를 당할 차는 지상에는 없소. 페라리는 살아 있는 카 레이스의 역사, 그 자체입니다."

페라리의 계기판이 올라가고 있었다. 시속 230킬로미터를 넘어서고 있었다.

페라리의 최대속도는 시속 300킬로미터를 조금 넘는 324킬로미터. 그러나 카 레이스를 위해 특별히 제작된 도로에서나 가능한 최대시속일 뿐 아무리 넓고, 아무리 시설이 잘된 독일의 고속도로라고는 해도 250킬로미터 이상의 속도는 도로 사정상 낼 수 없었다.

김 회장의 페라리는 미친 듯이 포르셰를 따라잡기 위해서 속력을 올리고 있었다.

독일의 마크 D'가 새겨진 포르셰를 탄 독일의 젊은 청년과 한국에서 온 대기업의 총수 바퀴벌레 김기섭의 생명을 건 무서운 자동차 경주가 내 눈앞에서 벌어지고 있었다.

때를 기다렸다는 듯 포르셰는 고속도로 위를 달려가는 차와 차 사이를 곡예하듯 아슬아슬하게 빠져나가고 있었고, 김 회장이 모는 페라리는 오직 포르셰 하나만을 목표로 돌진하고 있었다.

나는 와이셔츠를 팔뚝까지 걷어붙인 채 낯모르는 독일 청년과 필사의 카 레이스를 벌이는 김기섭 회장의 옆얼굴을 물끄러미 바라보았다.

이 사람은 무엇을 하고 있는 것일까.

나는 불이 붙은 것처럼 이글이글 타오르는 그의 두 눈빛을 보면서 마음속으로 생각했다.

이 사람은 도대체 무엇을 목표로 이렇게 미친 듯이 달리고 있는 것일까. 저 포르셰를 따라잡기 위해 이렇게 달리고 있는 것일까. 아니다.

나는 머리를 흔들며 부정을 했다.

이 사람의 목표는 타인이 아니다. 이 사람의 목표는 언제나 한 발자국 앞서가는 자기 자신이다. 욕망의 화신인 자기 자신을 향해서 질주하고 있는 것이다.

마침내 포르셰가 백기를 들었다. 집요하게 쫓아오는 페라리의 공세에 지친 듯 포르셰가 도로 한켠으로 물러섰다. 그 틈을 노려 페라리가 총알처럼 앞서 나갔다. 차창 너머로 선글라스를 쓴 청년이 앞질러 나가는 페라리의 운전석에 탄 김 회장을 향해 주먹을 들어 빈정대는 포즈를 취하는 모습이 눈에 들어왔다 이내 사라졌다.

생명을 건 자동차 경주에서 김 회장의 페라리가 이긴 것이다.

포르셰와의 속도 경쟁에서 승자가 된 김 회장은 목표를 상실한 듯 갑자기 차의 속도를 줄였다.

"이제 그만 돌아가기로 할까요."

그동안 줄곧 입을 다물고 있었던 김 회장은 꿈에서 깨어난 듯 입을 열어 말하였다.

차의 방향을 바꿀 수 있는 인터체인지에 이르러서 그는 비로소 미소를 띤 얼굴로 나를 쳐다보았다.

"무서우셨습니까, 정 박사."

"아닙니다."

나는 간단명료하게 대답했다. 이상하게도 그의 미친 듯한 고속주행에 일말의 불안감이나 공포감을 느끼지 않고 있었다.

이미 하늘에는 붉은 노을이 걸려 있었다.

밖이 어두워질수록 차 안의 운전석은 야간비행을 하는 비행기의 조종석처럼 눈부시게 밝아지고 있었다. 나는 차에 탔을 때부터 마음속으로 느껴왔던 궁금증을 털어놓기로 결심했다.

"왜 이렇게 무모한 드라이브를 하십니까. 이런 명차 하나를 생전에 만들어보고 싶은 욕망 때문에 이런 운전을 즐기시나요."

김 회장은 운전대를 손으로 세게 때리면서 소리를 내어 크게 웃었다.

"이 차가 명차라구요. 천만에요, 정 박사."

그는 나를 쳐다보았다.

"이 차는 한마디로 똥차요. 이 차는 여자로 말하면 한마디로 똥갈보요."

김 회장은 자기 말에 자기가 유쾌한 듯 크게 웃으면서 차의 운전대를 내리쳤다. 제 풀에 빠방빠방— 경적이 울렸다.

나는 그의 말을 믿을 수가 없었다.

그는 이 차에 대해서 입이 닳도록 예찬을 퍼붓지 않았던가.

그럼에도 대당 백만 달러의 이 고급 명차를 똥차라고 표현하다니. 지구상에서 4백 대에 불과한 이 최고의 스포츠카를 똥갈보라는 저속어로 표현하다니.

"어째서입니까."

내 질문에 그는 소리내어 웃었다.

"이 차는 마치 유명 잡지에 나오는 세계적 모델의 벌거벗은 육체에 불과하지. 그 육체는 아름답긴 하지만 성욕과는 거리가 멀어. 여인의 벌거벗은 육체를 보면 성욕을 느끼는 것은 당연하지. 하지만 이 차는 최고급의 창녀와 같아. 밍크 코트를 입은 세계적 모델의 고급 콜걸 말이오. 언제나 어디서나 함께 가고 싶고 평생을 같이 있고 싶은 사랑하는 여인은 아니란 말이오. 이 차는 충분히 찬탄할 만큼 아름답지만 어딘지 천박해."

"그렇다면 도대체 어떤 차를 명차라고 합니까."

"이봐요, 정 박사."

김 회장은 정색을 하고 나를 쳐다보았다.

"내가 진정으로 명차라고 생각하는 차가 있소. 평생을 두고 만들고 싶은 차. 살아생전에 단 한 번이라도 내 손으로 직접 만들고 싶은 명차. 그래요, 정 박사. 내가 베를린 장벽이 무너지는 독일의 역사적인 현장에 온 것은 바로 그 차를 내 몸으로 느끼기 위해서입니다."

"회장님이 만들고 싶은 차는 어디에 있습니까."

내가 묻자 김 회장은 손을 들어 자신의 머리를 가리켰다.

"내 머리 속에 있소."

김 회장은 자신의 가슴을 가리켰다.

"그리고 내 가슴속에 들어 있소."

김 회장은 꿈을 꾸듯 중얼거렸다.

"내가 평생을 두고 만들어 보고 싶었던 차가 바로 저 앞에서 달려가고 있습니다."

김 회장은 손을 들어 차창 밖을 가리켰다.

나는 그의 손가락이 가리킨 방향을 보았다.

딱정벌레 모습을 한 구형의 차 한 대가 느린 속도로 달려가고 있

제1장 바퀴벌레 · 37

었다.

"저건 폭스바겐(Volkswagen) 아닙니까."

차에 대해서는 전혀 문외한인 나로서도 충분히 알고 있는 차. 곤충의 일종인 딱정벌레의 독특한 디자인으로 수십 년의 세월이 흘러가도 전혀 새로운 모습의 신형이 나오지 않은 전통적인 독일의 국민차, 폭스바겐.

"그렇소, 정 박사."

김기섭은 머리를 끄덕였다.

"저 차의 이름은 폭스바겐. 독일어로 국민의 차라는 뜻입니다. 내가 만들고 싶은 명차는 바로 저와 같은 폭스바겐이지, 이런 페라리가 아니오. 폭스바겐은 평생을 함께 사는 조강지처 같은 차라고 말할 수 있지. 저 폭스바겐을 디자인한 사람이 누구인지 아시오."

"모릅니다."

"조금 전에 나와 함께 자동차 경주를 했던 게르만 민족의 혼이 담겼다는 포르셰 911 터보를 만든 바로 포르셰 그 사람입니다. 진정으로 게르만 민족의 혼이 담긴 꿈의 차는 바로 저 느리게 달려가는 폭스바겐입니다, 정 박사."

2

로스트로포비치가 연주하는 음악이 첼로의 그 둔중한 소리를 끝으로 멈췄다.

나는 턴테이블의 스위치를 내렸다. 얼음만 남아 있는 유리잔에 다시 위스키를 채워넣고 다시 서성이기 시작했다.

거실 벽에 걸린 괘종시계가 느린 속도로 세 시를 가리켰다. 그러나 나는 좀처럼 잠을 이룰 수가 없었다. 마신 위스키로 취기가 오르긴 했지만 정신은 오히려 또릿또릿 맑아지고 있었다.

게르만 민족의 혼이 담긴 꿈의 차, 폭스바겐처럼 우리 민족의 혼이 담긴 꿈의 차를 다가오는 21세기에는 반드시 만들고 싶다던 김 회장은 그러나 어젯밤 죽었다. 21세기를 며칠 앞둔 크리스마스 전야에.

김 회장은 느린 속도로 달려가는 독일의 국민차 폭스바겐을 손으로 가리키면서 말을 했었다.

"저 차는 페르디난드 포르셰가 1930년대 초에 슈투트가르트에서 디자인한 세계적인 명차 중의 하나입니다. 그때 포르셰는 이미 자동차 개발의 디자이너로 세계적인 명성을 얻고 있었지요. 1934년 마침내 히틀러가 정권을 장악하고 전독일에 고속도로를 건설하기 시작하자, 포르셰 박사는 독재자 히틀러에게 친서를 보냅니다. '총통 각하. 위대한 독일의 고속도로 위에서 가장 잘 어울리는 차를 개발하고 있습니다.' 친서를 받은 히틀러는 포르셰 박사에게 회신을 보냅니다. '포르셰 박사. 일년 이내에 전독일 국민이 사랑할 수 있는 국민차를 완성하도록 하십시오.'"

김 회장은 고속도로 위를 달려가는 또 다른 폭스바겐을 가리키면서 말했다.

"히틀러와 약속했던 대로 포르셰 박사가 디자인한 독일의 국민차가 바로 폭스바겐입니다."

김 회장은 나를 쳐다보았다.

"명차는 바로 저런 차를 가리키는 것이오. 세월이 흘러가도 한결같은 차, 언제 봐도 새것 같고, 세월이 흐르면 정이 들어 다정한 친구 같은 차, 그것이 바로 명차인 것이오."

김 회장은 천천히 말을 뱉었다. 빠르고 어눌한 평소의 어투와 달리 그는 국어책을 낭독하듯 또박또박 힘을 주어 말하였다.

"정 박사는 도대체 무엇을 보기 위해 베를린에 왔습니까."

김 회장은 나를 처음 만났을 때 던졌던 질문을 다시 한번 했다.

"베를린 장벽이 무너지는 것을 보기 위해서 독일에 온 것입니까. 그 역사적 현장을 보고 수많은 젊은이들이 자유를 찾기 위해서 죽어간 그 핏자국을 눈으로 확인하기 위해서 온 것입니까."

김 회장은 갑자기 예언자처럼 말을 이었다.

"보십시오, 정 박사. 베를린 장벽이 무너진 것은 다만 시작에 불과합니다. 이제 모든 것이 무너집니다. 두고 보시오. 20세기가 다 가기 전에 모든 것이 무너질 것입니다. 베를린 장벽이 무너지면서 동독이 붕괴될 것입니다. 폴란드가 무너지고 체코가 무너질 것입니다. 루마니아가 무너지고, 알바니아가 무너질 것입니다. 그뿐인 줄 아십니까. 소련이 산산조각이 날 것입니다. 소련의 연방국들이 속속 독립을 선포하고 유럽에서는 민족과 민족끼리, 종교와 종교끼리의 전쟁이 일어나 서로가 죽고 죽이는 내전이 일어날 것입니다. 비단 유럽뿐 아닙니다. 베트남이 무너지고 캄보디아가 무너질 것입니다. 중국이 꿈틀거리고 홍콩이 무너질 것입니다. 이 모든 일들이 20세기가 다 가기 전에 일어날 것입니다."

난 그때 솔직히 그의 말을 믿지 않았다.

20세기가 다 가기 전에 그런 극적인 변화가 이 지구상의 모든 국가에서 일어날 수 있다니.

"21세기까지는 겨우 10년밖에 남지 않았습니다."

그러자 김 회장은 대답했다.

"그렇소. 정확히 11년밖에 남지 않았지."

"그럼 지금 회장님께서 말씀하신 그런 모든 변화가 그 짧은 11년 안에 모두 실제로 분명히 일어날 수 있다는 것입니까."

"분명히, 분명히 일어납니다."

그는 추호의 의심도 없이 분명하게 대답했다.

"내 말을 못 믿겠다면 내기를 걸어도 좋소."

"내기에 무엇을 거시겠습니까."

나는 짓궂은 심정으로 물었다. 김 회장은 쾌활하고 단순하게 대답했다.

"내 목숨을 걸겠소. 20세기가 다 가기 전에 내 말이 틀린다면 그땐 바로 당신에게 내 생명을 내놓겠소."

결과적으로 말하면 그의 예언은 적중되었다. 베를린 장벽의 붕괴는 단순히 베를린 장벽의 붕괴만을 의미하지는 않았다. 단 한 개의 도미노가 쓰러지는 것으로 시작되어 수만 개의 도미노가 파장을 이루면서 무너지듯 베를린 장벽의 붕괴로부터 동독은 무너지고 독일은 통일되었다. 유고가 무너지고 종교간에, 민족간에 전쟁이 일어나고 유고연방은 세 조각으로, 네 조각으로 쪼개졌다. 루마니아가 무너지고 알바니아가 무너졌다. 소련연방은 붕괴되고 수많은 국가들이 러시아에서 떨어져나갔다. 이 모든 일들이 1989년 11월 12일 일요일, 프랑크푸르트로 되돌아오는 페라리 차 속에서 자신의 생명을 내기로 걸고 김 회장이 내게 예언했던 그 내용대로 불과 10년 사이에 실제로 일어난 것이었다. 홍콩이 중국에게 반환되었으며 중국이 용처럼 꿈틀거리면서 일어서고 있었다.

바퀴에 미친 김기섭 회장은 내게 있어 시대의 징조를 정확하게 꿰뚫어 본 예언자였다.

자신의 생명을 내기에 걸겠다던 김 회장은 내기에 이기고서도 목숨을 잃었다. 정답을 다 맞추고서도 시험에 떨어진 억울한 낙방생처럼 김 회장은 모든 미래를 정확히 꿰뚫어 보고서도 20세기가 얼마 남지 않은 크리스마스 전날에 자신의 표현처럼 현대의 말인 승용차를 몰고 독일의 고속도로를 달려가다가 죽어버리고 만 것이다.

　새벽 여섯 시가 되자 생각했던 대로 각 방송국에서는 일제히 첫 뉴스를 방송하기 시작했다. 뉴스의 첫머리는 모두 세계 각국의 크리스마스 표정이었다. 서투른 한국말로 "여러분, 성탄을 축하합니다"로 시작되는 교황의 메시지로부터 눈 덮인 전선에서 보초를 서는 젊은 병사의 표정에 이르기까지 21세기를 앞둔 성탄절의 다양한 모습들이 길게 나오고 있었다. 그 특집뉴스가 끝나자 비로소 김기섭 회장에 관한 기사가 흘러나오기 시작하였다.

　"기평그룹의 총수 김기섭 회장이 교통사고로 별세했습니다. 우리나라 시각으로는 24일 밤 열두 시. 독일의 현지시각으로는 오후 네 시. 김기섭 회장은 독일의 비스바덴 근처의 고속도로 위에서 교통사고로 숨을 거두었습니다. 자세한 소식은 현지의 특파원으로부터 전해 듣겠습니다."

　나는 숨을 죽이고 TV 화면을 노려보았다. TV 화면에는 바바리코트를 입은 낯익은 특파원의 얼굴이 나타나 있었다. 그는 어두운 독일의 고속도로 위에 서 있었다.

　"김기섭 회장은 성탄절을 앞둔 현지시각으로 오후 네 시, 기평그룹에서 21세기를 겨냥해서 만든 신차를 직접 몰고 독일의 고속도로 위에서 시운전을 하다 바로 비스바덴 근처의 이 고속도로에서 가드레일을 받고 언덕 아래로 굴렀습니다."

　카메라는 특파원의 말대로 부서진 가드레일과 실제 상황을 중계하듯 부서진 가드레일 너머로의 언덕 아래를 비추고 있었다.

사고가 난 시각이 오후 네 시였지만 특파원이 달려간 시간은 훨씬 뒤의 일이었는지 도로는 물론 언덕 아래도 캄캄하게 어두웠다.

카메라 앞으로 총탄과 같은 눈발이 쏟아지고 있는 것으로 보아 독일에서는 성탄절 전야에 눈이 내리는 화이트 크리스마스인 모양이었다.

고속도로 앞에 서 있던 특파원의 모습은 병원 앞으로 바뀌었다.

"여기는 김기섭 회장의 시신이 안치되어 있는 프랑크푸르트의 메디컬 센터입니다. 김기섭 회장의 시신은 사고 즉시 이 병원으로 이송되었지만 담당의사의 말로는 이미 이 병원에 도착하기 전에 절명했다고 합니다. 기평그룹 관계자의 말에 의하면 성탄절이 지나는 첫 비행기로 김 회장의 시신을 한국으로 운구(運柩)한다고 합니다. 김 회장의 사인으로는 현지 경찰에서는 운전부주의로 판단하고 있습니다. 새천년을 며칠 앞둔 성탄절 전야에 평생을 차에 바친 김기섭 회장의 죽음은 비극이 아닐 수가 없습니다."

화면은 다시 다른 화면으로 바뀌었다. 화면에는 추상적인 물건이 하나 놓여 있었다. 그것이 다름 아닌 차의 모습이라는 것을 알아차리기에는 너무 처참한 모습으로 구겨져 있었다.

"이 차가 바로 김기섭 회장이 타고 가다가 사고를 냈던 바로 그 승용차입니다."

다시 TV 화면은 특파원의 얼굴로 바뀌었다.

"이 승용차의 이름은 아직 밝혀지지 않았습니다만 기평그룹 내에서는 암호명으로 E-카(E-Car)라고 부르고만 있습니다. 김기섭 회장은 21세기를 겨냥해서 만든 이 E-카를 타고 직접 독일의 고속도로 위에서 시운전을 하고 가다가 불의의 사고를 당한 것 같습니다.

김기섭 회장의 일생은 차에 바친 것이었으며 그래서 사람들은 그를 차에 미친 사람이라고 부르고 있었습니다. 일년에 한두 번은 직접 독일의 고속도로 위에서 무제한의 속도로 차를 몰던 스피드광이기도 했던 김기섭 회장의 돌발적인 죽음은 우리나라 경제에 심각한 충격을 줄 것임이 분명합니다."

짧은 뉴스가 끝났다.

간밤에 들었던 속보보다 양만 늘었을 뿐 더 진전된 내용이 없는 현장 뉴스였다.

그는 죽었다.

독일의 고속도로 위에서. 성탄절을 앞둔 현지시각으로 오후 네 시. 독일의 비스바덴 근처의 고속도로 위에서 가드레일을 받고 경사진 언덕길 아래로 굴렀다. 차체는 마치 휴지조각처럼 구겨졌으며 그는 운전대를 잡은 채 현장에서 즉사했다. 시신은 발견 즉시 프랑크푸르트의 메디컬 센터로 옮겨졌지만 이미 목숨이 끊어진 직후였다.

밤을 새운 아파트의 베란다 너머로 성탄의 새아침이 밝아오고 있었다.

나는 우편함을 들여다보았다. 조간신문이 배달되어 와 있었다. 갓 배달되어 온 신문에서 채 마르지 않은 잉크 냄새가 풍겨오고 있었다.

'기평그룹 총수 김기섭 회장 독일의 고속도로 위에서 교통사고로 사망'

주먹만한 활자로 제1면 톱뉴스였다.

천연색으로 인쇄된, 바티칸성당에서 벌어지고 있는 로마의 성탄 미사를 밀쳐낼 만큼 김기섭 회장의 죽음이 톱뉴스로 기사화되었지만 내용은 TV에서 흘러나온 첫 뉴스처럼 빈약하였다.

그중에서도 한 가지 내 시선을 강하게 잡아당기는 흥미로운 기사의 내용이 있었다.

　"김기섭 회장은 소문난 스피드광이어서 일년에 한두 번은 독일이나 이탈리아의 고속도로에서 세계적 명차들을 직접 시속 2백 킬로미터 이상으로 모는 버릇을 갖고 있는 것으로 유명한데 이번에는 김기섭 회장이 신차의 성능을 직접 테스트하기 위해서 시운전하다가 불의의 사고로 목숨을 잃은 것이다. 이 승용차의 이름은 아직 비밀에 붙여져서 암호명으로 E-카(E-Car)라고만 불리어지고 있을 뿐이다. 소식통에 의하면 2000년 1월부터 전세계로 본격적으로 출고될 예정인 신차의 이름은 이카로스(Icaros). 이카로스는 그리스 신화에 나오는 인물로 신차의 이름은 김기섭 회장이 직접 붙인 것으로 알려져 있다.

　그리스 신화에 나오는 이카로스는 너무나 태양을 향해 가까이 날아갔으므로 날개가 녹아 바다에 빠져 죽어버리는 비극의 주인공인데 자신이 직접 이름을 붙인 신차를 타고 독일의 고속도로에서 불의의 사고로 죽은 김기섭 회장이야말로 태양을 향해 날아가다가 날개가 녹아 바다에 빠져 죽어버리는 그리스 신화의 비극적인 주인공 이카로스와 같은 운명을 맞게 된 것이다…."

　보통 수천억의 돈을 들여 새로 개발하는 신차의 이름은 정식으로 '신차발표회'를 열기까지는 비밀에 붙여지게 되어 있다. 국내의 라이벌 회사뿐 아니라 전세계의 자동차 메이커들은 새로 탄생하는 신차의 디자인, 새로운 기능 그리고 무엇보다 그 신차의 이름에 대해서 신경을 곤두세우고 있는 것이다.

　기평그룹에서 21세기를 겨냥해서 만든 신차의 암호명 E-카는 그리스 신화에 나오는 인물 이카로스를 본떠 지은 신차의 암호임이 밝혀졌다.

21세기 유럽의 도로 위를 달려가는 차의 이름을 바로 유럽 정신의 근원인 그리스 신화에서 찾으려는 김기섭 회장의 강력한 의지는 그리스 신화의 비극적인 주인공 이카로스와 같은 운명을 맞게 된 것이다.

비극의 주인공 이카로스는 명공(名工) 다이달로스의 아들로 아버지와 함께 크레타섬으로 간다. 그러나 크레타섬의 왕 미노스는 두 사람을 미워해서 미궁에 유폐시켜버린다. 부자(父子)는 왕비 마시파에의 도움을 받아 탈출을 꾀해보지만 미노스왕은 이미 이를 알고 해변에 있는 모든 배를 치워버린다. 이에 명공 다이달로스는 날개를 만들어 이를 몸에 달고 날아서 탈출하는 방법을 고안해낸다.

무엇이든 만들 수 있는 뛰어난 손재주를 지녔던 다이달로스는 마침내 밀랍으로 날개를 만들어 몸에 붙인다. 섬을 탈출하기 전 아버지는 아들 이카로스에게 말한다.

"아들아, 날기 전에 너에게 말해줄 것이 있다. 우리의 날개는 날개가 아니다. 이것은 밀랍으로 만든 인공의 날개일 뿐이다. 너는 조금 있으면 하늘로 날 수 있게 될 것이다. 그러나 하늘로 날면 더 높이 날고 싶은 욕망을 느끼게 될 것이다. 그래서는 절대로 안 된다. 왜냐하면 높이 날수록 태양에 가까이 가 날개가 녹을 수 있기 때문이다. 우리의 날개는 다만 시칠리섬으로 도망갈 정도의 높이로만 날아야 한다."

두 사람은 하늘을 날기 시작한다. 아버지 다이달로스는 무사히 날아 시칠리섬에 도착하였지만 아들 이카로스는 하늘 위로 솟아오르자 아버지의 주의를 잊어버린다.

더 높이, 더 멀리.

날면 날수록 쾌감을 느낀 이카로스는 하늘 높이 날갯짓하며 날아
간다. 태양에 너무 가까이 간 이카로스의 날개는 태양에 녹아 바다
에 떨어져 숨을 거두게 되는 것이다.

이카로스와 김기섭.

두 인물에게는 유사한 공통점이 있다. 21세기를 겨냥해서 만든 신
차에 김기섭 회장이 직접 이카로스의 이름을 붙인 것이 사실이라면
그는 자신이 바다에 빠져 죽은 이카로스처럼 언젠가는 고속도로 위
에서 비극적인 최후를 맞이할 것을 예견이라도 하고 있었던 것일까.

제2장 서곡(序曲)

1

2000년 1월.

Y호텔 컨벤션 홀에서는 '이카로스'의 신차발표회가 열렸다.

오후 여섯 시.

컨벤션 홀은 국내뿐 아니라 세계에서 몰려온 유명인사들과 자동차 딜러들로 발 디딜 틈이 없었다.

홀 중앙에는 아직 한 번도 공개적으로 그 모습을 드러내지 않았던 신차 이카로스가 흰 베일로 가려진 채 전시되어 있었고, 홀의 전면을 메운 플래카드에는 다음과 같이 씌어 있었다.

'21세기의 월드카. 이카로스 신차발표회'

나는 한구석에 서서 팔짱을 낀 채 발 디딜 틈이 없을 정도로 만원을 이룬 회장 한복판에 전시된 이카로스의 모습을 물끄러미 바라보고 있었다.

수천 명의 인파들이 대만원을 이룬 이 축제 마당에 막상 그 주인공은 없다. 그의 비극적인 죽음도 햇수를 바꿔 벌써 한 달 정도 지나고 있었다.

그의 시신은 프랑크푸르트에서 곧바로 비행기에 실려 우리나라로 운구되었으며, 그의 장례식은 불교식으로 진행되었다. 생전에 종교는 전혀 갖지 않았던 그였지만 회장의 부인이 독실한 불교신자였기 때문에 서울에서 가까운 절에 그의 빈소를 마련하였다.

나는 정릉에 있는 절까지 나아가서 분향을 했었다. 몹시 춥고 눈이 많이 내리던 세모의 겨울날이었다.

그것으로 그와의 우정에 대한 예의는 모두 갖추었다고 나는 생각했다.

그런데 오늘 아침 생각지 않은 곳으로부터 전화를 받았다. 기평그룹의 기획조정실에서 걸려온 전화였다. 전화를 받고 보니 낯익은 사람이었다. 그는 10여 년 전 독일 프랑크푸르트에서 만났던 바로 그 사람이었다. 프랑크푸르트의 지사장에서 김 회장의 수행비서로 자리를 옮겼는데 김 회장을 만날 때마다 그가 먼저 내게 전화를 걸어왔었다.

"안녕하십니까, 저를 기억하시겠습니까."

"물론입니다. 기억하고 말고요."

내가 대답하자 그는 바로 오늘 저녁 여섯 시에 Y호텔 컨벤션 홀에서 신차발표회가 있는데 꼭 참석해달라고 부탁을 해왔다. 그런 일은 나하고는 상관없는 일이었다. 나는 무슨 모임이나 파티 같은 곳에 참석하는 것을 싫어하고 있었다. 깊은 우정이 없고 다만 가벼운 사교만이 오가는 연회장의 분위기는 내가 가장 싫어하고 혐오하는 것이었다.

내가 선뜻 대답하지 않고 머뭇거리자 그는 간곡한 어조로 말을 이었다.

"정 선생님께 발표회장으로 오시라고 하는 것은 의례적인 것이 아닙니다. 발표회가 끝난 후 따로 만나서 긴히 상의드릴 일이 있기 때문입니다."

여섯 시가 되었는지 갑자기 실내악단이 연주를 시작하였다.

나는 발돋움을 하고 홀 중앙에 자리잡은 이카로스를 바라보았다. 베일에 둘러싸인 차의 휘장을 벗겨내기 위해서 총리를 비롯한 관계자들이 모두 한자리에 서서 줄을 잡고 있었다. 그룹 관계자로부터 간단한 신차에 대한 설명이 있었다. 그는 신차에 대한 설명보다는 이 차를 타고 가다 독일의 고속도로 위에서 눈을 감은 김기섭 회장에 대한 회상에 많은 부분을 할애하였다. 고인에 대한 간단한 묵념과 함께 제막식이 시작됐다. 우렁찬 팡파르와 함께 허공에서 레이저 광선이 푸른빛을 번쩍거리면서 이카로스를 향해 집중되었다. 동시에 붉고 푸른 조명이 명멸하면서 흔들리기 시작하였다.

차를 중심으로 둘러서 있던 내빈들의 손에서 줄이 잡아당겨졌다. 차의 전면을 덮고 있던 휘장이 벗겨지고 신차의 모습이 드러났다.

커튼이 젖혀지기를 기다리던 수많은 사람들의 입에서 탄성이 흘러나왔다.

새로움을 추구하는 물질문명에 중독되어 있는 현대인들에게 현란한 조명과 레이저 광선을 받으면서 모습을 드러낸 이카로스는 마치 제우스의 신상처럼 보였다. 전체적으로 둥글어 마치 강인한 헤라클레스의 힘과 근육을 연상케 하는 후드 캐릭터 라인의 모습은 막 스타트 라인을 박차고 뛰쳐나가려는 옛 그리스의 올림픽 전사처럼 보였다. 무엇보다도 사람들의 탄성을 자아낸 것은 붉고 푸른 현란한 조명 속에서 마침내 그 모습을 드러낸 신차의 빛깔이었다. 그 빛깔은 이제껏 우리들이 봐왔던 검고 푸른, 혹은 붉고 흰 도색의 자동차 색이 아니었다. 신차 이카로스의 색은 그 원색의 빛깔 속에 형광물질이 포함되어 있어 스스로가 발광하는 심해어의 비늘처럼 눈이 부셨다. 더 놀라운 것은 그 차체의 빛깔이 광량에 따라 카멜레온처럼 변할 수 있다는 사실이었다. 차체의 페인트에 함유된 특수 도료에 따라서 대낮의 차체 빛깔과 어둠이 내린 한밤의 차의 빛깔은 전혀 달라 보였다. 이른바 색(色)의 혁명이었다.

최고속도 198km

길이 4,670mm

너비 1,778mm

높이 1,437mm

직렬 4기통 DOHC의 4도어 세단의 보디 형식

배기량은 1,998cc의 신세대차 '이카로스'

21세기에는 세기의 명차인 폭스바겐과 같은 승용차를 자신의 손으로 만들어보고 싶다던 김기섭 회장. 사상 처음 단일 차종으로 2천만 대 생산이라는 천문학적 기록을 세운 폭스바겐 비틀. 그에 버금가는 21세기의 월드카를 생산하고 싶다는 강한 의지로 만들어낸 이카로스. 디자인은 유럽 특유의 고전적인 모습이면서도 차체의 빛깔은 상상할 수도 없을 만큼 빛의 혁명을 이룬 첨단예술. 차의 내부는 마치 우주선의 조종석처럼 첨단과학으로 이루어져 있다.

사람들은 이카로스 앞으로 바짝 몰려들고 있었다.

누군가 내 어깨를 가볍게 두드렸다. 아침에 전화를 걸었던 한기철이었다.

"어디 계신가 한참을 찾았습니다. 안 보이시길래 오시지 않았는가 걱정했습니다."

그는 말쑥한 정장 차림에 가슴에는 꽃을 한 송이 꽂고 있었다.

"어떻습니까, 새 차의 모습이."

그는 흰 장갑을 벗으면서 내게 손을 내밀었다.

"차에 대해서는 잘 모르지만 첫눈에 매우 매력적인 차라는 느낌을 받았습니다."

"고맙습니다."

그리고 한기철은 앞장서 나갔다.

2

한기철은 미리 예약을 해놓았는지 Y호텔 3층에 있는 일식집으로 갔다.

"저녁식사는 드시지 않으셨죠."

그는 내게 물었다.

"먹지 않았습니다."

"무엇을 드실까 물어봤어야 하는 건데 일방적으로 제가 예약하였습니다."

일식집에서는 점원이 우리를 기다리고 있다가 구석진 밀실로 안내했다.

"이제야 일이 끝났습니다. 신차발표회까지 하루하루가 긴장의 연속이었습니다."

피로한 듯 점원이 가져온 뜨거운 물수건으로 얼굴을 닦으면서 한기철이 말했다.

"술을 하시죠. 어떻습니까. 날씨가 차가운데 따뜻한 청주 같은 것은."

"전 위스키를 마시겠습니다."

생선회와 더불어 그는 데운 청주를, 나는 얼음을 넣은 위스키를 마셨다. 일식집 창문 너머로 소규모의 일본식 정원이 만들어져 있었다. 대나무가 심어져 있는 정원 한곁에는 괴석들이 놓여 있었는데 방금 눈이 내리기 시작하였는지 그 정원 위로 솜털 같은 눈발들이 쌓이고 있었다.

"제가 정 선생님을 뵙자고 한 것은 돌아가신 김기섭 회장님 때문입니다."

다소 긴장이 풀렸는지 발그스레 상기한 얼굴로 한기철이 입을 열었다.

"저희 그룹에서는 창업자이신 회장님의 기념사업을 새해부터 추진하기로 결정 보았지요. 그래서 곧 회장님의 기념관을 건립하기로 하였습니다. 그와 더불어 회장님의 일대기랄까, 아니면 평전(評傳) 같은 책을 출판하기로 결정을 보았습니다. 그래서 말인데요. 돌아가신 회장님의 평전이야말로 그것을 쓰실 분은 오직 정 선생님밖에 없다고 생각하였습니다."

언제부터인가 일대기라든가 전기, 평전 같은 책들이 쏟아져 나오고 있었다. 정치가들도 이따금 자신의 생각을 담은 책들을 출판하고 있었고, 기업인들도 기업이념을 담은 책들을 내는 것이 하나의 유행처럼 번지고 있었다. 이런 책들은 모두 자신들이 쓴 것이 아니라 문필가들에 의해서 대필(代筆)되는 책들이었다. 내게도 가끔 그런 청탁이 들어오곤 했었다. 나는 그런 일들을 매우 언짢게 생각하고 있었으므로 단번에 거절하곤 했었다.

"지금 당장 여기서 허락을 해달라는 것은 아닙니다. 시간은 좀 있습니다. 회장님의 생신이 11월 3일. 그 생신에 맞춰서 기념관의 건립과 고인을 기리는 평전을 함께 출판하자는 것이 저희들의 계획입니다."

그는 청주를 한 병 더 시켰다.

창문 밖 작은 정원에는 이미 적지 않은 눈이 쌓여 있었다.

"그보다도 한 가지 보여드리고 자문을 구하고 싶은 물건이 있습니다."

그는 작은 손가방의 다이얼을 이리저리 돌렸다. 찰칵 가방이 열렸다. 한기철은 가방 속에서 무슨 물건을 하나 꺼내 식탁 위에 놓았다.

그 물건은 비닐봉지 속에 들어 있었다. 함부로 사람들의 손때가 타지 않도록.

한기철은 비닐봉지 속에 들어 있는 물건을 아주 천천히 꺼내서 식탁 위에 놓았다. 투박하고 볼품없는 가죽제품이었다.

"이게 무엇인지 아십니까."

한기철은 남은 청주를 잔에 따라 들이켜면서 나를 쳐다보았다.

"글쎄요."

나도 어지간히 취기가 올라 있었다. 나는 그 가죽제품을 쳐다보았다.

"…모르시겠습니까."

한기철은 표정 없는 눈빛으로 나를 쳐다보았다.

"글쎄요, 지갑이 아닌가요. 아니면 무슨 골동품 같기도 하고."

"맞습니다."

한기철은 머리를 끄덕였다.

"지갑입니다."

지갑은 가죽 특유의 갈색빛이었지만 세월의 흐름으로 회색 잿빛으로 변색되어 있었다. 얼마나 닳았는지 지갑의 표면이 너덜너덜 균열이 가 있었다.

"이 지갑은 돌아가신 회장님이 평소에 갖고 다니시던 지갑입니다. 아마 회장님의 주머니 속에 들어 있던 유일한 물건일 것입니다. 4년 동안 수행비서로 회장님을 모시고 다녔습니다만 저는 회장님께서 주머니 속에 무엇을 넣고 다니시는 모습을 본 적이 한 번도 없었습니다."

한기철은 술병을 기울여 잔에 따랐다. 그러나 술병은 깨끗하게 비어 있었다. 한기철은 식탁 위에 있는 초인종을 눌러 술을 더 시켰다.

"돌아가신 회장님은 주머니에 무엇을 넣고 다니시는 것을 가장 싫어했습니다. 심지어는 손수건도 넣고 다니지 않으셨습니다."

술이 들어왔다. 그는 다시 잔에 술을 따라 단숨에 들이켰다.

그는 말을 끊고 우두커니 창밖에 마련된 작은 정원 위로 흩날리는 눈발을 쳐다보았다.

"…이 지갑은 회장님께서 돌아가실 때 회장님 시신 속에서 나온 유품입니다. 잘 아시다시피 회장님께서는 신차 이카로스를 직접 타시고 고속도로를 달리시다가 비스바덴 근처에서 가드레일을 받고 경사진 언덕 아래로 굴러 현장에서 돌아가셨습니다. 그때 회장님께서는 누구도 곁에 태우지 않고 혼자 시승하셨기 때문에 돌아가실 때는 혼자뿐이셨습니다. 주머니에서 이 지갑이 나오지 않았더라면 독일 경찰들은 죽은 사람의 신원조차 쉽게 확인할 수 없었을 것입니다."

이미 서너 병의 청주를 마셨지만 그의 술 속도는 빨라지고 있었다.

"이 지갑 겹겹에 새겨진 얼룩이 무슨 자국인 줄 아십니까."

한기철은 두 겹으로 꺾여진 지갑의 손잡이 부분을 가리켰다. 과연 그의 말대로 비교적 원래의 갈색 가죽 빛깔이 그대로 남아 있는 부분에는 얼룩자국이 남아 있었다.

"이 얼룩은 핏자국입니다."

한기철은 담담한 목소리로 말을 이었다.

"저희들이 현장에 도착했을 때 회장님의 시신은 완전히 피범벅이셨습니다. 온몸이 찢기고 갈래갈래 갈라져 있는 모습이란 너무나 처참한 광경이었습니다. 그때 독일의 경찰이 제게 이 가죽지갑을 건네주었습니다. 독일 경찰은 지갑 속에서 회장님의 명함을 한 장 발견했던 모양입니다."

한기철은 두 겹으로 포개어진 지갑 속에서 명함 한 장을 꺼내서 식탁 위에 놓았다. 명함에는 다만 이렇게 씌어 있었다.

'김기섭'

독일 경찰이 김기섭 회장의 신원을 알아낼 수 있었던 것은 명함 뒷면에 기재된 영문의 내역 때문이었을 것이다. 그 명함 한구석에도 핏자국이 남아 있었다.

"…물론 이 지갑은 그분의 기념관에 소중하게 보관될 유물입니다. 하지만 제가 이 소중한 유물을 이곳으로 직접 가져온 것은 정 선생님께 보여 드리고 몇 가지 자문을 구하기 위해섭니다. 정 선생님을 뵙자던 중요한 이유도 바로 이 지갑 때문입니다."

한기철은 내 눈을 똑바로 바라보았다.

"지갑 속에 뭐가 들어 있는가 확인해보고 싶지 않으십니까."

"글쎄요."

"원하신다면 직접 확인해보셔도 좋습니다."

나는 식탁 위에 놓인 지갑을 집어들었다. 두 겹으로 포개어진 지갑은 두툼한 부피에 비해서는 가벼웠다. 한눈에도 몹시 낡은 구형의 지갑이었다. 신분증이나 사진 같은 것을 넣을 수 있도록 투명한 비닐로 포장된 속지갑에는 아무것도 들어 있지 않았다. 조금 전 한기철이 꺼내 보여주었던 명함 한 장이 유일한 내용물이었다.

그리고 지폐를 넣을 수 있는, 둘로 나뉘어 있는 나머지 한 칸 속에 무슨 종이 같은 것이 눈에 띄었다. 작은 종이조각이었다. 푸른색이 감도는 그 종이는 마치 아이들이 소꿉장난할 때 사용하는 물감이 번진 색종이처럼 보였다.

"무엇인지 아십니까."

지갑을 펼치는 내 손을 물끄러미 바라보고 있던 한기철이 입을 열어 내게 물었다.

그곳에는 아라비아 숫자로 '2'가 양쪽에 인쇄되어 있었고 위에는 다음과 같이 씌어 있었다.

'ZHONG GUO RENMIN YINHANG'

도무지 뜻을 알 수 없는 말이었다. 나는 그 물건을 뒤집어 보았다. 내가 본 쪽은 뒷면이었고 뒤집어 본 바로 그 면이 앞쪽임을 알 수 있었다. 역시 숫자 '2'가 새겨진 그 한복판에는 다음과 같은 글씨가 씌어 있었다.

'貳角(이각)'

한자(漢字)였다.

사방을 둘러싼 테두리에는 다른 글씨가 새겨져 있었다.

'中國人民銀行(중국인민은행)'

"중국 지폐인가요."

내가 묻자 한기철이 대답했다.

"그렇습니다. 이건 중국의 지폐입니다. 우리나라의 화폐 단위로 보면 이십원쯤 되는 아주 소액 지폐입니다."

한기철의 말대로라면 이십원쯤 되는 작은 돈. 그 지폐 한 장이 국내 랭킹 1, 2위를 다투는 재벌 총수 김기섭 회장이 죽을 때 자신의 지갑 속에 가졌던 전재산이었다.

"이 돈이 중국 화폐단위 중에서 가장 작은 화폐입니까."

내가 묻자 한기철은 대답했다.

"아닙니다. 제일 작은 화폐단위는 일각입니다. 우리나라 돈으로 십원 정도에 해당되지요. 제일 큰 돈은 우리나라 돈으로 만원에 해당되는 백원이구요. 제일 많이 쓰이는 화폐단위는 '원'입니다. '각(角)'은 중국에서도 잘 통용되지 않는 화폐단위입니다. 그 돈은 김 회장님의 부적(符籍)이었습니다. 지난 10년 동안 회장님은 지갑 속에 그것을 넣고 다니셨습니다. 이따금 꺼내서 제게 보여주기도 하셨습니다."

"어째서요. 어째서 이 작은 지폐를 지갑 속에 넣고 다니셨단 말입니까."

"그것은."

한기철은 지폐의 왼쪽을 가리켰다. 그곳에는 두 명의 여인이 인쇄되어 있었다. 두 여인은 모두 오른쪽을 바라보고 있는 옆얼굴로 인쇄되어 있었다. 한 여인은 머리에 리본 같은 것을 꽂은 전통복 차림이었다. 쌍꺼풀이 지고 오똑한 콧날로 봐서 정통적인 한족의 얼굴이 아니라 이민족의 얼굴이 분명하였다.

"그것은 이 여인의 얼굴 때문입니다."

한기철은 인쇄된 두 여인의 얼굴 중에서 수줍게 뒤쪽에 숨어 있는 듯한 다른 여인의 얼굴을 가리켰다.

그 여인은 쪽찐 머리에 흰 저고리를 입고 있었다.

한기철은 말을 이었다.

"중국에는 200만에서 250만에 이르는 우리 조선족들이 살고 있습니다. 12억이 넘는 중국의 인구 중에서 200만 정도의 조선족은 인구로 봐서 열두 번째에 이르는 소수민족이라고 말할 수 있을 것입니다. 중국인들은 이 소수민족 중에서 티베트인들과 위구르인들 그리고 조선족 이렇게 세 민족을 가장 경계하고 있습니다. 이 세 민족이 가장 자주적인 성격을 가지고 있으며 독립에 대한 욕망이 가장 강렬하기 때문입니다. 이 돈에 인쇄된 두 여인 중 머리에 리본을 맨 여자는 위구르족 여인입니다. 처음에는 몽골고원에서 발원하였지만 나중에는 중앙아시아로 옮겨 거대한 제국을 일으켰던 투르크족, 한문으로는 회흘(回紇)족 사람들입니다. 이 사람들도 독자적인 독립국을 세우려고 전통적으로 중국과 맞서 싸워왔던 불행한 역사를 갖고 있습니다. 오른쪽에 인쇄된 한복 저고리를 입은 여인은 우리 조선족 여인의 얼굴입니다."

나는 조선족 여인의 옆얼굴을 바라보았다. 쪽찐 머리와 흰 동정 깃을 단 한복 저고리를 입은 모습이 아니더라도 눈썹과 눈의 표정, 도톰한 입술, 오똑한 콧날의 생김생김은 어딘지 낯익은 우리 민족의 특색을 지니고 있었다.

"중국에서 가장 큰 백원이나 오십원짜리 같은 화폐에는 한족의 얼굴들이 인쇄되어 있습니다. 12억의 거대한 중국 인구 중에서 조선족들은 이렇게 '이각'의 화폐처럼 소수민족으로 살아가고 있습니다. 10년쯤 전이었던가요. 김 회장님은 갑자기 거리를 지나시다가 길거리 공중화장실에서 차를 세우셨습니다. 저는 회장님이 급한 용무 때문에 차를 세운 줄 알았는데 알고 보니 그게 아니셨습니다. 회장님은 중국의 화장실을 자신의 눈으로 보고 싶으셨던 것입니다.

중국의 재래식 공중화장실은 아마도 전세계에서 가장 불결하고 더러운 곳일 것입니다. 화장실에서 용무를 보시고 나신 회장님은 잔돈을 거스름돈으로 받으셨습니다. 이 '이각' 짜리 화폐는 그때 회장님께서 화장실에서 직접 받으신 거스름돈의 일부였습니다. 회장님은 갑자기 그 거스름돈 중에서 유난히 이 화폐를 유심히 바라보셨습니다. 그리고는 이렇게 말씀하셨습니다. '이봐, 이 여인은 분명히 우리 조선 여인의 얼굴이야. 봐, 이 표정 봐. 울 밑에 선 봉선화 같지 않아.' 회장님은 이 돈에 새겨진 이 조선족 여인의 얼굴을 한참 들여다보시더니 이렇게 말씀하셨습니다. '참 슬픈 조선의 얼굴이다. 눈물나도록 슬픈 우리들 엄마의 얼굴이다. 시집간 누이의 얼굴이다.' 그렇게 말씀하시면서 회장님은 이 돈을 자신의 지갑 속에 넣으셨습니다. 그때부터 이 돈은 회장님의 부적이 되었습니다. 회장님은 가끔 이 돈을 꺼내 여기에 새겨진 조선 여인의 얼굴을 물끄러미 들여다보기도 하셨습니다."

한기철은 얼굴을 들어 나를 쳐다보았다.

"회장님은 이 여인을 사랑하셨습니다. 지난 10년 동안 이 여인은 회장님의 연인이셨습니다."

나는 감상적인 분위기에서 벗어나고 싶었다. 그래서 그의 말을 잘랐다.

"10년 전 이 지폐를 발견했을 때 김 회장님에게 도대체 무슨 일이 있었습니까."

한기철은 난처한 표정으로 잠시 말을 끊었다가 대수롭지 않다는 듯 가볍게 말을 받았다.

"그때가 아마 90년대 초일 것입니다. 그 무렵 회장님은 북한의 주석 김일성의 초청을 받고 열흘 동안 북경을 거쳐 평양에 다녀왔었습니다."

한기철은 말을 이었다.

"회장님은 국가 당국과 안기부 측의 허가를 받고 올림픽이 끝난 직후인 80년대 말부터 북한에 들어가셨습니다. 지금은 이렇게 말씀을 드려도 좋겠지만 그 당시만 해도 북한으로 들어간다는 것은 생사를 건 극비사항이었습니다."

"한 선생님도 함께 평양으로 들어갔었습니까."

"저 역시 회장님을 모시고 북경에서 조선민항기를 타고 북한으로 들어갔었습니다. 그러나 제가 북한에 갔을 때는 회장님의 첫 번째 방문은 아니셨습니다. 정확히는 모릅니다만 회장님은 서너 차례 북한을 방문하셨던 것으로 짐작됩니다. 아무튼 평양에서 머무는 열흘 동안 세 번 김일성 주석을 만났었습니다. 열흘 후 북경으로 돌아온 바로 그날 회장님은 이 지폐를 발견하셨습니다. 열흘 동안 분단된 조국의 비극을 직접 체험하면서 마음이 착잡하셨다가 이 지폐를 본 순간 마치 피를 나눈 혈육과 같은 느낌을 받으셨던 모양입니다."

나는 한기철의 표현대로 김기섭 회장이 사랑했던 연인, 10년 동안 부적처럼 지갑에 넣어 심장이 뛰는 가슴속에 품고 다녔던 연인의 얼굴을 들여다보았다. 그 연인의 얼굴에도 김기섭 회장의 몸에서 흘러내린 핏물이 묻어 붉은 얼룩자국이 번져 있었다.

"회장님의 부적이었던 지폐 한 장과 빈 지갑을 보여드리기 위해서 정 선생님을 만나자고 한 것은 아닙니다. 저희도 처음에는 지갑속에 들어 있는 것이 모두 그것뿐인 줄로만 알고 있었습니다. 그런데 비서실에 있던 다른 직원 하나가 지갑 속에서 비상용 주머니를 발견했습니다. 바로 이것입니다."

한기철은 지폐를 넣기 위해 만들어둔 칸 속에 따로 마련된 작은 속주머니 하나를 손으로 가리켰다. 비상용으로 수표 같은 것을 접어서 넣어 숨겨둘 만한 정도의 작은 공간이었다. 그 공간은 작은 지퍼로 밀폐되어 있었다. 그 공간이 쉽게 눈에 띄지 않았던 것은 가죽의 일부분인 것처럼 같은 빛깔의 지퍼와 짜깁기로 교묘하게 위장되어 있었기 때문이었다.

"이 주머니를 제가 뒤져봐도 괜찮겠습니까."

나는 비상용 주머니를 가리키면서 한기철에게 물었다.

"물론입니다."

그는 선선히 대답했다.

나는 지퍼를 조심스레 열어보았다. 엄지손가락 하나 간신히 들어갈 수 있을 정도의 작은 주머니 속에는 접혀진 종이 한 장이 들어 있었다.

종이는 네 겹으로 접혀 있었다. 접힌 종이를 펼치자 작은 메모지 정도 크기의 종이가 되었다. 흰 종이에는 아무것도 인쇄되어 있지 않았다. 그 백지 위에는 낙서와 같은 글씨가 적혀 있었다. 흘려 쓴 게 아니라 또박또박 정자로 쓴 문자였으므로 쉽게 알아볼 수 있는 글자들이었다.

'財上平如水 人中直似衡'

모두 열 자로 된 단문이었다.

열 자의 한자어 모두가 특별히 어렵고 난해한 한자어가 아니어서 자세히 뜻을 살펴보면 내용이 쉽게 판독될 수 있을 정도의 쉬운 문장처럼 보였다. 그러나 그게 아니었다. 평이한 문장이었지만 그 뜻은 쉽게 헤아려지지 않았다.

"재상평여수 인중직사형, 이 말의 뜻이 무엇입니까."

내가 묻자 한기철이 대답했다.

"저희들도 정확한 뜻은 모르겠습니다만 대강 이런 뜻이 아닐까요. 재물은 평등하기가 물과 같고, 사람은 바르기가 저울과 같다."

"이 글을 쓴 사람은 누구입니까."

나는 한기철을 쳐다보았다.

"회장님이십니다."

한기철은 대답했다.

"저는 회장님의 필체를 정확히 알고 있습니다. 이것은 분명히 회장님이 직접 쓰신 글씨입니다."

"그렇다면."

나는 다시 물었다.

"이 문장 역시 회장님께서 창작한 내용인가요."

"글쎄요. 전 그렇게 보지는 않습니다. 회장님께서 직접 한자어로 문장을 만드실 만큼 한문에 조예가 깊지는 않았으니까요. 이 글은 고전(古典)에 나오는 문장 속에서 한 줄 따온 것이라고 생각합니다. 우연히 어떤 책을 보다가 이 말이 회장님의 마음을 움직였을 것입니다. 회장님은 이 문장을 자신의 평생에 걸친 좌우명으로 삼아 늘 가까이 두고 일상의 경계로 삼으셨을 것입니다. 정 선생님은 회장님의 호(號)가 무엇이었는지 아십니까."

"모릅니다. 회장님께서도 호를 갖고 계셨습니까."

내가 묻자 한기철은 식탁 위에 놓인 종이에 쓰인 문장 중에서 한곳을 가리켰다.

"여수(如水)입니다. 바로 '물과 같다'는 뜻이지요. 저희 비서실에서도 회장님이 언제부터 '여수'라는 호를 사용하셨던가를 정확히 모르고 있었습니다. 아마 20년이 훨씬 넘었을 것입니다. 회장님의 호를 도대체 누가 지어 주었는가도 모르고 있었습니다. 그런데 바로 지갑 속에서 이 종이가 발견된 이후에는 회장님이 스스로 이 문장 '재물은 평등하기가 물과 같다(財上平如水)'라는 다섯 자 중에서 '물과 같다(如水)'는 두 개의 한자를 빌려 호를 직접 만드신 것이 분명하게 밝혀진 것입니다."

한기철은 말을 이었다.

"기념관의 이름도 '여수기념관'으로 정해졌습니다. 결국 이 열 개의 한자어는 회장님께서 평생을 두고 자신의 본보기로 삼은 금언이라고 말할 수 있을 것입니다. 그 문장 중에서 두 자를 골라 자신의 호를 삼을 만큼."

한기철은 다시 술을 따랐다. 쉬지 않고 마셨으므로 술병은 다시 비어 있었다.

"저희들은 이 문장이 도대체 어디에서 왔으며 누구의 글인가, 그 원전(原典)을 모르고 있습니다. 얼마나 회장님께서 이 문장을 중요하게 생각하셨는가는 지갑 중에서도 가장 깊은 곳에 들어 있었으며 자신의 손으로 직접 필사(筆寫)하셨으며 그 문장 중에서 두 자를 빼어 자신의 호로 삼으신 것을 보아 분명히 알 수 있습니다. 한데 저희는 문헌상의 출처인 전거(典據)를 모르고 있습니다. 오늘 정 선생님을 뵙자고 요청을 드린 것은 바로 이 이유 때문입니다."

유리창 밖 작은 정원에는 햇솜을 두른 것처럼 흰눈이 한 겹 쌓여 있었다. 그새 그쳤는지 더 이상 눈은 내리지 않고 있었다.

"정 선생님께서 이 문장이 어디서 왔는가 그 출처를 밝혀주십시오. 선생님이야말로 이 일의 적임자라고 저는 생각하고 있습니다. 이 일은 작은 일처럼 보이지만 돌아가신 김기섭 회장님의 내면을 파헤치는 데 아주 중요한 실마리라고 저는 생각하고 있습니다."

그는 동의를 구하듯 내 얼굴을 쳐다보았다.

'財上平如水 人中直似衡'

나는 대답 대신 탁자 위에 놓인 김기섭 회장이 직접 쓴 출처불명의 문장을 바라보았다.

이 문장에서 호를 따온 여수(如水) 김기섭(金起燮). 굳이 표현하자면 흐르는 물처럼 살아가려 했던 김기섭. 그에 있어 이 열 자의 한자어야말로 평생에 걸친 기업활동의 모티브였던 것일까.

"어떠십니까, 정 선생님. 도와주시지 않겠습니까."

한기철은 내게 동의를 구하면서 말을 맺었다.

"정 선생님은 회장님께서 사업과 관계 없이 만나셨던 유일한 분이셨습니다. 도와주십시오. 저희를 도와주시지 말고 돌아가신 회장님을 도와주십시오."

나는 잠시 망설이다 대답하였다.

"최선을 다해 보겠습니다."

한기철은 내게 손을 내밀어 악수를 청했다.

"도와주실 줄 알았습니다. 고맙습니다, 정 선생님."

한기철은 건배를 하자면서 술을 한 병 더 시켰다. 술이 오자 그는 잔에 가득 술을 따라 내게 내밀었다.

그날 밤 늦게 우리는 헤어졌다.

헤어지기 전에 나는 다른 메모지를 구해 김기섭 회장의 지갑 속에 들어 있던 그 문장을 따로 천천히 베껴 썼다.

나는 한기철과 헤어져 눈 내린 도심을 걸었다. 끊겼던 눈발이 다시 흩날리기 시작하였고 매운 찬바람이 불어오고 있었다. 밤이 늦었고 눈이 많이 내렸으므로 거리에는 인적이 끊기고 차량의 불빛도 드물었다. 택시를 잡기 위해 지나가는 차들마다 손을 내밀면서 나는 중얼거려 말하였다.

"바퀴벌레 김기섭. 당신은 평생 재물을 모았지만 지갑 속에는 단 돈 이십원이 들어 있을 뿐이었소."

나는 웃음이 터져 흘렀다. 유쾌해서 웃고 또 웃었다.

제3장 비밀의 열쇠

　내가 석전(石田) 이석현(李錫玄) 선생이 혈압으로 쓰러졌다는 말을 전해들은 것은 아마 4, 5년 전쯤의 일이었을 것이다. 석전은 서예가이자 한학자였다. 한문에 조예가 깊고 금석문(金石文)에 해박하였다. 옛 비석이나 그릇 또는 쇠붙이 등에 새겨진 금석들을 해석하는 데는 당대 제일인자였을 것이다. 한문에도 조예가 깊어 많은 사학도들이 직접 찾아가 한문을 배우기도 했었다.

　내가 석전을 만나게 된 것도 한문 때문이었다. 역사소설을 쓰다 보면 수많은 자료 속에서 도저히 해석이 안 되는 한자로 된 문장들이 나오기 마련이었다. 옥편을 찾아봐도 그 뜻을 알 수 없는 것이 한문의 특징이었다. 그러나 석전은 단 한 번도 그 뜻을 풀이하는 데 막힘이 없었다. 중국에서 나온 오래된 원전이든, 국내에서 편찬된 고서든 문장 하나만 보더라도 그 출처를 알아볼 수 있을 만큼의 혜안을 갖고 있었다.

　석전이 쓰러졌다는 소문을 듣고서도 나는 한 번도 문병을 가지 않았었다.

  석전은 이미 고희가 넘은 나이일 것이다. 무엇이든 해박하고 걸림이 없지만 평생을 서도(書道)에 전념해왔으므로 풍을 맞아 반신불수의 몸이 되었다는 것은 곧 그의 죽음을 뜻하는 것이었다.

  그는 평소에 서예(書藝)란 말을 몹시 싫어했다.

  "글은 예(藝)가 아니다. 글이 예라면, 그렇다면 글을 쓰는 것이 기생이란 말이냐."

  그는 말했다.

  "글은 예가 아니라 도(道)인 것이다."

  그런 의미에서 그는 도인이었다. 서도에도 명인이자 달인이었지만 글씨를 써 출품을 하거나 글을 써서 팔지 않았다. 그는 평생 궁색하였다. 그러나 늘 한가롭고 여유가 있었다. 공교롭게도 풍을 맞은 쪽이 오른쪽이라 다시는 붓을 들지 못하게 되었다는 소문이 파다하였다. 그 소문을 듣자 더욱 찾아가지 못하게 되었다.

  마음이 아팠기 때문이다. 몸의 오른쪽 부분이 마비가 되어 거동이 자유롭지 못한 그의 모습을 직접 눈으로 본다는 것은 참담한 기분이었다.

  석전이 다시 붓을 든다는 소문을 들은 것은 신문지상에서였다. 아직 오른손이 자유롭지 못해서 왼손으로 새로 글을 쓰기 시작하였고 그것도 주먹 전체로 쥐는 악필(握筆)로 글을 쓴다는 것이었다.

  신문기사에는 석전이 오는 신춘에 서도전을 열 계획이라는 내용까지 실려 있었다.

  신문기사가 사실이라면 이는 충격적인 일이었다. 평생 동안 단 한 차례만 서도전을 열었던 석전이 병마로 쓰러진 후 산송장이 되었다가 재기해서 오른손에서 왼손으로 바꾸어서 좌수(左手)로, 그뿐인가 필법까지 바꾸어서 악필로 새로이 서도전을 열 계획이라니.

내가 돈암동의 석전 집을 찾아나선 것은 한기철을 만난 지 사흘째 되는 날이었다.

죽은 김기섭 회장의 지갑 속에 숨겨져 있던 열 자의 한문 '財上平如水 人中直似衡'의 출처를 밝혀내려면 그 적임자는 석전밖에 없다는 생각 때문이었다. 단 열 자로 이루어진 단문 하나를 들고 도대체 누구에게 물어 그 전거를 밝혀낼 수 있을 것인가.

막상 석전을 찾아가려 결심하자 나는 석전에게 미안하고 송구스러웠다. 병마와 싸우는 동안 찾아가 문병은커녕 하다못해 전화라도 걸어 문안인사도 못하지 않았던가.

평소에 술을 좋아하던 석전을 위해 위스키 한 병을 들고 그의 집으로 가는 언덕길을 오르면서 나는 혼자 빙그레 웃었다.

술 때문에 쓰러진 석전에게 다시 술 한 병을 사들고 5년 만에 방문하는 이 후안무치(厚顔無恥)여. 이 뻔뻔함이여.

며칠 동안 내렸던 눈은 그동안의 쌀쌀한 날씨로 얼어붙은 채 쌓여 있다가 갑자기 풀어진 봄날 같은 기후로 녹아 흐르고 있었다. 지금은 보기 드문 한옥으로 이루어진 골목길은 처마 끝에서 녹아내린 눈으로 질펀하게 젖어 있었다.

경사진 언덕 위에 석전의 집이 있었다.

퇴락한 한옥집이었다. 대문 위에 예전 그대로 석전의 문패가 내걸려 있었다.

본능적으로 초인종을 찾다가 나는 대문을 밀었다. 손으로 밀자 그대로 열렸다.

손바닥만한 마당에서 누군가 빨래를 하고 있었다. 대문을 열고 들어온 나와 눈이 마주친 여인은 석전의 부인이었다.

"안녕하세요. 저를 모르시겠습니까."

5년의 세월을 뛰어넘은 듯 전혀 변하지 않은 얼굴로 부인은 허리를 펴고 일어나 웃었다.

"아다마다요. 들어가보세요. 기다리고 계십니다."

부인은 마루를 향해 손을 가리켰다.

출발하기 전에 미리 전화를 걸어두었다. 댓돌 위에는 낯익은 석전의 흰 고무신이 보였다. 고드름이 맺힌 처마에서는 계속 눈이 녹아서 물이 틱톡, 틱톡 떨어지고 있었다. 고무신 곁에 하이힐 한 켤레가 놓여 있는 것으로 봐서 나보다 앞선 방문객이 있는 모양이었다. 나는 구두를 벗고 마루로 올라섰다. 방문은 열려 있었는데 안쪽에 한복을 입은 석전의 모습이 보였다.

"안녕하십니까, 접니다."

방안으로 들어서자 석전은 귀에 익은 목소리로 말하였다.

"자네 왔는가."

나는 엎드려 세배부터 하였다.

해마다 정초에는 찾아와 세배를 올리곤 했었는데 병마로 쓰러진 뒤로는 적조했었다.

후원으로 향한 덧문이 활짝 열려 있었다. 석전의 집은 언덕 위에 있었으므로 후원으로 향한 덧문을 열면 시야가 확 트여서 한옥들의 지붕이 파도처럼 넘실거리고 언덕 아래로 까마득히 굽어내려간 도시의 풍경이 그대로 한눈에 들어오고 있었다. 열려진 문으로 봄볕과 같은 따사로운 양광이 쏟아져 들어오고 있었다. 석전의 모습은 병마와 싸운 사람이라고는 보이지 않을 정도로 예전 그대로였다. 다만 아직 거동이 불편한지 앉아 있는 자세가 부자연스러웠고 발음소리가 부정확하고 약간 어눌하였을 뿐이다.

노인 옆에 웬 여인이 앉아 있었다. 여인은 무릎을 꿇고 앉은 자세로 먹을 갈고 있었다. 석전은 여자를 좋아하는 편이었다. 여자 중에서도 젊고 예쁜 여자를 좋아하였다. 그러나 여색(女色)을 탐하거나 호색(好色)하는 편은 아니었다.

"내가 좋아하는 것은 꽃의 꿀이 아니라 꽃의 향기야."

석전의 곁에는 여자가 그칠 새가 없었다. 석전은 자신을 따르는 여자들을 신도라고 부르고 그 여신도들은 석전을 교주님이라 부르곤 했다.

문밖에서는 자신의 늙은 아내가 한겨울에 빨래를 하고 있는데도 방안에서는 젊은 여인을 옆에 앉히고 여인의 향기를 맡고 있는 석전. 그러한 모습을 보자 나는 석전이 비로소 죽음에서 일어나 신생(新生)하였음을 실감할 수 있었다.

먹을 갈고 있는 여인의 정성들인 태도를 보아 석전에게 글이라도 한 장 받아가려는 모양이었다. 남에게 글을 써주는 것에 까다로운 석전은 그러나 젊고 예쁜 여자들이 부탁을 하면 의외로 쉽게 써주는 버릇이 있었다. 봄을 맞아 신춘 휘호(揮毫)라도 한 장 얻어 가려는 듯 여인은 무릎을 꿇고 앉아서 먹을 갈고 있었고, 석전은 마악 붓을 들어 글을 쓰려는 듯 방바닥에는 한지 몇 장이 놓여 있었다.

"인사하시지. 이쪽은 소설 쓰는 정상진이고 이쪽은 나의 여자 신도이지. 뭔 말인 줄 알겠는가."

"알겠습니다."

여인이 입을 가리고 웃고 나도 웃었다.

"가져온 게 뭔가."

"술입니다."

"위스키."

"그렇습니다."

"그것 좋지. 한잔 할까."

"하지만."

나는 망설였다. 천하의 호주 석전이라고는 해도 쓰러져서 반신불수의 5년을 보냈잖은가.

"하지만이고 뭐고 한잔 따라봐."

석전은 등뒤의 석상에서 유리컵을 집어들어 내게 내밀었다. 나는 할 수 없이 마개를 따고 술을 따랐다.

"애기야, 느두 한잔 할까나."

석전은 먹을 갈고 있는 여인에게 물었다.

"안 마실랍니다."

여인은 교태가 있었다.

"벌건 대낮 아닙니까."

벌건 대낮이 아니면 얼마든지 마시겠다는 듯 여인은 자꾸 입을 가리고 웃었다. 석전은 내게도 술을 따라주려 했지만 아무래도 손이 불편한 듯 술병을 쥔 손이 수전증 걸린 것처럼 와들와들 떨리고 있었다.

"제가 따라 마시겠습니다."

나는 자작했다.

"자, 마시자구."

잔을 들어 건배한 후 석전은 술을 마시기 시작하였다. 병마 때문인지 예전처럼 벌컥벌컥 술을 들이켜는 것이 아니라 혀 끝에 술을 축이는 정도였다.

"그래 몸은 좀 어떠십니까."

"많이 났어. 헌데 말이야, 자지가 예전 같지 않아."

석전은 옆에 여인이 앉아 있든 말든 상관치 않고 입을 열어 말하였다.

"몸뿐 아니라 자지도 풍을 맞았나봐. 그래서 말이야, 답십리 어딘가에서 침까지 맞았어. 그래도 안 돼."

석전은 당장이라도 바지를 벗어 보일 듯 고의춤에 손을 집어넣었다. 시도 때도 없이 고의춤에 손을 집어넣고 사람이 있건 없건 성기를 만지작거리는 것이 그의 버릇이었다.

한복의 바지가 흔들리는 것으로 보아 손으로 자신의 성기를 장난감처럼 만지작거리는 것이 분명해 보였다.

"도대체 뭘 하고 계십니까."

내가 민망한 목소리로 묻자 석전은 대수롭지 않게 대답했었다.

"뭘 하긴. 그냥 꽃향기에 취해 있을 뿐이네."

석전은 흘깃 먹을 갈고 있는 여인의 모습을 쳐다본 후 말을 이었다.

"눈에는 눈, 이에는 이, 바람에는 바람이지. 몸에 풍을 맞았으니 이를 푸는 것도 오직 풍뿐이네. 풍 중에 으뜸이야 계집이 아닌가. 안 그런가."

여인은 여전히 웃고 있었다. 나는 대답했다.

"전 모르겠습니다."

그러자 석전이 내게 물었다.

"도대체 무슨 일로 왔는가."

"오랜만이라 세배 드리러 왔습니다. 문안인사 드릴 겸도 해서요."

"그것 말고 또."

석전에겐 과연 비범함이 있었다. 상대방의 마음을 꿰뚫어 보는 능력이 있었다.

"실은."

나는 솔직하기로 했다.

"선생님께 여쭤볼 일이 있어서 찾아왔습니다."

"뭔데."

나는 주머니에서 지갑을 꺼냈다. 그 지갑 속에서 김기섭 회장의 지갑 속에 들어 있던 문장을 베낀 메모지를 꺼내들었다.

"최근에 우연히 문장 하나를 발견했는데 영 오리무중이라서."

"자네 요즘두 역사소설 쓰는가."

"소설 때문에 찾아온 것은 아닙니다."

"이리 줘봐."

나는 그에게 메모지를 건네주었다. 그는 탁상 위에 놓인 안경을 집어들고 썼다. 비스듬히 앉은 채 그 문장을 읽어내렸다.

"뭐야."

그는 시시하다는 듯 그 메모지를 내던졌다. 그의 모습을 본 순간 나는 됐구나, 하는 느낌을 받았다. 무엇인가 자신있을 때면 그는 집 어던지는 버릇이 있었다. 붓을, 화선지를, 어떤 때는 벼루를.

"도대체 무엇을 알고 싶어 왔는데. 문장의 뜻인가."

"아닙니다."

"그렇다면 문장의 뜻은 알고 있단 말인데, 네 이놈 어디 한번 일러보아라."

"글쎄요."

나는 웃었다. 나는 거칠게 몰아붙이는 석전의 태도로 봐서 이미 찾아온 소기의 목적은 달성했다고 생각했다. 이렇게 된 바에야, 한 방망이 얻어맞거나 먹물을 뒤집어쓴다고 해도 아쉬울 것이 없었다.

"이런 뜻이 아닙니까. 재물은 평등하기가 물과 같고 사람은 바르기가 저울과 같다."

"그것 말고 또."

"그것 말고 또 있습니까."

내가 능청떨자 석전은 고함을 질렀다.

"미친놈. 당장 돌아가, 이 나쁜 놈아."

"돌아간들 갈 데가 있어야지요."

"헛허허. 미친놈."

느닷없이 석전은 먹을 갈고 있는 여인의 손을 끌어 자신의 손으로 어루만졌다. 여인은 웃기만 할 뿐 손을 뿌리치거나 내치려 하지 않았다.

"도대체 뭘 알고 싶어 왔는데."

"그 문장이 어디서 나온 말인가 그 전거를 밝히기 위해서 찾아왔습니다."

"…이놈아, 그것두 몰라."

"그렇다면."

나는 다시 능청을 떨었다.

"선생님은 아십니까."

"이놈아, 내가 모르는 것이 있더냐. 어디 한번 일러보아라. 내가 뭘 모르던지."

"성은이 망극하여이다."

"엣따 이 미친놈."

석전은 잡았던 여인의 손을 휙 뿌리치면서 껄껄 소리내어 웃었다.

"이 문장은 《가포집(稼圃集)》이란 책 속에 나오는 글이다. 뒤에 이 책을 쓴 저자는 자신이 쓴 시를 추려서 따로 한 권의 책을 더 만들었다. 그 책의 이름은《적중일기(寂中日記)》.《가포집》에 실린 시들은 대부분 창화시(唱和詩), 즉 시를 읊으면 다른 사람이 받아 노래하는 화답시인데 이 문장은 만년에 저자가 자영(自詠)해서 뽑아 추린《적중일기》에도 함께 보이고 있다. 저자가 직접 쓴 시라고도 하고 혹은 저자가 죽은 뒤 그의 인격을 기려서 주위 사람들이 쓴 만시(輓詩)라고도 부르고 있다."

석전을 쓰러지게 한 풍의 화살도 그의 육체는 꿰뚫었지만 그의 기억력이나 총기는 무너뜨리지 못한 모양이었다.

"그가 누구입니까."

내가 묻자 석전은 딴청을 부렸다.

"내가 이미 말하지 않았느냐."

"언제 말씀하셨습니까."

"이놈아."

석전은 소리쳤다.

"이 글을 쓴 사람이 자신이 쓴 시를 모아《가포집》을 만들었다고 말하지 않았더냐."

"그렇다면 쓴 사람의 이름이 가포(稼圃)입니까."

"이놈아, 가포라는 이름이 어디 있느냐. 가포라는 것이 호면 몰라도."

"그렇다면 가포가 누구입니까."

나는 다시 한번 되물었다.

"이 글을 쓴 사람은 무엇을 하던 사람입니까. 시를 쓰고 글을 짓던 문사입니까."

"그것 말고 또."

석전은 머리를 흔들면서 말하였다.

"평생 자신이 쓴 창화시를 따로 모아 가송(歌誦)할 만한 시가 수백 수가 넘지만 가포는 시인은 아니다."

"그러하면."

내친김에 다시 한번 묻자 석전은 물끄러미 나를 쳐다보았다.

"내가 나를 모르는데 내가 어찌 그를 알겠느냐."

그의 표정에는 장난기가 없었다.

"그는 도인(道人)이다."

"도인이라면 스님입니까."

"중이 될 뻔했지만 중은 아니었다."

"그렇다면 무슨 도인이었습니까."

그는 몸을 일으켰다. 그는 던졌던 붓을 다시 집어들었다. 붓에 먹을 묻히자 옆에 앉아 있던 여인이 반사적으로 종이를 펼쳐들었다. 석전은 손바닥으로 붓을 세워들었다. 그는 종이 위에 단숨에 글을 써내려갔다.

석전이 쓴 글자는 단 두 자였다.

'商道'

나는 석전이 종이 위에 쓴 두 자의 글씨를 바라보았다.

이 두 자의 뜻은 무엇인가. 굳이 말하자면 '상업의 길'이란 뜻이 아닐 것인가. 이 말은 흔히 쓰이는 단어는 아니다. 흔히 '길 도(道)' 자는 종교적인 의미로 쓰여지는 단어가 아닐 것인가. 이를테면 수도(修道)라든가, 석전이 자신을 서예가라면 싫어하고 굳이 서도인(書道人)이라고 표현하듯이.

나는 석전을 바라보았다.

"가포는 상인이었습니까."

석전은 대답했다.

"그렇다. 가포는 장사꾼이었다."

"장사꾼에 불과한 사람을 어찌해서 선생님은 도인이라고 부르셨습니까. 게다가 상도(商道)라는 경칭을 붙이셨습니까."

"이눔아."

갑자기 석전은 소리를 높였다.

"너는 명색이 작가라면서 어찌 그것을 모르느냐. 이 세상에 도가 아닌 게 어디 있겠느냐. 거지에게도 거지의 도가 있으며, 성인은 성인의 도가 있다. 계집은 계집으로서의 도가 있으며, 하늘을 나는 새도 새 나름의 도가 있다. 이 세상에 도 아닌 것이 어디 있겠느냐. 그리하여 일찍이 노자는 이렇게 말하지 않았느냐. '도라고 말할 수 있는 도는 단순한 도가 아니다(道可道非常道).' 이 말은 이 세상 만물 모두에게는 도의 본체가 있다는 뜻이다. 그뿐이냐. 너는 이 세상에서 가장 뛰어난 도둑놈이 누구인 줄 아느냐."

나는 생각했다. 그러나 마땅한 이름이 떠오르지 않았다.

"모르겠습니다."

"역사상 가장 뛰어난 도둑놈은 도척(盜跖)이었다. 사마천(司馬遷)이 쓴 《사기》에도 도척을 대도(大盜)로 기록하고 있으며 그를 이렇게 표현하고 있다. '도척은 모질고 사나웠지만 그의 부하들은 도척의 신의를 한없이 칭찬하였다. 이런 판단으로 보면 혁대의 갈고리 단추를 훔친 자는 처형이 되고 나라를 훔친 자는 제후가 된다는 말이 사실이 되어버린다.' 그렇지 않느냐. 남의 돈 천원을 빼앗은 자는 강도가 되어 처벌을 받지만 군사를 일으켜 탱크로 정권을 훔친 도둑들은 대통령이 되고 장관이 되고 국회의원이 되어버리지 않느냐."

석전은 오늘의 현실을 빗대어서 목소리를 높여 말하였다. 5년간의 병상생활로 아직 혀가 온전히 풀리지 않아 말이 어눌하였을 뿐 말하는 힘과 속도는 여전하였다.

"장자(莊子)는 한갓 대도에 불과한 도척을 성인(聖人)이라 일러 표현하였다. 한 도둑놈 졸개가 도척에게 물었다. '도둑에게도 도가 있습니까.' 그러자 도척은 이렇게 대답하였다. '물론 도둑에게도 도가 있다.' 졸개 도둑놈은 이해가 되지 않았다. 그래서 다시 물었다. '어찌 남의 물건을 훔치는 도둑놈에게 도가 있습니까.' 그러자 도척은 대답했다. '이 세상의 모든 일에는 도가 있는데 하물며 도(盜)에도 도(道)가 있을 수 없겠느냐.' 이 말을 들은 졸개 도둑은 다시 물었다. '어떻게 하면 도둑의 도에 이르겠습니까.' 그러자 도척은 말했다. '그냥 도둑이 되고 싶다면 그냥 남의 물건을 훔치면 된다. 그러나 네가 정말 큰 도둑이 되고 싶다면 반드시 지켜야 할 다섯 가지의 도가 있다. 이것을 지키지 못하면 절대로 대도를 이루지는 못할 것이다.' 졸개 도둑이 비로소 도척에게 무릎을 꿇고 간청하였다. '스승님, 저에게 도둑으로서의 도를 가르쳐 주십시오.' 이 말을 들은 도척은 이렇게 대답하였다."

석전은 잠시 말을 끊었다. 그의 목소리에는 막힘이 없었다. 그러나 단숨에 많은 말을 토해냈기 때문에 그는 숨이 가빴다.

"아가야."

석전은 옆자리에 앉은 여인에게 말하였다.

"얼른 물 한 잔 갖고 오너라."

여인이 물을 갖고 오자 단숨에 들이켜고 나서 석전은 다시 말을 이었다.

"도척은 도둑의 도에 대해서 다음과 같이 말하였다. '집안에 간직한 재물을 밖에서 추측할 수 있는 것을 성(聖)이라고 한다. 이것이 도둑이 지켜야 할 제1의 도다. 그 다음엔 선두에 서서 남의 집에 들어가는 것을 용(勇)이라고 한다. 이것이 도둑이 지켜야 할 제2의 도다. 그 다음엔 맨 나중에 나오는 것이 의(義)라고 한다. 이것이 도둑이 지켜야 할 제3의 도인 것이다. 그 다음 도둑의 성공 여부를 판단하는 것을 지(知)라고 한다. 이것이 도둑이 지켜야 할 제4의 도인 것이다. 가장 마지막에는 훔쳐온 물건을 덜 갖고 치우침 없이 공평하게 나누는 것을 인(仁)이라고 한다. 이것이 도둑이 지켜야 할 제5의 도인 것이다. 이 다섯 가지의 도를 터득하지 못하면 천하에 이름을 떨치는 큰 도둑은 절대로 되지 못할 것이다.'"

석전은 나를 쳐다보았다.

"성(聖), 용(勇), 의(義), 지(知), 인(仁). 이 다섯 가지의 도를 터득하지 못하면 절대로 큰 도둑이 되지 못한다고 도척은 말하였다. 이것이 '도둑의 도'란 것이다. 이름하여 '도도(盜道)'라고 부른다."

석전은 느닷없이 자신이 쓴 종이를 내게 집어던지면서 일갈하였다.

"이놈아, 한갓 남의 물건을 훔치는 도둑에게도 '도둑의 길'이 있는데 어찌하여 남에게 물건을 파는 상인에게 '상인의 길'이 없다고 하겠느냐. 네가 좀 전에 보여주었던 문장을 쓴 사람은 큰 상인이었다. 한갓 큰 도둑에게도 지켜야 할 다섯 가지의 도가 있듯이 그 어른에게도 평생 동안 지켜나간 상도가 있었다. 내가 그 어른을 도인이라고 부른 것은 바로 그런 이유에서였다."

"그렇다면 그분의 존함은 무엇입니까."

나는 조심스럽게 입을 열어 물었다. 석전은 내 얼굴을 물끄러미 바라보았다. 잠시 짧은 침묵 끝에 석전은 대답하였다.

"그 어른의 이름은 임상옥(林尙沃)이다. 본관은 전주(全州)이고,

자는 경약(景若)이며, 호는 가포라고 하였다. 조선 후기 대략 1800
년대 중반 사람으로 평안북도 의주에서 태어난 대표적인 의주 상인
이다."

임상옥(林尙沃).

마침내 석전의 입을 통해 밝혀진 이름. 독일의 고속도로에서 교
통사고로 숨을 거둔 김기섭 회장의 지갑 속에 깊숙이 숨겨져 있던
수수께끼의 문장. 열 개의 한자로 된 '財上平如水 人中直似衡'의 문
장을 쓴 상인의 이름. 한기철의 추측이 정확하다면 김기섭 회장의
좌우명이었던 이 금언을 통해서 김기섭은 평생 동안 임상옥이란 사
람을 사숙(私淑)해온 사실이 마침내 드러나게 된 것이다.

그날 오후 늦게 나는 석전의 집을 나섰다.

저녁을 먹고 가라고 석전은 만류하였지만 아무래도 석전의 부인
을 수고롭게 해야 할 것 같았기 때문에 나는 일어서기로 하였다.

그러나 석전에게 헤어지기 전에 부탁할 일이 있었다. 그것은 김기
섭 회장의 지갑에서 나온 문장을 석전의 글씨로 받고 싶은 욕망 때문
이었다. 나는 잘 알고 있었다. 석전은 쉽게 남에게 글을 써주지 않는
다는 것을. 개인적인 친분도 그에게는 소용이 없었다. 오히려 그날
그날의 기분에 따라서 내키는 대로 써주고 말고 하였던 것이다.

"글을 한 자 써주시겠습니까."

일어서기 전에 내가 눈치를 보면서 말하자 석전은 의외로 선선히
대답하였다.

"무슨 글을 받고 싶은데."

"임상옥의 문장입니다. 좀 전에 보여드렸던."

"자네는 글쟁이지 장사꾼이 아니지 않은가."

"그럴 이유가 있습니다. 훗날 따로 말씀드리겠습니다."

"그럼 먹을 가시게나."

나는 벼루에 물을 부어 먹을 갈았다. 충분히 먹을 갈기를 기다려 석전은 붓에 먹을 이리저리 묻혀보았다. 충분히 붓에 먹이 스며들기를 기다려 석전은 몸을 일으켜 앉았다. 그는 온몸 전체로 붓을 쥐듯 혼신의 힘을 다해서 붓을 세워들었다. 내가 선지를 펼치자 그는 비수를 들어 맹수의 숨통을 끊어버리듯 격렬한 몸짓으로 붓을 종이 위에 내리찍었다. 그의 손은 와들와들 떨리고 있었지만 그 떨림이 오히려 필체에 독특한 영향을 미치고 있었다. 그는 일순의 머뭇거림도 없이 종이 위에 열 자의 문장을 써내려갔다.

'財上平如水 人中直似衡'

단숨에 문장을 종이 위에 휘지(揮之)하고 나서 석전은 붓을 던져 말하였다.

"이 열 자의 글 속에 수미산(須彌山)이 다 숨어 있다. 이 열 자의 짧은 문장 속에 임상옥의 상도가 다 깃들어 있는 것이다."

입이 타는지 석전은 술을 입가에 적셔 향기를 맡고 나서 입을 열어 말하였다.

"그러나."

그는 몹시 지쳐 보였다.

"나이 40세 때 임상옥은 자신의 늙은 어머니께 말하였다. 그때 임상옥의 노모는 자신의 아들에게 이렇게 물었다 한다. '아들아, 네가 조선에서 제일가는 부자라고들 하는데 도대체 얼마만큼의 갑부이냐.' 그러자 임상옥은 이렇게 대답하였다. '어머니, 제 은괴를 쌓으면 마이산(馬耳山)만 하고 제 비단을 쌓으면 저 남문루(南門樓)만 합니다.' 그러나 도대체 무슨 소용 있겠는가. 마이산만큼의 은괴를 갖고 있고, 남문루만큼의 비단을 갖고 있다 하여도 그의 누만금(累

萬金)은 이제 간 곳이 없고 오직 남아 있는 것이라고는 이 한 줄의 시뿐이 아니겠는가. 아니 그런가."

열린 문밖으로 어두워져 가는 겨울 저녁의 풍경이 펼쳐지고 있었다. 이야기 도중에 석전 옆에 앉아 있던 여인은 어느새 나가버리고 방안에는 석전과 단둘뿐이었다.

나는 더 이상 앉아 있을 필요가 없다고 생각했다. 석전도 몹시 피로해 보였다. 나는 석전이 써준 글씨를 구겨지지 않도록 둘둘 말아 들고서 방을 나섰다.

"갈 테면 가고 말 테면 말아라."

"성은이 망극합니다. 만수무강하옵소서."

나는 석전을 만날 때마다 하던 버릇대로 작별인사를 하였다. 그리고 도망치듯 석전의 집을 나섰다.

언덕길은 어두워져 있었다.

가로등에는 불이 켜져 있었고 거리에는 벌써 노점상들이 나와 있었다. 푸근했던 한낮과는 달리 저녁이 되자 날씨가 쌀쌀해져서 녹았던 물기가 살얼음이 되어 거리는 미끄러웠다. 미끄러지지 말라고 여기저기 구공탄 재를 던져버린 곳을 찾아 걸으면서 나는 생각했다.

마침내 석전의 집을 찾아온 소기의 목적을 이루었다.

교통사고로 죽은 김기섭 회장의 주머니 속에 들어 있던 단 하나의 유품인 낡은 지갑. 그 지갑 속에 들어 있던 수수께끼 문장의 출처를 밝혀낸 것이다. 그 수수께끼 문장은 임상옥이 말년에 쓴 만시(輓詩)였다. 임상옥은 150년 전에 죽은 우리나라 최고의 거상(巨商)이었지만 다른 역사적 인물만큼 잘 알려진 사람은 아니었다. 그런데 어째서 김기섭 회장은 임상옥을 마음속으로 존경하고 그를 사숙하였던 것일까. 그를 사숙하지 않았다면 그가 쓴 만시 한 문장을 직접 써서 지갑 속에 넣어 가지고 다녔을 리는 없는 것이다. 그뿐인가. 김기섭 회장은 임상옥이 남긴 문장 '財上平如水'에서 두 개의 단어를 취해 '여수(如水)'를 자신의 호로 삼지 아니하였던가.

석전은 일개 장사꾼에 불과하였던 임상옥을 도인으로 표현하였고, 그를 '상도(商道)'를 터득한 성인이라고까지 극찬하였다. 누구든 입에 오르면 사기꾼에 도둑놈이 되어버리는 독설가인 석전에게 성인으로까지 칭송받은 임상옥을, 그렇다면 김기섭 회장도 평생을 통해 존경하고 사숙할 만큼의 사표(師表)로 생각해왔단 말인가.

한옥으로 이루어진 경사진 골목길을 내려오면서 나는 중얼거렸다.

죽은 김기섭 회장이 그토록 존경하였던 임상옥, 그는 누구인가.

날씨가 쌀쌀해지자 푸득푸득 털갈이하는 짐승에서 잔털이 날리듯 밤하늘에서 싸락눈이 다시 흩날리기 시작하였다.

그렇다면.

나는 석전으로부터 받은 종이가 구겨지지 않도록 주의하면서 천천히 언덕길을 걸어내리며 생각하였다.

석전이 그처럼 칭송하였던 임상옥, 그는 누구이며 어떤 생을 살아왔던 것일까.

임상옥을 추적하는 것이 김기섭의 궤적을 추적하는 또 다른 맥(脈)일지도 모른다.

나는 김기섭이 남긴 수수께끼의 문장을 통해 알게 된 새로운 인물 임상옥에 대한 강한 호기심을 느꼈다. 그런 의미에서 열 개의 글자로 된 짧은 '財上平如水 人中直似衡'이란 수수께끼의 문장은 내게 임상옥이라는 인물의 내면을 열어 보인 비밀의 열쇠였던 것이다.

석전의 집을 다녀온 지 열흘 후쯤 나는 조간신문에서 뜻밖의 기사를 보았다. 언젠가는 몸이 회복되어 다가오는 새봄에는 봄맞이

서도전을 열겠다는 의지를 보였던 석전이 그만 다시 쓰러져 영영 회복되지 못하고 죽어버린 것이다.

충격 속에서 나는 석전의 집을 떠나올 때 나누었던 우리들의 마지막 작별인사를 떠올렸다.

"성은이 망극합니다. 만수무강하옵소서."

그 말이 이 지상에서 나눈 석전과의 마지막 인사말이 되었다. 만수무강하시라는 마지막 작별의 말이 그대로 어긋나버리고 말았다. 만수는커녕 한 식경(食頃)의 단명으로 석전은 이 세상을 버린 것이다.

그러므로 그가 써준 임상옥의 글이야말로 석전이 내게 남긴 마지막 유작이 되어버리고 말았다. 공교롭게도 석전과 헤어져 온 다음날 나는 표구점에 가서 석전의 글씨를 액자에 넣어 표구하였다. 그 액자를 잘 보이는 벽면에 걸어놓고 보면 볼 때마다 명품이라고 감탄하고 있을 때 석전이 죽어버린 것이다.

불과 두 달이 채 못 되어 나는 두 사람의 지기(知己)를 잃어버렸다. 한 사람은 기평그룹의 총수 김기섭이었으며, 또 한 사람은 평생을 붓글씨 쓰면서 백면서생으로 보낸 야인 석전 이석현이었다. 두 사람은 살아 있는 동안 한 번도 만난 적이 없었다. 공통점이 없는 전혀 이질적인 사람들이었지만 액자 속에 표구된 석전이 쓴 임상옥의 문장은 두 사람을 마치 탯줄처럼 연결시켜주고 있다.

김기섭과 이석현을 결합시켜주는 연결고리, 임상옥에 대한 추적은 이렇게 해서 시작되었다.

제4장 운명의 밤

1

1801년. 재위 24년 만에 선왕이었던 정조(正祖)가 49세의 나이로 승하하고 뒤를 이어 순조(純祖)가 즉위한 그 원년인 신유년.

임상옥은 청나라의 왕도인 연경(燕京)에 도착하였다. 고향인 의주를 떠난 지 거의 한 달 가까운 25일 만의 일이었다.

의주에서 연경까지의 거리는 2천 하고도 30리의 까마득히 먼 길이었다. 하루에 백 리를 꼬박 걸어도 한 달 가까이 걸리는 노정인 것이다. 때문에 이 노정을 상인들이나 혹은 어쩔 수 없이 해마다 동짓달이면 청나라에 사신으로 떠나야 하는 동지사(冬至使)들은 '아니 갈 수 없어서 가긴 가되 죽기보다 가기 싫은 길'이라고 부르곤 했다.

한양에서 의주까지는 2천 리가 더 되어 왕복으로 치면 한 번 다녀오는 데 자그마치 8천 리의 먼 길인 것이다. 얼마나 먼 길이었으면 박지원(朴趾源)은 《열하일기(熱河日記)》에서, 정조 4년(1780년) 6월

24일 압록강을 건너 8월 2일에야 청의 왕도인 연경에 도착했다고 기록하고 있었다.

임상옥이 연경에 도착한 것은 그해 가을 9월이었다. 이미 수차례 연경을 드나들던 임상옥이어서 2천30리의 연경길이 제 손바닥 보듯 훤하였지만 이번의 여정이야말로 어떤 의미에서는 초행길이라고 말할 수 있을 것이다.

임상옥이 처음으로 연경에 간 것은 18세 때 사행길에 따라나서면서였다. 그때 임상옥은 사신 행렬의 말몰이꾼으로 고용되었다.

그의 아버지 임봉핵(林鳳翮)도 의주 상인이었으며 주로 사신 행렬을 따라서 연경을 드나들어 후시(後市)무역을 하던 보따리장수였다.

원래 임진왜란 중인 1593년부터 압록강의 난지도에서 조선의 기근구제와 군미조달을 위해 중국과의 국제교역이 이루어지기 시작했는데, 이를 섬의 이름 중강(中江)을 따서 중강개시(中江開市)라 하였다. 개시무역은 국가에서 공인한 공무역으로 바로 중강개시에서 비롯되었던 것이다.

그러나 이런 국제교역이 활성화된 것은 명나라가 멸망하고 청나라가 중국을 지배하기 시작하였던 17세기부터였다.

오늘날의 압록강 지역을 자신들의 모태로 해서 중국을 지배할 수 있었던 청나라는 자연히 회령, 경원, 책문(柵門) 등의 변경지역에 시장을 속속 개시하였다. 책문과 강 하나를 사이에 두고 있는 변경도시 의주는 따라서 중국과의 무역을 하는 최전방의 상도(商都)였다.

당시 조선의 상권은 세 곳의 국경지대에서 좌우되었다. 대마도의 일본 장삿배를 상대하였던 동래의 왜관, 여진족의 담비가죽을 사들이던 회령·경원지방, 그리고 청나라와의 사이에 밀무역시장으로 유명했던 책문후시(柵門後市)였다.

개시(開市)가 국가에서 공인하는 공무역이라면 후시(後市)는 상인끼리 주고받는 일종의 밀무역이었다.

　이 세 곳의 국제무역권 중에서도 그 으뜸은 천하의 중원 한복판에서 중국 비단을 주로 취급하였던 의주 상인들이었다.

　중국을 상대로 무역을 하는 상인을 일컬어 만상(灣商)이라 하였는데 이는 의주의 원 이름이 용만(龍灣)으로 고려시대 때까지는 용만현으로 불렸기 때문이었다.

　임상옥의 집안은 4대째 의주에서 만상을 하던 전통적인 장사꾼의 집안이었다. 그러나 만상이라 해도 큰 자본도 없는 보따리장수에 불과했던 임상옥의 아버지 임봉핵은 주로 해마다 청나라로 들어가는 동지사 행렬을 따라 북경으로 가서 인삼을 팔고, 그에 합당하는 비단을 사서 돌아와 되파는 보따리장수였던 것이다.

　임상옥의 아버지 임봉핵은 누구보다 중국어에 능통하였다. 중국어뿐 아니라 만주어에도 능통하여 사신 행렬에서는 자연 우대를 받았다.

　임봉핵이 꿈꾸었던 소망 하나는 역과(譯科) 시험에 합격해서 역관이 되는 일이었다.

　임봉핵이 역관을 꿈꾸었던 것은 자신이 중국어에 능통하였을 뿐 아니라 큰돈을 벌 수 있었기 때문이었다. 그 당시 역관들은 사신들과 함께 중국에 파견되어 통역임무를 담당하고 있었고 중국이나 일본에서 사신이 올 때면 조정에 나아가서 통역을 맡곤 했었다.

　역관의 선출은 문과, 무과와 더불어 3년마다 한 번씩 실시되는 과거시험인 역과를 통해 이루어지곤 했었다. 그밖에 수시로 국가에 경사가 있을 때는 이를 경축하기 위해서 증광시(增廣試)가 실시되어 역관의 수는 필요 이상으로 넘쳐 있었다.

이들의 봉급을 일일이 줄 수 없었던 조정에서는 역관들에게 사신을 수행하여 외국에 갈 때마다 밀무역하는 것을 허락함으로써 자연 역관들은 떼돈을 벌 수 있게 되었다.

역관들이 무역자금으로 중국에 가져갔던 것은 주로 인삼이었다. 당시 인삼은 국내의 생산물 중에서 가장 높은 효용가치를 갖고 있었고, 중국에서는 약용으로 인기가 있었기 때문에 교역에 유리한 품목이었다.

역관들에게 허락된 무역자금은 팔포(八包) 무역이었다. 팔포란 인삼을 10근씩 한 꾸러미(包)로 묶어 모두 여덟 꾸러미까지 포장한 부피, 즉 80근의 인삼정액 내에서 역관들은 공공연하게 밀무역을 할 수 있었던 것이다.

이에 따라 당시에는 인삼 1근당 은 25냥으로 환산하여 인삼 80근 대신 은 2천 냥을 팔포정액으로 규정하였다. 이것은 당시 쌀로 환산하면 수천 석에 해당되는 막대한 거금이었다.

임상옥의 아버지 임봉핵이 역관을 꿈꿨던 것은 바로 그러한 이유 때문이었다. 해마다 사신을 따라 연경을 드나들며 통역을 하였지만 정식 역관이 아니었으므로 그가 취급하는 인삼은 겨우 한 보따리, 즉 대여섯 근에 불과하였다. 그것도 운이 좋아야 한밑천 버는 것이지 대부분 금문(禁門)에서 발각되어 압수를 당하곤 했다.

사신이 국경을 떠날 때에는 압록강 구룡정(九龍亭) 나루터가 조선 땅덩어리의 마지막 언덕이었다. 사행이 떠날 때에는 구룡정까지 평안감사와 의주부윤이 관기들을 데리고 와서 최후의 석별인사를 나누었다. 역관은 역관대로, 통인(通引)은 통인대로, 마두(馬頭)는 마두대로 끼리끼리 정을 나누며 석 잔 술을 마시고 배에 올라서면 기생들은 일제히 부채를 펴들고 배따라기를 부르곤 했다.

이러한 낭만적 풍경과는 달리 사행이 압록강을 건너는 날이면 압록강변 모래바닥에는 첫새벽부터 출입을 금지하는 문이 세워졌다. 일종의 세관이 설치되는 것이다. 모래바닥에 깃발 세 개를 꽂아 문을 삼고 의주부윤과 서장관이 지켜보는 자리에서 사행 따라 배를 타는 중인 3백여 명을 샅샅이 검색하는 것이다. 금수품을 조사하는 문은 첫째 문, 둘째 문, 셋째 문의 3문(三門).

그 문 앞에서 웃옷을 풀어헤치고 바지 아래 사타구니까지 검색관이 쓱쓱 훑는데, 찾는 물건은 황금이나 진주, 담비가죽이나 인삼 등의 금수품들이었다.

이 당시의 금법(禁法)은 이런 조문이었다. '첫째 금문에서 발각되면 물건을 압수당하고, 둘째 금문에서 발각당하면 볼기를 까고 곤장을 치며, 셋째 금문까지 숨겨 나오다가 발각되면 목을 쳐서 금문 깃대 꼭대기에 내어건다.'

국경을 넘어가니까 아무리 사신 행차라지만 한 사람 한 사람의 인상서(人相書)도 꾸몄다. 성명, 거주지, 나이에다 생김새 등 신체적 특징들을 기록하는, 오늘날의 여권과 같은 호조(護照)였다.

임봉핵은 번번이 첫 번째 금문에서 발각당해 인삼을 압수당하곤 했었다.

고심 끝에 생각해낸 것이 '음성도강(陰性渡江)'이었다. 의주 상인들은 사신 행렬보다 며칠 앞서 강을 건너가 미리 기다리곤 했었다. 그러나 이런 보따리장사로는 호구지책 정도에 불과하였다.

임상옥의 아버지 임봉핵은 네 번에 걸쳐 과거를 보았다. 그러나 그는 번번이 낙과하였다. 누구보다 만주어에 능통하다고 자부하고 있었던 임봉핵은 그 이유를 전혀 알 수 없었다.

마침내 그는 자신의 선조가 비천한 계급의 종자임을 알게 되었다. 임봉핵은 평생 노력해도 가난한 보따리장사꾼의 신세를 벗어날 수 없음을 깨닫게 되었으며 그는 몹시 실망하였다.

그러던 어느 날 임봉핵은 술에 취해 압록강에 빠져 죽었다. 임상옥의 나이 스무 살 때의 일이었다. 사람들은 임봉핵이 술에 취해 실족해서 물에 빠져 익사했다고 말하였지만 실은 그가 세상을 비관하여 죽었다고 수군댔다.

임봉핵의 시신이 발견된 것은 압록강변의 통군정(統軍亭) 앞 모래밭이었다. 통군정 앞 백사장은 압록강변 중에서 제일의 절경으로 손꼽히는 곳이었다.

스무 살의 젊은 나이에 아버지를 잃은 임상옥은 앞이 난감하였다. 기록에 의하면 임상옥의 아버지는 죽을 때 엄청난 부채를 남기고 죽었다고 한다. 임상옥은 아버지가 빚을 진 상점에 점원으로 들어가 빚을 탕감할 수밖에 없었다.

그 당시 의주 상인들의 풍습으로는 사람을 고용해도 품삯이라고는 없었다. 먹여만 줄 뿐, 5년이고 10년이고 데리고 있다가 싹수가 없으면 내쫓고 싹수가 보이면 주인이 자본을 대주고 독립을 시켜주는 것이 상례였었다.

임상옥은 3년간 문상(門商)에 점원으로 취직하여 충실하게 주인을 섬겼다. 문상이란 중국을 상대로 장사하는 점포를 말함인데, 아버지가 빚을 진 상점에서 빚 대신 자신의 몸을 담보로 잡히고 부지런히 일을 하였다.

아버지가 남긴 빚은 평생을 점원으로 일해도 갚을 수 없는 엄청난 금액이었다. 임상옥은 한눈팔지 않고, 눈을 뜨고 일어나는 꼭두새벽부터 잠이 들 때까지 쉬지 않고 일을 하였다. 임상옥이 일을 하던 문상의 주인은 홍득주(洪得柱)란 사람이었다.

홍득주가 스무 살에 불과한 임상옥을 신뢰하였던 것은 임상옥이 어린 나이임에도 인삼에 대해서 특별한 안목을 갖고 있었기 때문이었다. 어릴 때부터 임상옥은 아버지를 좇아서 수없이 인삼을 봐왔으므로 인삼에 대해서 일가견이 있었다.

하루는 홍득주의 집으로 노인 한 사람이 찾아왔었다. 늦은 가을이었다. 보통 산삼을 캐러 산으로 떠나는 때는 초가을이고 심마니들이 산에서 내려오는 것은 늦가을이었다. 노인은 머리에는 노캇(종이 노끈으로 짠 모자)을 쓰고 굴걸피(옷)로는 이슬치(겉바지)를 걸치고 디디게(신발)를 신고 마내시리(지팡이)를 짚은 전형적인 채삼꾼의 행색을 하고 있었다.

노인은 메대기(배낭)에서 나무상자를 하나 꺼내 들고는 홍득주에게 말하였다.

"방금 묘향산에서 산삼 하나를 캐었습니다. 이렇게 큰 산삼은 인삼장사 40년 만에 처음 캔 것인데 감정을 해보시고 뜻이 맞으면 이 산삼을 홍 대인께서 사주시겠습니까."

홍득주의 문상은 주로 인삼을 취급하는 상점이었다. 그중에서도 진귀한 산삼은 구하기도 어렵고 부르는 게 값이었다.

정말 귀한 산삼 하나를 제대로 구하면 팔자운수를 고칠 판이었다. 다음과 같은 말이 전해 내려오고 있을 정도인 것이다.

'진짜 산삼은 세상에서 아주 귀하고 드문 것이다. 또 산삼이라도 집에서 기르는 삼이 있어 진짜 산삼과는 형체나 모양으로 구별하기가 지극히 어렵다.'

노인이 꺼내놓은 산삼은 홍득주의 눈으로 보면 틀림없는 산삼이었다. 산삼 중에서도 가장 좋은 신령초(神靈草)였다. 홍득주는 당장에 거금을 주어 그 산삼을 사려 하였는데 옆에서 말없이 지켜보던 임상옥이 홍득주의 소매를 잡아 조용한 곳으로 이끌더니 입을 열어 말하였다.

"나으리, 저 삼을 아직 사지 마십시오."

"어째서."

임상옥은 대답하였다.

"저 삼이 진짜인지 가짜인지는 아직 모르겠습니다. 하루만 갖고 계시다가 내일 아침 날이 밝은 후에 제가 감정해 드리겠습니다."

홍득주는 솔직히 기분이 좋지 않았다. 평생을 인삼과 더불어 생활해 온 전문가인 자신의 안목을 무시하고 감히 스무 살밖에 안 된, 대가리에 피도 안 마른 녀석이 이래라저래라 참견을 하니 울화가 치밀 정도였다.

젊은 임상옥이 아니꼽긴 했지만 그렇다고 전혀 모른 체할 수만은 없었다. 산삼값이 엄청난 거금이었기 때문이었다. 만에 하나 가짜 산삼을 진짜의 값을 치르고 사들인다면 낭패를 단단히 보게 되기 때문이었다.

"네 말대로 하거라."

임상옥은 노인이 가져온 산삼을 하룻밤 동안 정중히 나무상자 속에 넣어 잠을 재운 후 이튿날 첫새벽 해가 떠오르자 그 산삼을 들고 나가 햇볕 속에서 자세히 바라본 후 마침내 입을 열어 말하였다.

"큰일날 뻔하셨습니다. 이것은 산삼이 아닙니다. 이것은 경삼(驚蔘)입니다."

경삼이란 자연 그대로 깊은 산속에서 자란 산삼이 아니라 옮겨서 심은 삼을 말함이었다.

산삼이란 원래 사람의 손을 전혀 타지 않는 깊은 산중에서 저절로 자란 것을 말하는데, 그 어린 인삼 싹을 발견한 심마니는 흙까지 아울러서 그 산삼 싹을 떠다가 인가에서 멀리 떨어져 있는 아무도 모르는 전토(田土)에 옮겨놓고 비료를 주어 약토(藥土)한 것을 양직(養直)이라 하고, 그 어린 산삼을 평토(平土) 직식(直植)한 것은 직삼(直蔘) 또는 토직(土直)이라고 구분했던 것이다.

경삼이라 함은 이처럼 어린 산삼 싹을 떠다가 비료를 주어 배양한 인삼으로 이를 '되뽑이', 혹은 산양(山養)이라 부르고 있었다. 진짜 산삼과 경삼은 모양새는 똑같지만 약효는 천양지차이며 값에 있어서도 엄청나게 차이가 나는 것이었다.

"정말인가."

홍득주가 반신반의하면서 되물었다.

"이 삼이 산삼이 아닌 되뽑이란 말인가."

"그렇습니다."

분명하게 임상옥이 대답하였다.

"그러면 이를 어찌하면 좋겠는가."

임상옥이 말하였다.

"주인께서는 그냥 가만히 제가 하는 일을 보고만 계십시오."

임상옥은 나무상자 속에 들어 있던 인삼을 둘로 잘라 대가리는 그대로 두고 뿌리 부분에는 인삼을 닮은 도라지 한 뿌리를 집어넣었다. 아무리 인삼을 닮았다고는 하지만 도라지는 도라지였다. 도라지야 푸른 자줏빛깔이 도는 길경(桔梗)으로 삼척동자라고 해도 인삼과는 한눈에 구별해낼 수 있었다.

날이 밝자 노인이 다시 찾아왔다. 임상옥이 나서서 말하였다.

"좋은 산삼이긴 하오만 값이 너무 많이 나가므로 못 사겠소. 갖고 가시오."

노인은 낯빛을 흐리면서 나무상자를 열어보았다. 순간 노인의 얼굴에서 분기가 탱천하였다.

"이노옴."

호통을 치면서 노인은 임상옥을 노려보았다.

"노인장 왜 그러십니까."

호통을 치는 노인 앞에서 두 손을 모으고 공손하게 임상옥이 물어 말하였다.

"이놈아, 내가 왜 화를 내는지 네놈이 정녕 모른단 말이냐."

노인은 들고 다니던 지팡이를 들어 당장에라도 한 대 후려칠 태세로 호통을 치며 말하였다.

"모르겠습니다."

노인은 산삼이 들어 있던 나무상자를 가리키면서 말하였다.

"내 산삼은 도대체 어디로 가고 도라지 한 뿌리만 들어 있단 말이냐."

그제야 임상옥은 모른 체 나무상자 속을 들여다보았다. 과연 상자 속에는 도라지 한 뿌리가 대신 들어 있었다. 그것이야 임상옥이 자신의 손으로 직접 바꿔치기 한 것이었으나 짐짓 시치미를 떼면서 임상옥이 대답해 말하였다.

"소인은 무슨 말씀을 하시는지 전혀 모르겠습니다."

"이놈, 네 눈에는 이것이 도라지로 보이지 않는단 말이냐."

"그렇습니다. 이것은 분명히 도라지입니다."

"그렇다면 어째서 하룻밤 사이에 산삼이 도라지 한 뿌리로 변하였단 말이냐. 이는 정녕 네놈이 엉뚱한 마음을 먹고 바꿔치기한 것이 아니란 말이냐."

"아닙니다, 노인장. 쇤네가 그럴 리가 있겠습니까. 아마도 산삼이 제 스스로 도라지로 변하여 모습을 감춘 것이 아니겠습니까. 예부터 산삼은 신선초라 하여서 신령한 물건이라고 말을 하지 않습니까."

임상옥의 말에 노인은 더욱 화가 나서 말하였다.

"산삼이 제 스스로 모습을 감추어 도라지로 변하였다니. 네놈이 감히 나를 속이려 함이냐."

노인은 메대기 속에서 주청이를 꺼내들었다. 심마니들이 들고 다니는 메대기 속에는 주청이(도끼)와 안기리(낫)와 허버기(호미) 같은 물건들이 들어 있었다. 험한 산길을 다니기 위해서 이런 물건들을 휴대하고 있었고 산삼을 캐내기 위해서도 이런 도구들이 필요했다.

노인은 도끼를 허공으로 치켜들어 임상옥을 단번에 내리찍으려 하였다. 임상옥은 스무 살의 청년이었지만 힘이 세고 담력도 있었다. 기골이 장대하지는 않았지만 어릴 때부터 사행으로 몸과 마음이 함께 여물어 있었다.

임상옥은 노인의 손을 막을 수도 있었지만 눈 하나 깜짝하지 않고 이렇게 말하였다.

"노인장은 정화(鄭和)의 인삼도 모르십니까."

그러자 신기한 일이 벌어졌다.

살기등등하여 당장에라도 도끼를 들어 임상옥을 내리찍을 기세였던 노인의 손이 슬며시 내려졌다. '노인장은 정화의 인삼도 모르십니까' 라는 뜻 모를 한마디가 노인의 손에서 도끼를 떨어뜨린 것이다.

그뿐이 아니었다.

갑자기 노인의 입에서 너털웃음이 터져 흘렀다. 노인은 부시를 쳐 불을 일구어 담뱃불을 피우고 나서 껄껄 껄껄 소리내어 웃으면서 말하였다.

"내가 졌소이다."

노인은 옆에 서서 조마조마한 표정으로 이 모든 모습을 지켜보고 있던 주인 홍득주에게 말하였다.

"솔직하게 말씀드리겠습니다만 어제 보여드렸던 삼은 산삼이 아니라 경삼이었습니다. 산삼 한 뿌리도 못 캐고 산에서 내려오던 중 어떤 절간의 우물가에서 경삼 하나를 캐냈는데 캐고 보니 귀신도 모를 산삼이라 한번 속여 보았나이다."

노인은 백배사죄하고 나서 이렇게 말하였다.

"홍 대인을 속인 것은 미안하지만 저렇게 무서운 종놈을 데리고 있는 것은 하늘과 신령의 도움이 아니랄 수 없소. 조선 천지에 어제의 그 삼을 경삼으로 알아볼 사람이라고는 아마 이 어린 종놈 하나뿐일 것입니다. 정녕 하늘이 내려주신 신인(神人)이 아닐까 생각됩니다만."

노인이 사라진 후 홍득주는 새삼 임상옥이 놀라웠다. 임상옥이 아니었더라면 노인의 고백대로 절간의 우물가에서 캐온 경삼 한 뿌리를 거금을 주고 사들여 자칫하면 파산할 뻔하지 않았던가.

어떻게 스무 살밖에 안 된 임상옥이 눈썰미가 있어 심마니도 감히 못 알아보는 산삼의 진위를 정확하게 알아낼 수 있단 말인가. 아니 그보다도, 살기등등하여 당장에라도 도끼를 내리찍어 살인이라도 저지를 만큼 충천하던 노인의 분기를 침착하게 한마디 하여 당장에 기를 꺾고, 기를 꺾을 뿐 아니라 제 스스로 산삼이 아니라 가짜의 경삼임을 고백하도록 유도해낼 수 있단 말인가.

홍득주는 임상옥에게 물어 말하였다.

"네가 그 노인에게 말하였던 정화의 인삼이란 도대체 무슨 뜻이냐."

'정화의 인삼.'

'정화의 인삼'이라는 용어는 예부터 의주 상인들 가운데에서 널리 통용되고 있었던 관용어였다.

인삼의 진짜와 가짜를 말할 때 흔히 비유되는 이 고사는 조선 초기 때에 비롯된 일이다.

세조(世祖) 때의 명신으로 정광필(鄭光弼)이란 사람이 있었다. 그는 이조판서 난종(蘭宗)의 아들로 자신도 두 번이나 영의정에 올랐던 조선 초기의 문신이었다. 명필이기도 했던 정광필은 죽은 후 문익(文翼)이라는 이름으로 시호까지 되었던 명재상이었는데, 그에게는 정화라는 아들이 있었다.

그러나 정화는 적자가 아닌 첩에서 난 서자였다. 그러니까 정화는 정난종의 손자인 셈인데 정화는 공교롭게도 자신의 할아버지 때문에 벼슬길에 오르지 못했다.

할아버지 정난종은 서자 혹은 얼자(孽子)들은 과거를 볼 수 없다는 '과거금지 발론자(發論者)'였기 때문에 정화는 명가의 손자면서도 과거도 못 보고 벼슬길에도 오르지 못했다.

그래서 일찌감치 중국어를 배워 나중에는 명나라 13성의 사투리까지 모두 익혀 당대 제일의 중국통이 되었다. 그 정화가 연경사절을 따라다니면서 역관 노릇을 했다.

정화는 단번에 떼돈을 벌기 위해 한번은 있는 돈을 다 털어서 인삼을 사 싣고 연경으로 들어간 일이 있었는데 정작 연경에 도착하고 보니 '머리만 인삼이고 몸뚱이는 모두 도라지였다'는 기록이 남아 있는 것이다. 이에 정화는 몰래 숨겨갔던 은자(銀子)를 풀어 여비로 써서 간신히 돌아올 수 있었는데 문제는 그가 단순히 장사꾼이 아니라 사신이었으므로 이 일이 말썽이 되어 선천(宣川) 땅으로 귀양을 가 그곳에서 비참한 최후를 마치게 된 것이었다.

여기에서 '정화의 인삼'이란 말이 생겨난 것이다. 이 정화의 인삼이란 말은 사행길을 따라 인삼 장사를 하는 만상들에게는 상도의 제1조와 다름없었다. 즉, 가짜의 물건으로 남을 속이면 그처럼 벌을 받아 언젠가는 비참한 최후를 맞게 된다는 뜻이다. 상업을 할 때 절대로 남을 속여서는 안 된다는 것이 의주 상인의 철칙이었다. 저울을 속이거나 남의 돈을 떼먹으면 안 된다는 뜻이며, 또한 정화처럼 단번에 큰돈을 벌려는 욕심은 큰 화를 불러일으킨다는 경책(警責)의 의미를 담고 있었던 것이다.

정화는 자신이 속아서 가짜의 인삼을 갖고 간 것이 아니라 가짜 인삼을 처음부터 알고 사서 그것으로 부정한 방법으로 큰돈을 벌기 위해서 연경으로 갔기 때문에 인삼 스스로 도라지로 변해버렸으며 그로 인해 비참한 최후를 맞게 되었다는 것이 의주 상인들의 철학이었다.

'정화의 인삼.'

의주 상인들이면 누구나 알고 있는 이 말을 유독 홍득주만 몰랐던 것은 그가 청국을 드나들며 무역을 하는 만상이 아니라 상점을 열어놓고 무역을 하는 문상(門商)이기 때문이었을 것이다.

심마니 노인도 임상옥의 기지에는 간담이 서늘해진 것이다. 가짜의 인삼이 제 스스로 도라지 뿌리로 변하였다는 정화의 고사를 빗대어 은근히 심마니 노인의 부도덕한 상행위를 꾸짖자 노인은 그만 이실직고하고 자신의 잘못을 고백할 수밖에 없었던 것이다.

이 일이 있고 나서 홍득주는 새삼 임상옥을 다시 보게 되었다. 임상옥은 부지런하였으며 무엇보다 인사성이 밝았다. 임상옥은 한 번 본 사람의 인상을 절대 잊지 않았다. 이는 아버지 임봉핵으로부터 배운 교훈인데 임봉핵은 어린아이 때부터 임상옥을 데리고 청국을 드나들 때마다 귀에 못이 박히도록 말을 하곤 하였다.

"장사에 있어서 가장 중요한 것은 인사이다. 인사야말로 최고의 예(禮)인 것이다. 공자는 이렇게 말씀하셨다. '군자는 먼저 신임을 얻은 후에 사람을 부린다. 만약 신임을 얻기 전에 사람을 부리려 하면 사람들은 자기들을 속이려 한다고 생각한다(君子信而 後勞其民 未信則以 爲厲己也).' 장사도 이와 같다. 신임을 얻는 것이 그 첫 번째 비결이다. 신임을 얻지 못하면 사람들은 믿으려 하지 않을 것이다. 사람들에게 신임을 얻기 위해서는 무엇보다 인사로써 예를 갖추어야 한다."

그 자신 3대째에 걸친 장사꾼에 불과하였으나 역관이 되기 위해서 네 번이나 과거를 보았던 아버지 임봉핵은 학문에도 탁월한 재능을 갖고 있었다. 그는 자신의 아들도 어쩔 수 없이 떠돌이 장사꾼에서 벗어날 수 없는 운명을 타고났음을 깨닫게 된 이후로는 기회가 있을 때마다 임상옥이 듣거나 말거나 장사꾼이 지켜야 할 도리에 대해서 말을 하곤 했다.

그러나 이렇듯 총명한 임봉핵이었지만 그 자신은 실패한 장사꾼으로 의(義)도 이(利)도 얻지 못하고 자식 임상옥으로 하여금 평생 몸값으로는 갚지도 못할 부채만을 남기고 비참하게 죽어버린 것이다.

임상옥은 부지런하고 깨끗하게 정돈하는 것을 습성으로 갖고 있었다. 기록에 의하면 임상옥은 다음과 같이 표현되고 있다.

'임상옥은 집물(什物) 관리가 정밀하여 항상 치부책이 잘 정리되어 있었다.'

치부책(置簿冊)이라 함은 금품을 출납한 내용을 적는 책으로 오늘날의 금전출납부와 같은 성격의 장부인 것이다.

임상옥은 녹심첩(錄心帖)도 잘 정리하고 있었는데 이는 자신의 상점을 드나드는 단골손님들의 명부였다. 이 책 속에는 단골손님의 가계가 족보처럼 적혀 있고 외가, 처가의 가계까지 적혀 있었는데, 임상옥은 이들의 경조사를 절대 잊는 법이 없었다.

"장사에 있어서 그 첫 번째는 신용이다."

의주 상인들의 상거래에 있어 제1조인 신용거래를 위해서는 이처럼 단골손님들의 명단 관리가 필수적이었다.

임상옥의 집물 관리는 너무나 정연하여 그는 무슨 물건이든지 쓰고 난 뒤에는 반드시 제자리에 도로 갖다 두었으며 그의 집에서는 비 한 자루, 신발 한 켤레까지도 항상 일정한 자리에다 두고 쓰는 버릇을 길러서 '그것 어디 갔느냐' 고 찾는 일이나 허둥대는 일이 없었다고 전해져 내려오고 있었다.

홍득주는 그 일이 있은 뒤부터 임상옥을 유심히 바라보게 되었다.

"네가 글을 볼 줄 아느냐."

홍득주는 따로 임상옥을 불러 물어 말하였다.

"웬만한 글은 볼 줄 압니다."

"도대체 글을 어디서 배웠느냐."

"열다섯 살 때 추월암(秋月庵)에서 배웠습니다."

"추월암에서 글을 배웠다면 중이 되려 함이었더냐."

"아, 아닙니다. 아버님께서 글을 배워오라 하셔서 일년간 추월암에서 행자생활을 하면서 문자를 익혔나이다."

자신이 까막눈인 홍득주에게는 문자를 읽고 쓸 줄 안다는 임상옥이 대견스러웠다.

그가 새삼스레 임상옥에 대해서 관심을 갖게 된 것은 또 다른 이유 때문이기도 하였다. 그 당시 의주에서는 조혼하는 것이 상례였다. 열 살이면 장가를 드는 것이 보통이었다. 특히 의주에서는 다른 지방보다 훨씬 일찍 조혼하는 풍습이 있었다.

그러나 임상옥은 스무 살 청년이 다 되도록 결혼을 하지 못하였고 홍득주에게도 시집 못 간 과년한 딸이 있었다. 아들이 없어 외동딸만을 두고 있던 홍득주에게 임상옥이야말로 최고의 데릴사윗감이었던 것이다.

때가 되어서 자신의 만상을 물려주어 가업을 잇게 할 수도 있었다.

홍득주의 딸은 남순(南順)으로 훗날 임상옥의 처가 되었지만 임상옥을 새롭게 보게 된 홍득주는 임상옥에게 기회를 한번 줘보기로 결심하였다. 홍득주는 임상옥에게 과연 상재(商才)가 있는가 어떤가, 상인으로서의 자격이 있는가 없는가를 시험해보기로 작정했던 것이다.

1801년. 임상옥이 아버지의 빚을 탕감하기 위해 홍득주의 집에 들어가 종살이를 한 지 3년이 되는 신유년. 그해 여름 8월. 홍득주는 임상옥을 불러 말하였다.

"네가 우리집에서 점원 노릇한 지 얼마 되었느냐."

"3년 되었습니다."

"벌써 그리 되었느냐. 보아하니 네가 다른 것은 몰라도 인삼에는 도가 튼 것 같은데 그동안 아비를 따라서 연경에는 몇 차례 다녀왔었더냐."

"연경에는 두 차례 다녀왔습니다."

"중국말은 할 줄 알겠구나."

"의사소통하고 거래를 하는 데는 막힘이 없나이다."

"그러면 한번 연경에 다녀오지 않겠느냐."

해마다 동짓달이면 조정에서 동지사라 하여 사신들이 사행으로 드나들곤 했었다. 그러나 이와는 달리 의주 상인 중에서 몇몇이 조를 짜서 몰래 연경을 다녀오기도 했었는데 이야말로 밀무역이었다.

만약에 관문에서 들키는 날이면 국문을 당할 뿐 아니라 다시는 연경 사신을 따라나설 수 없었다.

열여덟 살의 나이 때부터 말몰이로 사행을 따라나섰던 임상옥이 만약에 들켜서 수검(搜檢)에 걸리게 되어 사행금지를 받게 되면 다시는 상인으로 나설 수 없는 일종의 사형선고였다.

그런 위험에도 불구하고 임상옥에게 연경에 다녀오라는 홍득주의 말은 지긋지긋한 종살이에서 풀어주고 어엿한 상인으로 독립을 시켜 주겠다는 언질과도 같아서 임상옥은 어리둥절하였다.

어떻게 된 일일까.

연경을 다녀오라는 주인의 말은 이제 자신을 하나의 상인으로 독립시켜 주겠다는 의미를 담고 있지 않은가.

그해 홍득주가 임상옥에게 연경을 다녀오라고 모험을 시킨 것은 이런 이유 말고도 또 다른 이유가 있었다.

인삼은 중국과의 무역에서 조선이 자랑하는 최대의 자원이었다. 의주 상인들 간에는 다음과 같은 노래가 유행하고 있을 정도였다.

인삼아, 인삼아, 말을 해라
팔도 갑부도 네게서 나고
불로장생도 네게서 났구나

이 노래처럼 인삼이야말로 불로장생의 건강뿐 아니라 팔도 갑부를 낼 만큼의 자원이었던 것이다.

특히 중국 사람들은 고려인삼을 불로초라 하여 좋아하고 있었다.

조선 초기까지만 해도 인삼은 자연 그대로인 채 생산되었으며 인삼을 길러 양삼(養蔘)하는 일은 없었다.

그런데 개성 쪽에서 인삼을 재배하여 양산하기 시작하자 가히 인삼은 중국과의 교역에서 최고의 무역자원이 될 수 있었다.

그러나 이렇듯 인삼을 중국 사람들이 좋아하였지만 백삼 그대로 이를 먹은 중국인들 사이에서 점점 혹평이 나돌기 시작했었다. 즉, 약효는 분명 좋지만 자연 그대로의 백삼은 독이 있어 위를 상하게 한다는 소문이었다. 이에 점점 인삼의 값은 떨어져 갔으며 교역량도 해가 갈수록 줄어들 수밖에 없었다.

인삼이 무역에 있어 자원으로서의 가치가 없으면 그만큼 조선의 대표적 상권인 개성과 의주의 상인들은 타격을 입을 수밖에 없었다.

예로부터 중국 사람들은 인삼을 귀개(鬼蓋), 인함(人銜), 신초(神草), 토정(土精), 옥정(玉精), 혈삼(血蔘), 인미(人微), 황삼(黃蔘), 추면환단(雛面還丹), 인신(人身), 활인초(活人草), 지정(地精) 등의 많은 이름으로 부를 만큼 큰 신뢰를 보내고 있었다.

그러한 인삼이 중국 사람들로부터 배척을 당하게 되자 실로 난감한 지경에 이르게 된 것이다.

그러나 바로 이러할 무렵, 송도 사람 박유철이 백삼을 쪄서 홍삼을 만드는 비결을 발견해내었다. 홍삼은 장기간 상하지 않게 저장할 수 있게 되었으며 무엇보다도 약효를 증가시키고 백삼의 독을 제거할 수 있게 된 것이다.

뒤의 일이지만 인삼이 백삼에서 홍삼으로 넘어가면서 청국을 상대로 한 무역고가 백만 냥에 이르게 되었으니 가히 홍삼이야말로 인삼에 있어서 대혁명이었던 것이다.

홍득주가 임상옥을 연경에 보내기로 결심한 바로 그 무렵이 인삼의 무역 방법이 백삼에서 홍삼으로 넘어가는 초창기였다.

홍득주는 임상옥을 연경에 보내 봄으로써 홍삼시대가 과연 미구에 밀어닥칠 것인가를 시험해보려 했던 것이다.

임상옥은 새로 등장한 홍삼을 갖고 의주를 출발하였다. 함께 떠난 사람은 모두 의주 상인으로 다섯 명이었다. 이들은 청국과의 밀무역에 목숨을 건 만상들이었다.

임상옥이 다섯 포의 홍삼을 갖고 떠날 때 홍득주는 임상옥에게 이렇게 말하였다.

"다섯 포의 홍삼 중 네 포는 내 몫이지만 그중 한 포는 네 몫이다. 그것을 팔아서 네 사업자금으로 하여라."

쌀값으로 환산하면 이백 석 이상을 살 수 있는 거금이었다.

이러한 홍득주의 말은 이번 장사만 훌륭히 수행하면 어엿한 문상으로 독립시켜 주겠다는 뜻을 내포하고 있었던 것이다.

"고맙습니다, 나으리."

임상옥은 주인의 깊은 뜻을 알아차리자 무릎을 꿇고 배를 올렸다.

"이 은혜 절대로 잊지 않겠습니다."

2

며칠 뒤.

임상옥을 포함한 다섯 명의 상인들은 한밤중에 강을 건넜다. 의주의 옛 성을 가리키는 용만성(龍灣城)을 지나자 그대로 허허벌판이었다.

그 벌판을 넘어 압록강을 건너면서 임상옥은 3년 전 자신의 아버지 임봉핵이 바로 이 강물에 빠져 스스로 목숨을 끊은 사실을 새삼 스럽게 떠올렸다. 아버지 임봉핵이 비참한 생애를 마쳤던 강물을 건너려 하자 임상옥의 마음에는 만감이 교차하기 시작하였다. 그래서 임상옥은 소리 죽여 울며 강물을 바라보면서 맹세하였다.

'반드시 이번 만행을 성공시켜 아버지의 뒤를 이어 큰 부자가 되겠나이다.'

압록강을 건너는 방법에는 두 가지가 있었다.

의주에서 청국으로 건너가는 압록강에는 이상하게도 모래로 이루어진 사주(砂州)들이 많았다. 그 대표적인 것이 위화도(威化島)라 하여 이성계가 회군하였던 바로 그 섬이었다. 이곳에는 왕당(王堂)이라는 이성계의 사당이 있어 군사들이 보초를 서는 것이 보통이었다. 그러므로 가능하면 위화도에서 멀리 떨어진 검동도(黔同島) 앞 강을 통해 도강하는 것이 상례였다.

만약 변경을 지키는 파수병에게 들키면 뇌물을 주기로 하고 다섯 명의 상인들은 검동도 앞 압록강을 건넜다.

이들은 주로 뗏목을 이용할 수밖에 없었는데 이는 방물(方物)들을 실어나를 노새 같은 것들도 함께 태우고 강을 건너야 했기 때문이었다.

8월이라 장마철은 지났지만 아직 압록강의 물은 뱀의 모가지처럼 부풀어 물살이 거세었다. 간신히 강을 건넌 것이 칠흑 같은 오밤중.

무사히 강을 건넌 이들은 모두 뗏목에서 내려 노제(路祭)를 지냈다. 갖고 온 술과 음식을 강가에 차려놓고 다섯 명의 상인은 강물을 향해 향을 태우고 절을 하였다. 왕복으로 하면 4천 리가 훨씬 넘는 대장정의 머나먼 길이 시작된 것이다. 무사히 일을 마치고 돌아온다 해도 빨리 잡아야 두 달. 더 이상 시간을 지체할 수 없는 것이다.

만주의 가을은 짧아서 10월이면 벌써 얼음이 얼고 눈이 내린다. 그러므로 9월 안으로는 이 강물을 건너 되돌아와야 하는 것이다.

그뿐인가. 가고 오는 4천 리 길은 그야말로 무법천지. 중간에서 비적떼를 만나 방물을 모두 빼앗기는 것은 일쑤이고 생명까지 빼앗겨 벌판에서 이리떼들의 밥이 되는 것도 부지기수이다. 그러므로 무사히 장사를 마치고 돌아오게 해달라고 압록강의 수신 하백(河伯)에게 제사를 지내는 것은 고구려 시대 때부터 내려오는 풍습이었다.

노제를 끝낸 객상(客商)들은 드디어 먼길을 떠나기 시작하였다.

압록강에서 10리 밖의 흙탕물을 중국인들은 애랄하라고 부른다.

이곳에는 명나라의 견장(遣將)이었던 모문룡(毛文龍)이 주둔하던 옛 성터가 있다. 명말(明末)의 무장으로 명나라와 청나라 사이에서 교묘하게 처신하여 우리나라를 괴롭히던 모문룡은 훗날 산해관 군문이었던 원숭환(袁崇煥)에게 참살되어 비참한 최후를 마치게 된다. 바로 그들이 머물던 성터가 우거진 잡초 속에 누워 있는 것이었다.

이곳은 이미 폐허가 된 지 백여 년. 원래 이곳이 이처럼 폐허가 된 것은 봉금제(封禁制) 때문이었다.

17세기 초, 만주에서 나라를 일으켜 마침내 천대받던 오랑캐에서 중국 대륙을 지배하는 만주인으로 탈바꿈하게 된 청나라는 비록 중국을 평정하여 적의 심장부로 왕도를 옮겼지만 이곳이 전조(前朝)의 발상지임을 잊지 않았다. 청나라를 일으킨 누루하치가 이곳에서 태어났음을 기리고 이 성지(聖地)를 지키기 위해 이곳 일대에 사람의 출입을 금하는 봉금제도를 실시했던 것이다.

봉금제도가 시작된 지 벌써 백여 년. 이곳 일대는 완전히 폐허가 되어 있었다.

이따금 사람들이 숨어들어 화전(火田)을 놓거나 벌채를 하는 것이 고작이었을 뿐, 인적이 끊긴 망각의 땅에는 만초만 우거지고 있었다. 그러므로 이곳 일대에 호랑이를 비롯한 맹수가 살고 있는 것은 당연한 일이었다.

숨어들어온 밀렵꾼이 호망(虎網)이라도 쳤는지 호랑이들과 늑대의 발자국만 여기저기 흩어져 있었다.

다시 20리쯤 더 가면 구련성(九連城) 옛터. 보통 이곳에서 상인들은 야숙으로 첫날밤을 보내게 된다.

구련성은 단동에서 북동쪽으로 15킬로미터 정도 떨어져 있는 취락으로 동쪽은 압록강을 사이에 두고 우리나라와 접하고 있다. 험준한 지형을 이용하여 금나라 때 꾸안루(斡魯)가 이곳에 아홉 개의 성을 쌓고 고려와 싸웠던 전략의 요충지로 훗날 청일전쟁 때는 일본군이 우리나라에서 만주의 동북지방에 이르는 진입로로 이용하던 그곳이었다.

이곳에서 하룻밤 노숙으로 첫날밤을 보낸 임상옥을 비롯한 대상(隊商)들은 다시 30리를 더 가서 금석산(金石山)에 이르렀다. 그 금석산 아래에서 나뭇잎을 긁어다가 불을 피워 점심밥을 지어먹은 후 다시 30리를 더 가서 노숙. 그날 밤은 밤새도록 비가 내렸으므로 그야말로 우숙(雨宿)이었다.

이렇듯 인적이 없는 황야에서 이틀 밤의 노둔(露屯)을 보낸 임상옥을 비롯한 객상들은 사흘째 날에야 비로소 책문에 이르렀다.

책문은 중국 최후의 변문이 되는 곳이다. 그래서 중국 사람들은 이곳을 우리처럼 책문이라 부르지 않고 변문으로 부르며 이곳 지방 사람들은 가자문(架子門)으로 부르고 있는 곳이다. 이곳은 중국의 접경지대에 위치한 마지막 시장으로 청국과 우리나라의 국경무역지대에 위치한 유일한 공시(公市)였다.

구련성과 봉황성(鳳凰城) 사이에 있는 책문은 청나라로 가는 사신들의 왕래가 빈번해지자 만주에 사는 상인들인 차호(車戶)와 의주 및 개성 상인들 간에 시작된 사무역이 발전되어, 임상옥이 상인으로 나선 때는 국가에서 인정한 책문후시가 인정되고 있을 무렵이었다. 그러나 아직도 조정에서는 밀무역을 취체하는 단련사(團練使)를 파견하리만치 조심스러운 때였으므로 임상옥은 남의 눈을 피해 책문으로 들어갔다.

이곳에 들어와야 비로소 사람들을 만나 풍찬(風餐)을 피하고 여인숙에서 잠을 잘 수 있다. 그러니까 압록강에서 책문까지의 120리 길은 중국 사람도, 조선 사람도 살 수 없는 무인의 봉금지대로 오늘날 휴전선의 완충지대와 같은 곳이었다.

임상옥이 책문에 들어설 무렵에는 일년에 유출되는 은이 70만냥에 이르고 있었으므로 선왕인 정조 때에는 이곳을 정식으로 폐지하였다. 그러나 이와 같은 조치는 별로 효과를 거두지 못해 조선 측에서는 금·인삼·종이·우피(牛皮)·모물(毛物) 들과 청국 측에서는 비단·당목(唐木)·약재·보석의 물물교환이 성시를 이루고 있었다.

임상옥을 비롯한 상인들은 정식으로 세금을 물고 책문의 여인숙에서 여장을 풀었다.

이곳에서 하는 일은 중요한 일이었다. 즉, 방물을 메고 갈 청인들을 고용해야 했다. 여기서부터 청국으로 들어가는 모든 방물, 장사꾼들의 상품보따리는 중국 사람들과 중국 마차를 사서 출발해야 했기 때문이었다. 중국 사람들은 중국 사람끼리 서로 봐주는 특성이 있었다. 만에 하나 만나게 될지도 모르는 비적의 무리들도 같은 중국인들을 만나면 물건은 빼앗을지언정 살상을 하는 일은 드물었기 때문이다.

임상옥은 이곳에서 두 명의 청인과 마차 한 대를 샀다. 그런 뒤 닷새째 되는 날에야 비로소 중국 대륙으로의 첫발을 내디딜 수 있게 되었다.

임상옥의 최종 목적지인 연경으로 가는 길은 사신들의 행로와 일치하고 있었다.

책문을 떠난 상인들이 연경으로 가는 여정은 책문에서 봉황성, 다음으로는 요동, 성경, 여양, 소능하, 영원위 그리고는 마침내 산해관(山海關)에 이르게 되는 것이다.

책문이 중국 대륙의 첫 출발지라고는 하지만 실제로 중국의 제일 관문은 산해관이라고 말할 수 있다.

산해관은 만리장성의 동단에 위치한 곳으로 만리장성의 기점이 되고 있는 곳이다. 산해관이란 지명은 명대에 산해위(山海衛)를 설치한 데서 유래되었지만 원래 수(隨)·당(唐)대에는 임유관(臨楡關), 요(遼)·금(金)대에는 천민현(遷民縣)으로 불렀다.

예로부터 산해관은 중국을 장악하려는 전략의 요충지로 특히 명의 군사들과 청의 군사들이 이곳을 중심으로 대전을 벌였던 것은 유명한 사실이다. 명나라의 군사들은 이곳을 거점으로 최후까지 저항하였으나 마침내 패함으로써 청나라는 중원의 주인이 될 수 있었다.

임상옥이 산해관에 도착한 것은 의주를 떠난 지 20일 만의 일이었다. 상인들은 산해관에 도착해서야 비로소 마음을 놓을 수 있었으며 마침내 중국 내륙에 무사히 도착하였음을 실감할 수 있었던 것이다.

산해관에서 연경까지는 아직도 닷새의 길이 더 남아 있었다.

산해관에서부터 연경까지의 노정은 무령, 양평, 소현, 연경으로 이어진다. 아직도 5백 리가 넘는 머나먼 길이었지만 일단 산해관에 이르면 만리장성을 넘었다 하여서 상인들은 이렇게 말을 하곤 하였다.

"마침내 첫날밤을 보냈다."

이 말은 '하룻밤을 자도 만리장성을 쌓는다'는 말에서 비롯된 말로 무사히 혼례식을 끝내고 첫날밤을 치르듯 그 험한 만주 대륙을 무사히 넘어서 마침내 중국 중원에 이르렀다는 의주 상인들끼리의 은어였던 것이다.

산해관에 이른 임상옥은 한밤중에 문루에 나가보았다. 유난히 달이 밝은 밤이었다.

8월 한여름 의주를 출발하였지만 이곳에 이르는 동안 어느새 9월의 가을이 되어 있었다.

산해관 문루 현판에는 다음과 같은 글씨가 씌어 있었다.

'천하제일관(天下第一關)'

만리장성이 시작되는 곳에 위치한 관문, 그 현판에 새겨진 글씨를 보자 임상옥의 가슴은 찢어지는 듯하였다.

임상옥은 지금까지 두 차례나 말몰이로 고용되어 연경을 드나들었었다. 그때마다 아버지 임봉핵과의 동행이었다. 중국어에 뛰어난 재능을 갖고 있으면서도 사행을 따라다니는 중인에 불과하였던 아버지는 간신히 보따리장사로 입에 풀칠을 하던 자신의 신분을 탄식하면서 이곳에 이를 때마다 임상옥에게 현판을 가리키면서 말하곤 했었다.

"보아라. 저곳에는 이렇게 씌어 있다. '천하제일관', 이 말은 하늘 아래 제일의 관문이라는 뜻이다. 나는 지금까지 셀 수 없을 만큼 사행을 따라 중국을 드나들었다. 그럴 때마다 나는 산해관에 쓴 저 현판을 바라보면서 이렇게 맹세하곤 했었다. 나는 반드시 '하늘 아래 제일의 관문'이라는 저 현판처럼 '하늘 아래 제일의 상인'이 될 것이다. 그러나 나는 이제 틀렸다. 이 아비는 평생을 이처럼 사신이나 따라다니는 봇짐장수〔褓商〕로 늙어 죽을 것이다. 그러나 너는 이 아비처럼 살다가 죽어서는 안 된다."

그리고 나서 임봉핵은 다시 손을 들어 현판을 가리키면서 말하였다.

"천하제일상(天下第一商). 너는 반드시 '하늘 아래 제일의 관문'이라는 저 현판처럼 '하늘 아래 제일의 상인'이 되어야 한다."

임상옥은 묵묵히 가을 달빛 아래 드러난 현판의 문구를 바라보았다. 손으로 현판을 가리키면서 울부짖던 아버지의 목소리가 그날 그 밤처럼 귓가에 생생하게 들려오는 듯하였다. 임상옥의 눈가에 눈물이 고이기 시작하였다.

"아버님."

임상옥은 선 자리에서 무릎을 꿇었다.

"아버님이 말씀하신 대로 반드시 제가 '하늘 아래 제일의 상인'이 되겠나이다. 3대째에 이르렀으나 이루지 못하고 비참하게 돌아가신 아버지와 선대의 한을 반드시 제가 이루어내고 말겠나이다. 그리하여 아버님 영전에 '천하제일상'의 신위(神位)를 바치겠나이다."

임상옥이 눈물을 흘리고 있을 때 난데없이 어둠 속에서 인기척이 있었다.

"여기서 뭘 하고 있는가."

우렁찬 목소리였다. 이희저(李禧著)의 목소리였다.

이희저는 임상옥과 함께 떠난 다섯 명의 객상 중에 유일하게 임상옥과 말이 통하는 사람이었다. 다른 세 사람은 나이 차이가 많이 있어 어려웠지만 이희저와는 나이가 비슷해서 여행 중에 친한 친구가 될 수 있었다. 이희저는 가산(嘉山) 사람으로 원래 장사꾼은 아니었다. 그는 역속(驛屬)으로 대대로 역인의 아들이었다. 장사꾼이나 역인이나 평생 출세하기는 글러먹은 중인의 천덕꾸러기 신세였는데 이희저는 체구가 장대하고 힘이 뛰어난 장사였다.

그가 객상을 따라 연경길에 나선 것은 돈이라도 벌어서 비천한 신분을 뛰어넘어 보려는 야심 때문이었다. 그러므로 이희저에게는 이번 연경길이 초행이었다.

"도대체 여기서 뭘 하고 있는가."

이희저는 눈물을 훔치고 있는 임상옥을 보면서 의아한 목소리로 물었다. 그에게는 이미 전주가 있었는지 술냄새가 풍겨오고 있었고 손에는 술병이 들려 있었다.

"아무것도 아니네."

임상옥이 말을 피하려 하자 이희저는 단도직입적으로 물었다. 그의 성격은 급하고 직선적이었다.

"아무것도 아니라니, 울고 있잖아."

이미 들켜버렸으므로 임상옥은 달리 변명할 수도 없게 되었다.

"한잔 마시게나."

이희저는 마시던 술병을 임상옥에게 내밀었다.

상심한 마음이었으므로 임상옥은 그가 주는 술병을 받아들고는 단숨에 서너 모금 들이켰다. 독한 중국 술이라 금방 취기가 솟아올랐다.

"도대체 무슨 일로 만리타향에서 눈물을 흘리고 있단 말인가. 숨겨둔 처자 생각이라도 한단 말인가."

"그게 아니라 죽은 아비 생각이 나서 울고 있는 것일세."

임상옥은 이희저에게 비참하게 죽어간 아비 임봉핵의 이야기와 아비로부터 들었던 산해관의 현판에 씌어 있는 '천하제일관'의 유래와 자신에게 '천하제일의 상인'이 되라고 유언처럼 말하였다는 과거의 추억들을 털어놓기 시작하였다.

"그래서 자네는 아비 생각을 하고 울고 있었단 말이지."

"그렇네."

"아비의 유언처럼 자네는 천하제일의 상인이 될 것을 맹세하면서 울고 있었단 말인가."

"……."

임상옥은 입을 열어 대답하지 않았다. 비록 대답하지는 않았다 하더라도 임상옥의 흉중을 꿰뚫어 본 이희저는 껄껄 소리내어 웃으면서 말하였다.

"자네의 뜻이 그렇다면 야단났군. 왜냐하면 나 역시 '천하제일의 상인'이 되는 것이 꿈이니까. 우리 둘 중 누구 하나는 죽어야겠군. 하늘에는 태양이 둘이 없고, 천하에는 영웅이 두 사람은 없는 법이니까. 나 역시 '천하제일상'을 저 산해관의 현판처럼 내 가슴속에 새겨 내걸고 싶은데 어쩌겠나."

이희저는 짐짓 소리내어 웃으면서 임상옥을 쳐다보았다. 그러나 임상옥은 묵묵부답이었다. 그러자 이희저는 술병을 기울여 남은 술을 단숨에 들이켜고 나서 임상옥을 노려보면서 소리 죽여 말하였다.

"자네가 내게 속마음을 털어놓았으니 그럼 내가 자네에게 속마음을 털어놓을까. 그 대신 하나 조건이 있네."

이희저는 정색한 얼굴로 입을 열어 말을 이었다.

"우리끼리 이곳에서 나눈 이야기는 죽을 때까지 천지신명 이외에는 그 누구에게도 입을 열어 털어놓지 않기로 맹세해주겠나. 사나이로서 그 맹세를 해준다면 나도 자네에게 속마음을 털어놓겠네."

이희저도 임상옥이 비록 체구는 작지만 강골이고 신의가 깊은 성격임을 눈여겨보고 있었다.

"…약속하겠네."

임상옥이 낮은 목소리로 대답을 했다.

임상옥이 서약을 하자 이희저는 더욱 목소리를 낮추었다.

"자네가 아버지의 유언대로 천하제일상이 되려 하는 것이 마음속의 비밀이라면 나는 아닐세. 하지만 나도 자네처럼 하늘 아래 제일이 되고는 싶네. 그러나 상인은 절대 아니네. 물론 난 돈을 벌어 조선 팔도에서 제일가는 갑부가 되고 싶네. 하지만 그것이 내 최종 목표는 아니네."

"그렇다면 자네는 무엇이 되고 싶은가."

"그것을 알고 싶나."

순간 이희저의 눈에서 살기 같은 것이 번쩍였다. 임상옥은 몸에 소름이 돋는 것을 느꼈다.

"저 현판에 쓴 '관' 자 대신 내가 새기고 싶은 글자 하나는 바로 이것일세."

이희저는 손을 들어 땅바닥에 무엇인가 글씨를 썼다. 달빛이 백야처럼 밝아서 땅 위에 쓴 그의 글씨가 똑똑히 보였다. 임상옥은 그가 천천히 쓰는 글자를 읽어보았다.

그것은 석 '삼(三)' 자였다.

임상옥은 그 의미를 알 수 없었다. '관' 자 대신 그곳에 '삼' 자를 새겨넣는다면 이런 문장이 될 것이 아니겠는가.

'천하제일삼(天下第一三)'

이것이 무슨 뜻인가. 이것은 말이 되지 않는 엉터리 문장이 아닐 것인가. 임상옥이 의아한 눈빛으로 이희저를 쳐다보자 이희저는 천천히 석 '三' 자를 꿰뚫는 획 하나를 그어내렸다. 그러자 석 '삼(三)' 자는 임금 '왕(王)' 자가 되었다.

순간 임상옥은 온몸이 얼어붙는 듯한 전율을 느꼈다.

'천하제일왕(天下第一王)'

그렇다면 이희저는 하늘 아래 으뜸가는 제일의 임금이 되고 싶다는 대역(大逆)의 꿈을 꾸고 있음이 아닌가.

하늘 아래 둘도 없는 으뜸가는 임금이 되고 싶다는 이희저의 말을 들은 순간 임상옥은 항우(項羽)의 고사가 떠올랐다.

항우는 일찍이 진(秦)의 시황제가 회계산(會稽山)을 순행하고 절강을 건넜을 때 마차에 타고 있는 시황제를 구경하기 위해 거리에 나와 인파에 묻혀 있었다. 중국 최초로 천하를 통일한 시황제를 보면서 느닷없이 항우는 다음과 같이 중얼거린다.

"황후장상의 씨가 따로 있을까. 저놈을 대신해서 내가 들어서야겠다."

하늘 아래의 황제를 쳐다보면서 '저놈을 죽이고 내가 대신 황제가 되어야겠다'고 중얼거린 천하장사 항우. 이 말을 곁에서 들은 항우의 계부 항량(項梁)은 항우의 입을 막으면서 이렇게 말하였다고 《사기》는 전하고 있다.

"허튼 수작은 말라. 잘못하다가는 일족이 몰살된다."

임상옥은 이희저의 말을 듣는 순간 항우의 말을 떠올렸다. 그는 지금 술에 취해 농담을 하고 있는 것일까. 아니다. 그의 눈빛에는 살기 같은 독기가 번득이고 있었다. 그의 말은 진심이었다. 그러나 이처럼 무서운 말이 어디 있겠는가. 비록 만리타향의 외지 산해관

문루 앞이라 해도 이희저의 말은 대역죄에 해당되는 위험하기 짝이 없는 비밀인 것이다. 항량의 말처럼 '잘못하다가는 일족이 몰살되는' 무서운 고백인 것이다.

임상옥이 멈칫거리자 갑자기 이희저는 껄껄 소리를 내어 웃었다. 이희저는 그렇지 않아도 신장이 육척이 넘고 기골이 장대하고 힘이 장사여서 이미 객상들간에 '항우장사'라는 별명으로 불리고 있었다.

"으핫하하. 너무 그렇게 심각한 얼굴은 하지 마시게. 술 취한 김에 농지거리 한번 해보았네."

그러나 이희저의 고백은 농지거리가 아니었다. 어릴 때부터 가슴속에 묻어두고 있었던 야망이었던 것이다.

그러나 그것이 될 뻔한 일이던가.

벼슬길에는 오를 수 없었던 서북인으로서 하급관리나 군병과 같은 직급이라면 몰라도 감히 어찌 '천하제일의 임금'을 꿈꿀 수 있음인가.

다음날 아침, 산해관을 떠난 일행은 무령, 양평, 소현을 거쳐 최종 목적지인 연경에 도착할 수 있었다. 의주를 떠난 지 정확히 25일 만에 2천 하고도 30리 노정을 모두 끝내고 청나라의 왕도인 연경에 도착하게 된 것이다.

연경에 도착한 일행은 외곽에 있는 법원사에 들러 우선 간단한 제를 올렸다.

원래 이 절의 이름은 민충사. 이 절은 당 태종이 고구려 원정에서 패한 후 전몰 병사들의 넋을 애도하기 위해서 지은 절이었다. 연경은 연나라 때에 도읍이 되어 그때부터 연경으로 불렸지만 그후 진, 한, 당 말에 이르는 기간에는 동북 변방을 지키는 치소(治所)였다.

특히 수 양제와 당 태종은 다같이 이곳을 고구려 원정의 전진기지로 삼고 있었는데 이 연경이 중국의 왕도가 된 것은 몽골족이 중국을 통일하여 원(元) 제국을 세운 이후부터였다.

원은 연경을 대도(大都)라고 명명하였고, 그 이후 명·청대에 이르러서는 북경으로 중국 전역을 지배하는 왕도가 될 수 있었던 것이다.

연경을 드나드는 객상들은 이곳에 이르면 민충사에 들러 간단한 제사를 올리고 분향을 하는 것이 상례였다. 당 태종이 고구려 원정 때 전몰한 병사들의 넋을 기리기 위해 만든 이 절에 들러서 원혼들에게 무사히 대륙을 횡단할 수 있도록 도와줌을 감사하는 것이 그들의 통과의례였기 때문이었다.

임상옥을 비롯한 객상들은 남문을 지나서 전문대가(前門大街)의 골목에 있는 여인숙에 투숙하였다.

전문대가라면 오늘날 북경에 옛 이름 그대로 남아 있는 거리인데 중국인들은 이 거리를 '치엔먼따지에'라고 부른다.

이 거리는 지금도 옛 전통을 지닌 가게가 많은 거리로 북경인들의 생활을 엿볼 수 있는 명소지만 그 당시에도 연경 제일의 상가였다.

이곳이 연경 제일의 상가가 된 것은 청대 이후부터였다.

임상옥이 이곳에 이르렀을 무렵 연경은 세 구역으로 나뉘어 있었다. 내성(內城), 외성(外城) 그리고 성밖 이렇게 세 부분이었다.

내성은 명대에 완성한 북경성의 안쪽에 발달한 마을로 관청가를 포함해 건물들이 바둑판처럼 구획지어져 있었다. 그러나 청이 중국을 장악하자 이곳에 살고 있던 한족들을 모조리 쫓아내고 관료들이나 만주족들이 대신 입주하였다. 이곳은 외지인뿐 아니라 한족들도 살 수 없었던 특수지역이었다. 이곳의 토박이인 한족들은 외성으로 쫓겨나 그곳에서 자리를 잡고 살게 되었으며 자연 전루(前樓)를 따라 형성된 이 거리에 상가가 형성되기 시작했던 것이다.

당대 세계 제일의 도시였던 북경의 거리는 한마디로 눈부시게 호화로운 곳이었다. 마르코 폴로는 '호화롭고 번영된 큰 도시'라 하여 북경을 '칸발릭(Khanbalik)'이라 기록하고 있다.

상가에는 없는 물건이 없을 정도로 번화하였다. 임상옥이 갖고 온 인삼을 취급하는 곳은 주로 약종상(藥種商)들이었다. 이들은 전국 각지 혹은 외국에서 들어오는 각종 한약재들을 사고파는 한편 환자들이 오면 직접 조제를 해주거나 약을 팔곤 하였다.

이 약을 중약(中藥)이라고 부르는데 중약에는 우리나라에서 생산된 인삼이 포함되는 것이 보통이었다. 고려인삼이 들어 있지 않은 중약은 약효가 없다 하여 인기가 없었다.

그러므로 조선에서 2천 리를 걸어 직접 연경까지 온 만상들의 인삼은 부르는 대로 값을 쳐주리만치 약종상들에게 인기 있는 품목이었다.

그 당시 상품을 거래하는 방법은 장사꾼이 인삼을 들고 약종상을 일일이 찾아다니는 방법이 아니었다. 장사꾼들은 여인숙에 거처를 정한 후 거래가 있는 중약점(中藥店)이나 약포상들에게 연락을 취하면 그들이 여인숙을 찾아와서 흥정이 되곤 하였다. 자연 경매의 형식을 취하게 되는데 가격을 많이 쳐주는 상인들에게 상품이 낙찰되는 것은 지극히 당연한 일이었다.

이미 두 차례나 연경을 드나들어 경험이 있던 임상옥이 이 모든 흥정을 맡아 하였고 중국 상인들과의 통역도 모두 도맡아 하였다.

과연 임상옥을 연경에 보냈던 홍득주의 생각대로 홍삼의 인기는 대단하였다. 중국 상인들은 홍삼의 소문을 익히 듣고 있었으며 바야흐로 인삼은 백삼에서 홍삼의 시대로 넘어가고 있었던 것이다.

홍정은 단 하루 만에 끝이 났다.

임상옥을 비롯한 객상들이 갖고 온 홍삼은 한 근당 30냥의 후한 값으로 쳐서 단숨에 모두 팔린 것이었다.

임상옥이 갖고 온 홍삼의 양은 다섯 포. 다섯 포는 근으로 해서 50근. 50근은 모두 해서 은 천오백 냥이었다. 그중에서 임상옥의 몫은 은 300냥. 연경에 이르자마자 책문에서 고용했던 청인과 마차꾼에게 품삯을 주고 나도 250냥이 고스란히 떨어지는 거금이었다.

250냥이면 버젓한 문상을 개점할 수 있는 큰 자본이었으며 이제 임상옥은 독립된 점포를 가진 무역상으로 자립할 수 있었던 것이다.

그런데 바로 그날 저녁.

임상옥에게는 상상도 할 수 없는 일이 벌어진다.

단 하루 만에 무사히 홍정을 끝낸 임상옥은 이희저와 땅거미가 내릴 무렵 연경의 밤을 구경하러 거리로 나섰다.

두 사람은 거리의 모퉁이에서 유명한 만두를 먹기 위해 음식점으로 갔다. 그들이 간 만두집은 도일처(都一處)란 음식점인데 특히 삼선만두가 유명하였다. 지금도 이 음식점은 북경 시내에 옛 자리 그대로 남아 있다. 원래 이름 도일처는 청나라의 6대 황제였던 건륭제(乾隆帝)가 붙인 것이다.

임상옥이 연경에 들어가던 신유년의 2년 전인 1799년에 죽은 건륭제는 문화적으로 난숙한 소위 '건륭시대'라는 청나라의 최전성기를 열었던 문화의 황제로 그는 평소 만두를 좋아하였다.

유명한 식도락가였던 건륭제는 곳곳에서 만두를 가져다가 먹어보곤 했었다. 도일처에서 가져온 만두를 먹어본 후 '장안 제일의 만두집'이라 하여 옥호의 이름을 직접 지어준 바로 그 소맥관(燒麥館)

이 도일처였던 것이다.

임상옥과 이희저는 도일처에서 만두를 먹고 중국 술을 들이켰다. 임상옥과 달리 이희저는 중국말을 전혀 할 줄 몰랐으므로 이번 장사로 큰돈을 벌게 해준 임상옥에게 마음 깊이 고마움을 느끼고 있었다.

그래서 이희저는 음식값을 자신이 지불하였다. 음식을 먹고 나왔을 때는 완전히 밤이 되어 있었다.

가을밤이었다.

이제 이틀 뒤면 또다시 왔던 길을 되돌아 고향으로 돌아가야 하는 고달픈 인생길이었지만 젊은 두 사람에게 그런 고생은 아무런 두려움도 되지 않았다. 그들에게 있어 대처(大處) 연경의 눈부신 야경과 호화로운 풍경은 경이와 탄식의 대상일 뿐이었다. 보는 것마다 눈이 부셨고 걷는 곳마다 새로웠다. 하늘 아래 이런 곳이 있을까 싶은 두 사람의 마음은 미래에 대한 꿈과 희망으로 꿈틀거리고 있었다.

'천하제일의 상인'을 꿈꾸는 임상옥과 '천하제일의 권력'인 왕위의 대역을 꿈꾸는 이희저는 하늘 아래 제일의 도시인 연경의 밤거리를 비틀대면서 걷기 시작하였다.

음식점을 건너 유명한 중약점인 동인당 앞으로 걸어가던 이희저가 갑자기 좁은 골목으로 빠져들었다. 원래 외성에는 좁은 골목이 많이 있고 이 골목을 중국인들은 후퉁(胡同)이라 부르고 있다.

임상옥은 그런 골목으로 들어가본 적은 없었다. 그것은 아버지 임봉핵으로부터 들었던 말 때문이었다.

"후퉁은 매우 위험한 곳이다. 큰돈을 지니고 다니는 우리와 같은 상인들은 절대로 한적한 골목으로 들어가서는 안 된다."

아버지의 말을 떠올린 임상옥은 성큼성큼 골목 안으로 들어가는 이희저를 향해 소리쳐 말하였다.

"도대체 어딜 가고 있는가. 이곳은 몹시 위험한 곳이네. 이곳은 후퉁이라고 하는 골목으로 대낮에도 살인이 일어나고 있는 곳이네."

"살인이 일어난다고."

육척 거구에 천하장사인 이희저가 껄껄 소리내어 웃었다.

"이 항우장사를 상대로 살인이 일어날 수 있다고. 너무 무서워 말게나."

"구경거리라면 큰 거리에 더 많이 있다네. 이 길을 따라가면 전문(前門)이 나오네. 예전 북경성의 정양문(正陽門)이라고 불리는 곳이지."

"그런 곳은 난 더 이상 보고 싶지 않아. 내가 가고 싶은 곳은 그런 고리타분한 곳이 아니라 재미있는 곳이지. 난 반드시 이 골목 안으로 들어가 보고 싶네. 하지만 무서워하지는 마시게. 수백 명이 달려든다고 해도 단숨에 해치울 수 있으니까."

그들은 한낮에 거래를 끝내고 중국 상인들로부터 받은 거금을 전대에 넣어 몸에 두르고 있었다. 예나 지금이나 외지에서 굴러들어온 장사꾼들은 현금이나 값나가는 물건을 지니고 있어서 토박이 범죄꾼들에게 표적이 되는 것이 보통이었다.

"고집 부리지 말고 돌아가세나."

다시 한번 임상옥이 만류하자 이희저는 큰소리로 대답했다.

"자네가 싫으면 난 혼자라도 가겠네."

중국말을 하나도 모르는 이희저에게 임상옥이 없다면 눈뜬 소경일 것이었다. 그렇다면 이희저는 왜 그 골목을 굳이 가려 함일까.

"도대체 왜 그런 고집을 부리는가. 꼭 저 골목 안으로 들어가겠다는 이유는 무엇인가."

그러자 이희저가 껄껄 소리내어 웃으며 물어 말하였다.

"정말 몰라서 묻는단 말인가."

"…모르겠네."

"아니 연경에 두 번이나 먼저 왔었던 자네가 초행길의 나보다 그 분명한 사실을 모른단 말인가."

"…모르겠네."

임상옥은 정색을 하고 대답했다. 임상옥이 거짓말을 하고 있지 않음을 확인한 이희저는 골목의 벽에 드리워진 물건 하나를 가리켰다.

임상옥은 그가 가리킨 손끝을 따라가 보았다. 그곳에는 붉은 등 하나가 켜져 있었다.

그것은 색주거리를 알리는 일종의 네온사인과 같은 것이었다. 그러나 임상옥은 그 붉은 등의 의미를 알지 못하고 있었다.

"붉은 등 때문에 굳이 저 골목 안으로 들어가야겠다니."

이희저는 더욱 크게 웃었다.

"정말 몰라서 묻는단 말인가. 그건 삼척동자도 다 아는 사실인데."

이미 이희저는 아내를 비롯하여 두 명의 처자가 있는 몸이었다. 임상옥은 여색에는 전혀 문외한의 숙맥이었다.

"…난 정말 모르겠네."

임상옥이 대답하자 이희저가 손을 들어 임상옥의 머리를 가볍게 때리며 말하였다.

"이 사람아, 저 붉은 등은 바로 이곳이 색주가라는 뜻일세. 이 골목의 어딘가에는 몸을 파는 여자들이 있다는 뜻이지. 사내대장부가 큰돈을 벌었으면 호기롭게 중국 계집의 맛을 한번 봐야 하지 않겠나. 예로부터 중국에는 미녀가 많다고 하였는데 이런 대처에 와서 보기만 하고 맛을 보지 않고 돌아간다면 평생 한이 되지 않겠는가. 자네가 도와주지 않는다 해도 난 혼자라도 갈 테니까 말리지는 마시게.”

그제야 임상옥은 이희저의 속마음을 알게 되었다.

홍등이 걸려 있는 거리.

이희저가 가자고 고집을 부리던 홍등의 사창가는 오늘도 북경 시내에 그대로 남아 있다. 천안문 광장의 남쪽에 있는 문루는 중국말로 ‘지엔러우(箭樓)’라고 불리는데 이 문 앞을 따라서 일직선으로 전문대가가 형성되어 있는 것이다. 이와는 달리 따로 발달된 거리가 동서로 가로지르고 있고 이 거리 이름은 따짜란(大柵欄) 거리라고 부른다.

겨우 차 한 대가 빠져나갈 정도로 좁은 거리인데 지금도 이 거리는 수백 미터에 불과하지만 북경 제일의 번화가다. 이 부근이 예로부터 사창가가 있던 곳으로 격자로 된 창과 서양풍의 이층건물이 특히 눈에 많이 띄는 곳이다.

1900년대 초에 이 거리는 대화재에 휘말려 전소되어 폐허가 되고 말았지만 그후에 재건되어 구 시가지 중에서 가장 서양풍의 거리로 남아 있는 곳이다.

중국인들은 이 거리를 ‘따짜란지에(大柵欄街)’라 부른다. 중국인들끼리 ‘따짜란에 가자’ 하면 ‘여자를 사러 사창가로 가자’는 일종의 은어였던 것이다.

이희저가 본 붉은 등의 불빛은 이곳이 여인을 사고파는 색주거리임을 나타내는 표지였던 것이다.

이렇게 된 이상 임상옥은 친구를 모른 체할 수만은 없게 되었다. 이희저에게 자기가 하고 싶은 대로 하라고 내버려두고 혼자만 돌아온다면 중국말을 하나도 모르는 그에게 실제로 봉변이라도 일어날 가능성이 높아질 수밖에 없었으므로.

두 사람은 함께 사창가로 들어가기 시작하였다. 지금도 북경 제일의 서커스 극장인 북경잡기단(北京雜技團)이 있는 거리는 붉은 등불로 온통 흔들리고 있었다.

여인의 몸을 사러 온 사내들과 이들을 유혹하는 여인들의 교태 어린 웃음소리와 분단장한 냄새는 가을밤을 가득 수놓고 있었다.

인력거를 타고 오는 사내들도 많이 있어 좁은 거리는 손님을 태우고 달려가는 쿠울리(苦力)들로 가득 찼다.

호기를 부리긴 하였지만 두 사람 모두 아득한 외지에서 굴러들어온 촌놈들인지라 막상 어떻게 할 줄을 몰라 어리둥절하고 있는데 누군가 어둠 속에서 나타나 손을 잡아 이끌었다.

"색시를 찾는 참이유."

키가 작은 노파였다.

"좋은 색시가 있으니 한번 따라와보구려."

노파는 입을 활짝 열고 웃었다. 이빨에 검은 칠을 하여 이빨이 하나도 없어 보이는 망측한 모습을 하고 있었다. 중국 사창가에서는 호객을 하거나, 거리에까지 나와서 유객행위를 하는 일은 드물었다. 여인들은 집안에 숨어 있고 여인을 사는 사람들이 제 발로 찾아가 여인을 고르는 것이 관례였다. 노파가 직접 나서서 호객행위를 하는 경우는 어차피 경쟁 때문이었을 것이다.

임상옥과 이희저는 노파의 뒤를 따라 또 다른 골목으로 접어들었다. 골목골목마다 붉은 등불이 넘실거려 때아니게 단풍이 물든 것처럼 출렁이고 있었다. 노파는 전족(纏足)을 하고 있었다. 걸음걸이가 어린애처럼 아장아장하였다.

골목에서는 여인들의 낄낄거리며 웃는 웃음소리와 비파소리가 흘러나오고 있었다.

노파는 골목 끝에 있는 집안으로 들어갔다. 비교적 큰 집으로 아래층과 위층의 이층으로 나뉘어 있었다.

전통적인 붉은빛으로 장식되어 있는 색주가의 안채는 이미 먼저 온 사람들로 가득 차 있었다. 아래층에서는 형식적으로 술과 차를 팔고, 계단을 올라 커튼이 쳐진 이층 안쪽에서 여인들을 사고파는 흥정이 이루어지는 모양이었다.

아래층에는 술을 마시면서 마작을 하는 사람들의 웃음소리가 질펀하게 들려오고 있었다. 노파가 두 사람을 데리고 오자 입구를 지키고 있던 사내가 노파에게 엽전 하나를 주어 사례를 하였다.

"재미 많이 보시유."

노파는 다시 어둠 속으로 사라졌다.

사내는 두 사람을 집안으로 이끌었다. 두 사람의 특이한 복장은 단박 눈에 띄었다. 색주가 안에 앉아 있던 모든 사람들의 눈이 모두 두 사람에게 집중되었다. 장소가 장소니만치 살벌한 느낌이었다. 그러나 중국인들은 자기 구역 안에서는 손님을 철저히 보호하는 관습이 있었다.

두 사람이 탁자에 앉자 사내는 사라졌고 곧 나이든 여인 하나가 나타났다. 비단옷을 입은 여인은 마치 경극(京劇)에 나오는 배우처럼 짙은 화장을 하고 있었으며 손에는 때아닌 부채를 들고 있었다.

"술을 마시러 오셨나요."

여인은 교태 어린 목소리로 물었다.

"뭐라는 거야."

중국말을 모르는 이희저는 임상옥에게 다시 물었다.

"술을 마시겠냐고 물었어."

"술, 술을 마시러 온 게 아니라 여자가 필요해서 왔다고 대답해."

임상옥은 시키는 대로 통역을 하였다. 그러자 여자는 부채를 부쳐 바람을 일으키면서 호호호호 소리내어 웃었다. 그녀는 알겠다고 고개를 끄덕이더니 어디론가 사라졌다. 두 사람은 두리번거리면서 사방을 둘러보았다.

붉은 주사(朱砂) 빛으로 장식된 이층 벽에는 번쩍이는 금박이 칠해져 있었고 벽에는 흰 비단으로 만든 족자가 걸려 있었다. 족자 속에는 한결같이 비단옷을 입은 여인들의 모습이 그려져 있었다.

"저 그림 속의 여인들은 이 색주가에서 돈을 주면 살 수 있는 여인들의 모습인 것 같은데."

눈치 빠른 이희저가 족자 속의 여인들을 보면서 중얼거렸다. 이희저의 말은 틀림없는 사실이었다. 색주가에서는 자신들이 소유하고 있는 인기 있는 여인들의 모습을 그림으로 그려 실물 크기로 벽에 걸어놓고 손님들을 유혹하고 있었던 것이다.

"저 그림 속의 여인 중에서 자네는 어떤 여인이 마음에 드는가."

이희저는 벽에 내걸린 대여섯 명의 여인들을 눈으로 훑어 감상하면서 물어 말하였다.

"…글쎄. 난 모르겠네."

임상옥이 대답하자 이희저는 자신있는 목소리로 말하였다.

"난 키가 큰 계집일수록 마음에 드네. 키가 작은 조선 여인들과는 달리 중국 계집들은 키들이 크고 늘씬하다는 소문을 들었네. 키가 크고 허리가 개미처럼 가는 여인이라면 나는 전대 속에 들어 있는 돈을 다 주고서라도 하룻밤을 데리고 자며 만리장성을 쌓을 거네. 얼굴이야 난 따지지 않아. 피부가 희고 키가 크며 허리가 가는 계집이면 땅호아일세. 으핫하하하."

이희저는 자기가 알고 있는 유일한 중국말인 '땅호아'를 사용하고 나서 스스로 생각해도 웃음이 나온다는 듯 큰소리로 웃었다.

이희저는 벽에 걸린 여인들의 모습을 하나씩 하나씩 꼼꼼하게 쳐다본 후 마침내 결심이 섰는지 임상옥을 쳐다보았다.

이희저는 벽에 걸린 족자 중에서 한가운데의 여인을 손으로 가리키면서 말하였다.

"아무래도 난 한가운데에 걸린 계집이 마음에 드는걸."

붉은 비단옷을 입고 트레머리처럼 목 뒤에다 머리를 틀어올린 여인의 모습이었다.

그때였다.

사라졌던 여인이 손에 무엇인가를 들고 다시 나타났다.

여인의 손에는 조그만 책자 하나가 들려 있었다. 여인은 그 책자를 두 사람 앞에 펼쳐 보이면서 말하였다.

"이 책 속에는 우리 집에 있는 여자들이 모두 들어 있습니다. 원하는 여인들을 고르십시오."

임상옥은 여인이 펼치는 책자를 뒤적여보았다. 여인의 말대로 이 집에 속해 있는 여인들의 온갖 명세가 세세히 적혀 있었다. 나이에서부터 이름, 출신지 그리고 생긴 모습이 그림으로 꼼꼼하게 그려져 있었다.

"…뭐라는 거야."

이희저가 임상옥을 쳐다보면서 물었다.

"이 책 속에 들어 있는 여자들 중에서 마음에 드는 여자를 고르라는 거야."

"마음에 드는 여자를 고르라구."

이희저는 껄껄 소리내어 웃었다.

"마음에 드는 계집이라면 바로 저년이야."

이희저는 책은 펼쳐볼 생각도 않고 손을 들어 벽에 걸린 한가운데의 여인을 가리키면서 말하였다.

"난 저 여자가 마음에 들어. 저 여자와 하룻밤을 자겠어."

임상옥은 이희저의 말을 통역해서 여인에게 전해주었다. 여인은 이 집의 살림살이와 매춘을 총괄하는 직책을 갖고 있는 모양이었다.

임상옥의 말을 들은 여인은 이해가 간다는 표정으로 입을 가리며 웃었다.

"저 애는 아주 예쁜 아이입니다. 하지만 값이 좀 비싼데요."

"뭐라는 거야."

성격이 급한 이희저가 임상옥에게 물었다.

"저 아가씬 아주 예쁜 아가씨여서 값이 좀 비싸다는 거야."

"값이 비싸다구."

이희저는 소리를 질렀다.

"억만금을 준데두 상관없어. 저 계집이 아니면 난 그냥 돌아가겠어."

여인과의 흥정은 의외로 까다로웠다.

이희저가 가리킨 그 여인은 아마도 이 색주가 안에서 가장 인기가 있는 모양이었다. 은 열 냥을 줘야만 짧게나마 만날 수 있고 하룻밤을 함께 지내려면 은 오십 냥을 줘야 한다는 것이 여인의 설명이었다. 이 말을 전해들은 이희저는 망설임 없이 대답했다.

"좋소. 일단 열 냥을 주겠소. 그 대신 마음에 들면 다시 오십 냥을 주겠거니와 마음에 들지 않으면 저 벽에 걸린 계집들을 한 사람씩 다 불러다가 열 냥씩 주고 한꺼번에 잠을 자겠소."

임상옥이 통역해준 말을 들은 여인은 가볍게 이희저의 등을 부채로 때리면서 말하였다.

"하오써한(好色漢)."

여인은 이희저를 끌고 계단을 올라 휘장 뒤로 사라졌다. 임상옥은 홀로 아래층에 남아 기다리기로 하였다. 이희저가 일을 끝내고 돌아올 때까지 뜨거운 차를 마시면서 기다리겠다고 고집을 부렸기 때문이었다.

임상옥에게도 뜨거운 정열이 있었다. 한창 피가 끓어오를 20대 초반의 나이가 아니었던가. 여색에 대한 욕심도, 호기심도 터질 것처럼 충만되어 있었다. 그러나 그에게는 하나의 원칙이 있었다.

여인의 몸을 돈을 주고 산다는 것은 더러운 일이다. 여인의 몸을 사랑으로 소유한다는 것은 모르지만 여인의 몸을 상품처럼 사고판다는 것은 법도에 어긋난 일이다. 분명히 말해서 인신(人身)은 물건이 아니며 상품이 아닌 것이다. 여인을 한갓 돈으로 사고, 돈으로 파는 행위는 인간이 저지를 수 있는 가장 잔인한 범죄며 이 때문에 인신매매의 죄를 저지른 인간은 훗날 노예의 신분으로 태어나는 죄값을 받게 될 것이다.

이것은 임상옥이 평생 지켜나간 법도(法道) 중의 하나였다. 비단 여인뿐이 아니다. 돈으로 인간을 노예처럼 부리고 인간이 지닌 존엄성을 무시하는 행위도 결국 인신매매의 범죄행위와 같은 것이다. 인간은 돈에 의해서 살 수 없으며, 또한 돈에 의해서 팔 수도 없으며, 돈에 의해서 지배받거나 돈에 의해서 복종할 수도 없는 단 하나의 존재인 것이다.

얼마쯤 시간이 흘렀을까.

갑자기 먼 곳에서 둥둥둥 북소리가 들려왔다. 꾸러우(鼓樓)에서 들려오는 북소리였다. 원래 원나라 때 대도가 되었던 연경의 시간은 타이꾸(太鼓)의 큰북을 두드려 알렸는데 하루를 열둘로 나누어 매 시간 북을 두드렸다. 방금 들려온 소리는 해시(亥時)를 알리는 북소리. 오늘날의 밤 아홉 시를 알리는 북소리였다.

꾸러우는 원대에 만든 연경의 배꼽과 같은 중심점. 오늘날에도 남아 있는 큰북은 60개 정도의 가파른 계단을 올라 넓은 방에 전시되어 있다. 때문에 시간을 알리는 큰북소리는 연경의 어느 곳에서도 잘 들리게 되어 있다.

해시의 북소리. 이 소리와 더불어 연경의 모든 성문이 닫히게 되는 것이다. 성밖에서 성안으로 들어올 수 없으며 성안에서 성밖으로 나갈 수 없게 된다. 아직 통행의 자유는 있지만 이 북소리는 일종의 통행금지의 사이렌 소리와 같은 의미를 지니고 있는 것이다.

해시를 가리키는 북소리를 듣자 임상옥은 마음이 급해졌다.

서둘러 돌아가지 않으면 날이 밝을 때까지 이 거리에 머물러 있어야 한다. 그렇게 되면 정말로 걷잡을 수 없는 봉변을 당하게 될지도 모른다.

이희저를 위층으로 안내하였던 그 여인이 계단 위에서 나타나 임상옥에게 다가와 말하였다.

"친구분이 오시라는데요."

그렇지 않아도 이희저를 데리고 돌아가려 했던 참이라 임상옥은 반갑게 대답하였다.

"그 사람은 어디에 있습니까."

"위층에서 기다리고 계십니다. 따라오십시오."

여인은 앞장을 섰다. 임상옥은 여인의 뒤를 따라 계단을 올라 이층으로 올라갔다. 분홍빛 휘장으로 가려진 내실 안쪽은 작은 방으로 연이어 있었고, 좁은 복도는 홍등으로 물들어 있었다. 가장 구석진 방에 이르러 여인은 걸음을 멈추었다.

"들어가세요."

임상옥은 여인이 이끄는 대로 방안으로 들어섰다. 방안도 역시 붉은 불빛으로 물들어 있어 어두침침하였다. 추앙웨이라 불리는 중국 특유의 침대가 한구석에 놓여 있었고 탁자 위에는 손님들이 무료할 때 까먹을 수 있도록 검게 물들인 해바라기 씨가 가득 들어 있는 접시가 놓여 있었다.

"그 친구는 어디에 있습니까."

임상옥은 뭔가 수상한 느낌이 들어 본능적으로 경계하는 눈빛으로 여인을 노려보면서 물었다.

"곧 올 겁니다."

여인은 대수롭지 않다는 표정으로 대답하였다.

"여기서 기다리시면 금방 올 겁니다."

여인은 다시 사라졌다. 임상옥은 초조해졌다. 도대체 무슨 일일까. 무슨 일이 있음에 틀림이 없다. 이희저가 자신을 만나고 싶다면 굳이 자신을 이처럼 은밀한 내실로 따로 불러들일 필요가 없지 않은가.

임상옥은 허리춤에 숨겨둔 단도를 가만히 어루만져 보았다. 객상들은 비상용으로 무기 하나쯤은 몸속에 숨기고 다니는 습관이 있었다.

위급한 사태가 벌어지면 칼을 뽑아서라도 난국을 헤쳐나가지 않으면 안 될 것이다. 임상옥은 심호흡을 하며 긴장을 풀지 않고 있었다.

바로 그때였다.

반대편 문 쪽에서 인기척이 있었다.

임상옥이 소스라처 놀란 것은 등뒤에도 문이 있어 그곳에서 사람이 나타났기 때문이었다. 앞문으로 사라졌던 여인이 반대편 쪽에서 나타났는데 이번에는 혼자가 아니라 다른 사람과 함께였다. 임상옥이 놀라자 여인은 긴장을 가라앉히려는 듯 교태 어린 나긋나긋한 목소리로 말하였다.

"친구분께서 손님에게 여자를 보냈습니다."

여인은 함께 나타난 여인을 손으로 가리키면서 말하였다.

"혼자만 재미를 보는 것이 미안해서인지 손님에게도 여자를 보내라고 했습니다. 값은 친구분이 벌써 다 치르셨습니다."

"그 친구는 어디에 있습니까."

임상옥은 어이가 없어져서 여인에게 물었다. 그러자 여인은 부채를 부치면서 웃었다.

"어딘가에서 한창 재미를 보고 있습니다. 날이 밝은 내일 아침에 만나자고 말했습니다."

여인은 더 이상 말하기 싫다는 듯 말을 끝맺었다.

"손님께서 이 여자를 돈을 주고 샀으니 이제 이 시아오지에(小姐)는 내일 아침까지는 손님의 소유물입니다. 이 여인을 죽이든지 살리든지 그건 손님의 마음먹기에 달린 것입니다."

여인은 사라졌다.

참으로 황당한 일이었다. 임상옥은 졸지에 합방하게 된 것이었다. 이제는 꼼짝없이 싫든 좋든 낯선 여인과 한 방에서 지내게 되었다. 방은 일인방. 중국어로는 딴런팡(單人房)이라고 부른다. 매우 좁아서 움직이기만 해도 살이 마주치는 방안에서 젊은 처녀와 함께 있는 것이다. 방안에는 침대가 있고 침대 위에는 전터오(枕頭:베개)가 나란히 놓여 있었다.

여인은 우두커니 방 한가운데에 서 있었다. 마치 주인의 명령을 기다리고 있는 하인처럼.

"앉으시오."

그냥 세워두기도 뭐해서 임상옥은 가만히 여인에게 말했다. 그러자 여인은 침대 위에 앉았다. 그제야 밖에서 타오르고 있는 붉은 불빛 아래 여인의 얼굴이 분명하게 드러나 보였다.

그 순간.

임상옥은 숨이 멎는 것 같았다.

불빛 아래 드러난 여인의 얼굴은 일찍이 본 적도 없고 앞으로도 볼 수도 없는 천하의 절색이었던 것이다.

훗날《가포집》에서 임상옥은 이 여인을 단 한 번 다음과 같이 묘사하고 있다.

'…일찍이 중국의 정사(正史)에서는 양귀비를 '자질풍염(資質豊艶)'한 절세의 미인이라 표현하고 있고 당나라 시인 이백은 양귀비를 '활짝 핀 모란'에 비유하였다. 백낙천은 양귀비를 주인공으로 '장한가(長恨歌)'를 노래하였는데, 내가 그날 본 그 여인은 양귀비가 다시 살아 환생해 온 듯하였다….'

자신의 과거를 회상하며《가포집》을 편찬하였던 만년의 임상옥이 짧게나마 고백하였던 이 여인. 임상옥이 표현하였던 것처럼 감히 양귀비의 아름다움과 비유하였던 이 여인과의 운명적인 만남은 이처럼 전혀 엉뚱한 곳에서 전혀 생각지도 않았던 작은 우연에서 비롯된 것이다.

이 여인의 이름은 장미령(張美齡). 임상옥과 처음으로 만났을 때 그녀의 나이 열다섯 살이었다.

붉은 불빛 아래 처음으로 드러난 장미령의 모습을 본 순간 임상옥은 가슴이 서늘하였다. 천하의 미색 또한 인위적으로 가꾸어지는 것은 아니고 하늘이 스스로 내는 법. 여인의 모습은 감히 지상에서 만날 수 있는 아름다움이 아니었다.

임상옥은 정색을 하면서 침대에서 일어났다.

이 여인은 이러한 곳에 있을 여인이 아니다. 모든 물건은 제자리가 있기 마련이다. 모든 나무와 작은 풀들 그리고 하찮은 돌멩이 하나도 있어야 할 제자리에 놓여 있기 마련인 것이다. 하물며 작은 돌 하나도 그러하거늘 하늘 아래 인간이야 일러 무삼하겠는가.

갑자기 침대 위에 걸터앉아 있던 여인의 어깨가 들썩이며 흔들리기 시작하였다. 소리를 죽여 참고 있었지만 임상옥은 여인이 울고 있음을 직감하였다.

그리고 여인의 입에서 무슨 신음소리 같은 것이 짧게 흘러나오고 있었다.

임상옥은 그 신음소리를 귀기울여 들었다. 흐느끼며 우는 여인의 입에서 간신히 흘러나오는 외마디 신음소리는 다음과 같은 것이었다.

"지우 밍 아(救命啊)."

'지우 밍 아'는 우리말로 하면 '살려주세요'라는 절명의 하소연이었던 것이다.

살려주세요. 살려주세요.

여인은 숨죽여 울면서 들릴락말락 가냘픈 소리로 말하였다.

임상옥은 자신의 귀를 의심하였다. 살려달라니. 그녀의 입에서 그런 말이 흘러나올 리가 없다. 난 그녀를 살려줄 만한 사람이 못된다. 난 단지 보따리장수에 불과하며 일시 지나가는 과객에 불과한 것이다.

임상옥은 일단 그녀를 진정시켜야 한다고 생각했다. 임상옥은 탁자 위에 뜨거운 물이 놓여 있는 것을 보았다. 중국 사람들은 항상 열수(熱水)를 끓여놓고 찻잎을 우려내어 마시는 습성이 있었다.

임상옥은 차뻬이(茶杯)에 녹차를 집어넣고 그 위에 뜨거운 물을 부어내렸다. 향긋한 차의 향기가 곧 피어올랐다.

"소저."

임상옥은 부드러운 목소리로 여인을 향해 말하였다.

"차를 한잔 드세요. 그러면 마음이 가라앉을 것입니다."

임상옥은 여인의 어깨 위에 가만히 손을 얹었다. 어깨의 맨살이 손끝에 느껴졌다. 불처럼 뜨거운 몸이었다. 살짝 손을 스치기만 하였는데도 손길이 델 만큼의 뜨거운 체온을 가진 여인이었다.

뜨거운 차를 마시며 마음을 가라앉힐 사람은 그녀가 아니라 바로 자신이라는 사실을 임상옥은 깨달았다. 임상옥도 뜨거운 차를 천천히 마시기 시작하였다. 임상옥이 준 찻잔 하나가 여인의 마음에서 두려움을 빼앗아갔는지 이윽고 여인의 어깨가 진정되기 시작하였다.

붉은 불빛 아래 드러난 차를 마시는 여인의 모습은 이 지상에서 볼 수 있는 미색이 아니었다. 도대체 이와 같이 아름다운 선녀가 어떻게 이런 색주가까지 흘러들어와 몸을 파는 창녀가 될 수 있단 말인가.

임상옥은 여인의 마음이 가라앉기를 기다려 천천히 물어보기 시작하였다. 여인은 긴 한숨을 쉬면서 다음과 같이 말하였다.

"제 이름은 장미령. 나이는 열다섯 살입니다. 오늘 제가 대인어른께 나온 것은 처음으로 손님을 받는 날입니다. 저는 처녀의 몸입니다. 그러니 대인어른, 저를 살려주십시오. 지우 밍 아."

여인의 눈에서 다시 눈물이 흘러내리기 시작하였다.

임상옥은 자신의 귀를 의심하였다.

처녀의 몸이라니. 자신의 말처럼 열다섯 살의 이 소저가 한 번도 남자를 경험하지 않은 처녀의 몸이라니. 그리고 또한 내가 이 색주가에서 그녀가 맞은 최초의 손님이라니.

장미령은 천천히 임상옥에게 자신이 이곳까지 흘러들어온 경위를 털어놓기 시작하였다.

소녀의 고향은 절강성으로 태어난 곳은 소흥(紹興)이었다.

중국말로 사오싱이라고 불리는 소흥은 원래 춘추전국시대 때 월국(越國)의 도읍지로 전쟁에서 패한 월왕 구천(勾踐)이 그 복수를 맹세하고 장작 위에 누워 곰의 쓸개를 핥으며 굴욕을 되씹으면서 자신을 패하게 한 오왕 부차(夫差)에 대한 복수를 꿈꿔온 와신상담(臥薪嘗膽)의 바로 그 고장인 것이다.

최근에는 중국 최고의 작가이자 사상가인 노신(魯迅, 1881~1936)의 고향으로 더 잘 알려져 있는데 노신은 그의 작품 〈고향〉에서 소흥을 다음과 같이 묘사하고 있다.

'…혹한을 무릅쓰고 2천 리를 거쳐 20여 년 동안 소식을 전하지 못하던 고향으로 나는 돌아왔다. 계절은 한겨울, 고향에 가까워 옴에 따라 날씨도 흐리고 차디찬 바람이 선창에 불어와 부웅― 하고 소리를 냈다. 배 사이로 보면 회청색의 하늘 아래, 여기저기에 괴로운 듯 마을들이 누워 있고 아무런 활기도 없다. 끊임없이 내 마음에 비애가 일어났다.'

노신이 표현하였던 대로 끊임없이 마음속에 비애가 일어나는 강

남의 작은 마을 소흥은 두 가지로 유명한 곳이다.

그 하나는 중국 8대 명주(名酒)로 손꼽히는 '사오싱지우(紹興酒)'
다. 멥쌀과 밀, 그리고 소흥이 자랑하는 맑은 호수인 지엔후(鑑湖)
의 물로 빚어지는 소흥주는 2천4백 년의 전통을 가진 중국의 대표
적인 명주인 것이다. 이 소흥주의 빛깔은 붉은 갈색빛으로 황주(黃
酒)라 부르고 있다.

또 하나 유명한 것은 이 지역에서 중국의 미인들이 많이 태어나
고 있다는 점이다. 그 이유를 이 지방 사람들은 지방 특유의 맑은
물 때문이라고 서슴없이 말하고 있다.

술과 미인은 동색(同色)이던가.

임상옥이 고백하였던 것처럼 절색의 미인 '장미령'이 태어난 고
향은 전통적인 미의 색향(色鄉)인 바로 소흥이었던 것이다.

소흥이 전통적으로 미인들의 고향임은 중국 역사상 가장 뛰어난
미인이었던 서시(西施)의 고향이 바로 이 소흥이라는 사실에서도
엿볼 수 있다.

지금도 남아 있는 저라산(苧羅山) 근처에서 나무장수의 딸로 태
어난 서시는 너무나 뛰어난 절세미인이었으므로 여인들이 무엇이
든 서시의 흉내를 내면 아름답게 보일 것이라 생각하고 병이 들었
을 때의 서시가 찡그리는 모습까지 흉내냈다고 전해지는 전설적인
미인이었다.

월왕 구천이 자신의 목숨을 구하기 위해 호색가인 오왕 부차에게
서시를 헌납하였는데 오왕은 서시의 미색에 빠져 정치를 태만히 했
다. 결국 부차는 구천의 미인계에 빠져서 마침내 멸망하고 말았고
'나라를 위태롭게 할 정도의 뛰어난 미녀'를 일컫는 경국지색(傾國
之色)이란 말은 바로 서시에서 비롯된 것이다.

지금도 소흥시 외곽에는 서시가 태어난 산이라는 서시산(西施山)이 있다.

장미령의 아버지는 대대로 유명한 지아판지우(加飯酒)를 만드는 도갓집의 장인이었다. 예나 지금이나 소흥주는 거북 모양의 독특한 도자기 병에 담는 것으로 유명한데 장미령의 아버지는 그러니까 술을 만드는 사람이 아니라 술을 담는 거북 모양의 도자기를 만드는 도공(陶工)이었던 것이다.

자연 술을 가까이 하게 되어 나이가 마흔이 되기도 전에 술이 없으면 한시도 살 수 없는 술주정뱅이가 되었다. 장미령의 어머니는 먼저 병들어 죽어버렸는데 이때 남은 형제가 딸이 넷에 막내만이 아들이었다. 장미령은 그중 세 번째 딸이었다.

술주정뱅이 아버지는 일도 하지 못하게 되어 쫓겨났으며 병을 얻어 장님이 되어버렸다.

아버지의 병을 고치는 것은 물론 하루하루의 끼니마저 걱정해야 할 판에 어느 날 마을로 연경에서 수상한 사람들이 흘러들어 왔다. 사람들은 이들을 호리꾼이라고 불렀다. 호리꾼이란 원래 '호리(狐狸)'에서 비롯된 말로 이는 여우와 살쾡이처럼 숨어서 나쁜 짓을 하는 사람들을 일컫는 말이었다. 이들 호리꾼은 가난한 집의 딸을 돈을 주고 사들였다. 이들은 절대로 사내아이들은 사지 않았고 여자아이들만 사들였다. 인물과 생김새에 따라서 값이 매겨졌다. 이들은 남의 딸을 돈을 주고 사다가 부잣집의 첩으로 팔아넘겨 팔자를 고치게 해주겠다고 했지만 실은 돈을 주고 사다가 연경의 색주가에 창녀로 되팔아 넘기는 인신매매꾼들이었다.

장미령의 아버지는 거금의 돈을 주고 자신의 딸을 사겠다는 호리꾼의 말에 솔깃하였다. 아버지는 자신의 아들만 빼놓고 나머지 딸

넷을 모두 팔아넘기기로 하였다.

그러나 맏딸은 너무 나이가 많아서 흥정에서 제외되었고 둘째딸과 셋째딸인 장미령만이 매매되었다. 넷째딸은 아직 열 살도 채 되지 않아 너무 어렸기 때문에 빠졌다. 둘째딸은 은 50냥에 값이 매겨졌으며 장미령은 은 70냥에 매매되었다. 술주정뱅이 아버지는 딸을 팔아 거금의 돈을 마련하자 기분이 좋아 그날로 거리로 뛰쳐나가 실컷 소홍주를 퍼마셔버렸다.

장미령은 언니와 헤어져서 그날로 연경으로 옮겨졌다. 장미령은 연경에 도착한 즉시 유명한 사창가인 따짜란(大柵欄)의 한 색주가로 되팔렸다. 70냥에 장미령을 사들인 호리꾼은 순식간에 80냥을 더 벌었다. 장미령의 빼어난 미모에 색주가에서는 유례없는 값을 지불하고 그녀를 사들인 것이었다.

장미령이 이 색주가에 팔린 뒤 첫 손님으로 만난 사람이 바로 임상옥이었던 것이다.

장미령은 색주가에 팔렸을 때만 해도 자신의 운명이 어떻게 변해갈 것인지 전혀 모르고 있었다. 손님을 받고 몸을 팔아야 한다는 주인의 말을 듣자 비로소 자신이 노예처럼 몸이 팔렸으며 결국 창녀가 되었다는 사실을 분명하게 깨닫게 된 것이다.

장미령은 무서웠다. 돈을 받고 모르는 남자에게 몸을 팔아야 한다는 사실에 두렵고 슬퍼서 혀를 깨물고 죽어버리고 싶었던 것이다.

"지우 밍 아."

살려주세요 하고 울면서 하소연했던 것은 그러한 이유 때문이었다.

난처해진 것은 오히려 장미령보다는 그녀의 얘기를 다 듣고 난 임상옥이었다. 장미령은 임상옥에게 살려달라고 애원하였지만 정작 임상옥에게는 장미령을 살려줄 만한 힘이 없었던 것이다. 물론 오늘 밤은 그녀의 몸에 손끝 하나 대지 않고 그녀를 보호하고 그녀의 처녀를 지켜줄 수는 있다. 그러나 내일이면 그녀는 또다시 다른 남자에게 돈을 받고 몸을 팔게 되어 있다. 그녀의 아버지가 돈을 받고 호리꾼들에게 팔아넘긴 이상 그녀는 이미 올가미에 걸려든 셈이다.

임상옥은 물끄러미 여인의 모습을 쳐다보았다. 붉은 등불 아래 드러난 여인의 모습은 천상의 아름다움이었다. 이런 천하의 절색은 앞으로도 영원히 만날 수 없을 것이다. 오늘 밤이 처음이자 마지막일 것이다. 뿐 아니라 이 여인은 오늘 밤 나의 것이다. 이미 이희저가 값을 지불하고 이 여인을 사서 내게 넘긴 것이다. 그러므로 이 여인을 죽이고 살리는 것은 오직 내 손에 달려 있다.

그녀가 울면서 애원한다고 해도 나는 이 여인을 가질 수 있다. 그녀의 처녀성을 빼앗을 수 있다.

순간 임상옥은 욕망이 끓어오르는 것을 느꼈다. 온몸의 피가 거꾸로 역류하는 느낌이었다. 이희저의 말처럼 그 여인은 키가 컸지만 허리는 개미처럼 가는 전통적인 중국의 미인이었다. 눈물은 여인의 아름다움을 한층 더 돋보이게 하는 것일까. 한바탕 울고 난 여인의 모습은 이슬을 머금은 모란꽃처럼 매혹적이었다.

변방의 떠돌이 장사꾼으로 태어나 한평생 객상으로 늙어 죽을 자신의 인생에서 앞으로 이처럼 절색의 미인을 다시금 만날 수가 있을 것인가.

임상옥은 사내로서의 욕망을 느꼈다. 손을 뻗어 장미령의 손을 찾아 쥐었다.

장미령의 손은 잘 빚은 만두와도 같았다. 손을 만지는 순간 임상옥은 격렬한 욕정이 끓어올랐다. 그래서 여인의 어깨 뒤에 손을 넣어 침대 위에 쓰러뜨렸다. 그 순간 여인의 몸이 다시 흔들리기 시작하였고 여인의 입에서 가느다란 신음소리가 흘러나오고 있었다.

"지우 밍 아. 대인어른, 저를 살려주세요. 지우 밍 아."

그 여자의 신음소리가 비수가 되어 임상옥의 심장에 내리박혔다. 임상옥은 몸을 일으켜 세웠다.

'내가 어떻게 너를 살려줄 수 있단 말인가.'

임상옥은 그녀에게 소리질러 따져 묻고 싶었다. 내가 무슨 힘으로 너를 구해줄 수 있단 말인가.

임상옥은 뜨거운 차를 마시면서 끓어오르는 마음을 간신히 진정시켰다.

가까이 가지 않으리라.

임상옥은 결심하였다.

다시는 여인의 곁으로 가까이 가지 않으리라.

그날 밤.

임상옥은 밤을 새웠다.

불안에 떨던 장미령은 피로에 지쳐 잠이 들어버리고 임상옥은 한잠도 이룰 수가 없었다.

마침내 먼 곳에서 시간을 알리는 타이꾸의 북소리가 들려오기 시작하였다.

두둥 두둥 둥 둥 둥—

묘시를 알리는 북소리였다.

묘시라면 새벽 다섯 시.

이 북소리에 의해서 닫혔던 성문이 열리고 통행금지가 풀리게 되어 있다.

임상옥은 날이 밝을 때까지 한 가지의 생각에 몰두해 있었다. 이 생각 하나가 임상옥의 어두운 인생에 빗장을 여는 개금(開金), 즉 결정적인 열쇠가 되는 것이다. 그러므로 그 하룻밤은 임상옥에 있어 '운명의 밤'이었다.

밤을 꼬박 새우면서 생각하였던 임상옥의 상념 하나는 바로 다음과 같은 것이었다.

임상옥은 열다섯 살의 나이 때 일년간 추월암에서 행자생활을 하였었다. 그것은 어떻게 해서든 글을 배우고 익혀야 한다는 아비 임봉핵의 고집 때문이었다.

의주의 북쪽으로는 금강산이 솟아 있는데 해발 2백여 미터밖에 안 되는 야산이지만 계곡이 깊고 험준하였다. 이 산에는 금강사와 천왕사 같은 큰 절이 있었는데 임상옥이 들어간 것은 금강사의 말사인 추월암이었다. 추월암은 세 개의 사찰 중에서도 산정에 있는 암자로 연중 물이 마르지 않는 곳이었다. 굳이 아비 임봉핵이 추월암에 임상옥을 밀어넣은 것은 빼어난 풍광보다는 이 암자에 석숭(石崇)이란 큰스님 한 분이 머물고 있었기 때문이다. 이 스님은 괴팍하기로 소문이 나 있던 사람이었다.

석숭은 평생을 금강사의 말사인 이 암자에 머무르고 있으면서 산문(山門) 밖을 떠나본 적이 없었다.

임상옥은 아비의 뜻에 따라 금강산에 들어가 추월암에서 석숭 스님을 시봉하면서 일년간 행자생활을 했었다. 그러나 임상옥은 이 큰스님을 멀찌감치서 보기만 하였을 뿐 경전을 읽고 글을 배운 것은 석숭 스님의 시자였던 법천 스님으로부터였다.

하루는 뒷산에서 나무를 하고 내려오는데 바위 위에서 해바라기를 하고 앉아 있던 석숭 스님이 임상옥을 향해 손짓하였다. 나뭇짐을 등에 지고 산길을 따라 걸어 내려가던 임상옥을 스님이 부르자 그 길로 지게를 내리고 스님 앞으로 달려갔다.

임상옥이 가까이 오자 석숭 스님은 느닷없이 말하였다.

"이 손 안에 무엇이 들어 있느냐."

석숭 스님이 주먹을 쥐고 손을 들어 임상옥에게 내밀면서 소리쳐 물었다. 임상옥은 스님이 내민 손을 가만히 들여다보았다. 그로서는 전혀 의미를 알 수 없는 선문(禪問)이었다. 느닷없이 주먹을 쥔 손을 내밀고 그 안에 무엇이 들어 있는지를 알아맞춰 보라니.

"이 손 안에 무엇이 들어 있냐"고 물은 뒤 석숭 스님은 임상옥이 대답을 못하자 일갈하여 소리쳐 다시 물었다.

"…모, 모르겠습니다."

그 순간 스님의 큰 손이 임상옥의 머리통을 한 대 후려쳤다. 그 길로 임상옥은 땅 위에 쓰러졌다. 너무나 아파서 눈물이 나올 것 같았다.

"이놈아, 그것도 몰라. 이놈아, 그것을 알 때까지 모르면 계속 대갈통을 두들겨 맞을 것이다."

만날 때마다 석숭 스님은 주먹을 내밀고 임상옥에게 이 손 안에 무엇이 들어 있느냐고 물었다. 임상옥은 죽을 맛이었다. 번번이 모른다고 대답할 수밖에 없었고 그럴 때마다 임상옥은 때리는 대로 얻어맞고 쓰러질 수밖에 없었다.

하루하루가 죽을 맛이었다.

아무리 피해 다녀도 하루에 한 번씩은 반드시 만나게 되어 있는 큰스님 석숭이었다. 석숭은 만날 때마다 법당 안이든 해우소 앞이든 계곡이든 간에 주먹을 내밀고 '이 안에 무엇이 들어 있느냐'고 묻고, 그럴 때마다 임상옥은 '모르겠습니다'라고 대답할 수밖에 없었다. 그러면 번번이 한 방 얻어맞곤 하였는데 어떤 때는 지게막대기로 혼쭐이 날 만큼 얻어맞기도 하였다.

임상옥은 고민 끝에 한 가지 꾀를 생각해냈다. 그것은 살아남기 위한 유일한 방책이었다. 그래서 일부러 석숭 스님이 머물고 있는 암자의 뜨락을 비질하고 있는데 아니나다를까, 청소를 하고 있는 임상옥을 보자 장난기가 발동되었는지 석숭 스님이 다가오고 있었다.

석숭이 다가와 주먹을 쥐며 내밀려는 찰나에 먼저 임상옥이 주먹을 쥐고 석숭에게 내밀면서 말하였다.

"큰스님, 이 손 안에 무엇이 들어 있습니까."

의외의 공격이었다. 허를 찔린 석숭이 놀라면서 몇 발자국 물러섰다. 석숭은 임상옥을 노려보았다. 그러나 임상옥으로서는 배수의 진이었다. 여기서 물러났다가는 죽도 밥도 되지 않는다.

"네 손 안에 무엇이 들어 있냐구."

여전히 장난기 어린 목소리로 석숭이 물었다.

"그렇습니다. 이 손 안에 무엇이 들어 있습니까."

"그걸 모른다면 네놈이 나를 어떻게 할 셈이냐."

웃음기 어린 얼굴이었지만 석숭의 안광만은 형형하였다.

"모른다면 네놈이 감히 나를 때릴 셈이냐."

"물론입니다. 모르신다면 큰스님을 때리겠습니다."

"나를 때려. 도대체 무엇으로 말이냐."

그러자 임상옥이 마당을 쓸고 있던 빗자루를 가리키면서 말하였다.

"이 빗자루로 때리겠습니다."

"정말 그 빗자루로 나를 때리겠다구."

껄껄… 소리나게 석숭이 웃었다.

"좋다. 내가 너에게 맞을 수는 없지. 그러면 내게 다시 한번 물어

보아라."

석숭이 임상옥에게 말하였다. 임상옥이 주먹을 세워들고 석숭에게 내밀어 다시 물어보았다.

"이 손 안에 무엇이 들어 있습니까."

"…모른다."

웃으면서 석숭이 대답하였다. 그 순간이었다. 그러한 대답을 기다리기라도 했다는 듯 임상옥이 마당을 쓸던 대비를 들어 사정없이 석숭의 몸을 내리친 것이다.

석숭이라면 추월암에서뿐 아니라 금강산 안의 모든 절에서 존경하는 당대의 선객. 그 큰스님의 몸을 한갓 행자에 불과한 열다섯 살의 소년이 빗자루로 한 대 후려친 것이다.

그러자 석숭은 쓰러지면서 소리질렀다.

"아이구, 저놈이 사람 죽인다. 저놈이 사람 죽인다."

석숭의 큰소리에 온 절이 발칵 뒤집혔다. 놀란 스님들이 여기저기서 뛰쳐나왔다. 그들은 마당에서 벌어진 기묘한 사태에 어안이 벙벙하였다. 어린 행자가 빗자루를 들고 있고 큰스님이 그 빗자루에 맞아 쓰러진 형국을 보자 그들은 달려가 임상옥의 손에서 빗자루를 빼앗아 들었다. 또한 임상옥에게 몰매라도 가하려는 듯 기세가 등등하였다.

석숭은 아무런 일이 없었다는 듯 몸을 툭툭 털고 일어나서 이렇게 말하였다.

"내버려둬라, 이놈들아. 수년씩이나 절밥을 먹은 밥도둑놈들인 네놈들보다 상옥이가 훨씬 낫다. 다시 한번 물어라."

석숭은 임상옥을 쳐다보며 정색을 하여 말하였다.

"무엇을 말입니까."

임상옥이 묻자 석숭이 대답하였다.

"조금 전에 내게 했던 질문을 똑같이 하여 보거라."

임상옥은 시키는 대로 주먹을 세워 석숭에게 내밀면서 똑같이 물어 말하였다.

"이 손 안에 무엇이 들어 있습니까."

"네 손 안에 들어 있는 것은 칼〔刀〕이다."

이렇게 대답하고 나서 석숭은 뒷짐을 지고 산으로 사라졌다. 임상옥은 마침내 기묘한 방법으로 정답을 알아낼 수 있었던 것이다.

이튿날이었다.

뒷산에서 나무를 하고 숲길을 내려오는데 바위에 앉아 해바라기를 하고 있던 석숭 스님을 다시 만났다. 임상옥을 보자 자기의 곁으로 가까이 오도록 손짓을 한 후 가까이 오자 석숭이 손을 내밀며 물어 말하였다.

"이 손 안에 무엇이 들어 있느냐."

이미 정답을 알아버린 임상옥이 쾌재를 부르면서 기다렸다는 듯 말하였다.

"큰스님의 손 안에는 칼이 들어 있습니다."

임상옥이 대답하자 석숭이 말하였다.

"옳거니."

석숭이 다시 손을 내세우면서 물어 말하였다.

"그렇다면 이 손에 들어 있는 칼이 사람을 살리는 칼이냐, 아니면 이 손에 들어 있는 칼이 사람을 죽이는 칼이냐."

전혀 뜻밖의 또 다른 질문이었다.

임상옥으로서는 난감한 질문이었다.

임상옥으로서는 '모, 모르겠습니다'라고 대답할 수밖에 없었으며 또다시 한 방 얻어맞고 쓰러지는 고통의 나날이 계속되었다.

견디다 못해 임상옥은 또 다른 비상수단을 강구할 수밖에 없었다.

만날 때마다 또 다른 질문으로 괴롭히는 큰스님의 질문에 번번이 '모, 모르겠습니다' 라고 대답을 하는 것으로 얻어맞곤 하였으므로 '모르겠습니다' 라는 대답 대신 다른 대답을 하기로 작심을 하였다.

그래서 첫날은 이렇게 대답하였다.

"스님의 손에 들어 있는 칼은 사람을 살리는 칼입니다."

석숭은 임상옥을 한 방 후려쳤다. 임상옥은 쓰러지면서 생각했다. 내일은 정답을 맞출 수 있을 것이라고.

다음날은 이렇게 대답하였다.

"스님의 손에 들어 있는 칼은 사람을 죽이는 칼입니다."

회심의 미소를 짓고 있던 임상옥의 몸을 향해 석숭의 주장자가 태질을 하며 춤을 추었다.

임상옥은 정말 죽을 맛이었다. 스님의 손에 들어 있는 칼이 사람을 살리는 칼도 아니고 사람을 죽이는 칼도 아니라면 도대체 무슨 칼이란 말이냐. 고민고민 하던 임상옥에게 해답을 가르쳐준 사람은 바로 법천 스님이었다. 법천은 석숭의 시자로 경전에 밝았다. 임상옥에게 글을 가르쳐주는 스승이기도 하였던 법천은 고민을 하던 임상옥에게 이렇게 말하였다.

"큰스님이 너를 만날 때마다 묻고 또한 때리는 것은 네가 법기(法器)이기 때문이다."

"법기가 무엇입니까."

"법기란 '불법을 담은 그릇' 으로 네가 큰 그릇이 될 싹수가 보이기 때문이다."

"하지만 스님, 이러다간 맞아서 죽을 것 같습니다. 온몸에 성한

곳이란 한곳도 없습니다. 제발 제가 맞지 않도록 하여 주십시오."

법천은 임상옥에게 석숭 스님이 다시 물으면 이러이러하게 대답하라고 가르쳐주었다.

다음날이었다.

이른 새벽. 임상옥이 가마솥에 밥을 짓고 있는데 느닷없이 석숭이 들어왔다. 가마 속에 장작더미를 넣어 불을 지피다 말고 임상옥이 일어서자 석숭은 손을 내밀며 물어 말하였다.

"이 속에 들어 있는 칼이 사람을 죽이는 칼이냐, 아니면 살리는 칼이냐."

순간 임상옥은 법천 스님이 가르쳐준 대로 대답하였다.

"큰스님의 손 안에 들어 있는 칼은 사람을 죽일 수도 있는 칼이며 또한 살릴 수도 있는 칼입니다."

임상옥의 대답에 석숭은 여느 때처럼 한 방 때리지 아니하고 느닷없이 가마솥의 뚜껑을 열어보고는 이렇게 말하였다.

"이놈아, 밥물이 적다. 물을 더 집어넣거라."

신통하게도 이후부터 임상옥에게는 석숭으로부터의 질문세례가 없어졌으며 따라서 얻어맞는 일도 사라져버렸다. 임상옥으로서는 살맛나는 일이었다. 그러나 이상하게도 석숭 스님의 질문들은 언제나 임상옥의 마음속에 살아 움직이기 시작하였다. 말하자면 석숭이 던진 질문들은 임상옥의 마음속에서 살아 있는 화두(話頭)가 되었으며 그의 평생을 지배하는 인생의 철학이 될 수 있었던 것이다.

이상하게도 더 이상 석숭 스님으로부터 질문을 당하는 일이나 태질을 당하는 일은 없어졌지만 궁금증은 날로 더해가고 있었다.

어떻게 그 손 안에 칼이 숨어 있을 수 있을 것인가. 또한 그 칼이 어떻게 사람을 죽일 수도 있고 살릴 수도 있는 칼일 수가 있겠는가.

그 답이 풀린 것은 임상옥이 암자에 들어온 지 일년 뒤의 일이었다. 임상옥이 암자에 들어온 후 봄, 여름, 가을, 겨울의 한 해를 다 보내고 이른 봄이 되었을 때 다시 아비를 따라 연경으로 떠나기 위해 산을 내려가야 했기 때문이었다. 일년 동안 임상옥은 글이 부쩍 늘어 웬만한 글은 모두 읽고 쓸 수 있게 되었다. 산을 내려가기 전 임상옥은 큰스님 석숭에게 인사를 드리러 그가 머물고 있는 암자로 찾아갔었다. 석숭은 추월암에서도 가장 후미진 암자에 홀로 머물고 있었는데 임상옥은 감히 댓돌 위도 오르지 못하고 뜨락에서 무릎을 꿇고 삼배를 올려 작별인사를 하였다.

반쯤 열린 방문 안에는 석숭이 앉아 있었다. 그는 임상옥이 인사를 올려도 본체만체하였다. 삼배를 올리고 물러서려다 말고 느닷없이 임상옥이 말하였다.

"큰스님, 한 가지 청이 있습니다."

임상옥의 말은 분명히 들렸을 텐데 방안에서는 아무런 대답이 없었다.

"큰스님 손에 들어 있는 칼을 보여주셨으면 합니다."

임상옥은 방안에서 석숭 스님이 자신의 말을 듣고 있음을 분명히 알고 있었다.

"큰스님, 손 안에 들어 있다는 사람을 살릴 수도 있고 사람을 죽일 수도 있는 칼을 보여주셨으면 합니다. 큰스님, 마지막 부탁이나이다."

그때였다.

침묵으로 일관되던 방안에서 마침내 석숭 스님의 목소리가 터져 흘렀다.

"정말이냐. 그 칼을 보고 싶다는 말이 진심이냐."

"보고 싶습니다."

석숭 스님은 대답하였다.

"정히 그렇다면 내 그 칼을 너에게 보여주리라."

그리고 나서 석숭 스님은 말하였다.

"그 칼을 보여줄 터이니 방안으로 들어오너라."

칼을 보여줄 터이니 방안으로 들어오라는 스님의 말에 임상옥은 선뜻 댓돌에 짚신을 벗어두고 툇마루로 올라섰다. 앉아 있는 스님 앞으로 다가가기 위해 한 발을 성큼 방안으로 들이밀려는 순간이었다.

갑자기 방안으로 들어오는 임상옥을 맞받아 석숭 스님이 한 손으로 후려쳤다. 임상옥의 몸은 그대로 허공에서 공중방아를 찧으면서 댓돌 아래로 거꾸로 내리박혔다. 눈 깜짝할 만한 사이의 일이었다. 비명을 지르면서 임상옥이 쓰러지자 이번에는 방안에 앉아 있던 석숭 스님이 벌떡 일어나 맨발로 뛰어내려왔다.

"어디 다친 데는 없느냐."

쓰러진 임상옥의 몸을 일으키면서 석숭 스님이 부드럽게 말하였다. 임상옥은 그러한 큰스님의 행동을 정말 이해할 수 없었다. 방안으로 들어오는 자신을 한 방에 때려서 공중방아를 찧게 하여 거꾸로 처박히게 할 때는 언제고, 또다시 맨발로 허둥지둥 달려와 쓰러진 자신을 부축하여 일으킬 때는 언제인가.

어디 다친 데는 없느냐고, 어떻게 저렇게 자비로운 눈빛으로 말할 수 있을 것인가. 살기를 띤 눈빛으로 마치 죽일 듯이 때려 집어던질 때는 언제고 갑자기 태도가 변하여 부축하여 일으켜줄 때는 언제인가.

갑자기 석숭 스님이 큰소리로 웃기 시작하였다.

"이놈아."

석숭 스님은 임상옥의 머리통을 때려 꿀밤을 먹이면서 말하였다.

"네놈이 사람을 죽일 수도 있고 살릴 수도 있는 칼을 보여달라고 해서 보여주었는데 뭐가 그리 어리둥절하냐."

"그 칼이 도대체 어디 있습니까."

볼멘소리로 임상옥이 따져 물었다.

"좀 전에 보지 않았느냐. 네놈이 얻어맞아 거꾸로 처박힌 것은 사람을 죽이는 칼이요, 네놈을 부축하여 일으킨 것은 사람을 살리는 칼이다. 그러니 네놈은 이미 사람을 죽일 수도 있고 살릴 수도 있는 칼을 네 눈으로 똑똑히 본 것이다."

석숭 스님은 손을 툭툭 털고 다시 방안으로 들어가면서 말하였다.

"그 칼을 똑똑히 보았으면 잘 가거라."

방문이 굳게 닫혀버렸다.

임상옥은 그 길로 산을 내려와 일년여에 걸친 절에서의 행자 생활은 자연 끝이 나고 말았다. 그 이후부터 석숭 스님이 마지막으로 보여주었던 그 기행(奇行)이 두고두고 뇌리에 남아 있었다.

처음에는 큰스님이 자신을 일부러 골탕먹이기 위해 그런 파행(破行)을 했으리라 미뤄 짐작하기도 했다. 그럴 때면 임상옥은 마음속으로 큰스님을 원망하려 하였다. 그러나 세월이 흐를수록 석숭 스님이 자신에게 보여주었던 그 행동들은 골탕먹이기 위함이 아니라 자신을 각별히 사랑했기 때문이라는 사실을 깨달을 수 있었던 것이다.

'사람을 살릴 수도 있고 사람을 죽일 수도 있는 칼', 이 칼을 불교의 선가(禪家)에서는 '활인도(活人刀), 살인도(殺人刀)'라고 부르고 있다. 이 칼 이야기는 선화에 자주 나오고 있지만 우리나라에서는 고려 때의 나옹선사가 제일 먼저 사용하였었다.

고려 충숙왕 때인 1320년 태어난 나옹선사는 스물여덟 살이 되던

1348년 3월 당시 원나라의 왕도였던 연경으로 불법을 배우기 위해서 구도의 길을 떠났다. 연경에 있는 법원사라는 절에 지공(持空)이라는 당대의 화상(和尙)이 머물고 있었는데 나옹선사는 이 화상의 수좌(首座) 생활을 하며 3년간 공부하였다.

지공으로부터 깨우침을 인정받은 나옹선사는 그 길로 전국을 순행하였다. 중국의 전국을 떠돌다가 평산처림(平山處林)선사를 배알하려 갔을 때였다.

마침 승당(僧堂)에 있던 평산 스님이 물었다.

"그대는 어디서 왔는가."

나옹은 대답하였다

"대도(大都)에서 왔습니다."

"일찍이 대도에서 어떤 사람을 보고 왔는가."

나옹은 다시 대답하였다.

"일찍이 대도에서 서천(西天) 지공 화상을 뵙고 왔습니다."

평산은 묻는다.

"지공은 무엇을 하고 있던가."

나옹은 다시 대답한다.

"지공 화상은 천검(千劍)을 쓰고 있더이다."

평산은 꾸짖어 말하였다.

"지공의 천검은 차치하고 그대의 일검(一劍)을 가져오너라."

이 말이 떨어지기가 무섭게 나옹은 좌구(坐具)를 번쩍 들어 평산 화상을 내리쳤다.

나옹이 내리치는 좌구를 맞으며 평산 화상은 넘어지면서 큰소리로 외쳤다.

"이 도적놈이 나를 죽인다."

나옹 스님은 평산 화상을 부축하여 일으키면서 다음과 같이 말을 하는 것이었다.

"저의 칼은 능히 사람을 죽이기도 하고 능히 사람을 살리기도 합니다."

석숭 스님이 어린 열다섯 살의 소년 임상옥에게 해보였던 장난기 어린 농지거리는 이처럼 심오한 뜻을 지닌 옛 조사(祖師)들의 가르침이었던 것이다.

나옹 스님이 대답하였듯 우리들의 손은 '천 개의 검'을 가진 '천 검(千劍)'인 것이다.

우리들의 손은 뭔가를 만지고, 부수고, 만드는 연장이다. 그뿐인가. 우리들의 손은 하나의 칼인 '일검(一劍)'이지만 그 쓰임새는 천 개의 칼을 가진 것처럼 다양하다. 음식을 만들 수도 있으며, 도자기를 빚기도 한다. 배를 젓기도 하고, 그물을 쳐 고기를 잡기도 한다. 씨를 뿌려 농사를 짓기도 하고, 글을 써 당대의 문장을 이루기도 한다. 먹이를 주어 짐승을 기르기도 하고, 그림을 그리기도 한다. 사랑하는 여인의 몸을 부드럽게 어루만지기도 하고, 그 손으로 마술을 부리기도 한다.

이처럼 손은 '천 개의 칼'을 가진 것처럼 그 쓰임새가 다양하지만 오직 '하나의 검'일 때는 사람을 죽이는 칼과 사람을 살리는 칼로 나뉘는 것이다. 하나의 손이 '사람을 죽이는 칼'이 될 수도 있는가 하면 그 똑같은 손이 죽어가는 사람을 부축하여 일으키는 '사람을 살리는 칼'이 될 수도 있는 것이다. 나옹선사가 '그대의 일검을 가져오너라'라는 평산 스님의 말에 좌구를 들어 화상을 내리친 것은 사람을 죽일 수 있는 살인검이요, 다시 쓰러진 평산 스님을 부축하여 일으킨 것은 사람을 살릴 수 있는 활인검을 보여주기 위함이었다.

석숭 스님이 임상옥의 '사람을 죽일 수도 있고 사람을 살릴 수도 있는 칼'을 보여달라는 말에 그런 느닷없는 행동을 보여준 것은 하나의 손이 사람을 죽일 때는 살인검이요, 쓰러진 사람을 부축하여 일으킬 때는 활인검이 될 수 있다는 평범한 진리를 극명하게 보여주기 위함이었던 것이다.

잠든 장미령의 침대 곁에서 날이 밝을 때까지 밤을 꼬박 새우면서 곰곰이 생각하고 생각하였던 임상옥의 상념 하나는 바로 그것이었다.

"이 손 안에 무엇이 들어 있느냐."

어느 날 산에서 나무를 하고 오솔길을 내려오던 임상옥에게 손을 내밀어 묻는 것으로부터 시작해서 석숭 스님이 깨우쳐주었던 바로 '사람을 죽일 수도 있고 또한 사람을 살릴 수도 있는 칼', 그 칼 한 자루의 상념이었다. 바로 이 상념에서 임상옥은 일생일대의 결심을 하게 된다.

임상옥은 여인의 모습을 물끄러미 바라다보았다. 여인은 낯선 남자에 대한 두려움도 없이 피로에 지친 탓인지 혼곤히 잠이 들어 있었다.

양귀비가 다시 살아서 환생해 온 것처럼 아름다운 여인의 잠든 모습을 보자 임상옥의 마음에는 측은한 마음이 떠올랐다. 한 가지의 상념으로 밤을 새우는 동안 여인의 몸을 가지고 싶다는 욕망은 재가 되어 스러진 지 오래였다. 그 대신 여인의 모습이 가엾은 누이동생처럼 다가오고 있었다.

비록 글을 배우기 위한 일년여 동안의 짧은 행자생활이었지만 임상옥에게는 당대의 선객 석숭으로부터 법기라고 불릴 만큼 선기(禪氣)가 남달랐던 청년이 아니었던가.

내가 오늘 밤 손 하나 대지 않고 보호하면 이 여인의 처녀성은 지켜질 수 있을 것이다. 그러나 오늘이 지나가면 이 여인은 또다시 낯선 남자들 앞에 한 덩어리의 고깃덩어리처럼 던져질 것이다. 아무리 발버둥쳐도 여인은 결국 무너지고 더럽혀져 여인의 인생은 파괴되고 황폐하게 될 것이다.

석숭 스님은 내게 가르쳐주었다.

내게는 사람을 죽일 수도 있고 사람을 살릴 수도 있는 칼이 있음을.

만약 내가 이 여인의 몸을 빼앗는다면 이것은 이 여인을 죽이는 칼을 사용함이요, 내가 이 여인을 보호한다면 그것은 이 여인을 살리는 칼을 사용함이다. 그러나 과연 그러함인가. 오늘 밤만 이 여인을 무사히 보호한다 하여 그것이 과연 여인을 살리는 길이라 할 수 있을 것인가. 분명히 여인이 죽어가는 결과를 보면서도 오늘 밤만 내가 이 여인에게 손끝 하나 대지 않았다고 자위하는 것은 결국 또 하나의 살인검을 휘두르는 것과 마찬가지가 아닐 것인가.

장미령을 살리는 길은 여인을 이 사창가에서 벗어나게 해주는 일이다. 그것이야말로 활인검의 길인 것이다. 이 사창가에서 벗어나게 해주는 일이야말로 장미령에게 자유를 찾아주는 길이다.

자유의 길.

장미령을 사지(死地)에서 벗어나 새 생명의 길로 나아가게 하는 방법은 단 하나. 그 길은 또다시 장미령의 몸을 사는 방법뿐이다.

결론적으로 말하면 그날 아침, 임상옥은 일생일대의 운명적인 결단을 내렸다. 임상옥은 장미령을 돈을 주고 사기로 결심하였던 것이다.

결단을 내린 임상옥은 그 즉시 방을 나와 아래층 대기실에서 어젯밤 자신을 안내하였던 포주 여인을 따로 만났다.

"재미 많이 보셨나요."

여인은 여전히 교태를 부리면서 소리를 내어 웃었다.

임상옥은 단도직입적으로 용건을 꺼내기 시작했다. 이런 일들은 자신의 마음이 변하기 전에 판단이 선 이상 될수록 빠르게 진행되어야 한다고 생각했으므로.

임상옥은 포주 여인에게 말하였다.

간밤에 그 여인이 무척 마음에 들었다. 그래서 가능하면 그 여인을 데리고 살고 싶다. 고향으로 데리고 가서 첩으로 삼고 싶다. 그러니 여인의 몸값을 흥정하고 싶다. 값이 맞으면 사겠거니와 맞지 않으면 어쩔 수 없다.

임상옥의 말을 들은 여인은 깜짝 놀라했다. 그녀의 표정은 일부러 지어 보이는 과장의 몸짓이 아니었다.

"장미령을 사겠다구요."

여인은 비명을 질렀다.

"사서 첩으로 삼으시겠다구요."

여인은 잠시 침묵했다. 어떻게 해야 할지 잠시 망설이는 듯했다. 이런 일은 드문 일이긴 했지만 전혀 없는 일은 아니었다. 색주가에 드나드는 난봉꾼 중에서 돈이 많은 한량들은 마음에 드는 창녀들을 만나면 돈을 주고 빼내다가 아예 살림을 차리는 일도 왕왕 있었기 때문이었다. 그러나 이처럼 낯선 복장을 한, 먼 이국에서 온 외지인이 여인의 몸을 돈을 주고 사겠다는 일은 처음 보는 일이었기에 여인은 당황하였다.

"아시다시피 장미령은 처녀의 몸입니다. 어젯밤 만난 대인어른이 최초의 남자입니다. 장미령은 남자의 손길을 한 번도 겪어보지 못한 처녀일 뿐 아니라, 대인어른도 아시다시피 나이도 젊고 또한 최고의 미인입니다."

잠시 당황하였던 포주 여인은 곧 장미령의 값을 올려야 한다는 계산이 들었는지 부채를 부치면서 냉정하게 말하였다. 그러면서 그녀의 눈빛은 날카롭게 임상옥의 모습을 살피고 있었다. 과연 이 변방의 오랑캐가 장미령의 몸을 거금을 주고 살 수 있을 만큼 능력이 있는 것일까. 아니면 허세를 부리고 있는 것은 아닐까.

여인으로서도 손해를 보는 일은 아니었다. 그녀는 지방을 돌아다니면서 여인들을 싼값에 사들여 사창가에 조달하는 매매꾼들에게 웃돈을 주고 장미령을 사들인 것이었다. 웃돈을 주었다지만 푼돈에 지나지 않았다. 그러나 만약 장미령을 이 낯선 이방인에게 거금을 주고 되팔 수가 있다면 그것이야말로 앉아서 돈벼락을 맞는 일이요, 횡재를 하는 일이었기 때문이었다.

그날 여인이 부른 장미령의 몸값은 6백 냥이었다. 임상옥은 흥정을 해서 백 냥을 깎아 5백 냥에 사기로 결론을 보았다.

장미령의 몸값은 5백 냥.

고향 소흥에서 팔린 은 70냥의 몸값이 며칠 사이에 일곱 배 이상 뛰어버린 것이다. 그러나 어쨌든 이 엄청난 거금에 의해서 장미령은 자유의 몸이 될 수 있지 않은가.

임상옥은 즉시 여인에게 몸값 은 5백 냥을 지불하였다.

그러나 이 은 5백 냥이 임상옥에게는 엄청난 파문을 일으키게 되는 것이었다.

연경에서 팔린 홍삼은 모두 해서 은 천5백 냥.

그중 임상옥의 몫은 은 3백 냥. 책문에서 고용했던 청인과 마차꾼에게 품삯으로 50냥을 주기로 했으니 순전히 임상옥이 자의로 사용할 수 있는 돈은 250냥에 불과하였다. 이 돈은 임상옥의 주인인 홍득주가 임상옥을 위해 따로 마련해준 종잣돈에 불과하였다.

임상옥이 장미령을 위해 치른 몸값 5백 냥으로 자신이 독립된 점포를 가진 무역상으로 자립할 수 있는 천재일우의 기회를 스스로 포기한 셈이었다.

뿐 아니라, 자신의 몫 250냥을 몸값으로 모두 털어넣고도 모자라는 금액 250냥은 주인에게 돌려주어야 할 공금에서 차용해온 것이다. 이를테면 임상옥은 장미령의 몸을 사기 위해서 공금을 횡령하였던 것이다.

임상옥은 자신이 독립할 수 있는 기회를 포기했을 뿐 아니라 상인으로서는 감히 상상할 수도 없는 범죄를 저지르는 결과를 스스로 초래했던 것이다.

3

그날 아침, 임상옥은 돈을 주고 산 장미령을 앞세우고 사창가를 나섰다. 간밤에 사창가로 함께 온 이희저는 전후 사정을 알지 못하고 있었으므로 임상옥이 낯선 중국 여인을 데리고 나서는 모습을 보자 의아한 표정으로 물어 말하였다.

"도대체 이 여자는 누구인가."

임상옥은 아무런 대답도 하지 않았다.

호기심이 발동한 이희저가 계속 꼬치꼬치 물어도 임상옥은 장미령에 관한 한 절대로 어떤 대답도 하지 않았다.

임상옥은 장미령을 자신이 묵고 있는 여인숙으로 데려왔다고 전해지고 있는데 장미령은 객관에 머물고 있던 다른 객상들에게도 자연 화제가 되었다. 임상옥은 따로 방을 잡아주고 장미령을 그곳에 머물게 하였다. 나이 젊은 임상옥이 하루아침에 도대체 어디에서 저와 같은 천하의 절색을 구해 왔는가. 나이 많은 상인들이 캐물어도 임상옥은 전혀 묵묵부답이었다.

떠나기 전에 임상옥에게는 서둘러 해야 할 일이 있었다. 그것은 비단을 사는 일이었다. 그 당시 조선에서는 인삼을 비롯해서 금, 종이, 우피 같은 물건들이 수출의 주종을 이루고 있었다면, 수입에서는 비단, 당목, 약재, 보석 같은 물건들이 주종을 이루고 있었던 것이다.

그중에서도 임상옥이 주로 취급하였던 물건은 수출에서는 인삼, 수입에서는 비단이었다.

비단은 일찍부터 옷감의 금(金)이라 해서 귀중하게 여겼으며 다양하게 생산되곤 했었는데 오히려 조선시대 이르러 비단의 생산은 격감하였다. 더욱이 화려한 비단으로 옷을 만들어 입는 것은 미풍양속을 해치는 폐단이라고까지 해서 유가에서는 금지되었다.

이와는 달리 중국에서는 비단의 제작기술이 날로 화려해지고 서역까지 수출될 만큼 고급화되었다. 때문에 중국에서 수입해 오는 비단은 그 당시 왕실이나 양반들에게 폭발적인 수요가 있었으며 부르는 게 값이었다.

임상옥에게는 비단을 고르는 남다른 눈이 있었다. 비단에도 여러 종류가 있어 사(紗), 단(緞), 주(紬) 등이 주종을 이루는데 그중에서도 최고급의 비단을 주단(綢緞)이라 부르고 있었다.

임상옥은 사나흘 동안 인삼을 판 돈으로 모두 비단을 사들였다.

25일 만에 연경에 도착하였으므로 돌아갈 때도 그와 같은 기간이 소요될 것이다. 임상옥이 연경에 도착한 것이 9월의 가을이었으니 서둘러 돌아가지 않으면 가는 도중에 북풍한설을 만나게 될지도 모른다. 2천30리 길의 귀로에서 가장 무서운 적은 10월이면 벌써 내리는 눈보라와 매서운 삭풍이다. 서둘러 돌아가지 않으면 노지(露地)에서 얼어죽게 되어버릴 것이다.

또다시 연경을 떠나 되돌아 먼 길을 떠나야 하는 그 전날 밤.

임상옥은 남의 눈을 피해 장미령을 은밀히 불러내었다. 그는 장미령을 데리고 도일처로 갔다. 만두를 시켜서 나눠 먹으면서 임상옥은 말했다.

"내일 아침이면 난 연경을 떠나 조선으로 돌아갑니다."

장미령에게는 임상옥이야말로 자신의 새 주인이었다. 임상옥이 거금을 들여 자신의 몸을 샀으니 이제는 임상옥에게 자신의 운명이 달린 셈이었다. 또한 임상옥은 자신의 생명을 구해준 은인이기도 하였다. 몸을 섞지는 않았지만 하룻밤을 딴런팡에서 함께 보낸 각별한 인연을 나눈 사이였던 것이다. 임상옥을 바라보는 장미령의 눈빛에 다정함이 있었다.

"그래서 오늘 밤이 연경에서의 마지막 밤입니다."

장미령이 배불리 먹도록 만두를 자꾸 여인 앞으로 밀어놓으면서 임상옥이 말하였다.

"또한 오늘 밤이 소저와 보내는 마지막 밤이기도 합니다."

장미령은 만두를 먹다 말고 얼굴을 들어 임상옥을 보았다. 오늘 밤이 함께 보내는 마지막 밤이라는 임상옥의 말이 이해가 가지 않는 표정으로.

"그러니 내일 아침부터 나는 소저를 더 이상 돌봐줄 수가 없게 되었습니다. 다시 고향으로 돌아가야 하니까요."

만두와 곁들여 임상옥은 중국 술을 마시고 있었다. 그로서도 연경에서의 마지막 밤이라는 감상적인 느낌을 떨칠 수가 없었다.

"그러니 소저도 내일 아침 고향 소홍으로 돌아가기 바랍니다."

순간 만두를 집던 장미령의 젓가락이 멈췄다.

"저보고 고향으로 돌아가라구요."

"그렇습니다."

임상옥은 단호하게 대답했다.

"나도 내일 아침이면 고향으로 떠나야 하니까요."

한순간 침묵이 흐른 뒤 불쑥 장미령이 임상옥을 쳐다보며 물었다.

"대인어른의 고향은 어디인가요."

"내 고향은 조선입니다."

임상옥은 웃으며 대답하였다.

"이 세상의 끝입니다. 연경에서 내 고향까지는 2천 하고도 30리. 잠을 자는 시간만 빼놓고 하루 종일 걸어도 한 달 이상 걸리는 머나먼 길입니다."

순간 장미령은 말을 받았다.

"내일 아침 저도 대인어른을 따라 조선으로 함께 가겠습니다."

자신을 따라서 함께 조선으로 가겠다는 장미령의 말을 듣자 임상옥은 맘이 설레었다. 그러나 그렇게 할 수는 없었다.

"안 됩니다."

임상옥은 머리를 흔들며 말했다.

"함께 조선으로 갈 수는 없습니다. 고향으로 돌아가십시오."

"제겐."

장미령은 고개를 떨구면서 대답하였다.

"돌아갈 고향이 없습니다. 아버지는 저를 낯선 사람들에게 돈을 받고 팔았습니다. 돈을 받고 저를 팔았으니 이제 아버지는 이 세상에서 아버지와 딸의 인연을 끊은 것입니다. 이제 아버지는 저의 아버지가 아니며 저 또한 꾸냥(姑娘)이 아닙니다. 지난 밤에 대인어른께서는 돈을 주고 저를 사셨습니다. 그러므로 대인어른께서는 저의 새 주인이십니다. 저를 살리시고 죽이시고 하는 모든 운명도 대인어른의 손에 달려 있습니다. 그러므로 대인어른, 저를 버리지 마십시오."

만두를 먹던 장미령의 눈에서 눈물이 굴러떨어지기 시작하였다. 그 눈물을 보자 임상옥은 마음이 찢어지는 듯하였다.

장미령의 말은 사실이었다.

그녀는 돌아갈 고향조차 없는 고아의 신세였다. 고향으로 돌아가봤자 기다리고 있는 것은 술주정뱅이 아버지뿐. 그녀는 아버지에 의해 또다시 되팔리게 될 것이다. 그렇다고 그녀를 고향으로 데리고 갈 수는 없다. 사창가의 포주 여인에게 말하였듯 고향으로 데려가 첩을 삼을 수는 없는 일이다. 애초부터 그녀의 몸을 산 것은 그녀를 살려주기 위함이었지 그녀를 소유하기 위함은 아니었잖은가.

얼핏 보면 무모해 보이는 임상옥의 이러한 행동은 그의 일생을 통해 생활철학으로 일관되고 있었다.

작은 장사는 이문(利文)을 남기기 위해서 하는 것이지만 큰 장사는 결국 사람을 남기기 위해서 하는 일이라는 철학이었다.

이는 《논어》에 나오는 구절인데 이인(里仁)편에 다음과 같은 말이 있다.

"사람이 이익대로 한다면 원망이 많다(放於利而行 多怨). 이익이란 결국 나 자신을 위하는 것이니 필히 상대방에게 손해를 주는 결과가 된다. 그래서 이익을 좇으면 원망을 부르기 쉬우니 결국 '의를 따라야 한다(義之興比).' 따라서 '군자가 밝히는 것은 의로운 일이요, 소인이 밝히는 것은 이익인 것이다(君子喩於義 小人喩於利).'"

이런 철학을 임상옥에게 불어넣어준 사람은 다름 아닌 그의 아비 임봉핵이었다.

임상옥은 아비로부터 귀에 못이 박히도록 이 이야기를 들어왔었다.

"장사란 이익을 남기기보다 사람을 남기기 위한 것이다. 사람이야말로 장사로 얻을 수 있는 최고의 이윤이며, 따라서 신용이야말로 장사로 얻을 수 있는 최대의 자산인 것이다."

자신은 신용은커녕 최소한의 이익조차 남기지 못하고 비참한 최후를 마친 객상이었지만 그가 남긴 교훈은 임상옥의 인생에 있어 귀중한 법도가 된 것이다.

'商卽人(상즉인).'

'장사는 곧 사람이며 사람이 곧 장사'라는 상도에 있어서의 제1조는 임상옥이 평생을 통해 지켜나간 금과옥조였다.

임상옥이 장미령의 몸을 사서 그녀를 자유의 몸으로 살려준 것도 '이(利)를 남기기보다 의(義)를 좇으려는' 그의 상도 때문이었다.

그는 자신이 문상으로 독립할 수 있는 종잣돈뿐 아니라 공금을 횡령해서까지 가진 돈을 모두 털어 한 여인의 생명을 구해내었다. 그는 옳은 일(義)을 위해 자신의 이익(利)을 버린 것이다.

결국 어떤 형태의 '옳은 일'은 크건 작건 그냥 사라지는 법이 없이 반드시 좋은 열매를 맺게 되어 있다. 그와는 반대로 어떤 형태든 '옳지 않은 일'은 크건 작건 그냥 사라지는 법이 없이 반드시 나쁜 열매를 맺게 되어 있는 것이다. 이것은 분명한 진리다.

임상옥은 전대를 뒤져 은 50냥을 꺼내 장미령에게 내밀며 말하였다.

"이것은 전별금(餞別金)입니다. 얼마 되지 않지만 이것을 갖고 있으면 당분간은 남의 신세 지지 않고 살아갈 수 있을 것입니다. 고향으로 돌아가고 싶지 않다면 이곳에서 살아가십시오. 하지만 나쁜 사람들을 멀리하십시오. 다시 한번 나쁜 사람들과 가까이 하게 된다면 그땐 정말 끝장입니다."

그날 밤.

깊은 잠 속에서 임상옥은 얼핏 정신이 들었다. 날이 밝으면 먼길을 떠나야 했으므로 일찌감치 장미령과 헤어져 돌아와 여인숙에서 잠이 들었다. 간밤에 중국 술을 마신 때문인지 임상옥은 곧 끝도 없이 깊은 잠에 빠져들었다.

그런데 깊은 잠결에도 뭔가 인기척 같은 소리를 들었기에 퍼뜩 정신이 들었다. 그것은 객상으로서의 본능 때문이었다. 객상들은 항상 위험 속에서 살고 있었기 때문에 설혹 깊은 잠에 빠져 있는 경우에도 사위에 대한 경계심을 늦추지 않고 있었다.

누군가 방문을 열고 들어서고 있었다.

주위를 꺼리는 조심스런 몸동작이었지만 인기척임이 분명하였다.

임상옥은 머리맡에 놓여 있는 단도를 가만히 잡아쥐었다. 그러나 그 순간 임상옥의 날카로운 후각이 숨어들어 오는 인기척의 냄새를 감지해냈다. 그것은 향기로운 꽃내음이었다. 향기로운 꽃냄새. 그것은 바로 장미령의 살내가 아니었던가.

"대인어른."

이미 잠은 깨었지만 차마 눈을 뜨지 못하고 있는 임상옥의 곁으로 다가와 장미령이 속삭여 말하였다.

바로 침대 곁에 장미령이 서 있었다. 그녀는 옷을 벗고 있었다.

알몸이 아니라 비단으로 된 속옷을 입은 모습이었다.

"대인어른."

임상옥이 눈을 뜨자 장미령은 무릎을 꿇고 앉으면서 말하였다.

"제가 이렇게 들어온 것은 날이 밝으면 대인어른과 헤어지기 때문입니다. 대인어른께서는 저에게 전별금까지 주셨습니다만 저는 대인어른께 아무것도 드리지 못하였습니다. 생각다 못해 제가 결심하였습니다. 이미 대인어른께서는 저를 돈을 주고 사셨으니 저의 주인이십니다. 게다가 대인어른께서는 저의 시엔성(先生)이시기도 합니다. 또한 저는 대인어른의 타이타이(太太)이기도 합니다."

시엔성은 남편을 뜻하는 중국말이며 타이타이는 아내를 뜻하는 중국말. 장미령이 하는 그 말의 뜻은 임상옥과 자신이 더 이상 주인과 하인의 상하관계가 아니라 남편과 아내의 부부관계임을 암시하는 의미였던 것이다.

"그러므로 우리는 부부입니다. 그래서 제가 생각했습니다. 우리가 내일 아침 헤어지면 언제 또다시 만날지 모르는 운명이라 하더라도 오늘 밤만은 저희가 부부며 함께 있다는 사실을. 그래서 저는 대인어른께 몸을 드리기로 생각하였습니다."

임상옥의 침대 곁으로 살며시 다가오면서 장미령이 말하였다.

"저를 쫓아버리지 마십시오. 대인어른, 오늘 밤만큼은 함께 한 침대에 있고 싶습니다."

장미령의 몸이 와들와들 떨리고 있었다. 처음 만났던 날의 몸이 아니었다. 지난번 장미령의 몸이 불안과 공포에 떨고 있었다면 지금 장미령의 몸은 설렘과 부끄러움에 떨고 있는 것이었다.

그날 밤. 임상옥은 장미령과 함께 하룻밤을 보내게 되는데 그 밤에 있었던 일은 아무도 모른다. 임상옥이 의인이기 이전에 한 사람의 남자로서 장미령의 몸을 가졌는가, 아니면 끝까지 이성을 지켜서 장미령의 처녀를 보호해주었는가는 2백 년이 가까운 세월이 흐른 요즘에 와서 정확히 알아보는 것은 불가능한 일일 것이다.

다만 전후 사정을 봐서 미뤄 짐작하건대 임상옥이 끝까지 장미령을 하나의 여인으로서 존중하고, 하나의 인격체로서 대접해주었음은 명약관화한 사실일 것이다.

그러한 일보다도 더 중요한 것은 날이 밝을 무렵 장미령이 임상옥에게 다음과 같이 질문을 던져온 사실이었다.

"닌 꾸이싱."

닌 꾸이싱이라 함은 이름이 무엇이냐는 질문이었다. 임상옥이 대답하였다.

"어차피 우리는 헤어지면 또다시 만나지 못할 것입니다. 한번 가면 언제 또다시 연경에 올지도 모르고, 설혹 이름을 안다고 해도 어떻게 서로 만날 수 있겠습니까."

임상옥이 말하자 그 말을 막기 위해서 장미령이 임상옥의 입에 손가락을 갖다 대었다.

"어디 사는 누구십니까."

재촉하듯 장미령이 물어 말하였다.

"내 이름은 임·상·옥."

이름을 한 자 한 자 떼어 말하자 장미령은 그 말을 받아서 비슷하게 발음하여 따라해보았다.

"사는 곳은 어디입니까."

"내가 사는 곳은 2천 리 밖 조선에서도 평안도에 있는 변방의 의주."

갑자기 침대에 누웠던 장미령이 일어섰다. 그녀는 옷을 벗기 시

작하였다. 느닷없는 여인의 행동에 임상옥은 몹시 당황하였다. 장
미령은 실오라기 하나 걸치지 않은 알몸으로 자신의 흰 비단 속옷
을 들고 임상옥에게 말하였다.

"대인어른. 여기에 대인어른이 사는 곳과 이름을 적어주십시오."

자신의 흰 비단 속옷을 벗어들고 그 옷 위에 사는 곳과 이름을 적
어달라는 장미령의 말을 듣자 임상옥은 몹시 당황하였다.

정분을 나눈 사람끼리 헤어질 때 정을 표시하기 위해서 정표를
나눠 갖는다는 사실은 소문으로만 듣던 일이었다. 여인들이 입던
치마폭이나 속치마 위에 정분을 나눈 사내가 자신의 이름을 쓰고,
헤어짐을 아쉬워하는 이별시를 적어내리는 것은 선비들 사회에서
나 보여지는 풍류가 아니었던가.

"소용없는 일입니다. 내가 사는 곳과 내 이름을 그곳에 쓴다 하더
라도 우리는 또다시 만날 수 없을 것입니다."

임상옥이 말을 하자 장미령은 눈물 어린 얼굴로 입을 열어 말하
였다.

"또다시 만나기 위해서 이름을 써달라는 것은 아닙니다. 제가 이
름을 알고 싶은 것은 대인어른의 이름을 평생 잊지 않기 위함입니
다. 대인어른이 저에게 베풀어주신 은덕을 평생 잊지 않기 위함입
니다."

임상옥은 비단 속옷을 펼쳐들었다. 휴대용 붓통에서 붓을 꺼내
먹물을 묻혀 들고 자신이 사는 곳을 어떻게 쓸까를 망설였다. 자신
이 머무르고 있는 홍득주의 문상 이름을 떠올렸지만 임상옥은 다만
이렇게 쓰기로 결심하였다.

'義州商人'

그리고 임상옥은 자신의 이름을 한 자 한 자 적어내렸다.

'林尙沃'

흰 비단 속옷 위에 다만 '의주 상인 임상옥'이라고 일곱 자의 글씨를 써내리자 임상옥은 더 이상 쓸 말이 없었다. 그것으로 그만이었다.

날이 밝자 임상옥은 연경을 출발하였다. 기록에 의하면 이때가 1801년, 신유년 9월이었다고 전해지고 있다.

돌아가는 길 2천 리는 연경으로 찾아오는 길보다 더 험난하고 위험한 노정이었다. 그것은 9월이면 벌써 만주지방에는 동장군이 위세를 떨쳐 자칫하면 노지에서 얼어죽을지도 모르기 때문이었다.

9월이면 일단 산해관까지는 일사천리.

그러나 산해관을 넘어 동북지방으로 나서면 벌써 삭풍이 불고 눈보라가 내리기 시작한다.

소승하, 여양을 지나 요동에 이르면 10월. 당나라의 대군이 고구려에 패퇴하였던 것은 고구려의 군사력 때문이었기보다는 9월이면 벌써 몰아치는 한파와 눈보라 때문이었다.

《사기》는 이를 다음과 같이 기록하고 있다.

'… 9월에 내린 비로 요동은 벌써 가을이 깊어갔고 물이 얼어 밤을 지내고 나면 얼어죽는 자가 부지기수였다. 돌아가는 길은 전부 진흙과 늪지대였으므로 차마(車馬)가 통하지 못하였고 9월이면 벌써 눈이 내렸다. 거리의 풀을 베어다가 진흙을 메우고, 물이 깊은 곳은 수레로 다리를 삼아 군마가 건너게 하였지만 10월로 접어들자 느닷없이 눈보라가 쏟아지고 강설이 내렸다.

군사들은 오직 살기 위해서 창과 칼을 눈길 위에 버리고 따라왔지만 습기가 차서 병들어 죽고, 지쳐 죽고, 얼어죽는 자가 태반이었다.

갈 길이 바빴으므로 사람이 죽어도 야산에 묻거나 매장을 하지 못하였고, 그대로 들에 버려 굶주린 늑대의 밥이 되기가 십상이었다. 그래서 퇴군하는 군대의 주위를 따라서 먹이를 노리는 맹수의 무리들이 번갈아 쫓아오곤 했었다….'

고구려와의 싸움에서 잃었던 군졸보다 더 많은 군사를 폭풍설과 소택(沼澤)에 따른 돌림병으로 잃고 말았다는 기록처럼 요동의 한설은 두려운 대상이었다.

먹이를 노리는 맹수들의 공격도 만만치 않았다.

동장군과 맹수. 그러나 그것보다 더 무서운 것이 하나 있었으니 그것은 바로 사람이었다.

요동성을 넘어간 변경지방은 죄인들의 귀양터이고 사나운 도둑떼가 득실거리는 무법지대.

그중에는 비적떼가 가장 무서웠다. 중국인들은 이들을 녹림(綠林), 혹은 향마(響馬)라 부르곤 하였는데 이는 그들이 모두 말을 잘 다루고 승마에 뛰어났기 때문이었다. 후에 이 비적떼들은 마적이란 이름으로 변했지만 임상옥이 객상을 하던 그 당시만 해도 비적떼들은 가장 무서운 범죄집단이었다. 이들은 촌락을 습격하여 온갖 약탈행위를 저질렀을 뿐 아니라 닥치는 대로 살상을 저질렀다.

특히 비싼 물건들을 방물로 운반하고 다니는 객상들은 이들의 주된 공격대상이었다.

한겨울의 무법지대에선 이들이 곧 법이자 왕이었다.

임상옥을 비롯한 다섯 명의 객상들은 이 모든 위험을 뚫고 사지에서 벗어나 그해 10월 말에 압록강변에 도착하였다.

그들이 떠날 때는 8월의 장마철이라 압록강의 물살이 거세었지만 그들이 돌아온 것은 11월이 다 된 한겨울이었으니 압록강 물은 꽁꽁 얼어붙어 있었다.

실로 석 달 만에 돌아온 고향이었다. 그것도 어느 한 사람 다치지 아니하고 가져간 물건도 제값 쳐서 후하게 팔고 그 대신 자기가 필요한 물건들을 사서 무사히 되돌아오는 환향이었다.

비록 비단옷을 입고 성공하여 돌아오지는 않았다 하더라도 출발하였을 때의 소기의 목적은 모두 이루었으므로 금의환향이랄 수 있었다.

그들은 모두 얼음을 깨고 압록강을 지키는 수신 하백에게 제사를 지냄으로써 귀국 신고를 하였다. 그리고 나서 다섯 사람은 얼어붙은 압록강을 건너 조선의 땅을 밟았다. 갈 때는 물이 넘쳐 뗏목을 타고 도강을 하였는데 돌아올 때는 강물이 얼어 얼음 위를 걸어서 돌아온 것이었다.

가고 온 길은 4천 리 하고도 60리.

이로써 석 달이 넘는 대장정은 끝이 가까워졌다.

이러한 간난신고(艱難辛苦)가 단 한 사람 임상옥에게 있어서는 아직 완전히 끝이 난 것은 아니었다. 그에게는 오히려 더욱 큰 고통과 시련이 기다리고 있었던 것이다.

그런 의미에서 임상옥의 무사귀환은 더 큰 고통의 출발이었다. 이러한 임상옥의 비극은 다름 아닌 장미령으로부터 비롯된 것이었다.

제5장 기사회생(起死回生)

1

임상옥이 일생일대의 위기에 빠진 것은 연경에서 돌아온 직후의 일이었다. 이때의 고통을 임상옥은 《가포집》 서두에서 이렇게 고백을 시작하고 있다.

'…의주 남쪽 성곽의 아래에 거주하는 곳은 곧 대대로 조상들이 사시던 곳이었다. 6, 7세 때부터 외부의 스승에게 나아가 15세에 이르기까지 경서를 대충 섭렵하고 문리(文理)가 나게 되었다. 혹은 명사들을 좇아다니고 혹은 사찰에서 공부하여 글을 읽은 것을 거의 스스로 해독하게 되었다. 시(詩)가 거의 스스로 이루어진 것은 꽃이 스스로 피며 달이 스스로 둥글게 되는 것과 같이 하루에는 하루의 공부가 있었고 한 달에는 한 달만큼의 효과가 있었다….'

자신의 어릴 적 성장기를 이처럼 짤막한 고백으로 시작한 임상옥은 자서를 다음과 같이 이어가고 있다.

'…아, 이때에 이르러 부친께서는 연로하시고 가정에는 근심이 많았다. 올려보면 부모님을 보살필 길이 없었고 굽어보면 가솔들을 거느리고 기를 방법이 없었다. 장사를 하는 길만이 가족들을 먹여 살리는 지름길이라고 알게 된 것은 이때가 18세 나이에 이르러서였다. 이로부터 아버님을 따라서 연경을 출입하기 시작하였다. 그러다가 마침내 아버님께서 돌아가시는 비통함을 만났으니 하늘이 노래지고 눈물이 솟구쳤다. 그러나 일더미는 산과 같았고 가세는 완전히 기울어 앉아서 막을 수는 없었다. 그리하여 상복을 입은 몸이지만 또다시 계속 장사를 하게 되었다….'

형제 많은 전통적인 상가(商家)에 4대 장손으로 태어난 임상옥은 이처럼 암담했던 청년시절을 고백하고 나서 다시 다음과 같이 절규하고 있다.

'…그러나 곧 돌림병이 돌아 갑술년에 첫째 동생이 상을 당하고 다시 기묘년에는 막내동생이 죽음에 이르렀다. 동기간의 죽음이 쌓이고 드디어 혼자 남게 되니 이때의 일은 감히 말하기 어렵고 정황은 측량키 어려웠다. 몇 번을 죽으려 하였으나 뜻대로는 되지 않았고 이 무렵의 간난신고는 이루 헤아릴 수가 없을 지경이었다….'

임상옥 자신이 자영한 창화시들을 따로 모아 스스로 편집한 《가포집》은 일종의 시집이다. 그러므로 시집에 쓴 서문은 임상옥이 자신의 입을 빌려 고백한 짧은 자서전인 것이다.

임상옥의 자서전은 다음과 같이 이어지고 있다.

'…그러나 뜻밖에 생각지 않은 일로 기사회생하게 되었으니 이로부터 장사는 승승장구하였다….'

짧은 자전적인 고백이지만 그 어디에도 비관적인 부분은 찾아볼 수 없다. 임상옥이 그 어떤 경우에도 낙천적인 밝은 성격을 갖고 있었음은 서문 전체에서 엿볼 수 있을 정도인 것이다.

그러나 단 한 부분에서만은 자신 스스로 '몇 번을 죽으려 하였으나 뜻대로는 되지 않았고 이 무렵의 간난신고는 이루 헤아릴 수 없을 지경이었다' 라고 고백하고 있다.

그렇다면 이 무렵.

임상옥에게 다가온 '측량할 수 없는 정황, 몇 번이고 죽으려 했었던 그 고통' 의 원인은 무엇이었던가.

그뿐인가.

임상옥은 바로 그 다음에 이같이 고백하고 있지 않은가.

'…그러나 뜻밖에 생각지 않은 일로 기사회생하게 되었으니 이로부터 장사는 승승장구하였다.'

그렇다면 또 무엇이었던가.

스스로 죽으려고까지 절망하였던 청년 임상옥에게 다가온 기사회생은 무엇이었던가.

뜻밖에 생각지 않았던 기사회생의 그 기회는 마침내 임상옥에게 승승장구의 상운(商運)까지 가져다주지 않았던가.

조선이 낳은 최고최대의 무역왕 임상옥이 스스로 고백하였듯 '자살을 생각했을 만큼의 간난신고' 의 정체는 무엇이고 또한 그 뜻하지 않았던 기사회생은 도대체 무엇을 말하고 있는 것일까.

2

1806년. 순조 6년. 그해 7월.

의주의 문상 홍득주의 상점에 손님 하나가 찾아들었다. 행색으로 봐서 손님은 방금 청나라의 왕도인 연경을 다녀온 송상(松商)의 차림을 하고 있었다.

송상이라 함은 송도 상인, 즉 개성 상인을 가리키는 용어였다. 장사꾼들은 의주 상인을 '만상'이라 부르고 개성상인을 '사상(私商)'이라 부르곤 했다.

의주 상인과 개성 상인들은 서로 밀접한 관계를 갖고 있어 의주 상인들이 직접 중국을 드나드는 대청무역을 하고 있다면 개성 상인들은 송방(松房)이라고 부르는 전국의 지점망을 통해 유통무역을 장악하고 있었다.

때문에 의주 상인들의 행색이 거칠고 난폭하다면 송도 상인들의 행색은 세련되고 깔끔하였다. 그들도 직접 중국까지 건너가 연경에서 인삼을 팔고, 비단을 사다가 왜국에 되파는 중개무역(仲介貿易)에 앞장서곤 하였다.

이들은 고려의 시조인 태조 때부터 국가에서 개장한 시전(市廛) 상인들이었으며 자존심들이 대단하였다. 따라서 송상들은 은근히 의주 상인들을 무시하고 깔보고 있었지만 홍득주의 상점을 찾아온 송상은 정중한 예의를 갖추고 있었다.

홍득주와 만나 수인사를 나누고 나서 손님은 자신을 이렇게 소개하였다.

"소인은 개성에 사는 상인 박종일(朴鍾一)로 방금 연경에서 돌아오는 길이나이다."

이렇게 자신의 신분을 밝힌 송상 박종일은 홍득주에게 갓을 하나 선물하였다. 당시 개성 상인들은 귀한 손님들을 만나면 갓을 선물하는 버릇이 있었다. 원래 갓은 말의 갈기나 꼬리 같은 말총으로 만들어지고 있었으므로 주로 제주도에서 생산되었다. 제주도에서 생산되는 갓을 '마미립'이라 하였는데 이 갓은 바다 건너 강진과 해남에 집산되어 전국으로 퍼져나가고 있었다. 이 갓을 매점하였던 조직이 바로 개성 상인들이었던 것이다.

　개성 상인 박종일로부터 '종립'이라 불리는 제주갓 하나를 선물받은 홍득주는 기분이 좋아서 물어 말하였다.

　"어르신께오서 이 누추한 곳에 어인 일로 행차하셨는지요."

　그러자 박종일은 대답하였다.

　"소인이 찾아온 것은 장삿일로 온 것이 아니라 사람 하나를 찾아왔소이다."

　개성 상인의 방문이라면 의례 상담으로 생각하고 있었던 홍득주는 사람을 찾아왔다는 말에 의아하였다.

　"사람을 찾아오셨다니요."

　홍득주는 다시 물었다.

　"저희 문상에는 찾아올 만한 변변한 사람이 없는데요."

　그러자 박종일은 대답하였다.

　"소인이 찾는 사람은 임가의 성을 가진 사람이나이다."

　홍득주는 잠시 생각하고 나서 대답하였다.

　"저희 문상에는 임가의 성을 가진 사람은 없습니다. 혹시 잘못 찾으신 것은 아니시온지."

　그러자 박종일은 대답하였다.

　"소인이 찾는 사람의 이름은 임자 상자 옥자라 하옵는데."

　"임자 상자 옥자라면."

　순간 홍득주의 얼굴에 난감한 기색이 떠올랐다.

　"임자 상자 옥자라면 임상옥을 말함인데."

　"그렇습니다, 대인어른."

박종일이 대답하였다.

"제가 찾아온 것은 바로 임상옥이란 사람을 만나기 위해서입니다. 상인들에게 물어보았더니 오래전부터 이 상점에서 점원으로 일하고 있다는 소문을 들었는데."

"한때 임상옥은 제가 데리고 있던 점원이었습니다만."

홍득주는 말을 흐리며 대답하였다.

"…지금은 아닙니다."

"그러하면."

박종일은 홍득주를 쳐다보며 물었다.

"지금은 어디에 있습니까."

홍득주는 난처한 표정으로 대답하였다.

"…모, 모르겠습니다."

홍득주로서는 실로 난감한 일이었다.

임상옥이 홍득주의 문상에서 쫓겨난 것은 벌써 오래전의 일이었다. 임상옥이 연경에 다녀온 즉시 쫓아내었으니 벌써 5년 전의 일인 것이다. 그뿐인가. 홍득주는 임상옥을 쫓아내었을 뿐 아니라 의주 상계에서 추방시켜버렸다.

홍득주는 임상옥이 공금을 횡령하였다는 사실을 적은 통문(通文)을 상계에 널리 보내어 통지하였던 것이다. 이는 일종의 파산선고와 같은 것이었다. 신용사회인 상인들의 사회에서 남의 돈을 떼어먹거나, 사기를 치거나, 특히 공금을 횡령하는 행위는 치명적인 범죄행위였다.

임상옥이 처음 연경에서 돌아왔을 때 홍득주는 아무런 의심도 하지 않았다. 애초에 임상옥의 몫으로 3백 냥을 주었으니 임상옥이 그것을 어떻게 쓰든 상관할 바는 없었다. 돌아오자마자 임상옥은 홍득주에게 이렇게 고백하였었다.

"주인어른, 쇤네가 어르신의 돈을 250냥 차용하였나이다."

임상옥이 자신의 입으로 공금인 홍득주의 돈 250냥을 차용하였다는 고백을 하였을 때만 해도 홍득주는 임상옥을 믿어 의심치 않았었다. 임상옥이 연경에서 가져온 비단이 엄청난 가격으로 되팔려 홍득주로서는 일생일대의 거금을 움켜쥘 수 있게 되었으므로 임상옥에게 오히려 고마움을 느끼고 있던 터였다. 따라서 자신의 돈을 차용했다손 치더라도 임상옥을 불신할 이유가 없었다. 임상옥이 그렇게 행동하였다면 그럴 만한 이유가 따로 있었을 것이라고 굳게 믿고 있었다.

그런 믿음이 깨진 것은 바로 그 직후였다.

임상옥과 함께 연경에 다녀왔던 나이든 객상 중의 한 명이 홍득주를 찾아왔었다. 비슷한 나이 또래의 친구 사이로 두 사람은 술을 마시기 시작하였는데 취기가 돌자 객상은 연경에서 있었던 추억담을 털어놓기 시작하였다.

객상은 임상옥에 대한 얘기도 털어놓기 시작하였는데 나이도 어린 녀석이 객기가 있어 중국 여자 한 명을 사서 벌써 첩으로 삼아 두었다는 얘기를 전하였다. 게다가 중국 여자는 당대의 절색으로 사내대장부라면 누구나 하룻밤 데리고 자기 위해 수만 냥이라도 던지고 싶은 그런 여인이라고 과장되게 떠벌리기 시작하였던 것이다.

도도한 취흥으로 과장된 표현이긴 하였지만 이 말을 들은 홍득주는 단박 취기가 깨는 느낌이었다. 손님이 돌아가기를 기다려 홍득주는 임상옥을 불러 물었다.

"소문에 듣자 하니 네가 연경에서 돈을 주고 중국 여자 하나를 샀다는 말이 있는데 이것이 사실이냐."

임상옥은 묵묵부답, 한참을 침묵하고 대답이 없었다.

"어찌 대답이 없느냐. 소문에 듣자 하니 네가 돈을 주고 중국 여자를 하나 사서 첩으로 삼아 두었다는데 이것이 사실이냐."

"아, 아닙니다."

더듬거리며 임상옥이 대답하였다.

"그러면 모두 거짓이란 말이냐. 너와 함께 연경으로 간 사람 모두가 똑똑히 눈을 뜨고 보았는데도 거짓이란 말이냐. 그러하면 그들 모두가 눈뜬 장님이란 말이냐."

캐서 묻는 홍득주의 말에 임상옥이 대답하였다.

"쇤네가 돈을 주고 중국 여인을 산 것은 사실이오나, 그 여인을 첩으로 삼았다는 것은 천부당만부당한 일이나이다."

"무엇이."

홍득주가 분기탱천하였다.

"네놈이 돈을 주고 여인을 산 것은 사실이라고. 이놈아, 돈을 주고 여인을 샀으면 그것이 바로 첩으로 삼는 일인데 무엇이 천부당만부당한 일이란 말이냐."

홍득주가 임상옥의 행동에 분개하였던 것은 이제 간신히 목구멍에 풀칠이나 하게 된 젊은 녀석이 벌써부터 계집에 눈이 떠서 계집질을 한다는 도의심보다 오히려 개인적인 이유 때문이었다.

그동안의 과정을 통해서 홍득주는 내심으로 임상옥을 데릴사윗감으로 점찍어 두고 있었다. 그래서 때를 보아 혼례를 치르리라 작심하고 있었는데 바로 그러한 임상옥이 연경에서 돈을 주고 계집을 하나 샀다는 것이다. 계집을 샀을 뿐 아니라 그 계집을 첩으로 삼아 두었다는 말을 전해듣게 되었으니 분기가 탱천하였던 것은 당연한 일이었다.

"네놈이 계집을 사기 위해서 내 돈 250냥까지 함부로 손을 대었느냐."

임상옥은 다시 묵묵부답이었다.

"감히 네놈이 계집과 놀아나는 분탕질로 내 돈까지 손을 대었단 말이냐."

화가 난 홍득주는 눈앞이 캄캄하였다.

"어찌 아무런 대답이 없단 말이냐. 입구멍이 뚫려 있으면 뭐라든 대답을 해야 할 것이 아니겠느냐."

"나으리."

임상옥은 입을 열어 구구하게 변명하느니 무릎을 꿇고 몸을 조아리며 말하였다.

"쇤네가 죽을 죄를 지었나이다. 용서하여 주시옵소서."

뭐라고 한마디 변명이라도 하였으면 좋으련만 곧이곧대로 인정하는 임상옥의 모습에 홍득주는 머리끝까지 화가 치밀어 올랐다.

"썩 나가거라."

홍득주는 불호령을 내리면서 말하였다.

"다시는 내 앞에 얼씬거리거나 발길을 들여놓아서는 아니된다. 당장 나가거라."

당시 의주 상인들은 삼계(三戒)라 하여 '친절', '신용', '의리'를 상도의 계율로 굳게 지켜나가고 있었다. 만약에 고용살이하는 점원이 이 세 가지의 계율을 한 가지라도 깨트리면 즉시 상주는 전상계에 이를 통문하여 그 점원은 다시는 발을 못 붙이게 하는 불문율이 있었다.

'친절', '신용', '의리'. 이 세 가지의 계율은 의주 상인들의 불문율이었다. 그중에서 점원이 상주의 돈을 떼어먹거나, 저울을 속이거나, 가짜의 물건으로 남을 속이는 행위를 저질렀을 경우에는 그 즉시 상점에서 추방되고 다시는 상계에 발을 못 붙이는 파문선고를 당하게 되어 있었다.

임상옥도 이러한 상법을 모르지는 않았다. 자신이 홍득주의 문상을 쫓겨나게 되면 절대로 다시는 의주 상계에 들어설 수 없다는 사실을 잘 알고 있었다.

그러므로 임상옥이 연경에서 있었던 사실을 이실직고하지 않고 한마디의 변명도 없이 묵묵부답으로 일관하여 오히려 더 큰 화를 자초하였던 것은 오늘에 와서 생각해도 이해할 수 없는 일인 것이다.

어쨌든 당장 나가라는 홍득주의 불호령 하나로 즉시 임상옥은 상점에서 쫓겨났다.

그의 상재와 뛰어난 중국어 실력을 아는 다른 문상들이 임상옥을 탐을 내었지만 홍득주가 즉시 자신의 수결(手決)이 서명된 통문을 돌렸으므로 그는 상인들의 사회에서 완전히 쫓겨나게 되었다. 그것이 벌써 4, 5년 전의 일로 그 일이 있은 뒤에는 임상옥에 대해 전혀 감감하였던 것이다.

"그러하면 박 대인께서는 제가 데리고 있던 임상옥이란 자를 만나러 오셨단 말입니까."

홍득주는 난감한 표정으로 박종일을 바라보았다.

"그, 그렇습니다."

박종일은 분명하게 대답하였다.

"…어인 일로 임상옥을 만나러 오셨습니까."

홍득주는 호기심이 나서 물어 말하였다. 그러자 박종일은 대답하였다.

"그것은 본인을 만나기 전에는 그 누구에게도 말을 할 수 없는 일이나이다."

"…중요한 일이나이까."

"아주 중요한 일이다마다요. 임상옥이란 사람 본인에게는 생명이 걸린 아주 중요한 일이나이다."

"하오나."

홍득주는 말을 잘랐다.

"그자는 지금 이곳에 없습니다. 한때 데리고 있었습니다만 지금은 어디에 있는지도 모르겠습니다."

"어인 일로 내보내셨습니까."

"내보낸 것이 아니라."

홍득주는 내친김에 말을 뱉어버렸다.

"쫓아낸 것입니다."

"쫓아내다니요."

"제가 한 3년 데리고 있었는데 상재가 있어 곧 독립시켜 주려 하였으나 알고 보니 손버릇이 나빠서 공금에 손을 대었습니다. 그래서 쫓아내버린 것입니다."

일단 말을 뱉어버리고 나서 홍득주는 넌지시 박종일에게 물어 말하였다.

"혹시 임상옥이가 박 대인에게도 무슨 손실이라도 입혔습니까. 그래서 그자를 찾고 계신 것이 아닙니까."

홍득주가 묻자 박종일은 손을 내저으며 황급히 말하였다.

"천만에요. 그런 일로 만나자는 것은 아닙니다."

"어쨌든."

홍득주는 말을 잘랐다.

"임상옥을 이제 이곳에서는 절대로 찾을 수가 없을 것입니다."

"그, 그렇습니까."

실망한 표정으로 일어서려던 박종일이 다시 홍득주를 바라보며 물었다.

"좀 전에 말씀하시기를 알고 보니 손버릇이 나빠서 공금에 손을 대서 쫓아내버리셨다 하옵는데 그 공금이 얼마나 되는 것이었습니까."

"…큰돈은 아니었습니다."

5년이 지난 지금에도 홍득주는 임상옥에 대한 반감이 사라지지 않고 있었다. 그러나 임상옥이 연경에서 계집질로 그 큰돈을 날렸다는 말만큼은 처음 보는 사람에게 차마 할 수가 없었던 것이다.

"그 공금이 얼마가 되는 돈입니까."

부드러운 목소리로 박종일이 다시 물어 말하였다.

"별로 큰돈은 아니었습니다만 그 금액은 알아 무엇하려 하십니까."

그러자 박종일은 웃으면서 말하였다.

"…제가 대신 갚아 드리려는 것입니다."

"대신 갚겠다구요."

영문을 알 수 없는 홍득주가 목소리를 높였다.

"그렇습니다."

박종일은 고개를 끄덕이며 대답하였다.

"원하신다면 원금에 이자까지 붙여 드리겠습니다. 말씀하시지요. 임상옥이란 사람이 손을 댄 공금이 도대체 얼마나 되는 금액입니까."

"…250냥이었습니다."

마지못해 홍득주가 대답하였다. 그러자 박종일은 선선히 말을 받왔다.

"그러면 제가 임상옥을 대신해서 그 돈을 갚아 드리겠습니다. 원금 250냥에 이자를 50냥 쳐서 합계 3백 냥으로 갚아 드리겠습니다."

박종일은 즉시 휴대용 붓통에서 붓을 꺼내들었다. 그리고 어음용지를 따로 꺼냈다.

당시 의주 상인들과는 달리 개성 상인들간에서는 어음이 본격적으로 발행되곤 했었다. 이는 어험(魚驗) 혹은 음표(音標)라고 불렸으며 일정한 금액을 일정한 기일 안에 지급할 것을 약속하는 표권(票卷)이었다.

전국의 유통망을 장악하고 있는 개성 상인들은 객상들간에 신용을 본위로 한 어음을 주로 화폐 대신 사용하고 있었다. 이것은 돈이나 화폐 대신 사용하던 은이 무겁고 부피가 커서 운반하기가 불편했으므로 간편하고 자유롭게 양도할 수 있는 신용수단으로 어음이 널리 유통되고 있었기 때문이었다.

박종일은 보통 길이 6~7치, 너비 2~3치가 되는 어음용지를 꺼내어 붓에 먹물을 묻혀 다음과 같이 써내렸다.

'전삼백냥출급표(錢三百兩出給表)'

용지 중간에 액수를 쓰고 나서 박종일은 어음의 오른쪽에 다음과 같이 날짜를 써내렸다.

7월 12일. 개성 상인 박종일'

보통 어음의 왼쪽에는 지급 기일을 기입하였는데 박종일은 지급 기일을 쓰지 않음으로써 언제든지 필요할 때 지급을 요구할 수 있는 특별어음을 발행한 것이다.

그리고 나서 박종일은 지그재그 모양으로 그 어음의 한가운데를 잘라 두 조각으로 나누었다. 채무자인 박종일의 기명이 있는 쪽은 보통 남표(男票)라 하고, 다른 한쪽은 여표(女票)라 하여 남표의 보유자가 지급을 요구하게 되면 채무자는 그가 보관하고 있던 여표와 맞춰보고 액면의 금액을 지불하는 전통적인 어음이었다.

박종일은 자신의 기명이 있는 남표를 홍득주에게 내주면서 말하였다.

"언제든 필요하시면 액면의 금액을 지급해 드리겠습니다."

홍득주는 믿을 수가 없었다.

개성 상인들이 발행하는 어음은 액면 그대로의 신용을 지니고 있다. '3백 냥'이라면 절대로 적은 돈이 아니다. 아니, 그 돈이 크건 적건 값의 고하를 막론하고 박종일이 도대체 무슨 연유로 해서 수년 전에 내쫓아버린 임상옥의 빚을 스스로 대신 변제하여 주고 있는 것일까.

그뿐인가. 원금에다 충분한 이자까지 계산해서 대신 갚아주고 있지 않은가.

그날 저녁.

박종일은 임상옥의 빚을 대신 갚아주고 홍득주의 상점을 떠났다.

홍득주는 헤어지는 송상 박종일에게 다음과 같이 말하였다.

"아마도 의주 성내에서는 임상옥을 만날 수가 없을 것입니다. 듣자 하니 남쪽 성곽 아랫마을에 임가 성을 가진 사람들이 대대로 집성촌을 이루고 살고 있다 하오니 그곳에 가면 아마도 임상옥의 거처를 알 수 있을 것으로 생각되옵니다마는…."

홍득주의 상점을 나온 박종일은 그 길로 시전들을 돌아다니며 임상옥의 행방을 수소문하여 보았다. 그러나 홍득주의 말대로 그의 행방은 묘연하였다. 하는 수 없이 박종일은 홍득주가 가르쳐준 대로 남쪽 성곽 아래쪽에 있는 임씨의 집성촌을 찾을 수밖에 없었다.

임상옥의 집안은 대대로 객상을 하던 전통적인 장사꾼의 집안이 었으므로 남문 성곽 밖에서 집성촌을 이루며 살고 있던 임씨들도 대부분 사행을 따라다니며 잔심부름이나 하던 통인들이나 떠돌이 장사꾼들이 대부분이었다.

임상옥의 행방을 찾아나선 박종일은 임가촌(林哥村)에서 뜻밖의 이야기를 듣게 되었다.

홍득주의 만상에서 쫓겨나온 임상옥은 다시는 의주 상계에 발을 붙이지 못하였다. 나이든 노모와 어린 동생들을 거느린 임상옥은 생계가 막연해지자 행상으로 나설 수밖에 없었던 듯 보인다. 빗, 유기, 목기, 농기구 등의 수공업 제품이나 소금, 산삼 같은 지역 특산물을 지게에 메고 장이 서는 장문(場門)을 찾아다니며 물건을 파는 장돌뱅이로 전락해버릴 수밖에 없었다.

그뿐인가. 그의 어린 두 동생이 그만 돌림병이 돌아 갑술년에 첫째 동생이 먼저 숨져버리고 뒤이어 막내동생마저 죽어버린 것이다.

아버지가 비참하게 최후를 마친 뒤 몇 해가 되지 않아 두 동생마저 전염병으로 삽시간에 목숨을 잃어버린 것이었다. 전염병에 걸려 죽었으므로 무덤자리조차 제대로 잡지 못하였다. 훗날 파헤쳐 정식으로 장례를 치르고, 제대로 묘장을 하리라 생각하면서 임시로 죽은 시체들을 가마니로 둘둘 말아 남의 눈에 띄지 않는 야산에 파묻으면서 임상옥은 피눈물을 흘렸다.

압록강 물에 빠져 비명횡사한 아버지와 가매장한 두 어린 동생의 시체를 파묻은 가묘 앞에서 임상옥은 통곡을 하여 울었다.

그에겐 아무런 희망도 없었다.

중국의 관문 '산해관'의 현판에 새겨진 '천하제일관'이라는 문구를 우러러보며 '천하제일의 상인'이 되겠다는 결심을 하였던 것도 한갓 꿈속의 일에 지나지 않은 것이었다. 천하제일의 상인은커녕 하루하루 살아가는 것도 힘든 일이었다. 임상옥은 아비처럼 압록강 물속에 스스로 몸을 던져 죽어버릴까도 생각하였다. 그러나 그럴 수는 없었다. 그에게는 봉양하여야 할 노모가 남아 있었기 때문이다.

연이어 닥친 피붙이들의 죽음으로 임상옥은 인생의 무상함을 절실하게 느끼게 되었다. 그는 어쩔 수 없이 또다시 등짐을 메고 장돌뱅이로 나섰지만 이미 마음은 세속을 떠나 있었다. 이것이 그의 나이 26세 때의 일이었다.

고령지방에서 전해 내려오는 '지신밟기 노래' 중에 봇짐장수 장돌뱅이의 애환을 묘사한 다음과 같은 구절이 있다.

우리는 등짐 지고 이곳저곳 떠돌면서
아침에는 동녘하늘 저녁에는 서녘땅
어쩌다 병이 나면 구완할 이 전혀 없네.
사람에게 짓밟히고 텃세한테 괄세받고
언제나 숨 거두면 까마귀의 밥이 되고
슬프도다 우리 인생 이럴 수가 어찌 있소.

인생의 무상함을 느끼면서 희망 없는 장돌뱅이 청년시절을 보내던 그 무렵.

임상옥은 한 가지 결심을 하게 된다.

그에게 있어 인생은 부질없는 하나의 헛된 꿈이며, 저잣거리에서의 삶은 미친 광대패들의 놀이라는 사실을 깨닫게 된 것이다.

5일마다 열리는 시골장터는 난장을 트러 돌아다니는 장돌뱅이들과 소를 팔고 사는 쇠전꾼들로 이루어지고 있었는데 자연 장이 서면 사람들이 모여들었기 때문에 광대패와 사당패들도 함께 따라다녔다. 그뿐인가. 그들에게 텃세를 부리는 무뢰배들도 따라다녔는데 임상옥은 장터마당에서 벌어지는 광대놀이를 볼 때마다 마음속 깊이 느껴지는 무엇이 있었다.

광대패들은 탈놀이나 가면극과 같은 연극이나 줄타기, 땅재주 같은 곡예, 그리고 소리를 업으로 하는 사람으로 나뉘었다. 임상옥은 특히 탈놀이를 좋아하였다. 양반의 탈을 쓴 광대와 각시의 탈을 쓴 광대가 벌이는 별신굿을 볼 때마다 임상옥은 인생이야말로 가면의 탈을 쓰고 노는 한바탕의 광대놀이라는 느낌을 지울 수가 없었다.

인생이란 가면을 쓴 탈놀이에 지나지 않는다. 우리의 인생이란 저와 같은 요술쟁이들이 요술쟁이의 고향을 찾아와 온갖 미친 놀음을 노는 허수아비에 지나지 않는 것이다.

그 즉시 임상옥은 소금, 생선 같은 지역 특산물이 가득 담겨져 있는 지게를 버리고 홀연히 종적을 감추었다.

임상옥의 모습은 그 어디에서도 보이지 않았다. 임상옥이 들어간 절은 다름 아닌 금강산 속에 있는 추월암이었다.

10년 만에 돌아온 절이었지만 예전의 절과는 다른 느낌이었다. 예전의 절은 글을 배우는 서당이었지만 지금 돌아온 절은 인간으로서의 껍질을 버리고 생사를 깨우치기 위해 찾아온 도량이었다. 임상옥에게 글을 가르쳐주던 법천 스님도 그대로 있었고 추월암에 주석하고 있는 석숭 스님도 예전 그대로 암자에 머물고 있었다.

10년 만에 석숭을 만나 삼배를 올리자 본체만체 앉아 있던 석숭이 큰소리로 물어 말하였다.

"네 칼은 잘 있느냐."

10년 동안 신색은 많이 여위고 늙었지만 목소리만은 여전히 우렁우렁하였다.

임상옥은 대답하였다.

"잘 있나이다."

"녹슬거나 무디어지지 않았느냐."

"여전히 날이 시퍼렇게 서 있나이다."

"그러하면 네 칼을 한번 보여다우."

석숭 스님이 말하자 임상옥은 엎드린 자세에서 몸을 일으켜 읍하고 두 손을 내렸다. 그러자 방안에서 석숭이 다시 물어 말하였다.

"그 칼로 도대체 몇 명이나 죽였느냐."

"죽인 시체를 제가 갖고 왔나이다."

"가져왔으면 이리 갖고 오렴."

임상옥은 망태에 매었던 짚신 한 켤레를 빼들었다. 짚신 한 켤레를 두 손으로 받쳐들고 댓돌에 올라 툇마루로 다가갔다. 방안에 정좌하고 있는 큰스님 앞에 가만히 짚신 한 켤레를 내밀자 석숭은 크게 소리쳐 말하였다.

"문을 닫거라, 이놈아. 찬바람이 들어온다."

그 다음날로 임상옥은 법천을 은사로 해서 머리를 깎고 계(戒)를 수지(受持)하였다. 이례적으로 큰스님 석숭이 임상옥에게 법명을 지어주었는데 이를 도원(道元)이라고 하였다.

이렇게 해서 자연인 임상옥은 죽어버리고 수도자인 도원이 탄생하게 된 것이다. 이때가 임상옥의 나이 스물여덟 살 때인 1806년의 일이었다.

3

개성 상인 박종일은 남문 성곽 아랫마을의 임씨 집성촌에 들러서
야 마침내 임상옥의 행방을 알 수 있게 되었다. 그는 다음날 금강산
을 오르기 시작하였다.

그에게는 무슨 일이 있어도 의주에서 임상옥을 찾아내야 할 의무
가 있었던 것이다.

임상옥을 찾아내지 못한다면 찾을 때까지 의주를 떠날 수 없을
만큼 박종일에게는 이 일이 중차대했다. 임상옥을 찾고 못 찾고는
상인으로서의 그의 명운이 걸린 일이었다. 임상옥을 만나 그에게
전해줄 물건이 따로 있었다. 만약 임상옥을 만나지 못해 그 물건을
전해주지 못한다면 박종일은 그만큼 상인으로서의 역량을 인정받
지 못하게 되어 있었던 것이다.

천신만고 끝에 박종일은 임상옥이 속세를 떠나 입산출가하였음
을 알게 되었다.

박종일은 가파른 바윗길을 오르고 올라 산정에 이르렀다. 그가
임상옥을 만난 것이 기록에 의하면 7월 14일. 7월이면 한여름의 성
하. 무더위를 무릅쓰고 산정에 오른 박종일은 산 아래 펼쳐진 너른
만주땅의 벌판을 땀을 닦으며 내려다보았다.

산정에는 대여섯 개의 요사채로 구성된 암자가 우뚝 솟아 있었
다. 가파른 계단 위 암자로 들어가는 전문 위에는 '추월암'이라는
현판이 내걸려 있었다. 어림하여 5백 년 이상 된 사찰로 한때 묘향
산에 오래 있어서 서산대사라고 불리던 청허 휴정(休靜) 스님도 젊
었을 때 이 암자에서 공부했던 유서 깊은 사찰이었다.

젊어 한때 추월암에서 공부하였던 휴정은 이곳 의주 땅이 고려시

대 거란의 장군 소배압이 10만 대군을 끌고 침공하였을 때 군사를 이끌고 나아가 싸워 전승한 강감찬의 격전지임을 깨닫고는 강감찬 장군을 기리며 다음과 같은 시를 지었다.

오랑캐 땅을 번개처럼 휩쓸고
천산에 한번 활을 걸었다
무쇠 같은 그 마음은 상기 죽지 않았거니
아마도 하늘을 쏘는 무지개 되었으리
掃電胡塵土(소전호진토)
天山一掛弓(천산일괘궁)
鐵心今不死(철심금불사)
應作射天虹(응작사천홍)

이 시를 지을 무렵 서산대사 휴정이 머물고 있었던 암자가 바로 추월암.

개성 상인 박종일은 땀을 식히면서 추월암을 쳐다보며 생각하였다.

과연 저 암자에 임상옥이 머물고 있을 것인가. 집도 절도 없는 중의 팔자처럼 임상옥은 그새 다른 산과 다른 절로 흔적도 없이 사라져버린 것은 아닐까.

박종일은 임상옥을 한 번도 만난 적이 없었다. 그가 어떤 인물인지, 무엇을 하던 사람이었는지 전혀 알 수 없었다. 그가 알고 있는 것은 오직 일곱 자의 글자뿐이다.

'義州商人 林尙沃'

그러나 그 일곱 글자만으로 무슨 수단방법을 강구해서라도 임상옥을 찾아내야 한다. 이 의주 땅에서 임상옥을 찾아내지 못한다면 찾아낼 때까지 이 고을을 떠나지 못할 것이다. 몇날 며칠이 걸리더라도, 아니 몇달 몇년이 걸리더라도 찾을 때까지 의주 땅을 떠나지는 못할 것이다.

박종일은 땀을 식힌 후 추월암으로 들어갔다. 추월암은 마침 안거(安居) 중이었다. 스님들이 음력 4월 16일부터 석 달간 7월 15일까지 한곳에 들어앉아 수행하는 일을 하안거(夏安居)라고 하는데 박종일이 찾아간 것은 마침 그 무렵이었다. 이 기간에는 원래 외부에서 사람들이 찾아오는 것이 금지되어 있었다. 따라서 박종일이 들어갔을 때는 묵언 중으로 온 암자가 깊은 침묵 속에 잠겨 있었다.

공교롭게도 박종일이 찾아간 것은 하안거가 끝나기 하루 전인 7월 14일. 원래 안거가 시작되는 처음의 결제기간 7일, 끝나는 해제기간 전의 7일은 용맹정진이라 하여 전혀 잠도 자지 않는 기간이었다. 이 기간 중에는 특히 사람을 만나거나 동구 밖으로 나갈 수 없으며 부모나 스승의 사망과 같은 부득이한 경우에만 조실스님의 허락을 얻어 외출할 수 있었다.

안거 중에는 오직 유나(維那)만이 자유롭게 오갈 수 있었다. 유나는 안거 중에 유일하게 일체 집무를 담당하는 스님이었다.

선방과 떨어진 종무소에서 박종일은 유나스님과 따로 만났다. 박종일은 수인사를 나누고 나서 자신을 소개하였다. 자신은 개성에 사는 송상으로서 이름은 박종일이라 하고 얼마 전 청나라의 수도인 연경에 다녀오는 길이라고 한 다음 찾아온 목적을 말하였다.

박종일이 이곳에 머무르고 있는 스님 중의 한 명을 만나러 왔다고 말하자 유나는 그 스님의 이름이 무엇이냐고 물었다. 박종일은 대답하였다.

"…이름을 모릅니다. 소인은 그 스님의 속명이 임상옥이며 입산하기 전에는 저잣거리에서 상인 노릇을 하였다는 것만 알고 있나이다."

스님들은 입산할 때부터 속세에서 있었던 일들은 모두 전생(前生)의 일이라 하여서 이를 모두 버린다. 속세에서 하고 있던 직업이며, 속세에 있던 인연들이며, 속세에서 쓰던 이름 같은 것들은 이 세상에 태어나기 전인 전세(前世)의 일이라 하여 이를 따지거나 묻는 일조차 금지되어 있었던 것이다.

그러자 유나는 난처한 표정으로 대답하였다.

"속명만으로 스님을 찾는 것은 쉽지 않은 일입니다. 더구나 오늘은 안거의 마지막 날입니다. 그러하오니 일단 하산하였다가 내일 다시 오시면 그때 보아 만날 수 있도록 주선하여 드리겠습니다."

박종일은 물러설 수가 없었다. 유나의 말대로 산을 내려갔다가 내일 다시 찾아올 수는 없는 일이었다. 그는 개성 상인 중에서도 가장 독특한 상인 기질을 가진 사상(私商)이 아니었던가.

개성 상인들은 모든 생과 사를 물건을 사고파는 일로 보는 습성이 있었다. 상인들의 생명은 '사야 할 물건은 목숨을 걸고 사고, 팔아야 할 물건은 목숨을 걸고 팔아야 한다'는 철학에 달려 있었다. 그래서 송상들은 '사야 할 물건은 손해를 보고서라도 사고, 팔아야 할 물건은 손해를 보고서라도 판다'는 것을 장사의 철칙으로 알고 있었다.

의주 상인들이 '신용'을 장사의 제1조로 삼고 있었다면 개성 상인들은 '흥정'을 장사의 제1조로 삼고 있었다. 따라서 의주 상인들이 의리를 생명으로 여기는 '신용'의 이상주의자들이었다면 개성 상인들은 장사란 일단 성사시키는 것이 중요하다는 '흥정'을 생명으로 여기는 현실주의자들이었다.

따라서 의주 상인들이 '상도(商道)'를 중하게 여기는 사람들이었다면, 개성 상인들은 '상술(商術)'을 중요하게 여기는 사람들이었다.

박종일은 일단 유나스님의 마음을 사로잡을 필요가 있다고 생각하였다. 그래서 고도의 흥정을 벌이기로 결심하였다. 그는 거액의 돈을 시주(施主)할 것을 제안하였다. 상술에 능하였던 개성 상인들은 사람의 마음을 움직이는 데는 뭐니뭐니 해도 돈이 최고라는 철학을 갖고 있었다. 때문에 오늘날의 정경유착에 따른 뇌물과 같은 검은 돈의 거래도 개성 상인들은 마다하지 않았다. 개성 상인들이 일찍부터 금란전권(禁亂廛權)과 같은 특권과 국가의 돈을 빌려 쓰는 관전대하(官錢貸下)와 같은 특혜를 받을 수 있었던 것은 바로 이러한 목적을 위해서는 어떠한 수단도 가리지 않는다는 상술에 따른 결과였다.

박종일은 엄청난 금액을 시주하였다. 그 당시 대부분의 사찰들은 가난하였다. 초근목피로 간신히 연명할 정도로 궁색하였으므로 스님들의 중요한 일과는 탁발(托鉢)에 나서는 일이었다.

절의 궁색한 살림을 도맡아하는 유나스님으로서는 엄청난 금액의 시주를 하는 박종일이 무척 고맙고 반가울 수밖에 없었던 것이다.

그날 오후.

마침내 박종일은 임상옥을 만날 수 있었다. 대중의 눈도 있었으므로 암자 뒤편의 숲속에서 박종일은 은밀히 임상옥을 따로 만났다. 박종일은 자신이 찾는 사람이 출가하였다고는 하지만 어쨌든 한때 장사꾼이었다는 사실을 익히 알고 있었으므로 삭발한 모습의 스님이 나타나자 몹시 당황하였다.

"누굴 찾아오셨는지요."

스님은 합장을 하며 박종일에게 물었다.

스님은 손에 염주를 들고 있었고, 박종일과 이야기를 하면서도 끊임없이 염주알을 굴리고 있었다.

"제가 찾는 사람은 한때 의주에서 상인을 하던 사람입니다."

박종일이 대답하자 스님은 담담한 표정으로 말을 받았다.

"장사꾼에 대한 이야기는 저잣거리에서나 하실 일이지 여기까지는 무슨 일로 오셨습니까. 여긴 머리 깎은 중들만이 모여 사는 곳인데요."

그러나 박종일은 젊은 스님의 얼굴에서 스쳐 지나가는 마음의 동요를 날카롭게 감지해 내었다.

"스님. 저는 임자 상자 옥자, 임상옥이라는 사람을 찾기 위해서 이 암자에까지 왔습니다. 무슨 일이 있어도 그 사람을 만나야 합니다."

"모릅니다."

스님은 두 손을 합장하면서 대답하였다.

"난 그런 사람을 모릅니다. 나무관세음보살."

스님은 이제라도 몸을 돌려 돌아갈 듯한 몸짓을 하였다. 그러나 만만히 물러설 박종일이 아니었다.

"스님, 스님의 이름은 무엇입니까."

"…소승의 이름은 도원(道元)이라고 합니다."

"스님의 법명을 묻고 있는 것은 아닙니다. 스님의 속명을 묻고 있는 것입니다."

그러자 스님은 정면으로 박종일의 얼굴을 마주보았다. 스님의 눈에도 사람의 마음을 꿰뚫어 보는 듯한 안광이 빛나고 있었다.

"중의 속명을 알아서 무엇하겠습니까. 중에게 있어 출가하기 전의 일이나 출가하기 전의 인연은 모두 죽어버린 전생의 일이라고 할 수 있습니다. 전생의 일을 알아서 무엇을 하겠습니까. 나무관세음보살."

"스님에게 있어서는 그럴 줄 모르지만 제게는 몹시 중요한 일입니다. 저는 임상옥이라는 상인을 만나기 위해 홍득주라는 사람의 문상을 비롯하여 모든 상점들을 이 잡듯 뒤졌고 마침내는 남문루 성곽 아래 임가촌에서 임상옥이라는 사람의 늙은 노모까지 만나 이 추월암에 머무르고 있다는 사실을 알게 되었나이다."

박종일은 일부러 늙은 어머니의 이야기를 함으로써 젊은 스님의 마음을 움직이려 하였다.

"임상옥이라는 사람의 노모는 비참하게도 집집마다 돌아다니며 걸식을 하고 있었나이다."

박종일은 짐짓 스님의 얼굴을 살펴보았으나 여전히 그의 표정은 담담하였다.

"도대체."

긴 침묵 끝에 스님이 말을 받았다.

"임상옥이라는 사람에게 무슨 볼일이 있습니까."

그러자 박종일은 대답하였다.

"그분에게 긴히 전해드릴 물건이 있습니다."

"그 물건이 무엇입니까."

"그것은 그분을 직접 만나지 않고서는 가르쳐드릴 수가 없습니다."

"그토록 중요한 물건입니까."

스님은 물끄러미 박종일을 바라보았다.

"물론입니다. 아주 중요한 물건입니다. 저에게도 아주 중요한 물건이지만 임상옥이라는 사람에게는 더더욱 중요한 물건입니다. 스님, 저는 지금 청나라의 수도인 연경에 다녀오는 길입니다. 스님, 스님께오서도 일찍이 연경에 다녀오지 않으셨습니까. 그래서 연경에 다녀오는 길이 얼마나 힘들고 험한 길인가를 잘 알고 있지 않으십니까."

"그렇소이다."

염주알을 굴리던 스님의 손이 멈췄다. 그러고 나서 스님의 입에서 한마디가 무겁게 떨어졌다.

"소승이 바로 임상옥입니다."

스님의 입에서 자신이 바로 임상옥이라는 고백이 나오자 박종일은 다시 물어 말하였다.

"의주에서 장사를 하시던 바로 그 임상옥이 맞으시나이까…."

"그렇습니다."

스님이 비로소 자신의 신분을 밝히자 박종일이 갑자기 일어나 숲길에서 큰절을 올리면서 말하였다.

"대인어른, 절을 받으십시오."

당황한 쪽은 스님 도원, 아니 임상옥이었다. 비록 임상옥이 삭발을 하고 있었다고는 하지만 박종일 쪽이 훨씬 나이가 들어 보이고 있었던 것이다. 그것도 처음 보는 사람으로부터 큰절을 받으니 임상옥은 몹시 당황하였다.

"왜 이러십니까. 몸을 일으키십시오."

부축하여 몸을 일으키자 박종일은 머리를 숙여 말하였다.

"마침내 대인어른을 찾게 되오니 광영이나이다."

박종일은 봇짐을 뒤지기 시작하였다. 그는 봇짐 속에서 무슨 물건을 하나 꺼내었다. 박종일은 그 물건을 꺼내들고 두 손으로 임상옥에게 내밀었다.

"이 물건이 무슨 물건인지 아십니까."

임상옥은 그가 내미는 물건을 받아들었다. 그것은 비단으로 만든 옷이었다. 흰 빛깔을 띠고 있었는데 옷에서는 고운 향기가 나고 있었다. 그 향기를 맡은 순간 임상옥은 어딘가 그 향기가 익숙하다는 느낌을 받았다. 접혀진 옷을 펼치자 임상옥은 그 흰옷이 다름 아닌 중국의 여인들이 입는 속옷임을 알게 되었다.

순간 임상옥은 당황하였다.

세속을 벗어나 출가한 승려의 손에 여인의 향기가 배어 있는 속옷을 쥐어주다니.

"가져가십시오."

옷을 도로 박종일에게 내밀면서 임상옥은 말하였다.

"저는 출가한 사문(沙門)입니다."

당황한 것은 박종일도 마찬가지였다. 박종일은 황급히 두 손을 내저으면서 말을 하였다.

"아, 아닙니다. 그런 뜻이 아니었습니다."

박종일은 두 손을 모아 합장을 하면서 입을 열어 말하였다.

"그 옷을 끝까지 펼쳐보시기 바랍니다."

임상옥은 다시 옷을 펼치기 시작하였다. 여인의 깊은 속살을 가리는 속옷이었으므로 감촉은 부드럽고 여인의 체온이 남아 있는 따뜻한 느낌이었다. 그리고 그 옷에서는 향긋한 냄새가 풍겨오고 있었다.

오랫동안 인삼과 비단을 취급하였던 임상옥은 그 비단 속옷이 조하금(朝霞錦)이라 하여 주로 고급옷에만 쓰던 비싼 비단임을 알고 있었다. 옷을 전부 펼쳐본 임상옥은 깜짝 놀랐다.

흰색 비단 속옷 위에는 낯익은 필체의 글씨가 적혀 있지 아니한가.

그것은 분명 자신이 쓴 글씨였다. 그곳에는 다음과 같은 글씨가 씌어 있었다.

'義州商人 林尙沃'

순간 임상옥은 이 속옷이 누구의 것인가를 알게 되었다. 장미령. 이 속옷은 바로 장미령의 옷인 것이다.

임상옥은 박종일을 쳐다보며 생각하였다.

이 흰 비단 속옷을 어째서 저 개성 상인이 갖고 있단 말인가. 5년 전, 장미령과 헤어지기 전날 밤 정표로 이름을 써주었던 그 속옷이 어째서 저 사람에게서 나올 수 있단 말인가.

"도대체."

임상옥은 의심이 가는 얼굴로 박종일에게 물었다.

"이 비단 속옷을 어떻게 해서 갖고 계시게 되었습니까."

"그보다도."

박종일은 딴청을 부리며 말을 돌렸다.

"제가 우선 알고 싶은 것은 이 속옷이 누구의 것인가, 그리고 그 속옷 위에 쓴 글이 누구의 글씨인가 하는 것입니다."

임상옥은 천천히 대답하였다.

"이 일곱 자는 소승이 직접 쓴 글자입니다."

"그럴 줄 알았습니다."

임상옥이 대답하자 박종일은 껄껄 웃으며 자신의 무릎을 내리쳤다.

"이제 됐습니다. 이제 제 할 일은 끝이 났습니다. 제 할 일은 의주에 사는 상인 임상옥이라는 사람을 만나서 이 속옷을 돌려드리는 일이었습니다. 그리고 또 한 가지 할 일이 남아 있습니다."

박종일은 짐 속에서 붓통을 꺼내들었다. 그리고 용지를 꺼내 어음을 발행하였다. 어음용지 중간에 박종일은 다음과 같이 금액을 써내렸다.

'錢文五阡兩 出錢票(전문오천량 출전표)'

그리고 어음의 오른쪽 부분에 오늘의 날짜와 채무자인 자신의 성과 이름을 썼다. 성만을 쓰는 것이 보통이었지만 박종일은 자신의 이름을 모두 쓰고 수결 대신 인장을 찍었다. 쓴 어음을 지그재그로 잘라서 자신의 인장이 찍힌 부분은 임상옥에게 주고 다른 한쪽은 자신이 보관하였다.

오랫동안 장사에 종사하였던 임상옥은 개성 상인들이 발행하는 어음은 그대로 현금과 같은 값어치를 지닌 유가증권임을 잘 알고 있었다.

박종일이 지급하기로 한 5천 냥은 쌀값으로 4, 5천 석에 해당하는 천문학적인 거액이었다.

그런 거액 은자 5천 냥을 왜 박종일은 임상옥에게 서슴없이 지불하고 있는 것일까.

"제가 임 대인을 만나서 할 일은 이 속옷을 돌려드리는 것과 함께 이 돈을 전해드리는 일이었습니다. 이제 의주에서 할 일은 모두 끝이 났습니다. 그러므로 이제는 마음 편하게 고향으로 돌아갈 수 있게 되었습니다."

"잠깐만."

이제라도 곧바로 일어나 산을 내려갈 자세를 취하는 박종일을 잡아 이끌면서 임상옥이 물어 말하였다.

"도대체 소승에게 이러한 물건과 돈을 주는 것은 무슨 이유입니까. 소승은 뭐가 뭔지 모르겠습니다."

"뭐가 뭔지 모르는 것은 저도 마찬가지입니다."

박종일은 웃으면서 말하였다.

"다만 제가 알고 있는 것은 연경에서 누군가가 임 대인을 계속 찾고 있다는 것입니다. 조선에서 오는 사신들, 장사꾼마다 임상옥이란 사람인가 아닌가, 아니면 임상옥을 아는 사람인가 아닌가를 계속 수소문하고 있는 것입니다. 수년 동안 임 대인을 찾지 못하자 마침내 제게도 그런 부탁이 들어오게 된 것입니다. 제게 임 대인을 찾아주면 큰 상을 내리겠다 하였습니다. 제가 임 대인을 만나 이 속옷을 드리고 그 물건을 가진 사람이 다시 연경에 돌아온다면 바로 그 사람이 임 대인이 틀림이 없을 것이므로 저는 연경의 상권(商圈)에서 큰 특혜를 받게 될 것입니다. 또한 연경에서 임 대인을 계속 찾는 그 사람은 임 대인을 만나면 자기 대신 은 5천 냥을 줄 것을 부탁하였습니다. 그러므로 부담을 느끼실 필요는 없습니다. 제가 드리는 5천 냥은 제 돈이 아닙니다. 저는 다만 그분을 대신해서 5천 냥을 빌려드리는 것에 지나지 않습니다. 그분은 임 대인께서 이 옷과 돈을 받는 즉시 이 옷을 갖고 연경으로 들어와주셨으면 합니다. 그분은 굉장히 대인어른을 만나고 싶어하십니다."

"도대체."

임상옥은 말을 잘라 물었다.

"소승을 찾는 그분은 누구십니까."

"저도 확실히는 모르겠습니다. 저에게 임 대인을 찾아달라고 부탁을 한 사람은 연경에서 약종상을 하고 있는 사람입니다. 오랫동안 중약상(中藥商)으로 거래하던 사람인데 그 사람도 누군가의 부탁을 받고 저에게 임 대인을 찾아달라고 신신당부를 한 것입니다. 원하신다면 저와 함께 연경에 다시 들어가도 좋습니다. 저도 뭐가 뭔지 모르겠습니다만 어쨌든 연경에는 임 대인을 평생의 은인으로 생각하는 사람이 있습니다. 그 사람은 아마도 연경의 상권을 장악하고 있는 중국 최대의 거물일지도 모릅니다."

박종일의 생각은 예리하였다. 그의 예측은 훗날 밝혀진 사실이지만 정확한 판단이었다.

"임 대인께서는 이 옷과 돈을 받은 즉시 연경으로 떠나셔야 합니다. 만약 연경으로 떠나신다면 임 대인에게는 하늘이 주신 천운이 기다리고 있을 것입니다."

"하오나."

염주를 굴리면서 임상옥이 말을 받았다.

"이 몸은 이미 출가한 사문입니다. 세속의 사사로운 인연이나 재물, 그리고 온갖 보화도 이미 소승과는 상관이 없는 일입니다. 이것은 제가 받아들일 수 없습니다. 그러하오니 다시 갖고 가셨으면 합니다."

임상옥이 받은 어음과 정표로 나누었던 옷을 다시 박종일에게 내밀자 그는 펄쩍 뛰며 두 손을 저으면서 말을 하였다.

"그 옷을 버리시든 태워버리시든 그것은 임 대인의 임의대로입니다. 이미 그것은 저의 것이 아닙니다. 또한 그 돈 역시 버리시든 태워버리시든 아니면 시주하여 불사에 보태 쓰시던 저와는 상관없는 일입니다. 다만."

박종일의 얼굴에서 순간 미소가 사라졌다. 그는 정색을 한 얼굴로 말을 이었다.

"임 대인을 찾아 헤매다 집성촌에서 대인어른께오서 4대째 만상의 가업을 이어나가던 장사꾼 집안임을 알게 되었나이다. 저 역시 송도에서 5대째 사상의 가업을 이어가고 있는 장사꾼의 아들입니다. 아시다시피 사농공상이라 하여 우리들 장사꾼들은 벼슬에도 오르지 못하고 천민이라 하여 사람 대접도 제대로 못 받고 살아왔나이다. 그러므로 한번 장사꾼이면 영원히 장사꾼일 수밖에 없나이다. 이제 임 대인께서 번잡한 세속을 떠나 출가하여 도에 드셨습니다. 물론 도에 들어 깨우쳐 부처님이 되시는 것도 중요한 일이지만 불(佛)이 어찌 산속에만 있겠습니까. 저잣거리에도, 주막집에도, 색주가 속에도 불도는 있는 법입니다. 그러므로 저희와 같은 장사꾼들이 물건을 사고파는 일을 하는 것도 하나의 도라고 할 수 있을 것입니다. 임 대인이 출가하여 승복을 입으셨다 하여 스님이 되셨지만 이름을 바꾸어 법명을 도원이라 하셨다 하더라도 어디까지나 임상옥이라는 속명이 사라져버리는 것은 아닙니다."

박종일은 말을 이어 내려갔다.

"임 대인께오서 지금 제 앞에 승복을 입고 나타나셨다 하더라도 제 눈에 보이는 임 대인은 스님이 아니라 만주 대륙을 떠도는 만상의 모습으로밖에 보이지 않나이다. 그뿐 아니라 제가 남쪽 성곽 밖 임가촌에서 본 것은 처참한 풍경이었나이다."

박종일은 잠시 말을 끊었다. 짧은 침묵 끝에 박종일은 말을 이었다.

"이런 말을 임 대인에게 드려야 할지 어떨지는 모르겠습니다만 할 말은 하고 가는 것이 같은 장사꾼으로 옳은 도리라고 생각하였나이다. 임가촌에 가서 임 대인을 찾는 동안 노모를 만났었나이다. 사람들이 임 대인의 어머니라고 말을 하였지만 저는 차마 다가가서 임 대인의 행방을 물어볼 수 없었나이다. 그 이유를 알 수 있겠나이까."

임상옥은 묵묵부답 아무런 대답도 없었다. 숲속의 우거진 나뭇잎

사이 산 아래로 펼쳐진 만주 대륙의 광활한 산야의 모습을 물끄러미 바라볼 뿐이었다. 임상옥의 모습을 살피고 나서 박종일은 말하였다.

"임 대인의 노모는 집집마다 돌아다니며 걸식을 하고 있었나이다. 사람들이 임 대인의 노모를 손가락질하면서 이렇게 말하는 소리를 내가 들었나이다. 저 할멈의 아들들은 모두 죽었다. 저 할멈의 남편도 이미 죽어버렸다. 하나 남은 아들은 어느 날 시장거리에서 행방을 감추어 삭발을 하고 중이 되었다. …스님."

갑자기 박종일은 지금까지 부르던 임 대인이란 이름 대신 스님이라 부르면서 말을 이었다.

"스님께오서는 어느 것이 옳다고 생각하십니까. 스님의 노모께서 집집마다 돌아다니며 걸식을 하면서 구구하게 연명하시는 것을 전생의 일이라 하여 모른 체하오시고 이처럼 산속에 틀어박혀 머리를 깎고 나무아미타불 관세음보살을 독송하며 마음자리를 보고 깨우쳐 부처가 되는 일이 옳다고 생각하십니까, 이제라도 승복을 벗고 산을 내려와 늙은 어미를 봉양하고 효를 다하여 선대로부터 내려오는 장사꾼의 집안으로서의 책임과 의무를 다해 집안을 일으켜 조선 제일의 상가(商家)를 이루심이 옳다고 생각하시나이까. 어느 쪽이든 옳다고 생각하는 쪽으로 판단을 내리시어 그쪽으로 나아가시기를 바라나이다."

박종일은 몸을 일으켰다.

이때 박종일이 말했던 내용들은 임상옥 일생일대의 분수령이 되는 것이었다.

만약 임상옥의 일생에 있어 박종일이 나타나지 않았더라면 고승 하나는 태어났을지 모르지만 조선 최고최대의 무역왕 임상옥은 탄

생되지 못하였을지도 모른다. 박종일은 임상옥의 일생에 있어 기사회생의 기회를 주어 그를 장사꾼으로 재기하게 하였을 뿐 아니라 임상옥에게 상술을 가르쳐준 스승이기도 하였던 것이다.

박종일은 다시 다음과 같이 말을 이어 내려갔다.

"아시다시피 은 5천 냥이라 하면 적은 돈은 아니나이다. 5천 냥이면 충분히 또다시 장사꾼으로 독립하고 갱기(更起)할 수 있는 자금이나이다. 사람이 사는 일에 있어 기회는 오직 단 한 번뿐이나이다. 개성에 사는 상인들 간에는 다음과 같은 수수께끼가 있나이다. 한번 맞춰보시겠습니까. 앞에만 머리카락이 있고 뒤는 대머리인 것이 무엇이나이까."

수수께끼를 내고 나서 박종일은 물끄러미 임상옥을 바라보았다. 그러나 임상옥은 한 손으로 염주알을 굴릴 뿐 아무런 대답도 하지 않았다.

그러자 박종일은 말하였다.

"앞에만 머리카락이 있고 뒤통수는 대머리인 것은 바로 기회이나이다. 무슨 일이든 하기에 가장 알맞은 시기인 기회는 자주 오지 않나이다. 사람이 살아가는 데 있어 세 번 이상 찾아오지 않는다고들 말하나이다. 기회는 찾아올 때 그 머리카락을 붙들고 놓지 말아야 하나이다. 기회는 앞에만 머리카락이 있어 왔을 때 잡아 붙들어야 합니다. 아차 하는 순간에 스쳐 지나간 기회는 이미 그 뒤통수가 대머리여서 붙잡으려 하여도 붙잡을 머리카락이 없는 법이나이다."

박종일의 언변은 대단하였다. 그는 장사를 하는 기술인 상술에도 능하였을 뿐 아니라 사람을 설득하는 변술에도 타고난 재능을 갖고 있었다.

"이 말은 하지 않을까 생각하였지마는 이왕에 말이 나온 김에 말씀드리겠나이다. 제가 임 대인을 찾아 수소문하는 동안에 홍득주라는 사람을 만나서 그의 문상을 들러보았나이다. 그곳에서 임 대인이 공금을 횡령하여 의주의 상계로부터 파문당하였다는 말을 들었나이다. 그 말을 듣고 제가 대신하여 그 공금을 갚아주었나이다. 이자까지 쳐서 갚아 드렸으므로 이제 누구도 임 대인을 파문하는 일은 없을 것이나이다. 임 대인은 이제 자유의 몸이나이다. 아무런 거리낌 없이 장사의 길로 다시 나설 수 있나이다."

박종일은 일어나서 의관을 정제하며 말하였다.

"제가 임 대인을 대신해서 빚을 갚아 드린 것은 이제부터 임 대인을 장사에 있어 쇤네의 형님으로 모시기 위한 예절에 불과한 것입니다. 이제 소인은 물러가나이다. 앞으로 임 대인께오서는 저의 형님이자 주인이시나이다. 보십시오, 대인어른."

박종일은 우거진 나무숲 사이로 펼쳐진 광활한 만주 대륙의 산야와 굽이쳐 흐르는 겹겹의 산봉우리를 쳐다보며 말하였다.

"임 대인께오서 어린 나이 때부터 풍찬노숙을 하면서 벌써 수차례 연경에 드나들어 객상으로서는 드문 상재를 갖고 있다는 말을 전해들었나이다. 그뿐인 줄 아십니까. 무엇보다 중국말에 능통하여 막힘이 없다는 말을 들었나이다. 앞으로 중국과의 무역에는 무엇보다 중국어의 능통이 가장 중요한 과제이나이다. 지금 역관들이 제 세상을 만나서 저희 장사꾼들을 종처럼 부리며 치부를 할 수 있는 것도 오직 중국말에 능통한 한 가지 이유 때문이나이다. 그런데 무엇 때문에 그 아까운 재능을 이 산중에서 썩히려 하십니까. 그 재능을 뽐내어 천하를 호령하는 제일의 상가를 이루고 싶지 않으십니까. 보십시오."

박종일은 손을 들어 만주 벌판을 가리키며 말하였다.

"대인어른, 저 산 아래 펼쳐진 만주 대륙이 보이지 않으십니까. 대인어른은 2천 리의 연경으로 가는 길을 제 손바닥 들여다보듯이 환히 꿰고 있다는 말씀을 전해들었나이다. 저 대륙을 다시 한번 누비고 싶지 않으시나이까. 그리하여 조선 제일의 장사꾼이 되고 싶지 않으시나이까."

이로써 임상옥이 말년에 쓴《가포집》의 머리말에 적혀 있던 다음 구절.

'…몇 번을 죽으려 하였으나 뜻대로는 되지 않았고 이 무렵의 간난신고는 이루 헤아릴 수가 없었다. 그러나 뜻밖에 생각지 않은 일로 기사회생하게 되었으니 이로부터 장사는 승승장구하였다.'

그중에서 임상옥을 기사회생시킨 '뜻밖에 생각지 않은 일'의 수수께끼가 밝혀지게 되는 것이다. '기사회생'의 비밀은 바로 이처럼 박종일과의 만남에서 비롯되었다.

그러나 박종일과의 만남은 기사회생의 시작이었을 뿐 거상 임상옥에게 찾아온 기회는 그야말로 하늘이 돕고 신령들이 돕는 천우신조였던 것이다.

제6장 천우신조(天佑神助)

1

1806년.

임상옥과 박종일은 8월의 한여름 의주를 떠났다. 압록강에는 이상하게도 사주들이 많았는데 뗏목을 타고 도강을 하는 임상옥의 가슴은 새로운 감회로 갈갈이 찢어지는 듯하였다. 압록강은 장마철이라 물살이 거세고 불어난 강물은 와랑와랑 물소리를 내고 있었다.

5년 전, 의주를 떠날 때도 이와 같은 장마 뒤끝의 한여름 8월달이었다. 그때 임상옥은 조선 제일의 상인이 되겠다는 야망을 갖고 있었던 스무 살이 넘은 청년이었다. 그로부터 5년의 세월이 흐른 동안 임상옥으로서는 일찍이 겪어보지 못하였던 온갖 고초와 인생의 역경을 한꺼번에 거쳐왔다. 두 동생은 전염병으로 죽어버리고 자신은 상계로부터 추방되어버렸다. 그리하여 어차피 인생이란 부질없는 꿈이며 저잣거리의 삶이란 미친 광대패들의 가면놀이라는 사실을 깨닫고 속세를 떠나 승려가 되었던 것이 2년 전의 일이었다.

그동안 임상옥은 도원이란 법명을 받고 계까지 받아 정식으로 사문이 되었다. 바깥세상의 일들은 전생이라 하여 이미 죽어버린 과거에 불과하였던 것이다.

그러한 임상옥의 마음을 송두리째 뒤흔들어 놓은 사람이 바로 개성 상인 박종일이었다.

박종일이 나타나서 난데없이 자신의 이름이 적힌 장미령의 속옷과 5천 냥의 거액을 주고 가자 임상옥의 마음은 걷잡을 수 없이 흔들리기 시작하였던 것이다.

마침 박종일이 떠난 다음날은 7월 15일로 하안거가 끝나는 날이었다. 안거가 끝나자 모두 수고하였다 하여 떡을 만들고 함께 나눠먹는 잔치가 벌어졌으며 일단 좌선하였던 승려들에게도 어느 정도 자유가 주어졌다. 이른바 행각(行脚)이라 하여 한곳에 있지 아니하고 여기저기 돌아다니며 도를 닦아도 무방하게 되었던 것이다.

임상옥은 승복에 죽립(竹笠)을 쓰고 금강산을 내려왔다.

죽립은 가는 대오리로 만든 갓으로 일반 부녀자들이 행차할 때 자신의 얼굴을 가리기 위해 쓰는 도구였는데 임상옥이 죽립을 쓴 것도 자신의 모습을 가리기 위함이었다.

산을 내려와 저잣거리로 들어간 것은 실로 일년 만의 일이었다. 어깨에 걸망을 메고 집집마다 목탁을 두들기며 탁발을 해오는 것이 목적이었지만 실은 먼발치에서나마 늙은 어머니의 모습을 훔쳐보고 돌아오는 것이 임상옥의 속뜻이었다.

어머니가 집집마다 돌아다니면서 밥을 구걸하고 다닌다는 박종일의 말을 듣는 순간 임상옥은 억장이 무너지는 듯하였다. 이미 사문에 들면 '부모가 태어나기 전(父母未生前)의 세계'와 '천지가 갈라지기 전(天地未分前)'의 세계를 찾아 도를 닦는 것이라 하더라도 자신을 낳은 어미가 걸식을 하고 다닌다는 말을 듣자 임상옥은 박종일의 말처럼 낳아준 어미를 굶어 죽게 하고 혼자서만 도를 깨우쳐 부처를 이룬다 하더라도 그것이 도대체 무슨 소용이 있겠는가 하는 강한 의구심을 느끼게 되었던 것이다.

임상옥은 대갓을 써 얼굴을 가리고 일년 만에 어머니의 모습을 직접 눈으로 보고 확인하기 위해 산을 내려왔다. 자신을 알아보는 사람이 있을지도 모르는 읍내 거리를 피해 남쪽 성곽마을로 빠르게 걸어 나갔다. 어머니가 살고 있는 남문루를 가려면 읍을 관통해서 지름길로 가야 하지만 혹시 아는 상인들을 만날지 몰라 일부러 성의 바깥지역을 굽돌아 을파소의 사당과 기와를 굽는 가마터를 지나 남문루 밖의 외곽지대로 나아갔다.

도중에 집집마다 들러서 탁발을 하였으므로 이미 걸망 안에는 곡식이 가득 들어 있었다. 기근이 들고, 민심은 흉흉하였지만 승려를 맞는 저잣거리의 민가들은 바루에 가득가득 알곡을 채워줄 정도로 인심이 넉넉하였다.

임상옥은 마침내 임씨 성을 가진 사람들이 모여 사는 집성촌에 이르렀다. 이곳에 살고 있는 사람들은 함께 피를 나눈 사람들이었으므로 임상옥은 죽립을 깊이 눌러쓰고는 목탁을 두드리지 않고 걸행(乞行)조차 하지 않았다. 임상옥은 숨을 죽이고 조심조심 자신이 살던 집 앞으로 가보았다. 워낙에 낡은 집이었지만 일년 사이에 완전히 폐가가 되어버린 듯하였다. 열린 문 안쪽을 조심스럽게 한참을 살펴보았지만 집안에서는 인기척조차 느껴지지 않았다.

임상옥은 주위의 눈을 피해 집안으로 들어가 보았다. 작은 마당은 잡초가 무성하고 댓돌 위에는 낯익은 짚신 한 켤레가 놓여 있었다. 그것은 분명 어머니의 짚신이었다. 집안에 사람이 살고 있는 흔적이 전혀 없었지만 댓돌 위에 낡은 어머니의 짚신이 여전히 놓여 있는 것으로 보아 아직도 어머니가 이 쓰러져 가는 폐가를 지키며 살고 있음이 분명하였다.

임상옥은 짚신 앞에 무릎을 꿇고 숨죽여 울기 시작하였다. 기가 막히고 원통한 일이었다. 임상옥은 소리 죽여 울면서 방문을 열어보았다. 방안도 텅 비어 있었다. 도저히 사람이 살고 있는 방이라고는 느껴지지 않을 정도였다. 벽에 누더기 치마 한 벌이 걸려 있는 것이 아직도 사람이 살고 있는 인가라는 사실을 가리킬 뿐이었다.

임상옥은 부엌으로 가 걸망을 풀고 들어 있는 양곡을 독에 모두 부어내렸다.

탁발한 곡식은 모두 절로 가져가 한동안 대중들이 나눠 먹어야 하는 양식이었다. 그러므로 탁발한 양식을 절로 가져가지 않고 사사로운 인연에 이끌려 엉뚱한 곳에 풀어놓는 것은 옳은 일이 아니다.

하지만 임상옥은 걸망에 들었던 곡식을 양곡 한 톨도 들어 있지 않던 텅텅 빈 독 안에 부어내리면서 생각하였다.

굶어 죽어가는 사람에게 먹을 양식을 주는 것이 자비가 아니고 무엇이랴. 부처님은 일찍이 전생에서 굶어 죽어가는 사자를 위해 자신의 몸을 던져 먹이로 내어주셨다. 굶어 죽어가는 사자를 위해 자신의 몸을 던져 먹이로 주는 것이 대자비라면 굶어 죽어가는 어미를 위해 탁발하여 모은 양식을 주는 행위야말로 대자대비의 보시행인 것이다.

독에 양곡을 모두 부은 후 임상옥은 집을 나섰다.

어머니는 저 정도의 곡식이면 한동안 먹고 사는 데 걱정 없이 입에 풀칠은 하실 수 있을 것이다.

그러나 저 정도의 곡식마저 떨어지면 또다시 어머니는 어디서 음식을 구할 수 있을 것인가.

잠시 가벼웠던 마음과는 달리 집에서 멀어지면 멀어질수록 임상옥의 발걸음은 천 근처럼 무거웠다.

그때였다.

마을 어귀에 있는 우물가를 지나던 임상옥은 저절로 얼어붙은 듯 제자리에 멈춰섰다. 우물가에 옹기종기 모여 있는 아낙네 사이에서 무엇인가가 임상옥의 눈을 잡아끌었기 때문이었다. 동리 아낙네들이 우물가에 모여 앉아 두레박으로 물을 길어 빨래를 하고 있는 그 사이에서 자석으로 잡아끌어 당기는 듯한 모습 하나가 있었다.

바로 어머니였다.

2년 사이에 어쩌면 저토록 늙어버릴 수 있을까 싶게도 완전한 노인이었다. 머리카락은 백발이었다.

임상옥은 숨을 죽이고 어머니를 지켜보았다. 마침 빨래를 끝내었는지 어머니는 일어섰다. 빨래를 광주리에 넣어 담아 머리 위에 이고 걸어가기 시작했다. 어머니는 호호백발의 할머니가 되었을 뿐 아니라 등도 굽어 있었다. 그래서 어머니의 뒷모습은 살아 있는 인간의 모습이 아니라 잔나비와 같은 짐승의 모습이었다.

임상옥은 자신도 모르게 어머니의 뒷모습을 따라 걷기 시작하였다.

어디로 가는 것일까.

어머니는 자신이 방금 빠져나온 집으로 걸어가고 있었다. 집은 변변한 울타리조차 없으므로 담 너머로의 풍경이 그대로 보이고 있었다. 어머니는 등만 굽은 것이 아니라 그 사이에 눈도 어둡고 귀도 어두워졌는지 뒤따라오는 임상옥의 존재는 물론 담 너머에서 지켜보는 아들의 존재조차 눈치채지 못하고 있었다.

마당으로 들어선 어머니는 빨래를 펴서 줄에 널기 시작하였다. 어머니는 탁탁 물기를 털어 줄에 널기 시작하였는데 그 빨래를 본 순간 임상옥은 심장이 멎는 듯하였다.

어머니가 방금 우물가에서 빨아온 빨래는 바로 자신이 입던 옷이었던 것이다.

어째서.

임상옥은 숨조차 쉬지 못하며 생각하였다.

어머니는 내 옷을 빨아서 햇볕에 말리고 있는 것일까. 나는 이미 수년 전에 사라져 어머니에게는 죽어버린 자식이 아니었던가. 그러나 어머니에게 있어 나는 여전히 살아 있는 아들이며 수년 전에 사라진 아들을 이제나저제나 기다리며 이제라도 당장에 불쑥 나타날지 몰라 때도 묻지 않은 아들의 옷을 깨끗이 빨아 널고 풀을 먹여 채곡채곡 가지런히 준비해 두고 기다리고 있는 것이다.

담 너머로 어머니가 널어놓은 빨래를 본 순간 임상옥의 가슴은 무너지고 있었다. 순간 그의 머리로 중국의 선화(禪話) 하나가 떠올랐다.

일찍이 당나라 때 양보(楊補)라는 사람이 있었다. 그는 일찍부터 불법에 심취하였다. 그래서 언젠가는 집을 떠나 불도를 닦으리라 결심하고 있었다. 때마침 사천에 무제보살(無際菩薩)이란 스님이 있어 불법에 능통하다 하여 기회가 왔다고 생각을 한 양보는 무제보살을 찾아 집을 떠나 먼 길을 출발하였다.

가는 도중 찻집에 들러 간단한 요기를 하고 있는데 노인 한 사람이 양보에게 물어 말하였다.

"젊은이, 어디 가시는가."

이에 양보가 대답하였다.

"사천으로 갑니다."

"사천에는 왜."

"사천에 무제보살이라는 훌륭한 스님이 있어 그분을 만나러 가는 길입니다."

그러자 노인이 다시 물었다.

"그분을 만나서 무엇을 하려고."

"무제보살을 만나 그분을 스승으로 모시고 불법을 이루고 싶기 때문입니다."

이 말을 들은 노인이 다시 물었다.

"불법을 이루어 무엇이 되려고."

"불법을 깨쳐 부처가 되고 싶습니다."

그때 노인이 껄껄 웃으며 말하였다.

"부처가 되고 싶으면 부처를 만나 그분을 스승으로 삼으면 되지 어째서 젊은이는 그 먼 사천까지 가서 보살을 만나려 하는가. 보살을 만나느니 부처를 만나는 게 낫지 않은가."

이 말을 들은 젊은이가 반색을 하여 물었다.

"노인께서는 부처가 계신 곳을 알고 계십니까."

노인은 웃으며 대답하였다.

"알고 있다마다."

"그곳이 어디입니까."

이에 노인은 대답하였다.

"지금 곧바로 집으로 가면 이불을 두르고 신발도 거꾸로 신은 채 뛰어나와서 맞는 사람이 있을걸세. 바로 그분이 부처님이시라네."

이 말을 들은 양보는 노인의 말대로 보살을 만나 스승을 삼느니 직접 부처를 만나는 게 좋겠다 하고 생각을 바꿔 집으로 돌아갔다.

밤늦게 집에 도착한 양보는 문을 두드리는데 바로 그 순간 노인의 말처럼 옷도 입지 못하고 그대로 이불을 두른 채 신발도 신지 못한 맨발로 달려나오는 부처를 만나게 된다.

그 부처가 바로 어머니였던 것이다.

이에 크게 깨달은 양보는 이런 말을 하였다.

"부처님은 집안에 있다(佛在家中)."

임상옥은 '부처님은 집안에 있다'는 유명한 선화를 남긴 양보의 이야기처럼 어쩌면 담 너머에서 입지도 않는 자신의 옷을 빨아 너는 어머니야말로 부처가 아닌가 하는 생각을 하였다.

그 길로 추월암으로 돌아왔지만 몇날 며칠을 잠을 이룰 수 없을 만큼 고민하였다.

이대로 어머니건 세속의 일이건 잊어버리고 불도에 들어 마음자리를 보아 부처를 이루느냐, 아니면 환속하여 저잣거리로 나아가 또다시 장삿길로 나서 못 다한 선대로부터의 한을 푸느냐는 양자택일의 기로에서 임상옥은 번민하였다.

임상옥의 이런 고민을 눈치챈 사람은 임상옥의 사승(師僧)인 법천이었다.

울력이라 하여 임상옥이 암자에서 먹는 채소 같은 것을 심는 작은 채마밭을 가꾸고 있는데 법천 스님이 다가와 물어 말하였다.

"네가 무슨 고민이 있어 보이는데."

임상옥은 대답하지 않고 묵묵히 밭이랑을 고르고 있었다.

"걸행을 나갔다 돌아온 뒤부터 부쩍 말수가 적어지고 기운이 없어 보이더구나."

"스님."

마침내 임상옥은 사승에게 모든 것을 털어놓기로 결심하였다. 임상옥에게 있어 법천 스님은 스승이자 아버지였던 것이다.

그로서는 남에게 생전 처음으로 털어놓는 고백이었다.

5년 전 연경에서 있었던 일들, 장미령과의 만남, 5백 냥을 주고 그녀의 몸을 사서 자유의 몸으로 풀어준 일, 그로 인해 상점에서 쫓겨나게 된 사연. 그뿐인가. 의주의 상계에서 영원히 추방되어 어쩔 수 없이 시골 장터의 장돌뱅이로 돌아다니던 일, 아비의 비참한 죽음과 전염병으로 한꺼번에 죽은 두 동생 이야기, 그리고 며칠 전 찾아온 개성 상인 박종일로부터 받은 뜻밖의 거금 5천 냥. 그 돈이면 얼마든지 만상으로 자립할 수 있다는 모든 이야기를 임상옥은 낱낱이 털어놓았다.

마지막으로 임상옥은 탁발을 나가 어머니를 먼발치에서 보고 돌아왔다고 말을 하였는데, 갑자기 눈물이 쏟아져서 흐느껴 울기 시작하였다.

"네가 지금 고민하는 것은 다시 환속하여 산을 내려가느냐, 아니면 산속에 남아 계속 정진을 하느냐 그 둘 중의 하나 때문이 아니겠느냐."

스승의 질문에도 임상옥은 옷소매로 눈물을 닦을 뿐 아무런 대답도 하지 않았다. 마침내 제자 임상옥의 속마음을 알게 된 법천은 이렇게 말하였다.

"네가 어떻게 해야 좋을지 나는 모르겠다. 다만 네가 중속환이가 되고 싶다고 해도 네 맘대로 될 수 있는 것은 아니고 큰스님의 허락을 받아야 하는 것이 아니겠느냐."

'중속환이'란 중으로 있다가 퇴속하는 일을 말하는 것으로 어쨌든 환속하는 것은 중의 자유이긴 하지만 일단 사찰의 제일 큰 어른인 석숭 스님의 허락을 맡게 되어 있었다.

"일단 너를 대신해서 내가 큰스님에게 말씀을 드려보겠으니 기다려보도록 하여라. 큰스님께서 현명한 판단을 내려주실 것이다."

그날 밤.

임상옥은 큰스님에게 불려갔다. 큰스님 석숭이 머무는 암자는 추월암에서도 가장 후미진 곳이었는데 임상옥이 문안인사를 드리자 석숭은 큰소리로 말하였다.

"들어오너라."

저녁 공양 무렵 스승 법천으로부터 모든 사실을 큰스님에게 말씀드렸으니 곧 연락이 올 것이다라는 말은 들었지만 이렇게 당장 오늘밤에 자신을 부를 것이라고는 생각지 못하였으므로 임상옥은 석숭 큰스님의 방안으로 들어서면서 몹시 긴장하였다. 임상옥이 삼배를 올렸지만 석숭은 허공으로 얼굴을 돌린 채 눈길 한번 주지 않았다.

방안에는 호롱불 하나만 깜박이고 있을 뿐 어둡고 적적하였다. 밖으로는 바람이 세어졌는지 쏴아아— 소나무숲을 달려나가는 솔바람소리가 말밥굽소리처럼 들려오고 있었다.

그때였다.

어쩌다 방안으로 들어온 파리 한 마리가 날갯소리를 내면서 날아다니고 있었는데 그 파리를 가리키며 느닷없이 석숭이 긴 침묵을 깨트리며 입을 열어 말하였다.

"저 날아다니는 것이 무엇이냐."

"파리입니다."

"파리가 눈에 보이느냐."

"보입니다."

임상옥이 대답하였다. 그러자 석숭이 말하였다.

"그럼 파리를 잡아오너라."

임상옥은 파리채를 들고 날아다니는 파리가 잠시 날개를 쉬기 위해서 앉기를 기다려 파리를 잡았다. 죽은 파리를 문밖에 버리고 돌아오는 임상옥에게 느닷없이 석숭이 손가락을 들어 허공을 가리키면서 소리쳐 물어 말하였다.

"이게 무엇이냐."

임상옥은 석숭이 가리킨 손끝을 보았다. 그곳엔 아무것도 없었다. 그래서 임상옥이 대답하였다.

"허공입니다."

그러자 석숭이 다시 물었다.

"허공이 보이느냐."

"보이지는 않습니다."

"보이지는 않지만 허공이 있느냐."

"있긴 있습니다."

임상옥이 대답하자 석숭이 비로소 임상옥의 얼굴을 쳐다보며 말하였다.

"그럼 너는 그 허공을 잡아올 수 있느냐."

임상옥은 대답하였다.

"잡아오도록 하여 보겠습니다."

"그럼 잡아오도록 하여 보아라."

임상옥은 좀 전에 파리를 잡았던 파리채를 들어올려서 허공에서 빙빙 돌려보았다. 어느 한순간 임상옥은 파리채로 타악— 소리가 나도록 허공을 후려쳤다.

"잡았습니다."

임상옥이 대답하자 석숭이 말하였다.

"잡았으면 허공을 보여다우."

임상옥이 파리채를 들어올리자 석숭이 소리쳐 할(喝)을 하면서 말하였다.

"허공이 어디 있느냐. 보이지 않지 않느냐."

순간 석숭은 파리채를 들어 임상옥의 머리통을 세차게 후려쳤다. 임상옥은 무안해서 겸연쩍은 얼굴로 물었다.

"그렇다면 큰스님께오서는 허공을 잡을 수 있습니까."

"나야말로 잡을 수 있지."

단숨에 석숭이 대답하였다.

"그럼 허공을 잡아 보여주십시오."

"보여주다마다."

석숭이 갑자기 옷소매를 걷었다. 그는 두 손을 휘둘러 허공을 향해 내저었다. 어느 순간 그 손은 전광석화처럼 빠르게 임상옥의 얼굴을 향해 내리꽂혔다.

"이것이 내가 잡은 허공이지."

석숭이 잡은 손은 가차없었다. 코를 떼어낼 듯이 석숭은 임상옥의 코를 잡아 비틀었다. 저도 모르게 임상옥은 아야야— 하고 비명을 질렀다.

"내가 잡은 허공이야말로 진짜의 허공이다. 아야야 하고 비명까지 지르니까."

호되게 코를 잡아 비튼 후 임상옥의 비명소리를 듣고서야 석숭은 코를 풀어주고는 장난기 어린 얼굴로 물어 말하였다.

"아프냐."

"아픕니다."

그 순간 석숭의 손이 임상옥의 귀를 잡아 비틀었다. 이번에도 사정을 봐주는 일이 없었다. 얼마나 세게 잡아당겼는지 귀가 떨어져나갈 지경이었다. 석숭이 잡아 비틀었던 손을 풀어주면서 다시 물어 말하였다.

"아프냐."

"아픕니다."

그때였다.

임상옥이 대답하기를 기다렸다는 듯 석숭은 다시 임상옥의 입을 잡아 비틀었다. 입술이 찢겨져나갈 만큼 센 힘이었다. 임상옥은 비명을 지르려 하였지만 입술을 비틀고 있었으므로 신음소리조차 내지 못하였다.

"아프냐."

임상옥이 몸부림을 치자 석숭이 입술에서 손을 떼며 말하였다.

"아픕니다."

임상옥은 석숭이 또 다른 부위를 향해 무차별로 공격해 들어올 것 같아 물러서 도망치면서 말하였다.

"도대체 왜 이러십니까, 큰스님."

"꼬집어 아프지 않은 곳이 있다면 내 너를 풀어주리라. 때려 아프지 않은 곳이 있다면 내 허락할 것이다. 꼬집고 물어뜯어도 아프지 않은 곳이 네 몸에 있다냐."

임상옥은 가만히 생각해보았다. 큰스님의 질문처럼 내 몸 어딘가에는 꼬집고 물어뜯어도 아프지 않은 곳이 한곳이라도 있을 것인가. 스님이 벌써 잡아 비튼 코도, 귀도, 입도 모두 비명을 지를 만큼 아팠었다. 아프지 않은 곳이 있다면 손톱인가, 발톱인가. 아니다. 언젠가 생손앓이를 앓은 적이 있었다. 그때 얼마나 손가락이 아프던가. 손톱이야 아프지 않지만 손가락 역시 분명 아픈 곳이다. 그렇다면 머리카락인가. 머리카락은 분명히 신체의 일부이지만 그 자체로는 아프지 않다. 아프지 않기 때문에 스님들은 삭도로 머리카락을 잘라 삭발하지 않는가.

임상옥이 대답하였다.

"꼬집어 아프지 않은 곳이 내 몸에 한곳 있습니다."

"있다구. 어디인가."

석숭이 빙그레 웃으면서 말하였다.

"머리카락입니다."

임상옥이 대답하자 순간 석숭이 또다시 파리채를 들어 임상옥의 머리통을 세게 후려쳤다. 비명을 지르면서 임상옥은 머리를 부여잡았다.

"허어, 이놈 봐라."

석숭은 소리를 버럭 질렀다.

"아프지 않다면서 비명을 지른다."

석숭은 벌떡 일어서서 주먹을 들어 임상옥의 머리통을 냅다 쥐어박았다. 아이쿠― 임상옥은 방바닥에 쓰러졌다.

석숭의 주먹이 연속해서 임상옥의 머리통을 쥐어박고 있었다. 아이쿠 아이쿠― 임상옥은 비명을 지르면서 머리를 부여잡고 방안을 뒹굴고 있었다.

"이래두, 이래두냐."

석숭은 다짐하듯 물어 말하였다.

"이래두 아프지 않다구."

"아, 아픕니다."

임상옥의 입에서 아프다는 비명소리가 나오자 비로소 석숭은 소나기 주먹세례를 멈추었다. 숨이 가쁜 목소리로 석숭이 물었다.

"머리카락 말고 또."

"모, 모르겠습니다."

임상옥은 대답하였다.

"꼬집고 물어뜯어도 아프지 않은 곳이 어디인지 잘 모르겠습니다."

그러자 석숭이 정좌하여 앉으며 말하였다.

"내일 밤까지 그걸 알아 다시 오너라."

석숭은 다시 허공을 쳐다보면서 임상옥을 아는 체도 하지 않았다. 하는 수 없이 방을 물러나면서 임상옥이 말하였다.

"안녕히 주무십시오."

그날 밤 임상옥은 왜 자신이 그처럼 혹독하게 얻어맞고 코와 귀를 비틀려 고통을 당했는지 그 이유를 알지 못하였다. 또한 큰스님의 말대로 몸 어딘가에 아프지 않은 곳이 있던가, 있다면 그곳이 어디인가를 곰곰이 생각해보았다. 그곳을 발견하지 못하면 가면 갈 때마다 큰스님으로부터 얻어맞을 것이다. 대답을 해도 얻어맞고 대답을 하지 않아도 얻어맞을 것이다. 그렇다면 이인가. 이를 빼거나 잇병이 나면 이가 아프지만 그건 잇몸이 아픈 것이지 이 그 자체가 아픈 것은 아니다. 그렇다고 이라 대답하면 큰스님은 틀림없이 입을 벌려보라고 하고 이를 잡아당길 것이다.

그 다음날도 울력이 있어 임상옥은 채마밭에 나아가 거름을 주고 밭이랑을 고르고 있었는데 스승 법천이 와서 물었다.

"큰스님이 뭐라고 하시더냐."

임상옥은 어젯밤에 있었던 모든 일을 낱낱이 고하였다. 오늘 밤까지 그걸 알아 다시 가야 하는데 그 답을 알지 못해 이처럼 고민하고 있다고 말하자 법천이 이렇게 말하였다.

"큰스님이 그런 행동을 너에게 보여준 것은 환속하여도 좋다는 그런 대답을 하여 주신 것이다."

임상옥은 도저히 그 말의 뜻을 이해할 수 없었다.

"큰스님이 제 코를 비틀어 잡아당긴 그것이 어째서 제가 환속하여도 좋다는 허락의 뜻이나이까."

그러자 법천이 말하였다.

"어느 날 중국의 선승이었던 반산 스님이 저잣거리에 나갔다. 그는 시장에서 사람들이 돼지고기를 파는 장면을 물끄러미 지켜보고 있었더란다. 이때 한 사람이 도부(刀付)에게 다가와 이렇게 말하였다. '돼지고기 한 근을 주십시오.' 그러자 도부가 물어 말하였다. '어느 부위를 드릴까요.' 돼지고기를 사러 온 사람이 대답하였지. '제일 맛이 좋은 최상등의 고기를 주십시오.' 그러자 도부가 웃으면서 돼지고기를 가리키면서 말하였더란다. '손님, 어딘들 최상등품이 아니겠습니까.' 이 말을 들은 반산 스님은 크게 깨우쳐서 마침내 부처가 되셨다. 하기야 어느 고기든 최상등이 아니겠느냐. 부처님이 법당 안에만 계시면 어떻게 하겠느냐. 어느 부위든 다 맛좋은 고기인 것처럼 부처님은 마른 똥막대기 안에도 계시지 않겠느냐. 큰스님께서 네 코를 비틀고 귀를 잡아뜯고 머리통을 때린 것은 마치 어디든 다 맛있는 최상등의 고기가 아니겠느냐고 대답한 도부의 가르침과 같은 것이다. 열 손가락 물어서 아프지 않은 손가락이 없고 우리 몸 그 어디에도 때려 아프지 않은 곳이 어디 있겠느냐. 그러니 큰스님은 네가 산속에 머물러 부처를 이루기보다는 환속해서 저잣거리에 나아가 장사를 함으로써 상불(商佛)을 이루라는 깨우침을 내려주신 것이다."

"그러면 어떻게 하면 좋겠습니까. 대답을 하여도 얻어맞고 대답을 하지 않아도 얻어맞으니."

임상옥이 묻자 법천은 오늘 밤에 큰스님을 찾아가면 이렇게 이렇게 하라고 일러주었다.

그날 밤.

저녁 공양을 끝내고 임상옥은 조실로 찾아갔다. 문안인사를 드리자 방안에서 석숭이 큰소리로 말하였다.

"들어오너라."

임상옥은 짚신을 벗고 툇마루로 올라서서 방문을 열고 한 발을 방안에 밀어넣었다. 나머지 한 발은 아직 툇마루에 걸쳐 있는 자세였다. 들어오지도 나가지도 않는 자세로 계속 서 있자 석숭이 물어 말하였다.

"도대체 거기서 무엇을 하고 있느냐."

이에 기다렸다는 듯 임상옥이 대답하여 말하였다.

"큰스님, 제가 방을 들어오는 것입니까, 아니면 방을 나가는 것입니까."

임상옥이 묻자 갑자기 허공을 보며 딴청을 부리고 있던 석숭이 갑자기 번쩍— 안광이 번득이는 눈빛으로 임상옥을 노려본 후 이렇게 말하였다.

"밤바람이 차다. 들어와 앉거라."

밤바람이 차다는 큰스님의 말에 임상옥은 문을 닫고 들어와 무릎을 꿇고 앉았다.

"어찌되었느냐. 때려도 아프지 않은 나머지 한곳이 어디인가 알아 왔느냐."

"알아보았습니다."

임상옥은 대답하였다.

"알아보았다구. 그럼 그곳이 어디인가 대답하여 보아라."

그러자 임상옥은 자리에서 일어났다. 그는 들고 간 좌구(坐具)를 방바닥에 펼쳐 깔았다. 그러고 나서 그 위에 올라가 큰절을 세 번 하였다. 임상옥이 세 번을 절하자 새삼스럽게 석숭이 말하였다.

"네놈이 나를 죽어 있는 목불(木佛)로 본 모양이로구나. 당장 썩 나가거라. 이 날강도 같은 놈아."

석숭이 펄펄 뛰었으나 임상옥은 무릎을 꿇고 나서 이렇게 말하였다.

"이만 물러가나이다, 큰스님. 그동안 신세 많이 지었나이다. 부디 옥체보존하시옵소서."

임상옥은 그 길로 뒷걸음질쳐서 물러나왔다. 어쨌든 이로써 임상옥의 환속은 결정된 셈이었다. 큰스님 석숭은 기묘한 방법으로 임상옥에게 불도(佛道)보다는 상도(商道)를 통해서도 상불(商佛)을 이룰 수 있음을 깨우쳐준 것이었다.

그로부터 며칠 뒤.

임상옥은 추월암을 떠나게 되었다. 입산한 지 정확히 2년 하고도 두 달 만의 일이었다. 암자에 머무는 여러 대중에게 작별인사를 나누고 마지막으로 사승인 법천 앞에서 삼배를 올리자 그는 임상옥의 손을 잡고 말하였다.

"부디 성불하십시오. 나무아미타불 관세음보살."

"성불이라니요, 스님. 어린아이가 첫 걸음마를 떼어놓은 것에 불과할 따름이나이다."

부디 성불하시라는 말은 스님에게 나누는 덕담 중의 하나인데 열다섯 살 때부터 입혀주고 가르쳐주던 법천은 스승이라기보다는 친아버지 이상이었으므로 임상옥은 그 말 한마디에 가슴이 미어지는 듯하였다.

　그리고 임상옥이 마지막으로 찾아간 사람은 바로 석숭 큰스님이었다. 석숭과 나눈 작별인사는 짧은 한순간이었지만 이 한순간은 임상옥의 일생일대에 가장 큰 영향을 미치게 된다.

　찾아가 삼배를 올리자 석숭은 느닷없이 입을 열어 말하였다.

　"꽃을 한 송이 가져오너라."

　임상옥은 자신이 큰스님의 말을 잘못 들었나 하고 생각하였다.

　"무슨 꽃을 말입니까."

　임상옥이 물어 말하였지만 석숭은 다만 이렇게 말하였을 뿐이었다.

　"꽃을 한 송이 가져오라고 내 말하지 않았느냐."

　밑도 끝도 없는 큰스님의 명령이었다.

　큰스님의 명령은 지엄한 하늘의 명령이었으므로 임상옥은 어쩔 수 없이 꽃을 가져오기 위해서 방을 나섰다. 마침 암자에는 여름비가 내리고 있었는데 암자 앞마당에는 수국이 활짝 피어 있었다.

　원래 수국은 사찰 경내에 많이 심고 있는 관상용 식물인데 그 꽃의 보랏빛 빛깔로 인해서 이름을 자양화라고 부르기도 하였다. 암자의 뜨락에는 수국 말고도 원추리꽃도 피어나 있었다. 백합의 일종으로 노란 꽃이 활짝 피어나 있었고 그 꽃 위로 발이 굵은 여름비가 내리꽂히고 있었다. 언젠가 임상옥이 산에서 나무를 하고 내려오다가 경사진 비탈길에서 굴러 온몸에 타박상을 입은 적이 있었다. 그때 법천 스님은 원추리꽃을 찧어서 그 즙액을 임상옥의 온몸에 발라주었는데 신통하게도 그 즉시 환처에서 피멍이 사라지는 효험이 있었다. 그런 일이 있은 후부터 임상옥은 유난히 그 꽃에 대해 각별한 애정을 갖고 있었다.

마당에는 수국과 원추리 말고도 붉은 작약꽃이 활짝 만개되어 있었다.

임상옥은 비를 맞으며 그 꽃들을 물끄러미 바라보았다.

무엇을 꺾을 것인가. 원추리꽃을 꺾을 것인가, 아니면 작약꽃을 꺾을 것인가.

임상옥은 석숭의 뜻을 알지 못하고 있었다. 예로부터 도가(道家)에서는 제자가 먼 길을 떠나거나 여행을 떠나 기약 없는 작별을 할 때에는 제자로 하여금 꽃을 꺾어오라 명령하고 스승은 제자가 꺾어온 꽃을 보고 길흉화복을 점쳐주는 풍습이 전해져오고 있었다. 이를 화점(花占)이라 하였다.

석숭은 바로 화점을 쳐주기 위해서 임상옥에게 꽃 한 송이를 가져오라고 명령한 것이다.

그러나 임상옥은 그 어느 것의 꽃도 한 송이 꺾지 못하였다. 스님은 '꽃을 가져오라'고 명령하였지 '꽃을 꺾어오라'고 명령하신 것은 아닌 것이다. 꽃 한 송이를 가져가기 위해서 꽃 한 송이를 꺾는 것은 꽃의 생명을 빼앗는 일이다. 일찍이 큰스님으로부터 '사람을 살리는 칼'과 '사람을 죽이는 칼'의 의미를 철저하게 배워 깨달았던 임상옥은 꽃 한 송이라도 꺾는 것은 그것이 바로 살생임을 잘 알고 있었던 것이다.

임상옥은 수국도 꺾지 못하였다. 원추리꽃도 꺾지 못하였다. 작약꽃도 꺾지 못하였다. 그 어떤 꽃도 큰스님에게 바치기 위해서 꺾을 수는 없었던 것이다.

임상옥은 하는 수 없이 빈손으로 방안으로 들어섰다.

"꽃을 가져왔느냐."

허공을 바라보며 석숭이 물었다.

석숭이 정좌하여 앉아 있는 벽 뒤에 작은 탁상이 있었고 그 탁상 위에 놓인 화병 속에 한 무리의 붉은 꽃이 꽂혀 있는 것을 임상옥은 보았다.

이른바 배롱나무라 불리는 목백일홍의 꽃이었다. 이름 그대로 백일 동안이나 꽃이 피어 백일 동안이나 질 줄 모른다는 나무꽃이었다. 꽃은 7월부터 피기 시작해서 10월까지 쉬지 않고 피는데 다른 이름으로 자미화(紫微花)라고 부르기도 하였다. 스님들 간에는 나무의 껍질을 긁으면 잎이 흔들린다고 해서 간지럼나무라고도 부르는데 꽃이 오래가고 아름다운, 대표적인 사찰의 정원나무였다.

그 꽃을 본 순간 임상옥은 생각하였다.

저 화병 속에 꽂힌 백일홍 한 송이를 스님에게 바쳐 드리자. 그렇게 되면 나는 내 손으로 꽃을 꺾어 생명을 죽이지 않고서도 큰스님에게 꽃을 바쳐 드릴 수 있는 것이다.

"꽃을 가져왔느냐고 내 묻지 않았느냐."

석숭이 큰소리로 다시 말하였다.

"꽃을 가져왔습니다."

"그렇다면 꽃을 내게 보여다우."

임상옥이 성큼성큼 걸어 꽃병 속에 꽂힌 백일홍의 나뭇가지를 뽑아들었다. 그는 그 꽃 한 송이를 석숭에게 두 손으로 받쳐 올렸다.

그러나 석숭은 그 꽃을 흘깃 본 채 받으려 하지 않았다. 하는 수 없이 임상옥은 그 꽃을 다시 꽃병 속에 꽂아 넣었다. 그러고 나서 스님 앞에 무릎을 꿇고 앉았다.

그새 빗줄기가 더 굵어졌는지 쑤아아아— 숲을 뚫고 불어가는 바람에 실린 빗소리가 온 천지를 바닷속처럼 아득하게 가라앉히고 있었다.

"내 말을 잘 듣거라."

긴 침묵 끝에 석숭이 임상옥의 얼굴을 바라보며 말하였다.

"차 한 잔 마시겠느냐."

석숭은 주섬주섬 다기를 앞에 놓으면서 말하였다. 지금까지 한번도 큰스님으로부터 제대로 된 말, 제대로 된 시선 한번 받아보지 못했던 임상옥은 큰스님이 직접 차를 한잔 마시겠느냐면서 다기를 챙기자 몸둘 바를 몰라했다.

석숭은 미리 준비하여 두었던지 임상옥 앞에 준비한 잔 하나를 내밀었다. 그리고 나서 그 잔 속에 자신이 직접 차를 따랐다.

"차를 마시거라."

임상옥이 황송해서 두 손으로 잔을 들어올리면서 천천히 차를 마시는 동안 석숭은 입을 열어 말하였다.

"내가 하는 말을 명심토록 하여라. 너는 네 손으로 꽃을 꺾어 꽃의 생명을 꺾지는 않았으니 분명히 자비심을 갖고 있다. 장사란 것도 이와 마찬가지여서 돈을 벌기 위해서 남을 짓밟거나, 이(利)를 추구하기 위해 남의 생명을 끊어버리는 무자비한 일을 해서는 아니된다. 너는 남을 불쌍히 여기는 자비심을 갖고 있으니 반드시 장사로 큰 성공을 거둘 것이다. 또한 너는 방안에 있던 꽃을 들어 내게로 가져왔다. 너는 꽃을 가져오기 위해 먼 곳을 돌아 헤매지 않고 가장 가까운 곳에서 꽃을 발견하는 눈을 가졌다. 무릇 재화(財貨)란 멀리서 구하는 것이 아니라 가까이에 있는 것이며, 성공 또한 먼 곳에 있는 것이 아니라 자기 곁에 있는 것이다. 너는 가장 가까운 곳에 복(福)과 재화가 가득하다는 것을 알고 있다. 그리고 무엇보다 '가정의 화합이 모든 일을 이룬다(家和萬事成)'는 옛말을 실천하고 있으니 이 또한 복이 있을 징조가 아니고 무엇이겠느냐. 너는 방안에서 꽃을 구하였으니 평생 주색잡기와 같은 허망한 일로 세월을 허송하지는 않을 것이다."

임상옥이 차를 마신 후 잔을 내려놓자 석숭은 다시 가득 차를 따라주면서 말을 이었다.

"또한 너는 구한 꽃을 다시 제자리에 갖다 놓아두었다. 너는 모든 물건이나 사람이 제자리에 있어야 한다는 분수를 알고 있으니 반드시 복이 있을 것이다. 너는 모든 천하만물이 반드시 제 있어야 할 자리에 있어야 할 것을 잘 알고 있다. 장사도 이와 같다. 장사란 사람이 하는 것인데 모든 사람에게도 대소귀천(大小貴賤)이 없는 것이다. 이 세상에는 큰 사람도 작은 사람도 없고, 날 때부터 귀한 사람도 천한 사람도 없는 것이다. 사람을 부릴 때 있어 차별하지 말고, 사람을 대할 때 있어 크고 작음을 논하지 말아야 한다. 또한 네가 선택한 꽃은 배롱나무의 꽃이었다. 배롱나무꽃은 가장 오래 피는 꽃이 아니더냐. 배롱꽃은 죽은 꽃잎에서 계속 새순이 나와서 가을이 될 때까지 한 번도 꽃이 지지 않는다. 이와 마찬가지로 너의 재물은 계속 늘어만 가고 너의 상업은 계속 번창하여 나갈 것이다."

임상옥이 마시는 찻잔이 비자 그 잔 속에 다시 찻물을 부어내리면서 석숭은 말을 이었다.

"…그러나 한 가지 아쉬움이 있다. 그것은 배롱나무는 과실나무가 아니어서 먹을 수가 없다는 점이다. 결국 너의 상운(商運)과 영화는 계속 뻗어나가겠지만 그것은 너의 당대에만 그칠 뿐 그 열매는 자식 대에 이를 때까지 맺지는 못할 것이다. 그러하니 이제부터 내가 하는 말을 명심하여 듣거라."

석숭은 큰기침을 하였다.

밖에 내리는 빗줄기가 한층 기승을 부리기 시작하였는지 번쩍 번

개가 일더니 하늘이 쪼개지는 듯한 뇌성이 뒤를 이었다. 석숭은 지금까지의 덕담과는 달리 임상옥의 장래에 대해 여러 가지 예지를 전하기 시작하였다.

"너는 반드시 살아감에 있어 세 번의 큰 위기를 맞이할 것이다. 그 큰 위기가 있을 때마다 너는 이를 잘 극복해 나갈 것이지만 만약 그렇지 못한다면 하루아침에 멸문지화를 당하게 될 것이다."

임상옥은 숨조차 쉬지 못하고 그 자리에 얼어붙은 듯 긴장하면서 스승의 말을 귀기울여 들었다.

"…어떻게 하면 그 위기를 벗어날 수 있겠습니까."

임상옥이 물어 말하자 석숭은 한동안 입을 다물고 묵묵부답하였다. 긴 침묵이 흐른 뒤 느닷없이 석숭은 소리를 내어 말하였다.

"먹을 갈도록 하여라."

임상옥이 시키는 대로 먹을 갈자 석숭은 붓을 들어 먹을 듬뿍 묻힌 후 종이를 펼쳐 내리찍듯이 글자를 써내렸다.

그것은 '死' 자 한 자뿐이었다.

석숭은 한 글자를 쓰고 나서 임상옥을 쳐다보며 물어 말하였다.

"이 자가 무슨 자인 줄 아느냐."

"물론입니다."

임상옥이 대답하였다.

"그러하면 이 자가 무슨 자이냐."

"죽을 사(死) 자입니다."

"그렇다."

석숭은 머리를 끄덕이며 말하였다.

"이 죽을 사 자가 너를 반드시 첫 번째 위기에서 살려줄 것이다. 다른 방법은 없다. 오직 이 죽을 사 자 한 자뿐이다. 그러나 두 번째 위기는 다르다. 그 어떤 묘책도, 그 어떤 방법도 너를 살려주지는 못할 것이다."

임상옥은 온몸을 떨었다.

"만약에 네가 그 위기를 벗어나지 못한다면 너는 반드시 능지처참을 당할 것이다. 문제는 네가 첫 번째 위기는 위기임을 알겠으나 두 번째 위기는 위기라는 것을 깨닫지 못하는 데에 있다. 위기를 위기로서 직감할 때는 헤어날 방법이 반드시 있는 법이다. 그러나 위기를 위기로서 인식하지 못할 때에는 자신도 모르게 멸문의 길로 나아가는 것이다. 그러므로 명심하여라. 모든 일이 순조롭게 잘 풀릴 때 그때가 가장 위험한 고비가 아닐까 생각하여라."

"위험한 고비임을 깨달았을 때엔 어떻게 하여야 제가 살아나겠습니까."

임상옥이 묻자 석숭은 물끄러미 임상옥의 얼굴을 바라보았다. 그러고 나서 빙그레 웃었다. 그는 임상옥이 볼 수 없도록 몸을 돌려 앉았다. 그는 다시 붓에 먹을 묻혀 종이 위에 무엇인가를 써내렸다.

석숭은 먹물이 마르기를 기다려 그 종이를 겹겹이 접었다. 석숭은 다시 임상옥 쪽을 향해 돌아앉은 후 이렇게 말하였다.

"네가 살아날 방법이 이 종이에 씌어 있다. 그러나 절대로 잊어서는 안 된다. 함부로 이 종이를 펼쳐보아서는 안 된다. 그렇게 되면 너는 천기(天機)를 누설하여 반드시 하늘로부터 벌을 받게 될 것이다. 반드시 네가 최대의 위기에 봉착하였음을 깨달았을 때에만 이 종이를 펼쳐보아야 한다. 네가 살아날 수 있는 묘책을 얻을 수 있을 것이다. 내 말을 알아듣겠느냐."

"알, 알겠사옵니다."

임상옥이 꿇어앉은 채 말하였다.

석숭은 그 겹겹이 접은 종이를 임상옥에게 내밀었다. 두 손으로 이를 받아 임상옥은 몸에 깊이 간직하였다.

"그것으로 끝이 난 것은 아니다."

임상옥이 자신이 써준 종이를 품안에 소중히 간직하는 모습을 지켜본 석숭은 다시 말을 이었다.

"나머지 위기가 다시 한번 남아 있다."

"그 위기는 어떻게 벗어나야 합니까."

임상옥이 묻자 석숭은 말없이 임상옥이 마시던 잔을 집어들었다. 잔은 비어 있었다. 석숭은 그 잔을 임상옥에게 내밀어 말하였다.

"가져라. 이 잔은 내가 너에게 주는 선물이다."

어떻게 하면 위기를 벗어날 수 있겠느냐고 물었지만 그 질문에는 대답하지 아니하고 대신 마시던 잔을 선물하는 큰스님의 태도를 이해할 수 없었다.

"이 잔을 잘 갖고 있도록 하여라. 이 잔이 너의 마지막 위기를 잘 벗어날 수 있도록 도와줄 것이다. 뿐만 아니라 이 잔이 너를 전에도 없고 앞으로도 없을 전무후무한 거부로 만들어줄 것이다."

임상옥은 그 잔을 두 손으로 받았다. 아주 평범한 찻잔이었다. 오히려 술잔에 가까우리만치 속이 깊은 일종의 고배(高杯)였다. 어째서 이 평범한 찻잔이 임상옥이 맞닥뜨릴 위기에서 그를 구해줄 비기(秘器)가 될 수 있음인가.

"이젠 그만 가거라. 그리고 산을 내려가면 그 즉시 이곳을 잊어버리고 다시는 되돌아오지 말아라."

임상옥은 석숭 스님이 주신 그 잔을 걸망 속에 소중하게 집어넣었다.

"마지막으로 말하거니와 네 생각과 네 뜻과 관계없이 네가 한푼이라도 손해를 보는 일이 있으면 그때가 네 상운이 다한 것을 알고 네가 가진 것 모두를 남에게 나눠 주고 장사에서 손을 떼어라. 현명한 사람은 지붕에서 한 방울의 낙숫물이 떨어지는 모습을 보는 순간 얼마 안 가서 지붕이 무너져내리는 것을 미리 짐작하여 알게 되느니라. 다시 한번 말하겠거니와 다시 나를 찾아오거나, 이곳을 찾아온다면 그땐 네놈의 대갈통을 부숴버리겠다. 네놈은 이제 이 산속에서는 죽은 놈이요, 저잣거리에서는 살아 있는 놈이다. 산속의 일들은 모두 너의 전생에 불과하니 전생을 기웃거리지 말지어다. 알겠느냐."

"알겠습니다."

임상옥이 대답하자 석숭은 곧 입을 다물었다. 그로 그만이었다. 그는 허공을 볼 뿐 다시는 임상옥을 향해 말하지도, 보지도 아니하였다. 임상옥이 물러가며 마지막으로 삼배를 하여 예를 드렸지만 석숭은 본 척도, 들은 척도 하지 않았다.

그새 비는 그쳐 있었고 석숭에게서 물러나온 그 즉시 임상옥은 암자를 떠났다.

2년 하고도 두 달 만에 도원이라는 승려에서 또다시 만상으로 돌아온 임상옥이 제일 먼저 한 일은 사람을 풀어 박종일을 만난 일이었다.

임상옥은 박종일로부터 거금 5천 냥을 받게 되었으며 그로 인해 장사꾼으로 기사회생할 수 있게 된 것이었다. 헤어질 무렵 박종일은 임상옥의 앞에서 의관을 정제하여 이렇게 말하지 않았던가.

"이제부터 임 대인을 장사에 있어 저의 형님으로 모시겠나이다. 앞으로 임 대인께오서는 저의 형님이자 주인이시나이다."

임상옥이 박종일을 생각해낸 것은 그가 개성을 중심으로 상업을 하는 송상이었기 때문이었다. 비록 박종일이 홍득주의 공금을 다시 갚아주어 의주 상계에서 복권되었다고는 하지만 여전히 의주 상인들로부터 따돌림을 받고 있었다. 임상옥에게는 새로운 동업자가 필요했다.

새로운 동업자로 개성 상인 중의 한 사람인 박종일이 가장 필요한 사람이었던 것이다.

이 무렵 개성 상인들은 의주 상인들과는 달리 전국적인 유통망을 장악하고 있었다. 그들은 중국과의 무역뿐 아니라 일본과의 무역에도 활약하고 있었다. 일본과의 무역에는 왜관개시로 인해 주로 동래의 내상(來商)들이 활약하고 있었지만 개성 상인들이 깊숙이 관여하고 있었다. 중국과 일본의 모든 대외무역은 개성 상인들에 의해서 장악되고 있었으며 삼각무역의 주도권은 당연히 송상들의 독무대였다.

재기하여 또다시 만상으로 나서는 임상옥에게는 이제 새로운 동업자, 전국의 유통망을 가진 유능한 개성 상인 중의 한 사람이 필요했던 것이다.

박종일은 그 적임자 중에서도 으뜸이었다. 그는 대대로 개성에서 상인을 하던 송상의 가문이었을 뿐 아니라 정조 때에 이루어진 신해통공(辛亥通共)으로 사라져버린 개성의 난전까지 장악하여 나름대로의 조직적이고 광범위한 상업망을 가지고 있던 사상이었다. 이 조직망, 즉 송방(松房)을 통해 박종일은 각 지방의 생산품을 싸게 매점했다가 다른 곳에서 판매하여 차익을 노리거나, 발빠른 정보를 통해서 손쉬운 유통을 꾀하는 전형적인 개성 상인이었다.

임상옥과 박종일의 만남은 절묘한 조화였다. 임상옥이 대외무역의 귀재였다면 박종일은 내수 유통의 천재였다. 임상옥이 중국과의 무역에 최고의 상재를 갖고 있었다면 박종일은 조직과 경영의 뛰어난 상재를 갖고 있었다. 임상옥이 상도의 달인이었다면 박종일은 상술의 달인이었던 것이다.

박종일로서도 임상옥의 제의를 마다할 이유가 없었다. 중국말에 능통하여 막힘이 없는 임상옥의 재능이 필요하였으며, 누구보다 중국통이었던 임상옥이 아니고서는 중국과의 무역에서 살아남지 못하리라는 것을 꿰뚫어 보고 있었던 것이다.

그리하여.

두 사람은 1806년 8월의 한여름, 나란히 의주를 출발하였다. 임상옥으로서는 다섯 번째의 여행길이었지만 장사꾼으로서 재기에 나선 의미있는 여행이었으므로 초행길과 다름이 없었다.

박종일이 준 은 5천 냥으로 임상옥은 홍삼 2백 근을 샀다. 당시 인삼은 생산이 부진하여 일정량 이외에는 수출이 금지되고 있었다. 임금에게 바치는 어공삼(御供蔘)까지 부족할 지경이었던 것이다. 임상옥이 질 좋은 홍삼을 2백 근이나 확보할 수 있었던 것은 모두 박종일의 수완 때문이었다. 임상옥과 박종일은 무인지대의 황야에서 이틀 밤을 야숙한 후 책문에 이르러 말을 풀고 방물들을 지고 갈 청인 네 사람을 따로 사들였다.

박지원은 《열하일기》에서 이곳의 이국 표정을 다음과 같이 묘사하였다.

'만주 사람들은 수수밥을 젓가락으로 집어먹는다. 생파도 그냥 오득오득 씹어서 먹는다. 닭은 날개와 꽁지의 터럭을 다 뽑아버리고 기르는데 이렇게 하면 닭의 몸에 이도 없어지고 빨리 큰다고 해서 심한 닭은 꽁지와 터럭은 전부 뽑아버리고 붉은 몸뚱이 살코기만 걸어 다닌다.'

박지원이 표현하였던 대로 닭조차 붉은 알몸뚱이로 걸어다니는 낯선 이국의 땅. 그 먼 길을 임상옥은 또다시 출발하였던 것이다. 임상옥은 박종일의 청대로 장미령에게 받았던 속치마 한 벌을 방물 깊숙한 곳에 소중히 간직하고 있었다.

또한 임상옥은 두 가지의 물건을 품속에 같이 간직하고 있었다. 그 물건은 임상옥이 평생 동안 소중하게 간직하고 있었던 물건이었는데 모두 석숭 스님으로부터 받은 것들이었다.

하나는 석숭 스님이 두 번의 큰 위기가 찾아왔을 때 그 위기를 벗어날 수 있는 비책으로 써준 종이였고, 또 하나는 술잔이었다. 임상옥은 그 종이를 비단 주머니에 넣어 간직하고 있었다. 언제나 어디서나 품속에 간직하고 있었을 뿐 그 내용을 사전에 펼쳐본 일은 없었다. 그러나 마지막으로 주신 술잔은 달랐다.

석숭 스님은 그 술잔에 특별한 금기(禁忌) 사항을 덧붙이지 않았기 때문에 임상옥은 그 술잔을 품속에 소중하게 간직하고 있었지만 이따금 그 술잔을 꺼내어 유심히 살펴보곤 하였다.

어째서.

이 잔이 내게 위기를 극복할 수 있는 행운을 가져다줄 수 있다고 말씀하셨을까. 이 술잔이 어떤 신통력이라도 갖고 있단 말인가. 마치 흥부네 제비가 물어다 준 박씨처럼 그 안에서 무엇이든 원하면 귀한 보화들이 가득가득 흘러넘치며 쏟아져 나올 수가 있단 말인가.

보면 볼수록 아무런 특징이 없는 술잔이었다. 그러나 그 잔에는 단 하나 다른 잔과 다른 점이 있었다.

작은 술잔 안쪽에 글자가 새겨져 있다는 점이었다.

처음에 임상옥은 그 글자가 술잔을 빚을 때 생긴 잡티인 줄로만 알고 있었다. 그러나 그게 아니었다. 햇볕 밝은 곳에 비춰보자 자질

구레한 홈인 줄 알았던 그 잡티가 글자의 모양임이 분명히 드러나고 있었다. 임상옥은 한 자 한 자 그 글자를 읽어보았다.

첫 글자는 계(戒) 자였다.

그러나 두 번째 글자는 제대로 보이지 않았다. 시선을 집중해서 바라보자 마침내 두 번째 글자를 판독할 수 있었다. 그것은 영(盈) 자였다. 세 번째와 네 번째 글자는 쉽게 읽을 수 있었다.

그것은 기(祈) 자와 원(願) 자였다. 이를 합쳐서 읽어보면 다음과 같다.

'계영기원(戒盈祈願)'

그러나 술잔에는 연이어서 또 다른 네 자의 글씨가 새겨져 있었는데 그 내용은 다음과 같았다.

'여이동사(與爾同死)'

그 여덟 자의 글자를 모두 적어보면 다음과 같다.

'戒盈祈願 與爾同死'

이 말은 도대체 어떤 의미를 갖고 있는 것일까.

그 문장의 뜻을 직역해본다면 다음과 같다.

'가득 채워 마시지 말기를 바라며 너와 함께 죽기를 원한다.'

이게 도대체 무슨 뜻일까.

문장의 해석은 어렵지 않으나 그 의미는 무엇인가. 가득 채워 마시지 말라는 것은 무엇을 의미하는 것일까. 이 잔에 물이든 술이든, 무엇이든 가득 채워 마시지 말라는 뜻인가. 그렇다면 '너와 같이 죽기를 원한다'는 뜻은 도대체 무엇인가. 누가 누구와 함께 죽기를 원한다는 뜻일까.

2

임상옥은 박종일과 함께 의주를 떠난 지 40여 일 만에 마침내 연경에 도착하였다. 출발할 때는 8월이었는데 도착하였을 때는 9월 하순이었다.

임상옥으로서는 5년 만에 찾아온 연경이었지만 예나 다름없이 눈부시고 호화로운 곳이었다. 임상옥이 5년 전에 찾아왔을 때만 해도 홍삼은 시매품(試買品)이었다. 그러나 그 사이 완전히 인삼은 백삼에서 홍삼의 시대로 넘어간 후였다. 아니, 홍삼의 인기는 가히 절정에 이르고 있었다. 게다가 이 당시만 해도 인삼의 흉작으로 절대량이 부족하였으므로 부르는 대로 값을 받을 만큼 인기가 있었다.

낯익은 여인숙에 거처를 정하고 거래가 있던 약종상들에게 연락을 취하자마자 삽시간에 중국 상인들이 몰려들었다.

홍정은 이틀을 끌었다. 하루 만에 끝날 수도 있었지만 보다 더 높은 가격을 받기 위해 임상옥이 값을 올려 불러 자연 낙찰가격이 늦게 형성되었기 때문이었다.

생각보다 높은 가격으로 인삼을 모두 팔아넘긴 바로 그날 저녁 박종일은 기다렸다는 듯 임상옥에게 말을 하였다.

"이젠 형님 저와 함께 가실 곳이 있습니다."

함께 여행하는 40여 일 동안 두 사람은 호형호제하는 사이가 되어버린 것이다.

"갈 곳이라니."

"형님."

박종일이 빙그레 웃으면서 말하였다.

"우리가 인삼을 팔아넘기기 위해서만 연경에 온 것은 아니지 않습니까. 형님이 한밑천 잡았다면 저도 이제부터 한밑천 잡아야 하지 않겠습니까."

그리고 나서 박종일은 말을 이었다.

"이제는 그토록 형님을 만나고 싶어하는 인물이 도대체 누구인가 그 정체를 밝혀야 하지 않겠습니까."

박종일의 말은 사실이었다.

박종일은 임상옥에게 거금 5천 냥을 주어 그를 장사꾼으로 기사회생케 하였다. 그러나 따지고 보면 임상옥에게 그런 거금을 준 사람은 박종일이 아니라 정체를 알 수 없는 수수께끼의 인물이었던 것이다. 박종일은 다만 심부름꾼에 불과하였다. 그렇다면 도대체 누구일까. 몇 년 동안 줄곧 연경에 들르는 조선 상인들에게 임상옥의 행방을 수소문하던 그 사람은 도대체 누구일까.

임상옥은 방물 속에 깊이 간직하였던 장미령의 속옷을 따로 챙겨 들고 박종일을 따라 거리로 나섰다.

박종일이 간 곳은 동인당(同仁堂)이란 한약방이었다. 지금도 연경에 남아 있는 유명한 중약점인 이곳은 17세기부터 내려오는 전통 있는 약방인데 임상옥이 연경을 드나들 당시에도 가장 크고 유명한 약방이었다.

지금도 이 약방 바로 앞거리에는 서커스를 공연하는 잡기단(雜技團)이 있지만 당시에는 중국의 만담을 공연하는 간이극장이 마련되어 있었다. 중국의 만담을 시앙성(相聲)이라고 부르는데 중국 사람 중에서도 한족이 이를 무척 좋아하고 있었다. 이 거리 일대에는 항상 사람들이 들끓어 발 디딜 틈이 없었다.

약방에 들어서자 박종일이 임상옥에게 말하였다.

"여기서 잠깐 기다려 주십시오, 형님."

박종일은 매장에 다가가서 점원에게 무어라고 말을 한 다음 뒷문으로 사라졌다. 박종일은 간단한 일상회화쯤은 할 수 있을 정도로 중국말을 구사하고 있었다.

　임상옥은 사람들로 가득 찬 매장에 우두커니 서 있었다.

　문 입구에서 병의 증상을 말하는 사람들과 진맥을 받는 환자들, 처방전을 들고 매장으로 가서 약을 조제 받는 사람들로 약방 안은 대만원을 이루고 있었다.

　생각보다 오랜 시간이 흐른 뒤 박종일이 나타났다. 그는 얼굴이 붉을 정도로 상기되어 있었다.

　"되놈들이 의심이 많다는 소문은 듣고 있었지만 어쨌든 형님 들어가시지요."

　뭔가 불쾌한 듯 씨부렁거리면서 박종일이 앞장섰다. 두 사람은 뒷문을 열고 좁은 통로를 걸어갔다. 통로 끝에 방 하나가 있었는데 살찐 남자 하나가 앉아 있었다. 전통적인 중국옷을 입고 있었고, 변발을 하고 있었다.

　"대인어른."

　박종일은 서툰 중국어로 먼저 입을 열어 말하였다.

　"임 대인을 모시고 왔습니다."

　그러나 그 살찐 남자는 자리에서 일어나지 않고 앉은 채로 거만하게 임상옥을 쳐다보았다. 박종일이 상기되어 불만을 털어놓을 만큼 의심이 가득 찬 얼굴 표정이었다.

　"이분이 바로 의주에 살고 있는 조선 상인 임·상·옥입니다. 바로 대인께서 찾으시던 그분입니다."

　박종일이 말을 덧붙였지만 그는 여전히 표정 없는 얼굴로 물끄러미 임상옥의 얼굴을 쳐다보고 있을 뿐이었다.

"형님, 가져오신 그 옷을 꺼내놓으시지요."

답답해진 박종일이 채근하듯 임상옥에게 다그쳤다. 임상옥은 갖고 온 장미령의 속옷을 탁자 위에 펼쳐놓았다. 그러자 박종일이 그 비단옷 위에 쓴 '의주상인 임상옥(義州商人 林尙沃)'이란 일곱의 글자를 하나하나 손으로 짚어내리면서 말을 하였다.

"대인어른, 이분이 바로 여기에 씌어 있는 의주 상인 임상옥 바로 그 사람입니다."

박종일이 소리 높여 설명하였지만 그 사람은 묵묵부답이었다.

"미치고 환장하겠네."

박종일은 조선말로 씨부렁거리면서 투덜거렸다. 그때였다. 살찐 남자가 임상옥에게 입을 열어 말하였다.

"당신이 임 대인 맞습니까."

"그렇습니다."

그러자 그 사람은 이렇게 말을 이었다.

"나는 지금까지 자신이 임상옥이라는 조선 사람을 세 명이나 만났습니다. 그러나 모두 진짜의 임상옥이 아닌 가짜의 임상옥이었습니다. 그러므로 대인어른께오서는 이곳에 똑같은 글씨를 한번 써보여주시지 않겠습니까. 예부터 얼굴은 속일 수 있지만 글씨는 속일 수 없다는 말이 있지 않습니까. 필체와 수결(手決)은 딴 사람이 흉내낼 수 없으니까요."

지금까지 진짜가 아닌 가짜 임상옥을 세 명이나 만났었다는 사내의 말을 듣고 보니 의심을 품고 있는 그의 표정이 당연하다는 느낌이 들었다.

임상옥은 그의 속마음을 이해할 수 있었다. 미리 준비하여 놓은 듯 탁자 위에는 종이와 붓이 놓여 있었다.

"써보시지요, 형님."

옆에서 박종일이 종이와 붓을 가리키며 재촉하였다. 그의 얼굴에는 자존심을 상한 기분 나쁜 표정이 여실히 드러나 보이고 있었다.

임상옥은 붓을 세워들었다.

평생을 장사꾼으로 보낸 임상옥이었지만 그의 글솜씨만큼은 당대의 문사를 뛰어넘을 만큼 달필이었다. 이 모든 글솜씨는 그가 추월암에서 은사 스님이었던 법천으로부터 배우고 익힌 것들이었다.

임상옥은 종이 위에 비단 속옷에 자신이 쓴 문장대로 똑같이 써 내리기 시작하였다.

'義州商人 林尙沃'

임상옥이 글씨를 다 쓰자 기다리고 있었다는 듯 옆에 선 박종일이 탁자 위에 놓인 비단 속옷 위에 쓰인 같은 문장을 가리키면서 먼저 입을 열어 말하였다.

"보시오, 대인어른. 같은 글씨, 같은 필체가 아닙니까."

흥분하면 자연 목소리가 커지는 다혈질의 박종일의 목소리와는 달리 그러나 중국 사람의 표정은 조금도 달라지지 않았다.

"어떻습니까."

재차 박종일이 반응을 묻자 중국 사람은 천천히 고개를 돌리면서 말하였다.

"당신이 데려온 저 사람은 임상옥 대인이 아닙니다. 그러니까 저 사람도 진짜가 아닌 가짜의 임상옥입니다."

중국 사람은 천천히 찻잔에 뜨거운 찻물을 따라서 마시면서 말을 이었다.

"당신이 데려온 저 사람은 내가 만난 네 번째의 가짜입니다. 그러므로 돌아가십시오."

주인이 느릿느릿한 목소리로 그러나 분명하게 말을 하자 박종일은 몹시 화가 난 목소리로 조선말로 소리를 높여 말하였다.

"아이구, 환장하겠네 정말."

박종일은 답답하다는 듯 임상옥을 쳐다보면서 말하였다.

"뭐라고 말씀하세요, 형님. 정말 미치고 환장하겠네."

그렇지 않아도 짧은 중국말로 더듬더듬거리면서 간신히 의사소통을 하고 있었는데 사정이 이쯤되자 더 이상 못 참겠다는 듯 박종일은 임상옥에게 구원을 청하였다.

"어째서입니까."

임상옥이 마침내 익숙한 중국말로 물어 말하였다.

"어째서 당신이 찾는 임상옥이 아니라는 것입니까."

중국인을 능가할 만큼의 언어를 구사하는 임상옥을 보자 주인은 비로소 관심을 보이면서 대답하여 말하였다.

"그것은 당신이 쓴 글씨가 옷 위에 쓴 글씨와 같지 않기 때문입니다. 내 말을 못 믿겠으면 직접 자세히 살펴보시기 바랍니다."

순간 임상옥은 당황하였다.

내가 쓴 글씨가 비단 속옷 위에 쓴 글씨와 같지 않고 다르다니. 어째서 그럴 수가 있단 말인가. 저 비단 속옷은 분명히 내가 5년 전 헤어질 때 장미령에게 사는 곳과 이름을 적어주었던 바로 그 속옷이 아닐 것인가.

비록 불빛이 어두워 자세히 본 적도 없고 알몸에 당황하여 유심히 살펴본 적은 없었지만 이 흰 비단 속옷이야말로 그날 밤 장미령이 내밀던 바로 그 옷이 아닐 것인가.

그렇다면 도대체 어떻게 된 것일까.

임상옥은 그제야 탁자 위에 놓인 속옷 위에 쓴 글씨를 찬찬히 살펴보았다. 임상옥은 박종일로부터 그 속옷을 전해받았을 뿐 한번도 제대로 펼쳐서 자신이 썼던 글자를 확인해본 적이 없었다. 출가한 사문으로서 여인의 속옷은 여인의 육체를 탐하는 욕정 이상의 의미를 지니고 있기 때문에 감히 펼쳐보기조차 못하고 있었기 때문이었다.

비단 속옷 위에 쓴 글자를 확인한 순간 임상옥은 몹시 당황하였다.

"아니."

임상옥은 탄식하여 말하였다.

"이게 도대체 어떻게 된 일인가."

임상옥은 조선말로 중얼거렸다.

"왜요. 무슨 일입니까."

곁에서 임상옥의 일거수일투족을 지켜보던 박종일이 성급하게 끼어들었다.

"이 글씨는 내 글씨가 아니야."

임상옥이 중얼거리자 박종일이 영문을 모르겠다는 표정으로 말을 받았다.

"귀신이 곡할 노릇이네. 이 글씨가 형님 글씨가 아니라니요."

분명히 그 글씨는 임상옥 자신의 필체가 아니었다. 자신의 필체를 교묘히 흉내내고 있을 뿐 분명히 자신의 글솜씨는 아니었던 것이다.

"자세히 보세요, 형님. 형님이 잘못 보셨겠지요."

"내 글씨를 내가 모를 사람처럼 보이는가."

임상옥이 담담하게 되풀이 말하자 박종일은 붉으락푸르락하였다.

"그렇다면 도대체 어떻게 된 겁니까. 난 분명히 저 중국 영감한테 이 비단 속옷을 전해받았습니다. 그리고 이 옷 위에 쓴 '의주 상인 임상옥'을 찾아달라는 부탁까지 받았습니다. 임상옥을 찾으면 5천 냥을 주라는 약속어음까지 받았습니다. 그뿐인 줄 아십니까. 형님을 찾아오면 그 금액의 두 배에 해당하는 배상금을 준다는 증서까지 받았습니다. 그런데 형님 글씨가 아니라구요. 이런 귀신이 곡할 소리가 어디 있습니까."

두 사람 사이에 오가는 조선말과는 상관없이 살찐 중국인은 묵묵히 찻물을 들이마시고 있을 뿐이었다.

임상옥은 침묵을 지키고 있는 중국인을 똑바로 쳐다보며 말하였다.

"대인어른, 이 옷 위에 쓴 글씨야말로 내가 쓴 글씨가 아닙니다."

임상옥의 설명에도 살찐 중국인은 묵묵히 차를 들고 있을 뿐 아무런 대답도 하지 않았다.

"대인어른께서 이 옷을 저 사람에게 주었다면 대인어른이야말로 사람을 속인 것입니다. 이 옷 위에 쓴 글씨는 내 글씨를 교묘하게 흉내내고 있을 뿐 내가 쓴 필체는 아닙니다."

임상옥이 부드럽게 말을 이었다.

"진짜의 속옷은 어디 있습니까."

말없이 차를 마시던 중국 사람이 천천히 일어섰다. 그는 방 한구석에 놓여 있는 벽장으로 다가갔다. 벽장문을 열고 포개어 쌓여진 서너 벌의 옷을 꺼내었다. 그는 그 옷을 가져다가 탁자 위에 놓았다. 임상옥과 박종일은 그 옷을 본 순간 어안이 벙벙하였다. 왜냐하면 같은 빛깔, 같은 옷감의 비단 속옷들이 겹겹이 포개져 있었기 때문이었다. 중국 사람은 그 옷을 함부로 펼쳐보였는데 어느 것이나 똑같은 글자가 같은 부분에 씌어 있었다. 모두 임상옥의 필체를 교묘하게 모방한 가짜의 옷들이었다.

"의주 상인 임상옥 대인을 찾는 일은 쉬운 일이 아니었습니다."

비로소 미소 띤 얼굴로 변하면서 중국 사람이 말을 꺼냈다.

"저는 왕조시(王造時)라고 합니다. 인사가 늦었습니다. 나중에 아시게 되겠지만 임 대인을 찾는 일은 보통 중요한 일이 아니었습니다. 그러나 조선에서 임 대인 한 분을 찾는 일은 황하의 모래밭에서 바늘 하나를 찾는 일보다 더 힘든 일이었습니다. 또 저마다 자신이 임 대인이라고 나서곤 했으니까요. 더구나 저는 임 대인을 만난 적도, 본 적도 없으므로 누가 과연 진짜의 임 대인인지, 아니면 가짜의 임 대인인지를 분간하기가 쉬운 일이 아니었습니다. 그래서 생각해냈던 것이 이 방법이었습니다."

그는 똑같이 복제된 옷들을 가리키면서 말을 이었다.

"내 앞에 나타난 가짜들은 옷 위에 쓴 글씨들을 흉내내고 있었던 가짜들일 뿐이었습니다. 그러나 이 옷 위에 쓴 글씨가 자신의 글씨가 아니라고 말한 사람은 대인어른 한 분뿐입니다."

중국인 특유의 의심은 결국 중국인 특유의 신중함을 나타냈다. 전세계를 휩쓰는 중국인들의 상술은 바로 이러한 신중함에서부터 비롯되는 것이다. 따라서 중국인들과의 만남은 처음에는 마음의 문을 열지 않는 탐색으로 인해 진전이 없으나 이 기간이 지나 우정이 생기면 그때는 혈연 이상의 깊은 관계가 성립된다.

"그러나 아직 남아 있는 일이 더 있습니다."

약방 주인은 다시 자리에서 일어났다. 벽장문을 열고 깊숙한 곳에서 나무상자 하나를 꺼내었다. 그는 그 상자를 탁자 위에 놓았다.

임상옥은 그가 펼치는 상자의 속을 들여다보았다.

그 안에는 눈부신 흰빛의 비단옷 한 벌이 들어 있었다. 그 속옷이야말로 진본(眞本)이었다. 한눈에 임상옥은 그 속옷이야말로 장미령이 입던 그날 밤의 바로 그 속옷임을 알 수 있었다.

중국인은 속옷 위에 �썬 글씨가 나오도록 펼쳐보였다. 그는 꼼꼼히 좀 전에 쓴 임상옥의 필체와 속옷 위에 쓴 글씨가 일치하는가를 살펴보고 있었다.

'고도(賈道)'

중국인들은 '상인의 길'을 고도라고 부른다. 이는 중국 상인들이 예로부터 쓴 용어인데, 특히 명나라 대에 이르러 '상인의 길', 즉 '고도'는 하나의 가치관으로 정립된다. 조선 상인들이 신용을 상도의 제1조로 치고 있었다면 중국 상인들의 고도 그 제1조는 신중함인 것이다. 중국인들은 가족이라 할지라도 잘 믿지 않는다. 그들은 상인을 볼 때 상인으로서의 자질이 있는가를 끊임없이 살펴보고 의심하고 시험한다. 따라서 중국인들은 '훌륭한 상인(良賈)'을 '위대한 유학자(閎儒)'와 동격으로 보았던 것이다. 신용은 세월을 두고 쌓아가는 것이지만 상인으로서의 자질을 살펴보는 것은 상인으로서의 천성을 꿰뚫어 보는 것이다.

면밀하게 임상옥이 쓴 글씨와 진짜의 비단옷 위에 쓴 글씨의 필체를 비교하여 검토해보던 중국인은 비로소 얼굴을 들고 만면에 미소를 띠며 말하였다.

"드디어 임 대인을 찾게 되었습니다. 대인어른, 지난 3년간 그토록 찾아 헤매던 임 대인의 모습을 이렇게 실제로 뵐 수 있게 되다니요."

3

다음날 오후.

임상옥이 묵고 있는 여인숙 앞으로 약속된 시간에 인력거 한 대가 도착하였다. 그 당시로는 드문 인력거였다. 임상옥과 박종일이 인력거 위에 앉자 쿠울리는 곧 어디론가 출발했다.

당시 중국은 바퀴의 문화라 할 수 있을 정도로 바퀴가 발달해 있었다. 말이 끄는 마차로부터 일반 백성이 사용하는 손수레에 이르기까지 바퀴는 익숙한 일상도구였다. 드물게는 사람이 끄는 일종의 인력거가 벌써 연경의 거리에서 사용되고 있었던 것이다.

임상옥과 박종일을 태운 인력거가 성안으로 들어서자 전문(前門)이 눈에 들어왔다.

인력거가 정양문을 지키는 파수병 앞에 멈춰섰다.

임상옥과 박종일은 몹시 긴장하였지만 인력거를 끄는 쿠울리가 가서 뭐라고 말을 하자 그들은 임상옥 일행을 그대로 무사통과시켜 주었다.

임상옥을 태운 인력거는 연경성의 정문인 정양문을 당당하게 지났다. 이곳부터 일반 서민뿐 아니라 웬만한 신분의 한족들도 함부로 드나들 수 없는 금지구역이었다. 이 내성은 명대에 완성된 구역으로 고궁을 중심으로 주로 관료들이나 만주 왕족들이 살고 있는 곳이었다.

그런 사실을 잘 알고 있는 임상옥으로서는 인력거가 내성으로 들어가 궁 안으로 가까이 가자 몹시 긴장하였다.

내성으로 들어서자 황제의 정원으로 알려져 있는 경산공원의 산이 멀리 보였다. 원래 이 산은 원나라의 세조인 쿠빌라이가 만든 인공 산으로 산정은 인위적으로 여섯 개가 만들어져 있었고 그 산정마다 정자가 세워져 있었다. 제일 높은 곳에 서 있는 정자의 이름은 만춘정(萬春亭)으로 이곳이 바로 연경 옛 내성의 중심지였다. 이 산의 높이는 43미터. 예나 지금이나 이 고성의 기와들은 황금빛으로 유명한데 임상옥이 인력거를 타고 지날 무렵에는 마침 해질녘의 석양이라 금색 기와가 눈부시게 빛나고 있었다.

"우리가 지금 꿈이라도 꾸는 건가. 형님, 이게 꿈이요, 생시요."

옆자리에 앉아 있던 박종일이 찬란하게 석양빛을 반사하고 있는 황금의 기와들을 바라보면서 감탄하여 말하였다.

"도대체 저 기와들은 하나하나 황금으로 만들어졌다고 하던데 그게 사실인가요."

조선의 변방에서 온 촌뜨기 상인의 눈에 비친 황제가 살고 있는 연경의 거리는 한마디로 황금의 궁전이었다.

인력거는 그 거리의 어느 집 앞에 섰다.

그 저택 앞에서는 미리 두 사람을 맞을 사람이 기다리고 서 있었다. 그는 어젯밤에 두 사람이 만났던 동인당 중약점의 주인이었다. 그는 만주족 특유의 변발을 하고 있었지만 실은 한족이었다. 중국을 정복하고 수도를 북경으로 정한 후 청나라의 세조는 치발령을 내려 전국민에게 정복민인 만주족의 두발형을 따라할 것을 명령하였다. 많은 한족들은 이에 항의하여 승려가 되거나 도사가 되기도 하였지만 어쩔 수 없이 이민족의 풍습은 자연스럽게 일반적인 풍습으로 굳어지게 된 것이다.

그는 석조로 만든 두 개의 사자상이 서로 마주보면서 지키고 있는 대문 앞에 서 있다가 두 사람이 나타나자 맞아들이며 말하였다.

"어서 오십시오, 임 대인."

임상옥은 안내하는 왕조시의 뒤를 따라 집안으로 들어섰다. 이미 날이 어두워 내정의 석등에는 불이 켜져 있었다. 안채로 들어가는 내정에는 큰 못이 있었고, 그 못 속에는 비단잉어들이 한가롭게 헤엄을 치고 있었다.

내전과 안채를 잇는 중문은 전형적인 중국 특유의 달 모습을 하고 있었다. 이 문을 넘기 전에 왕조시가 두 사람을 쳐다보면서 말하였다.

"잠깐만 여기서 기다려 주시겠습니까."

임상옥과 박종일은 중문 앞에서 기다리기로 하고 먼저 왕조시가 문 안으로 사라졌다. 그가 사라지기를 기다려 박종일이 숨죽인 소리로 말하였다.

"형님, 도대체 여기가 어딥니까. 죽어야만 갈 수 있다는 극락이 바로 여기가 아닙니까. 도대체 이게 꿈입니까, 생시입니까."

그러한 박종일의 호들갑과는 달리 임상옥은 묵묵히 침묵을 지키며 서 있었다. 그로서는 도저히 알 수 없는 일이 눈앞에서 벌어지고 있음이었다. 나를 찾는 이는 도대체 누구인가. 왕조시는 무슨 일로 나를 지난 3년 동안 중국인 특유의 신중함으로 찾아 헤매고 있었단 말인가. 아니, 다만 찾아 헤맨 것이 아니라 거금의 자금까지 풀어서 나를 기사회생케 하였다. 그는 개성 상인 박종일에게 이미 5천 냥의 어음을 발행하였으며 실제의 임상옥을 데려올 때는 그의 두 배에 해당하는 배상금을 주겠다고 약속하지 않았던가.

"도대체."

임상옥은 왕조시에게 물었다.

"왜 그렇게 나를 찾으셨습니까."

임상옥의 질문에 왕조시는 다만 이렇게만 대답하지 않았던가.

"내일이면 아시게 되실 것입니다, 대인어른. 나는 다만 심부름꾼에 불과할 따름입니다."

그렇다면 도대체 누구인가. 연경 제일의 중약점의 점주인 왕조시를 하인처럼 부릴 수 있는 정체불명의 그 사람은 누구인가. 이처럼 으리으리한 저택. 연경성의 정문인 정양문 안쪽의 내성은 청나라의 왕족들이나 살고 있는 별정지역. 이곳에 살고 있는 사람이라면 분명 청나라를 다스리고 있는 높은 벼슬의 왕족임에 틀림이 없을 것이다. 도대체 그러한 황족(皇族)들이 머나먼 조선에서도 변방에 있는 이름없는 한갓 장사치와 무슨 상관이 있을 수 있단 말인가.

이미 어둠이 내려 어두워진 중문 안쪽에서 왕조시가 나타났다.

"오래 기다리셨지요, 대인어른."

그는 길을 밝힐 수 있는 등을 손에 들고 있었다.

"들어가시지요."

두 사람은 중문을 지나 안채로 들어섰다. 안채의 마당에는 돌로 만든 석등들이 일렬로 서서 어둠을 밝히고 있었다.

안채는 더욱 화려하고 호사스럽게 꾸며져 있었다. 왕조시는 두 사람을 집안으로 안내하였다.

"박 대인은 이곳에 잠깐 앉아 계시고 임 대인만 저를 따라 들어오시지요."

왕조시는 박종일을 향해 말을 하였다. 박종일은 문간방에 남고 임상옥 혼자서만 왕조시를 따라 긴 복도를 걸어갔다. 어디선가 섬세한 손으로 켜는 듯한 감미로운 비파소리 같은 것이 들려오고 있었다. 복도 끝에는 커다란 방이 있었는데 천장에는 금박칠이 되어 번쩍거리고 방안에는 백랍으로 만든 촛대에 붉은 촛불이 깜박거리고 있었다.

"이곳에 앉아 기다리십시오."

왕조시가 빈 의자를 가리키면서 말하였다.

임상옥은 그 의자에 앉았다.

"잠시만 앉아 계시면 곧 한 분이 나타나실 것입니다."

왕조시는 정중하게 말을 한 다음 어디론가 사라졌다. 넓은 방안에 임상옥 혼자서만 남아 있게 되었다. 손님을 맞는 방으로 사용되는 곳인지 방안은 넓고 호화로웠다. 새해가 다가올 때마다 중국인들이 써 붙이는 '복'이라든가 '부', '귀' 같은 글자가 썬 붉은 종이들이 천장에 붙여져 있었다. 백랍촛대 위에서 타오르는 붉은 초 속에 향기로운 향료가 섞여 있는 듯 방안에는 은은한 향기가 배어 있었다.

그때였다.

임상옥이 앉아 있는 반대편 쪽에서 비단으로 드리워진 문장(門帳)이 열리더니 한 사람이 들어왔다. 임상옥이 앉아 있던 자리 뒤편이라 처음에는 눈치조차 채지 못하였다. 인기척이나 가벼운 발자국 소리 같은 것도 들려오지 않았으므로 임상옥은 누군가 방안으로 들어선 것을 알지 못하였지만 붉은 향초가 바람에 흔들리는 순간 임상옥은 누군가 방안으로 들어온 것을 알았다. 임상옥은 고개를 돌려 등뒤를 보았다. 쪽빛 비단으로 만들어진 휘장을 헤치면서 한 사람이 조용히 방안으로 들어서고 있었다.

본능적으로 임상옥은 앉았던 자리에서 몸을 일으켜 엉거주춤 섰다. 그러자 그림자처럼 소리없이 스며들어온 그 사람은 조용히 입을 열어 말하였다.

"일어서지 마세요, 대인어른. 그냥 앉아 계서도 됩니다."

임상옥은 앉지도 서지도 않은 자세에서 몸을 돌려 그 사람을 마주보았다. 그곳에는 부채를 들고 얼굴을 가린 한 여인이 서 있었다.

차면용(遮面用)으로 얼굴을 가리기 위한 부채였으므로 여인의 눈은 보였으나 얼굴은 전혀 보이지 않고 있었다. 여인의 눈이 임상옥의 얼굴을 정면으로 쏘아보고 있었다.

"대인어른."

여인은 여전히 부채로 얼굴을 가리고 서서 조용히 말하였다.

"오랜 세월이 흘렀지만 전혀 변하신 곳이 없으십니다. 아니, 전보다 더 체격이 커지고 당당해지셨습니다, 대인어른."

여인의 목소리가 가늘게 떨리고 있었다. 임상옥은 두근거리는 가슴으로 여인의 모습을 쳐다보았다. 여인은 머리를 둘로 가리마질하여 양옆으로 내려뜨린 머리 모습을 하고 있었다. 머리에는 호사스런 장식들이 매달려 있었다. 게다가 장통수(長筒袖)로 알려진 깊고 넓은 소매의 전형적인 호복을 입고 있었다. 이를 치파오(旗抱)라 하였는데 오른쪽 겨드랑이부터 아래를 특수한 끈단추로 잠그는 청나라 특유의 복장이었다.

"…누구신지요."

임상옥은 엉거주춤한 자세로 물어 말하였다. 그러자 여인은 역시 가늘게 떨리는 목소리로 말하였다.

"…저를 모르시겠습니까, 대인어른. 저는 한눈에 대인어른의 모습을 알아보았습니다. 벌써 5년의 세월이 흘렀지만 흐르는 세월도 대인의 모습을 바꾸지는 못하였습니다."

그제야 임상옥은 그 여인의 목소리가 낯이 익고 그 여인에게서 풍겨오는 체취가 낯이 익다는 생각이 들었다.

"지난 5년 동안 단 하루도 대인을 잊어버린 적은 없었나이다. 세월이 흘러갔어도 대인어른은 여전히 저의 시엔성이시며 저의 주인이시나이다."

순간 여인은 천천히 얼굴을 가렸던 부채를 떨어뜨렸다. 여인은 자신의 얼굴을 잘 보이게 하기 위해서 백랍촛대 위에 타오르고 있는 붉은 촛불 곁으로 바짝 다가섰다.

"이래도 제가 누구인지 모르시겠습니까, 대인어른."

임상옥은 가렸던 부채를 치운 여인의 맨얼굴을 바라보았다. 그 순간 임상옥은 심장이 멎는 것 같았다.

휘장을 걷고 나타난 그 여인은 장미령, 바로 그녀의 모습이었다.

장미령을 처음으로 만났을 때 그녀는 열다섯 살 처녀의 몸이었었다. 여인의 모습은 감히 지상에서 만날 수 있는 아름다움이 아닌 하늘이 낸 미색이었던 것이다. 5년의 세월이 흘렀어도 장미령의 아름다움은 여전하였다. 아니, 처녀의 몸이 아니라 귀부인으로 탈바꿈한 듯 예전보다 살이 다소 쪄 보였지만 그래서 더욱 원숙미가 풍겨나오고 있었다.

"대인어른."

여인의 얼굴에서 무엇인가 반짝이는 것이 흘러내리고 있었다. 그것은 눈물이었다.

"대인어른께오서는 설마 저를 잊지는 않으셨겠지요. 제가 누군지 아십니까."

"…알다마다요."

"그러하면."

장미령은 두 손을 모았다.

"절을 받으십시오."

장미령은 두 손을 모으고 허리를 굽혔다. 순간 황급히 임상옥이 다가가서 만류하여 말하였다.

"이러지 마십시오. 이러시면 아니되십니다."

그러자 장미령은 눈물 젖은 얼굴을 들어 임상옥을 똑바로 쳐다보면서 말하였다.

"대인어른, 대인어른은 5년 전에 제 몸을 사서 구해주셨습니다. 대인어른이 저를 구해주시지 않았더라면 아마도 저는 이미 강물에 몸을 던져 죽어버렸을지도 모릅니다. 이 몸은 살아도 대인어른의 것이며 죽어도 대인어른의 것이나이다. 대인어른께서 저에게 베풀어주신 은덕을 단 하루도 잊어버린 적이 없었습니다."

남에게 은혜를 베풀어주는 일은 어려운 일이다. 그러나 그보다 더 어려운 일은 타인으로부터 받은 은덕을 절대로 잊지 않는 일이다. 그런 의미에서 장미령은 의로운 사람, 즉 의인이었던 것이다.

"대인어른께오서는 여전히 저의 주인이시니 절을 받으셔야 합니다. 의자에 앉으십시오."

임상옥은 의자에 앉았다. 그러자 장미령은 정중하게 무릎을 꿇고, 아무것도 깔지 않은 맨바닥에 몸을 굽혀 절을 하였다. 절을 하고 나서 장미령은 임상옥의 맞은편 의자에 앉았다.

"대인께오서는 고향으로 돌아가라고 저에게 전별금까지 주셨으나 저는 차마 고향으로 돌아갈 수 없었나이다."

임상옥이 연경을 떠난 후 그녀는 자신이 생각했던 대로 고향으로 떠나지 않고 그대로 연경에 남았다.

그녀는 어떻게든 아는 사람이라곤 한 사람도 없는 연경에서 홀로 살아남아야 한다고 생각하였다. 그래야만 언젠가는 조선에서 상인으로 연경으로 찾아올 임상옥이란 자신의 주인을 찾을 수 있으리라 생각했던 것이다.

그리하여 장미령은 마지막날 밤 임상옥으로부터 받은 정표를 소중히 간직하였다.

'의주상인 임상옥(義州商人 林尙沃)'

장미령에게 임상옥이 남기고 간 비단 속옷에 쓴 일곱 자의 글자
는 유일하게 임상옥을 떠올리게 하였던 소중한 정표였다.

그러나 임상옥이 주고 간 은 50냥의 전별금도 몇 달이 지나버리
자 바닥나게 되었다. 장미령은 발이 붓도록 연경을 돌아다녔지만
그 어느 곳에서도 일자리를 구할 수가 없었다. 먹고 살기 위한 방법
은 유일하게 음식점의 늙은 점주들의 첩이 되는 것뿐이었다. 그 당
시 여인들은 대부분 전족을 하고 있었다. 여자아이가 태어나면 세
살이나 네 살 무렵에 헝겊을 발에 동여매고 엄지발가락 이외의 모
든 발가락을 발바닥 방향으로 접어 넣듯 힘껏 묶어 조그만 신에 고
정시키는 이 기이한 풍습은 거의 모든 여자들에게 통용되던 풍습이
었다. 그래서 전족한 발을 소각(小脚)이라 하였고 전족하지 않은 발
은 대각(大脚)이라 하여 천대하였는데 장미령은 그나마 어릴 때 어
머니가 돌아갔으므로 전족을 하지 않은 것이 다행이었다. 만약 전
족을 하였더라면 장미령은 사창가에 더 많은 값에 팔렸을지는 모르
지만 자신의 운명을 개척할 수는 없었기 때문이다.

아무리 천하제일의 도시인 연경이라지만 남존여비의 사상, 여인
을 한갓 남성의 노리개로만 보는 중국의 수도 연경에서 혈혈단신의
장미령이 자립하는 것은 불가능한 일이었다.

생각다 못해 장미령은 한 가지의 꾀를 내었다. 그것은 여성인 자
신을 남성의 몸으로 변장하는 일이었다. 여성이 아니라 남자의 몸
으로 변신할 수 있다면 얼마든 점원으로 취직할 수 있고 스스로 돈
을 벌어 살아갈 수 있었기 때문이었다. 장미령은 그 즉시 남자들이
보통 입는 호복인 파오(袍)를 사서 입었다. 장미령은 몸이 가늘었지

만 키가 큰 전형적인 미인형이었으므로 장삼(長衫)형의 호복을 입자 금방 미소년이 되었다.

문제는 머리였다.

대부분의 중국인들은 만주족의 머리 형태인 변발을 하고 있었다. 다행히 장미령의 머리카락은 길었으므로 모발을 세 가닥으로 딿은 후 등뒤로 늘어뜨리고 말총 스타일의 머리모양을 할 수 있었지만 문제는 후두부(後頭部)만 남겨두고 전부 삭발하여 버리는 두발의 형식이었다. 그 당시 연경에서는 이러한 복잡한 머리형태로 인해서 맵시 좋게 머리채를 딿아서 술이 달린 검은 댕기로 엮은 후 앞부분의 머리카락은 칼로 밀어버리는 점소가 곳곳에 있었지만 장미령은 그곳에 찾아갈 수가 없었던 것이다.

장미령은 삭도(削刀)를 하나 사서 직접 자신의 머리칼을 밀어 민대머리로 만들었다.

장미령은 거울을 보고 자신의 앞머리를 스스로 삭도로 밀었다. 여성으로서 자신의 머리칼을 칼로 자르고 밀어버린다는 것은 속세를 떠나 출가할 때나 가능한 일이었다.

그러나 살아남기 위해서는 이 방법 하나뿐이라고 장미령은 생각하였다.

앞머리를 칼로 밀고 후두부는 자신의 손으로 세 갈래로 딿아 그 끝에 검은 술의 댕기를 엮어 늘어뜨리자 단숨에 미소년이 되어버렸다.

이제 필요한 것은 굵은 목소리였다.

장미령의 목소리는 옥구슬이 굴러가듯이 청아하고 맑은 목소리여서 남성의 목소리로 바꾸는 것이 몹시 까다로웠으나 머리가 좋은 장미령이었으므로 언제나 남성의 억양을 흉내내는 것으로 금방 적응할 수 있었다. 변성기가 지나지 않은 소년의 목소리는 소녀의 목소리와 구별되지 않았으므로 문제는 남자처럼 말을 하는 억양이 중요했던 것이다.

젖가슴은 헝겊으로 칭칭 동여매고 호복을 입고 변발을 늘어뜨린 채 연경의 거리를 소년처럼 걷고 돌아다녔다.

그러다가 그녀가 본 것은 바로 동인당 중약점 앞에 내걸린 게시문이었다. 중약점 안에서 심부름을 할 점원을 뽑는다는 내용이었다. 그녀로서는 눈이 번쩍 뜨이는 내용이었다.

동인당 중약점은 연경에서도 가장 큰 약방으로 만약 그곳에서 일을 하게 된다면 언젠가는 다시 찾아올 의주 상인 임상옥을 쉽게 만날 수 있을 것이 아니겠는가.

그러나 아무런 친인척도 없는 낯선 도시 연경에서 자신이 점원으로 선택된다는 것은 하늘의 별따기였다. 궁리하던 장미령은 중약점 점주의 이름이 무엇인가 알아내었다.

점주의 이름이 왕조시임을 알아낸 장미령은 자신의 이름도 성씨를 왕(王)으로 하여서 왕관영(王冠英)이라 하였다. 유난히 혈연이나 가문을 중요시하고 있는 중국에서는 같은 성씨에 대한 맹목적인 호감이 있었기 때문이다.

처녀인 장미령에서 미소년인 왕관영으로 탈바꿈한 그녀는 뜻밖에 중약점의 점원으로 채용되게 된다.

그것은 장미령이 미리 계산했던 대로 점주인 왕조시가 같은 성씨였던 왕관영, 아니 장미령을 배려했던 탓도 있지만 무엇보다 빼어난 미소년으로서의 용모 때문이었다.

당시 중국에서는 여인으로서의 미모를 좇는 사람도 많이 있었지만 미소년의 아름다운 용모를 탐하여 남색(男色)을 선호하는 사회 풍조도 일반화되어 있었다.

장미령은 곧 중약점 안에서 큰 인기를 끌게 되었다. 그녀가 하는 일은 약을 썰거나 무게를 다는 하찮은 일에서부터 상점의 안팎을 청소하는 허드렛일이 대부분이었지만 워낙 성실하게 일을 하였으므로 곧 점주인 왕조시의 눈에 띄게 되었다. 왕조시는 예쁘게 생긴 미소년인 왕관영, 아니 장미령에게 약 배달을 시키기로 마음을 바꾸었다.

예나 지금이나 중약점에서는 환자들의 진맥을 짚고, 증상을 살핀 후 처방전을 내려주는데 이 처방전을 보고 매장에서는 각종 약초를 넣어 조제를 해주는 것이 보통이었다. 따라서 한번 중약점에 들렀던 환자들은 다시 들르지 않고 처방전만 가져오면 약을 지어 집으로 직접 배달해주고 그 약값을 받아오는 일종의 주문배달제가 성행하고 있었던 것이다.

왕조시의 눈으로 보면 장미령이 이 일의 최적격이었다. 장미령은 총기가 있어 수(數)에 밝아 계산 능력이 빠르고 정확하였다. 또한 한문에도 뛰어난 미소년이었다. 왕조시에게도 자신의 약방을 대표하는 배달원으로 장미령과 같은 미소년의 이미지가 대외적인 신용도에도 좋은 영향을 미칠 것이라고 생각하였다. 직접 사람이 오지 않고 하인을 시켜 처방전을 보내는 사람들은 대부분 돈이 많은 부호들이거나 만주족일 가능성이 높았기 때문이었다.

왕조시의 예상은 적중하였다.

장미령은 예상보다 훨씬 더 점원 노릇을 잘하였을 뿐 아니라 고객들에게도 깊은 인상을 주었다. 단시일 내에 장미령은 왕조시에게 있어 눈에 넣어도 아프지 않은 보석 중의 보석이 되어버린 것이다.

장미령은 한밤이면 상점에서 홀로 잠을 자고 상점을 지키기도 하였다. 그러나 일년 정도가 지나자 장미령에게는 남모를 고민이 싹트기 시작하였다. 아무리 여성으로서의 성징인 부풀어오르는 젖가슴을 헝겊으로 가린다 하더라도 열여섯의 여성으로 한참 무르익어 타오르기 시작하는 매력을 단순히 남장만으로는 더 이상 가릴 수가 없었던 것이다. 키도 더욱 자라고 가슴은 터질 듯이 부풀었다. 엉덩이는 남성의 그것이라고는 상상할 수 없을 정도로 커졌으며 무엇보다도 전체의 모습에서 미태(美態)가 흘러넘치고 있었던 것이다.

바로 그 무렵이었다.

내성 안에 사는 한 대부(大夫)의 집에서 장미령을 각별히 총애하는 사람이 있었다. 원래 한족으로 명나라 시대 때는 제후의 집이었지만 명나라가 패망하자 청나라의 공신이 되어 대부로 스스로를 격하시킨 명문가였다.

비록 제후에서 대부로 격하하였다고는 하지만 광록대부(光祿大夫) 중의 한 사람으로, 패망한 한족으로서는 가장 높은 벼슬에까지 오른 사람이었다.

그의 이름은 주병성(周炳成)이라 하였는데 그에게는 병약한 정실이 하나 있었다. 그녀는 성을 송(宋)이라 하였다.

그녀는 병약하여 장미령이 일하는 중약점에서 대놓고 약을 주문하여 시켜 먹었다. 그러나 그녀의 병은 골수에까지 스며들어 중약점에서 일하는 용타 하는 의원들도 얼마 안 가서 죽어버릴 것이라고 수군수군댈 정도였다.

자연 그녀의 집에 약을 배달하는 것이 장미령의 몫이었다. 송씨 부인은 내성에 살고 있었기 때문에 출입을 할 때면 일일이 허가를 받아야 했지만 나중에는 아예 조정에서 내준 특별허가증으로 무시로 출입할 수 있었다.

송씨부인은 장미령을 각별히 총애하였다. 그녀는 거동도 못하고 하루 종일 누워서 지냈지만 장미령이 찾아가면 얼굴에 웃음이 가득할 정도로 반색을 하곤 하였다.

송씨부인은 한 번도 아이를 낳아보지 못하였다. 남편 주씨에게는 두 명의 첩들이 따로 있었지만 이들에게서는 모두 딸만 낳았을 뿐 대를 이을 아들은 아직도 낳지 못하였던 것이다. 이 점을 그녀는 몹시 슬퍼하고 있었다.

정실인 자신은 남편에게 사내아이를 낳아줄 수 없을 뿐 아니라 얼마 안 가서 곧 죽게 될 운명이라는 것을 그녀는 예견하고 있었던 것이다. 송씨부인은 장미령이 약을 지어 갈 때마다 화색을 띤 얼굴로 이렇게 말을 하곤 하였다.

"…어쩌면 사내아이가 저리도 예쁘단 말이냐."

그러던 어느 날이었다.

어느 따뜻한 봄날 장미령이 약을 지어 송씨부인의 집으로 갔을 때 그녀는 하녀들과 정원에 활짝 핀 꽃구경을 하고 있었다. 활짝 펼쳐진 비단과 같은 모란꽃을 보던 그녀는 평소에 햇볕을 가리던 일산을 걷어버리고 따뜻한 봄볕을 쬐느라 기진하였는지 그만 가볍게 정신을 잃고 말았다.

이를 지켜보던 하녀들은 몹시 당황하였다. 마침 이때 들렀던 장미령은 송씨부인의 얼굴과 몸에 땀이 많이 맺힌 것을 보았다. 순간 장미령은 어렸을 때 들었던 어머니의 긴급처방을 기억하여 떠올렸다.

장미령은 즉시 물을 끓이게 한 후 그 더운 물에 식초를 가득 풀어 넣었다. 그리고 그 물로 그녀의 얼굴과 몸을 가만가만히 닦아주었다.

식초를 더운 물에 풀어 그 물로 땀이 배어나온 몸을 닦아주면 식초의 그 휘발성으로 순간 피부는 긴장하고 수축되어 몸의 열기를 식히는 효과가 있음을 장미령은 알고 있었던 것이다.

정신을 차린 송씨부인은 자신의 마른 몸을 닦아내리는 장미령에게 이렇게 물어 말하였다.

"더운 물에 식초를 풀어 땀을 닦아내는 그 방법을 너는 어디서 배웠느냐."

"어렸을 때."

무심코 땀을 닦아내리면서 장미령이 대답하였다.

"어머니에게서 보고 배웠습니다."

순간 장미령은 아차 하였다. 순간적으로 상황이 급해 자신이 남성이라는 사실을 망각하였기 때문이었다. 멈칫거리는 장미령의 눈길을 송씨부인은 예민하게 포착하였다. 어렸을 때 부잣집의 하인으로 들어갔었던 어머니는 부잣집에서는 과음하였을 때나 몹시 피로하였을 때 그런 방법으로 목욕시킨다는 사실을 알고 있었고 무심코 이를 전해듣고 있었던 것이다. 그러나 그 무심한 방심 하나가 장미령의 정체를 드러나게 할 줄은 꿈에도 생각지 못했던 일이었다.

그로부터 며칠 뒤.

중약점 앞으로 인력거 한 대가 찾아왔다. 바로 광록대부의 정처인 송씨부인으로부터 전별이 온 것이다. 급히 집으로 장미령을 인력거에 태워 보내달라는 것이었다. 장미령이 찾아갔을 때 그녀는 욕실에 들어 있었다.

"마마께오서 욕실로 들라 이르십니다."

하인들이 시키는 대로 장미령이 욕실에 들자 이미 송씨부인은 온몸을 벗고 있었다. 나무로 만든 욕실에는 더운 물이 가득 들어 있었고, 그 더운 물속에는 식초가 한 가득 풀어져 있었다.

"내가 너를 부른 것은."

더운 물속에 들어 있으면서 송씨부인이 장미령을 보고 말하였다.

"내 몸을 씻어달라고 하기 위함이다. 일전에 네가 식초를 탄 더운 물로 내 몸을 씻어준 이래로 몸이 가뿐하여지고 기분이 좋아졌다. 그래서 한번 더 내 몸을 씻어달라고 부른 것이다."

"하오나."

장미령은 망설였다.

"무엇을 망설이고 있느냐. 그리고 너도 옷을 벗어야 할 것이 아니겠느냐. 그래야만 내 몸을 씻을 수 있는 것이 아니겠느냐."

망설이고 있는 장미령을 보고 재촉하듯 송씨부인은 명령하였다.

옷을 벗으라는 그녀의 명령은 지엄하였다. 아무리 남녀가 유별하다 하더라도 송씨부인이 옷을 벗으라면 마땅히 옷을 벗을 수밖에 없음이었다. 그러나.

장미령은 당황하였다.

옷을 벗으면 자신의 정체가 드러나게 될 것이다. 여성의 몸을 감추고 남장으로 변복한 자신의 실체가 그대로 밝혀지게 될 것이다.

"도대체 무엇을 망설이고 있느냐."

날카로운 송씨부인의 목소리가 화살처럼 내리꽂혔다.

"내 몸을 씻기 싫어서 그러는 것이냐."

사실 송씨부인의 몸은 흉측하였다. 그녀의 몸은 마르고 여위어 딱딱한 나무토막 같았다. 또한 오랫동안 간질환을 앓고 있었으므로 피부는 누런빛을 띠고 있었으며 온몸에서는 견디기 어려운 악취가 나고 있었다.

"아, 아니옵니다."

장미령은 황급히 부인하였다.

"그럴 리가 있겠습니까, 마님."

"그러면 어째서 옷을 벗지 않는 것이냐."

"마님."

장미령이 애원하듯 송씨부인을 쳐다보자 그녀는 짐짓 소리질러 말하였다.

"너는 전번에는 시키지도 않았는데 식초를 탄 더운 물로 내 몸을 씻어주었다. 나는 네 덕에 기절하여 쓰러졌다가 정신을 차렸거니와 이제는 똑같이 다시 몸을 씻어달라는 청을 하였을 뿐인데 너는 도대체 무엇을 망설이고 있는 것이냐."

"마님."

장미령이 말하였다.

"제발 옷만은 벗지 않도록 하여 주소서."

"어째서."

날카로운 목소리로 송씨부인이 되물었다.

"네가 나를 외간여자라고 생각하고 있었단 말이냐. 그렇게 생각하였다면 부끄러워할 이유는 없다. 내가 일찍 아이를 두었으면 너만한 사내아이를 두었을 것이다. 그러니 너는 날 엄마라고 생각하면 되지 않겠느냐. 자, 어서 옷을 벗거라. 너무 오래 옷을 벗고 있었더니 오한이 나는구나."

장미령으로서는 실로 난감한 일이었다. 옷을 벗으면 자신이 여성이라는 사실이 백일하에 드러난다. 감히 여성의 몸으로 남장을 하고 광록대부의 정부인을 속인 죄가 그대로 드러나게 될 것이다.

그때였다.

갑자기 송씨부인이 깔깔 소리내어 웃으면서 말하였다.

"네가 왜 옷을 벗지 못하는가, 그 진짜의 이유를 내가 알고 있다."

정색을 하고 화를 낸 얼굴에서 갑자기 깔깔 유쾌하게 웃는 송씨부인의 모습은 장미령에게 혼란을 불러일으켰다.

"손을 다오."

그녀는 손을 내밀며 장미령에게 말하였다. 장미령이 손을 내밀자 송씨부인은 그 손을 잡으며 말하였다.

"난 이렇게 예쁜 손을 일찍이 본 적이 없다."

장미령의 손을 만지작거리면서 송씨부인은 말하였다.

"네 손은 손이 아니라 잘 빚은 만두와도 같다. 이 손을 어찌 남자의 손이라고 할 수 있겠느냐."

그녀는 실눈을 뜨고 장미령의 얼굴을 살피면서 말하였다.

"어찌 손뿐이겠느냐. 어찌 한곳이라도 예쁘지 않은 곳이 있다더냐. 얼굴도 그러하고, 몸도 그러하고, 엉덩이도 그러하다. 게다가 목소리도 그러하고 걸음걸이도 그러하지 않느냐."

갑자기 도망치는 사람의 손을 꼼짝 못하도록 부여잡듯 장미령의 손을 꽉 쥔 후 송씨부인은 말하였다.

"다른 사람은 속일 수 있지만 내 눈만은 절대로 못 속인다."

웃음 띤 얼굴로 그녀는 욕실의 물을 손바닥으로 한 줌 떠올려 장난스레 장미령의 얼굴을 향해 끼얹으며 말하였다.

"네가 옷을 벗지 못하는 진짜의 이유는 네가 옷을 벗으면 남자가 아니라 여자라는 사실이 밝혀지기 때문이 아니겠느냐."

순간 장미령은 선 자리에서 그대로 얼어붙었다.

"네가 아무리 머리를 땋아 변발을 하고 파오를 입고 남자 행세를 한다 하더라도 내 눈을 속일 수는 없다. 튀어나온 젖가슴을 무엇으로 감아 동여매었느냐. 아무리 가슴을 칭칭 동여매어 남자 행색을 한다 하더라도 식초를 푼 더운 물로 땀을 닦아주면 피로가 풀린다는 일상적인 지혜는 여자가 아니면 알 수 없는 것이다. 그러니 이제 더 이상 무엇을 망설이고 두려워하겠느냐. 그러니 내 눈앞에서 옷을 벗어라. 옷을 벗어 네 본래의 모습으로 돌아가거라."

그날, 장미령은 송씨부인 앞에서 옷을 벗었다. 옷을 벗음으로써 장미령은 왕관영에서 장미령으로 다시 돌아온 것이다. 정확히 일년하고도 다섯 달 만의 일이었다. 목욕을 끝낸 송씨부인은 장미령에게 여자의 몸으로 남장을 할 수밖에 없었던 이유를 물었다. 장미령은 지금까지의 모든 일들을 낱낱이 고백하였다.

장미령의 사연을 모두 듣고 난 송씨부인은 한숨을 쉬면서 이렇게 말하였다.

"이제부터 중약점에 나갈 필요는 없다. 약방의 주인에게는 내가 말하겠으니 너는 이제부터 내 집에 있거라. 따라서 이제부터는 남장을 할 필요가 없다."

그날부터 장미령은 더 이상 중약점으로 나가는 일이 없이 송씨부인과 함께 살게 되었다. 장미령은 하인이 아니라 그녀의 수양딸처럼 지냈다.

이처럼 어느 날 갑자기 찾아온 행복과는 정반대로 송씨부인의 병은 나날이 악화되기 시작하였다. 온갖 몸에 좋다는 약이란 약은 모두 구해 복용하였지만 전혀 차도가 없었다.

몇 번의 혼절 끝에 깨어난 그녀는 장미령을 불러 곁에 앉히고 이렇게 말하였다.

"죽기 전에 너에게 한마디 할 말이 있다."

복수가 가득 차서 배가 산더미처럼 부풀어올랐으므로 숨이 가쁜 목소리로 그녀는 말하였다.

"마마."

장미령은 송씨부인을 마님이 아닌 마마, 즉 어머니로 부르고 있었다. 장미령이 울면서 말하였다.

"돌아가시다니요. 곧 나으실 텐데요."

"내 병은 내가 잘 안다."

송씨부인은 한숨을 쉬면서 말하였다.

"난 얼마 안 가서 죽게 될 것이다. 오랫동안 병석에 누워 있었으므로 이제 와서 새삼 살고 죽는 것에 미련은 없다. 그러하니 내가 죽거들랑 사당에 들러 선향(線香)이나 피워주면 그뿐이다. 하지만 한 가지 소원이 있다."

"말씀하십시오."

"내 소원을 들어주겠느냐."

송씨는 무거운 눈을 뜨고 장미령을 똑바로 바라보았다.

"신명을 다하겠나이다."

"난 열여섯의 나이로 주(周)씨 가문에 시집을 왔다. 지금은 대부로 격하되었지만 전대에는 제후 집안의 명문가였다. 그러나 송구스럽게도 대를 잇는 아들을 낳아 드리지 못하여 선조들을 볼 면목이 없다. 서둘러 첩을 들이도록 내가 청하여 두 명의 측실(側室)을 두었는데도 이상하게 딸만 낳을 뿐 아직까지 아들을 낳지 못하였다."

송씨부인은 가쁜 숨을 몰아쉬기 위해 헐떡이면서 말을 이었다.

"주씨 가문의 정실로서 병약하여 대를 잇는 아들을 낳아주지 못한 죄로 이 몸은 죽어서도 무간지옥을 헤매게 될 것이다. 그러하니, 내가 죽으면 너는 나 대신 주씨 가문의 별방(別房)이 되어 대를 잇는 아들을 낳아주지 않겠느냐."

주씨 가문의 별방이 되어달라는 그녀의 말은 결국 자신의 남편 주병성의 세 번째 첩이 되어달라는 부탁이기도 하였으며, 죽어가는 자신을 대신해서 씨받이가 되어 대를 이어나갈 아들을 낳아달라는 부탁이기도 하였다.

이따금 주 대부는 앓고 있는 송씨부인을 만나기 위해 찾아오곤 하였다. 그럴 때면 장미령은 먼발치에서 주 대부의 모습을 바라보곤 했었다.

나이는 벌써 쉰 살이 넘었으며 비만한 전형적인 중국인의 모습이었다.

"네가 만약 나를 대신해서 아들을 낳아준다면 내가 반드시 대부께 말을 하여서 너를 별방이 아닌 정실로 맞아들이도록 간청을 할 것이다. 그렇게 되면 너는 내가 죽더라도 주씨 가문의 정부인이 될 수 있을 것이다."

별방이 되어 아들을 낳아달라는 송씨부인의 말은 일종의 유언이었다. 장미령으로서는 도저히 물리칠 수 없는 유음(遺音)이기도 하였다. 또한 한갓 도갓집에서 술병을 만드는 미천한 술주정뱅이의 딸로서 비록 첩이긴 하지만 광록대부의 아내로 입적이 된다는 것은 큰 영광이기도 하였다.

그러나.

장미령의 마음에는 이미 한 사람에 대한 연정이 자리잡고 있음이었다. 그 사람은 장미령의 마음을 사로잡고 있는 주인이며 실질적인 선생, 즉 남편이었던 것이다. 자신의 몸을 5백 냥의 돈을 주고 사서 자유의 몸으로 풀어준 임상옥, 그 사람에 대한 사랑을 어떻게 지울 수 있을 것인가.

자신이 남장을 하고 어떻게든 연경에서 살아남아야 한다고 이를 악물고 버티는 것도 언젠가는 조선에서 찾아올 객상 임상옥을 다시 만날 수 있다는 희망 하나 때문이 아닌 것인가.

"하오나, 마마."

머뭇거리면서 장미령이 말을 하자 송씨부인은 장미령의 손을 쥔 채 말하였다.

"네가 무슨 말을 하려는지 나는 안다. 너를 구해준 그 조선의 상 인에 대한 은덕 때문에 망설이고 있는 네 마음을 나는 안다. 네가 파오를 입고 남장을 한 것도 오직 그 남자를 만나기 위함이라는 것 도 나는 네 말을 모두 들어 잘 알고 있다. 그러나 내 말을 잘 듣거라. 언제 만날지도 모르는 그 남자를 기다려 정절을 지키는 것이 옳은 것이냐, 아니면 광록대부의 정처가 되어 네가 받은 은덕을 열 배로, 백 배로 갚는 것이 보다 큰 대의(大義)겠느냐. 내 말을 잘 듣거라. 옛 말에도 이르기를 '하늘과 땅이 비롯된 것은 바로 오늘이다' 라고 하 지 않았느냐."

송씨부인의 말은 장미령의 마음을 움직였다. 그녀가 말한 '하늘 과 땅이 비롯된 것은 바로 오늘이다(天地始者 今日是也)'란 말은 성 악설(性惡說)로 유명한 순자(荀子)의 대표적인 사상이었다. 즉 하늘 이나 땅과 같은 관념적인 사상에 매달릴 것이 아니라 보다 실념적 (實念的)인 현실에 충실하라는 금언이었던 것이다.

과거나 인연에 얽매일 것이 아니라 바로 지금의 이 한순간에 충 실하라는 송씨부인의 충고가 장미령의 마음을 움직였다. 그녀는 송 씨부인의 유언을 받아들이기로 결심하였다.

자신의 생명이 얼마 남지 않았음을 잘 알고 있는 송씨부인은 서둘 러 자신이 살아 있을 때 남편과 장미령을 합방시킬 것을 원하였다.

마침내 첫날밤이 정해지자 송씨부인은 손수 장미령의 얼굴을 화 장하여 주었다. 그러고 나서 두 사람은 지신(地神)을 모시는 사당으 로 함께 나아갔다. 집 뒤의 후원에는 지신과 조상신을 모시는 사당 이 있었는데 송씨부인은 하인들에게 부축되어 간신히 장미령과 함께 그곳에 도착하였다. 사당은 지신과 조상신을 모시는 두 개의 별실로 나뉘어 있었다. 해마다 환쟁이들을 불러다가 회벽 위에 흰색을 덧칠하고, 사당 한군데에 앉아 있는 지신과 그 부인의 성상에 붉은 금박지로 지은 승복 같은 것을 입혀 놓았기 때문에 사당 안은 깨끗하게 정리되어 있었다.

이제 밤이 오면 첫날밤을 치를 새신부 장미령과 송씨부인은 함께 땅의 신과 가문을 지켜줄 조상신들에게 경배를 하였다. 그리고 나서 두 사람은 선향을 피웠다. 원래부터 중국인들은 무슨 일을 할 때마다 사당을 찾아 땅의 신인 지신에게 먼저 예를 올리는 습성이 있었지만 특히 결혼식을 앞두고서는 그것이 가장 중요한 일이었다. 왜냐하면 땅의 신이야말로 만물을 먹여 살리는 곡식뿐 아니라 인간에게도 대를 이어나갈 아들을 낳도록 도와주는 생명의 신이었기 때문이다.

지신에게 경배를 올리기 전에 향이 부러지면 재수가 없다는 속설이 있었으므로 하녀들은 선향이 부러지지 않도록 조심스럽게 다루었다.

부싯돌과 쇠를 뒤져서 마른 풀잎을 부싯깃 삼아 불을 일궈 향에 댕긴 후 그 향을 수북이 쌓인 재 속에 꽂아 세우자 장미령을 향해 송씨부인은 속삭여 말하였다.

"신령님께 빌어라. 아들 하나를 점지해 달라고 신불(神佛)님께 빌어라."

그날 밤.

장미령은 광록대부 주병성의 세 번째 측실이 되었다. 그때 장미령의 나이 열일곱 살이었다. 무사히 첫날밤을 치른 그 다음날 송씨부인은 그대로 혼수상태에 들었다. 그리고 다시는 깨어나지 못하였다.

며칠 뒤 숨을 거둬버린 것이다.

장미령으로서는 두 번째의 은인을 잃어버린 셈이었다. 장례를 치르고 난 뒤부터 장미령은 실질적인 집의 주인이 되었다. 하인들은 장미령을 마님이라고 불렀으며 그녀의 남편이 된 주 대부는 각별히 장미령을 사랑하였다.

"한 사람이 죽고 한 사람을 새로 얻었으니 한 사람이 죽은 대신 한 사람이 새로 태어난 것과 같다. 그러하니 죽은 사람도 없고 산 사람도 없다."

주 대부의 말처럼 죽은 사람도, 산 사람도 없이 자연스럽게 새 주인이 된 장미령은 처음으로 중약점의 주인인 왕조시를 집으로 불러들였다.

장미령에게 있어 왕조시 역시 은인 중의 한 사람이었다. 그 당시 연경의 상인들은 세 종류가 있었다. 큰 상인을 대고(大賈)라 부르고, 중간상인을 중고(中賈), 그리고 작은 상인을 하고(下賈)라 부르곤 하였다. 왕조시는 이름난 중약점의 점주였으므로 대고였으나 뒤를 돌보아줄 변변한 배후세력이 없었다. 따라서 이들은 공명첩(空名帖)이라 불리는 이름뿐인 관직이라도 사야 했는데 장미령은 남편에게 부탁하여 왕조시를 특별히 돌봐달라고 말하였던 것이다.

"마님, 고맙습니다."

한때 자신의 하인이었지만 이제는 광록대부의 부인이 된 장미령 앞에 정중히 인사를 드려 예를 올렸다.

그러나 공명첩을 주는 것은 명목상의 이유였을 뿐 왕조시를 따로 불러 만난 것은 다른 이유 때문이었다. 장미령은 자신이 소중히 보관하고 있던 비단 속옷을 왕조시에게 내주면서 간곡히 말하였던 것이다.

"절대로 누가 찾는가를 말하지 마시고 이 옷에 씌어 있는 사람을 찾아주세요. 돈은 얼마든지 쓰셔도 좋습니다."

왕조시는 그 비단 속옷에 썬 글자를 읽어보았다.

'義州商人 林尙沃'

"무슨 일이 있더라도."

왕조시는 두 손을 모으고 합장하여 말하였다.

"이 옷 위에 썬 이름의 사람을 반드시 찾아내어 마님께 보내드릴 것입니다."

"그것이 벌써 3년 전의 일이었습니다, 대인어른."

자신에게 그동안 일어났던 모든 사연들을 고백하고 나서 장미령은 긴 한숨을 쉬며 말하였다.

"대인어른과 헤어진 것이 벌써 5년 전. 하지만 그동안 단 하루도 대인어른을 잊어버린 적은 없었습니다. 어찌된 일이셨습니까. 그동안 연경에는 몇 번이나 들르셨는지요."

눈물 젖은 얼굴을 들어 장미령은 임상옥을 바라보며 물었다.

"한 번도 들르지 못하였습니다."

임상옥은 대답하였다.

"그러시면 5년 만에 처음으로 연경을 찾아오셨단 말인가요."

"그, 그렇습니다."

"그러시면 무슨 나쁜 일이라도 있었던 것인가요."

눈치 빠른 장미령의 질문에 임상옥은 아무런 대답도 하지 않았다. 바로 그녀로 인해 공금횡령으로 상계에서 추방되어 어쩔 수 없이 떠돌이 장사꾼으로 전락했었던 지난 일들과 사면초가의 곤궁으로 입산수도할 수밖에 없었던 일들을 임상옥은 굳이 털어놓을 필요가 없다고 생각했기 때문이다.

"그토록 찾아 헤매도 대인어른을 만날 수가 없어 영원히 다시 만날 수 없을지도 모른다고 생각하였습니다. 어쩌면 다시는 대인어른께오서 연경에 들르지 않을지도 모른다고 생각하였습니다. 그러나 어쨌든 대인어른을 이렇게 또다시 만나게 되었으니 소녀는 이제 죽어도 여한은 없나이다. 비록 이제는 혼인하여 남의 부인이 되었사오나 지난날 아무것도 모르는 소녀에게 큰 인정 베풀어주시어 죽은 목숨을 살려주신 그 은혜를 갚을 수 있게 되었기에 하늘의 천신과 땅의 지신께 감사드리나이다."

두 손으로 합장을 하고 정중히 임상옥을 향해 예를 드린 후 장미령은 탁자 위에 놓인 종을 집어들었다. 그 종은 집안에 있는 하인을 부를 때 사용하는 요령이었다. 종소리가 딸랑딸랑 방안을 번져나갔다. 그러자 안채에서 예에— 하고 대답 소리가 있었다. 곧 문 안쪽에서 하녀가 나타나서 머리를 숙이고 말하였다.

"부르셨습니까, 마님."

장미령은 하녀를 돌아보며 말하였다.

"모시고 나오너라."

하녀는 곧 사라졌다.

하녀가 사라지자 장미령은 탁자 위에 놓인 작은 상자의 뚜껑을 열었다. 그 상자 속에서 장미령은 무슨 물건을 꺼냈다.

임상옥은 그녀가 꺼낸 물건을 바라보았다.

"이게 무엇인지 아십니까, 대인어른."

장미령은 그 물건을 가리키면서 웃으며 말하였다.

그것은 달걀이었다. 그러나 보통의 달걀이 아니라 붉게 물들인 달걀이었다.

"달걀이 아닙니까."

임상옥이 대답하자 장미령은 소리내어 웃었다.

"그렇습니다, 대인어른. 이것은 물감을 들인 붉은 달걀입니다. 이 붉은 달걀이 무슨 의미가 있는 달걀인가를 알고 계시겠지요."

장미령은 그 붉은 달걀을 임상옥에게 내주며 말하였다.

"대인어른, 언젠가 대인어른을 만나면 이 붉은 물감을 들인 달걀을 드리겠다고 따로 보관하고 있었나이다."

물감을 들이는 붉은 종이와 함께 계란을 끓여 만드는 붉은 달걀. 그것은 아들을 낳았을 때 붉은 달걀을 만들어 이웃에게 돌리는 중국의 독특한 풍습이었다.

그렇다면.

임상옥은 생각했다.

장미령은 그새 광록대부 주병성의 아들을 낳은 것일까.

"…그렇습니다, 대인어른."

만면에 자랑스러운 미소를 가득 띠워 올리면서 장미령이 입을 열어 말하였다.

"2년 전 저는 아이를 낳았습니다. 그 아이를 대인어른께 보여드리겠습니다."

휘장 뒤에서 아기의 칭얼대는 소리 같은 것이 들려왔다. 뒤이어 강보에 싸인 아기를 든 하녀가 나타났다. 장미령은 그 아기를 가슴에 안아들었다. 그녀의 얼굴에는 행복한 기쁨이 흘러넘치고 있었다. 이 세상 그 무엇하고도 바꿀 수 없는 사랑하는 아들을 껴안은 어머니의 기쁨이었다.

"아들입니다, 대인어른. 제가 아들을 낳았습니다. 돌아가신 마마의 말씀대로 저는 아들을 낳아 주씨 가문의 대를 잇게 되었습니다."

그녀의 품에 안긴 아기가 칭얼대며 울기 시작하였다. 그러자 장미령은 품에 안긴 아기를 임상옥에게 내밀면서 말하였다.

"한번 안아보시겠습니까. 이 아이를 낳은 것은 저입니다만 이 아이를 태어나게 하신 분은 대인어른이십니다."

임상옥은 아이를 안아보았다.

아이는 붉은 옷을 입고 있었다. 붉은 빛깔은 전통적으로 중국 사람들이 좋아하는 색이다. 붉은빛은 귀신을 물리치는 주술적인 색이며 또한 복을 가져오는 행운의 색인 것이다. 아이는 또한 호랑이의 모습이 새겨진 가죽신을 신고 있었다. 이 모두 무병을 기원하고 호랑이의 힘을 빌려 액운을 물리치려는 주술적인 의미를 가지고 있었다. 아이는 작은 금박으로 수놓아진 부처님 상을 새긴 끝이 터진 모자까지 쓰고 있었다.

"그렇습니다, 대인어른. 저는 아들을 낳아 돌아가신 마마와의 약속을 지켰으며 또한 저는 주씨 가문의 정실이 되었습니다."

두 손을 모아 합장하면서 장미령은 임상옥을 우러러보며 말하였다.

"대인어른. 이 미천한 몸이, 한갓 70냥에 팔려 죽을 뻔한 술주정뱅이의 딸이, 이제 광록대부의 정처가 되었습니다. 이 모든 행복은 오직 대인어른의 은덕 때문이나이다."

임상옥의 품에 안긴 아이가 칭얼대며 울기 시작하였다. 그러자 장미령이 웃으며 말하였다.

"아이를 한번 달래보시지요. 아이의 이름을 부르면 아이는 금방 울음을 멈출 것입니다. 아이의 이름을 가르쳐드리지요."

장미령이 임상옥을 쳐다보며 말을 이었다.

"아이의 이름은 바로 대인어른의 이름이나이다. 광록대부께오서도 이 이상 더 좋은 이름은 작명할 수 없다고 하셨나이다. 대인어른, 이 아이의 이름은 대인어른께서 제게 써주셨던 바로 그 이름이나이다. 이 아이의 이름은 바로 상옥이나이다."

기사회생(起死回生).

임상옥이 스스로 《가포집》에서 고백한 '뜻밖에 생각지 않은 일'이야말로 이처럼 장미령과의 다시 만남, 즉 재회였다.

인생에 있어 운명이란 이처럼 알 수 없는 오묘한 것이다.

임상옥은 장미령으로 인해 일시적으로는 망하여 자신의 표현처럼 쓰라린 간난신고의 고통을 겪게 되었지만, 임상옥은 또한 장미령으로 인하여 기사회생의 천운을 얻게 된 것이다.

만약 임상옥이 장미령을 만나지 아니하였더라면, 만났더라도 그녀를 한갓 사창가의 여인으로만 생각하였더라면 임상옥은 한때의 고통은 벗어날 수 있었을지는 모르지만 아마도 평생을 홍득주의 문상에서 점원 노릇이나 하다가 말년에 이르러서야 자신의 상점을 갖고 독립하는 평범한 상인으로서의 생애를 마칠 수밖에 없었을 것이다.

또한 장미령도 사창가에서의 첫날밤, 임상옥을 만나지 않았더라면 그녀는 분명히 몸을 파는 여인으로 한평생을 지내다가 그녀의 표현대로 강물에 몸을 던져 죽어버리는 비참한 최후를 맞이하였을 것이다.

그러나 임상옥은 장미령을 만남으로써 일시적으로는 간난신고의 고통을 겪게 되었을지는 모르지만 끝내는 조선 최고의 무역왕이 될 수 있었다. 마찬가지로 장미령은 아버지에게 버림당해 몸이 팔려버리는 일시적 고통을 겪게 되었을지는 모르지만 임상옥을 운명적으로 만남으로써 끝내는 고위대관인 주병성의 아들을 낳게 되었으며 또한 광록대부의 정처가 될 수 있었던 것이다.

임상옥에게 장미령은 인생의 큰 은인이었으며, 장미령에게 임상
옥 역시 인생에 있어 최대의 은인이었다.

　　두 사람은 서로에게 의를 베풀었으나 서로가 의를 베풀었다는 생
각은 전혀 하지 않았다.

　　불교에 있어 남에게 은덕을 베푸는 일을 보시(布施)라 한다. 그러
나 인간은 누구나 자신이 남에게 베푼 선행을 기억하고 항상 이를
자랑한다. 때문에 은덕을 베풀었다고 생각하고 있는 한 인간은 그
베푼 사람에 대해 무엇인가를 기대하게 되며 또한 섭섭해 하는 마
음을 갖게 된다.

　　햇빛은 인간에게 베푼다는 생각 없이 내리쬐어 곡식을 익히고 과
일을 맺게 한다. 비는 인간에게 베푼다는 생각 없이 마른 대지를 적
시어 강을 이루고 바다를 완성한다. 이 세상 만물 중에 오직 인간만
이 남을 위해 은혜를 베풀었다는 생색을 낸다.

　　남에게 은혜를 베풀었다는 생각조차 없이 하는 베풂, 이를 불교
에서는 무주상보시(無住相布施)라고 한다. 문자 그대로 머무름이
없는 보시인 것이다.

　　부처의 가르침을 기록한 불경 중에서도 골수는 《금강경(金剛經)》
이라고 할 수 있다. 이 경전은 부처의 제자인 수보리(須菩提)와 나눈
대화를 기록하고 있는데 부처는 무주상보시에 대해 다음과 같이 설
법한다.

　　"이와 같이 수보리여, 무릇 인간은 발자취를 남기고 싶다는 생각
에 집착하지 않으면서 보시를 하지 않으면 안 된다."

　　그 이유에 대해서 부처는 이렇게 말한다.

　　"왜냐하면 수보리여, 만약에 인간이 집착함이 없이 보시하면 그
공덕은 거듭 쌓여 쉽게 헤아릴 수가 없게 되기 때문이다. 수보리여,

어떻게 생각하는가. 동방(東方)에 허공의 양을 쉽게 측량해볼 수 있을까."

이에 수보리가 대답했다.

"스승이시여, 헤아릴 수 없나이다."

그러자 부처는 다시 묻는다.

"마찬가지로 남(南)도 서(西)도 북(北)도 아래〔下〕도 위〔上〕도 이와 같이 시방(十方)의 허공의 양도 헤아릴 수 있을까."

수보리가 다시 대답하였다.

"스승이시여, 헤아릴 수 없나이다."

마침내 부처는 이렇게 말씀하였다.

"수보리여, 마찬가지다. 만약에 인간이 집착함이 없이 보시하면 그 공덕의 쌓임은 쉽게 헤아릴 수 없다. 실로 수보리여, 인간은 마땅히 발자취를 남기고자 하는 생각 없이 보시를 하지 않으면 안 된다."

부처의 이 말은 진리의 구경(究竟)이다. 인간이 지은 모든 행위는 그 나름대로의 과업을 받는다. 하찮은 선이라 할지라도 그 선은 선으로서의 값어치를 지니고 있다. 악은 악대로 하찮은 악이라 할지라도 반드시 그 대가를 받게 되어 있다. 그러나 만약에 인간이 남에게 베풀었다는 집착 없이 베푼다면 그 공덕은 마치 헤아릴 수 없는 허공과 같아지는 것이다.

임상옥은 아무런 대가 없이 장미령을 구하였다. 임상옥은 장미령을 소유하지 않았으며 발자취를 남긴다는 생각조차 없이 장미령을 위해 보시를 베풀었다. 이 보시를 통해 임상옥은 고통을 받았다. 이는 당연한 일이다. 무릇 자비에는 희생과 고통이 반드시 따르게 되어 있기 때문이다.

그러나 이 '머무르지 않는 보시(無住相布施)'는 임상옥에게 결과적으로 헤아릴 수 없는 공덕을 쌓게 하였다.

천우신조(天佑神助).

하늘과 신령의 도움을 받는다는 천우신조는 바로 이 머무름이 없는 자비에서 비롯된 것이다. 임상옥은 바로 장미령을 통해서 하늘과 신령의 도움, 즉 천우신조를 받게 되었다.

무릇 모든 사람들은 인정을 받으려 하고, 존경을 받으려 하고, 발자취를 남기려 해서는 안 된다. 자신이 죽은 후에라도 자신의 이름을 남기려 해서는 안 된다. 그러한 욕망은 그의 공덕을 일시적이거나 한시적으로 만들기 때문이다.

임상옥이 거상이 될 수 있었던 것은 돈을 벌었으나 돈에 집착하지 않았으며, 명예를 얻었으나 명예를 누리지는 않았고, 풍류를 즐겼으나 쾌락에 탐닉하지 않았기 때문이다.

평생을 크게 소유하였지만 그것이 자신의 것이라고 생각하여 본 적은 없었다. 그는 상업을 통해 도인의 길을 걸었던 수도자였다.

'부자는 인간 스스로가 만들지만 거상은 하늘이 낸다'는 말은 바로 여기에서 비롯된다.

임상옥은 그런 의미에서 하늘이 낸 거상인 것이다. 임상옥은 장미령을 구해줌으로써 모두가 사는 활인(活人)의 길을 걸었다. 이는 열다섯 살의 소년 임상옥이 추월암에서 행자승 노릇을 하고 있을 때 큰스님 석숭으로부터 빗자루로 얻어맞고 주먹으로 얻어맞은 끝에 배웠던 '손 안에 들어 있는, 사람을 죽일 수도 있고 살릴 수도 있는 칼'을 사용했기 때문이었다.

임상옥은 사람을 살릴 수 있는 칼, 즉 활인도를 사용함으로써 마침내 장미령도 살고 자신도 사는 활인의 길을 선택하였던 것이다.

임상옥은 이처럼 장미령을 재회함으로써 상인으로서 기사회생하게 되었을 뿐 아니라 바로 이 시점에서부터 그의 사업은 승승장구하며 번창하기 시작하였다.

장미령과의 극적인 재회, 그 이후는 역사의 심연 속으로 사라져 버린다. 그녀의 생애는 더 이상 임상옥의 인생에 있어 드러나 보이지 아니한다. 그런 의미에서 장미령은 아버지의 눈을 뜨게 하기 위해 공양미 3백 석에 몸을 팔았던 효녀 심청이었으며, 임상옥은 바로 그 장미령으로부터 상인으로서의 눈을 뜬 심봉사 그 사람일지도 모른다.

제7장 가포집(稼圃集)

1

아침부터 구름이 잔뜩 낀 궂은 날씨더니 아니나다를까 출발할 때부터 싸락눈이 쏟아지기 시작하였다. 이럴 줄 알았으면 한 시간 정도 일찍 출발했어야 시간에 맞춰 도착할 수 있었을 텐데, 하고 나는 때늦은 후회를 했다.

거리는 완전히 차량의 행렬들로 혼잡을 이루고 있었다. 그러나 달리 방도가 없었다. 일단 약속을 한 이상 정릉으로 갈 수밖에 없었다.

이틀 전날 밤.

나는 한기철로부터 전화를 받았다. 내가 부탁했던 물건을 구해놓았다는 용건이었다.

김기섭 회장이 불의의 교통사고로 죽은 후 이번이 세 번째의 만남인 셈이었다. 두 번째 만남에서 나는 한기철에게 그간의 조사를 통해 지갑에서 나온 문장의 출처가 바로 임상옥이었으며, 김 회장이 그 문장에서 호를 따올 만큼 임상옥을 사숙하고 있었다는 사실을 전해주었다.

그러자 한기철은 강한 호기심을 보였다.

"돌아가신 회장님께서 마음속으로부터 존경하고 따르신 스승이 계셨다는 일은 정말 놀라운 일입니다. 제가 아는 한 회장님은 자기 자신 이외의 그 누구도 사랑하지 않으셨습니다. 회장님에겐 오직 자신만이 친구이자 스승이셨습니다."

나는 죽은 김 회장에게 있어 오직 자기 자신만이 친구이자 스승이었다는 한기철의 말에 동의한다. 이 말은 얼핏 보면 오만하고 독선적인 성격이라고 비난하는 것처럼 보이지만 그만큼 자기 자신에 대해 철저했다는 것을 뜻한다.

"만약 정 선생님 말씀대로 임상옥이란 분이 오늘을 사는 현대인이었다면 회장님께선 그분을 존경하고 따르지 않으셨을 것입니다. 그분께서 지금으로부터 2백 년 전의 사람이셨기에 회장님은 그분을 존경하고 본을 받으셨을 것입니다. 회장님은 원래 질투심도 많으신 분이셨으니까요."

한기철은 유쾌하게 웃었다.

"그분을 오랫동안 모셨던 저지만 그분께서 마음속으로 존경하고 지갑 속에까지 그 좌우명을 넣고 다니실 만큼, 또 그 문장에서 호를 따올 만큼 따로 사숙하는 분이 계셨다는 것은 매우 놀라운 일입니다."

한기철은 진심으로 말하였다.

"그래서 말인데요."

한기철은 즉석에서 제안하였다.

"회장님이 사숙하였던 임상옥이라는 인물에 대한 연구가 어떨까요. 오는 가을에 개관되는 기념관에 회장님이 사숙하신 임상옥 선생의 유물들을 진열하거나 비치해 놓는다면 돌아가신 회장님의 뜻을 이어받는 일도 되겠구요. 또한 세인들이 알고 있는 회장님의 이미지를 각인시켜 놓을 수 있는 절호의 찬스이기도 하구요."

한기철의 제안은 현명한 것이었다. 그렇지 않아도 내겐 한 가지 문제가 남아 있었다. 그것은 임상옥이 말년에 저술한 저서를 구하는 일이었다.

임상옥은 말년에 두 권의 책을 저술한 것으로 알려져 있다. 말년에 이르러 시와 술로 여생을 보내었는데 시를 추려 모은 시집《적중일기》와 시와 더불어 자신의 일생을 추려 기록한 문장 등을 모은 《가포집》을 편찬하였다.

따라서 임상옥의 일생을 추적하고, 한기철의 제안대로 임상옥이라는 인물을 연구하는 데는 반드시 그가 생전에 저술하였던 《적중일기》와 《가포집》 두 권의 저서가 필요했던 것이다.

국립도서관이나 국회도서관, 아니면 대학교의 도서관을 뒤지면 찾을 수 있을지도 모르는 일이었다.

그러나, 나는 생각하였다.

실제로 김 회장이 임상옥을 사숙하고 있었다면 어쩌면 임상옥이 생전에 저술한 두 권의 저서 중에서 한 권이라도 이를 구해 소장하고 있었을지도 모른다. 이미 임상옥의 유물쯤은 구해서 개인 소장품으로 간직하고 있을지도 모를 일이다.

그래서 두 번째로 한기철을 만났을 때 나는 이렇게 말했다.

"김 회장님의 유품 중에 임상옥과 관련된 유물들을 구할 수 없을까요. 이를테면 임상옥이 생전에 쓴 두 권의 책이라든가, 아니면 생전에 사용했던 도자기라든가, 하다못해 붓, 먹, 연적과 같은 문방구라도 구할 수 있지 않을까 해서요. 특히 임상옥이 쓴 책은 일대기를 추적하는 데 결정적인 도움이 되니까요."

한기철은 대답했다.

"하지만 평소의 회장님 성격을 잘 알고 계시지 않습니까. 무슨 골동품이라거나 미술적 가치가 있는 그림이나 조각품과는 전혀 상관없던 회장님의 성격을."

한기철의 말은 사실이었다.

김기섭은 무취미한 사람이었다. 그의 유일한 취미는 일 그 자체였으며 그중에서도 자동차뿐이었다.

"하지만."

헤어질 무렵 한기철이 손을 내밀며 말을 하였다.

"선생님께서 말씀하셨으니 유가족과 의논해서 돌아가신 김 회장님의 유품들을 정리해 보겠습니다. 정리하다가 말씀하셨던 물건들이 나오면 그 즉시 연락을 드리겠습니다."

나는 기대하지 않았다.

그런데 이틀 전날 밤 뜻밖에도 한기철로부터 연락이 온 것이었다.

내가 찾고 있던 책 중에서 한 권이 김기섭 회장의 유품에서 나왔다는 반가운 소식이었다. 바로 임상옥의 마지막 저서인《가포집》이라는 표제가 붙은 고서(古書)가 한 권 발견되었다는 것이다.

나로서는 뜻밖의 수확이었다.

《가포집》에는 임상옥이 스스로 저술한 자전적인 생애의 기록이 포함되어 있어 단순히 시문(詩文)만을 모아둔《적중일기》보다는 임상옥 연구에 더욱 보탬이 되는 자료였기 때문이다.

그러나 그것뿐이 아니었다.

한기철은 뜻밖의 수수께끼와 같은 말을 덧붙였다.

"돌아가신 회장님의 유품을 유가족분들과 함께 정리하다가《가포집》이란 책과 함께 오래된 잔 하나를 발견했습니다. 술잔 같기도 하고 찻잔 같기도 하지만, 어쨌든 골동품 같은 데 전혀 관심이 없던 회장님이 갖고 계시던 낡은 물건이라서 혹시 정 선생님께 도움이 될지도 모른다고 생각했습니다. 그래서 유가족들과 상의해서《가포집》한 권과 그 수수께끼의 잔을 빌려드리기로 했습니다. 어차피 11월 3일, '여수기념관' 개관식 때엔 진열돼야 하니까 그때까지만 빌려드리기로 합의했습니다."

 잠시 끊겼던 싸락눈이 다시 흩날리기 시작하였다. 윈도 브러시를 작동시켰으나 쉴 새 없이 차창에 엉겨붙는 세설(細雪)을 말끔히 밀어내지는 못하고 있었다.

 차는 정릉으로 넘어가는 네거리의 길목에서 막혀 있었다. 나는 시계를 들여다보았다. 벌써 약속시간보다 삼십 분이 넘어 있었다.

 출발했을 때부터 걱정했던 대로 싸락눈이 내리고 있어 그렇지 않아도 아침부터 한파가 몰아치고 있었던 길거리는 완전히 빙판과 다름없었다.

 한기철은《가포집》과 정체를 알 수 없는 수수께끼의 잔을 내게 전해주겠다고 말한 다음 둘이 만날 장소로 정릉에 있는 사찰을 가르쳐주었다.

 "모레 오후 돌아가신 회장님의 사십구재(四十九齋)가 열립니다. 정릉에 있는 경국사란 절인데요. 왜 아시지요, 지난 연말 회장님의 영결식이 열렸던 바로 그 절에서 말입니다. 오후 세 시에 바로 그 절에서 회장님의 천도재가 열립니다. 그 장소에서 만나는 것이 어떻겠습니까."

 사십구재.

불교에서는 이를 다른 말로 칠칠재(七七齋)라고도 부르고 있다. 사람이 죽으면 다음 생을 받을 때까지 49일 동안의 중음(中陰)의 상태를 갖게 되는데 이 기간에 다음 생을 맞을 연(緣)이 정해진다. 따라서 7일 단위로 불경을 읽고 부처님 전에 공양을 하게 된다. 죽은 사람으로 하여금 다음 생에서 좋은 생을 받게 하기 위해 49일 동안 재를 지내는 것이다.

간신히 엉겼던 교통신호가 풀렸는지 막혀 있던 차가 조금씩 움직이기 시작하였다. 엉겼던 신호체계가 경찰의 수신호에 의해 풀리기 시작한 모양으로 어디선가 호루라기 소리가 들려오고 있었다.

달려드는 싸락눈을 부지런히 밀어내는 윈도 브러시가 만들어낸 부채꼴의 차창을 통해서 가파른 정릉의 언덕길을 올라가면서 나는 생각하였다.

바로 오늘이 김기섭 회장이 죽은 지 정확히 49일째가 되는 날이로군.

사찰로 들어가는 숲길에는 내린 싸락눈이 그대로 쌓여 있었다. 숲길로 돌아서자 별천지에 온 듯 설국(雪國)이 드러났다.

주차장에 차를 세우고 나는 절 안으로 들어섰다. 아직까지 경내에는 사람들이 드문드문 모여 있었다.

사십구재 중에서도 가장 규모가 큰 영산재(靈山齋)를 올린 듯, 장엄하고 엄숙한 영산회상의 광경을 묘사하기 위해서 법무(法舞)를 춘, 울긋불긋한 가사를 입은 스님들의 모습들도 간혹 눈에 띄고 있었다.

대웅전 앞 뜨락에는 두 개의 석탑과 석등이 내리는 눈을 참따랗게 맞으며 서 있었다.

그 뒤편에서 무슨 노랫소리 같은 것이 들려오고 있었다. 요령소리가 간간이 섞이는 것으로 봐서 스님의 독경소리였다.

나는 그 소리가 나는 곳으로 천천히 걸어갔다.

대웅전에서 떨어진 작은 법당 옆에는 몇 명의 사람들이 옹기종기 모여 있었다. 불길이 타오르고 있는 것으로 보아 무엇인가를 태우고 있는 모양이었다. 요령을 흔들면서 독경을 하는 뒤편에 낯익은 사람의 모습이 보였다. 한기철의 모습이었다.

나는 팔짱을 끼고 타오르는 불길 앞에서 독경하는 스님의 경문을 귀기울여 들었다.

무상계(無常戒).

스님이 외우는 그 경문은 바로 무상계였다. 죽은 영혼에게 인생의 무상을 일깨워주고 영가(靈駕)나마 불법에 의지하여 좋은 곳에 환생하여 태어나기를 소원하는 내용이었다. 따라서 죽은 영혼을 달래주는 무상계를 '열반으로 가는 문이며 고해를 벗어나는 자비의 배'라고 일컫고 있는 것이다.

"영가여, 겁(劫)이 다하여 말세가 되면 대천세계도 불타고 수미산과 큰 바다도 다 넘어지는 것인데, 어떻게 이 몸뚱이가 늙고 병들고 죽고 고뇌하는 생사를 벗어날 수 있겠는가."

스님의 손에 들린 요령이 마음 심(心) 자를 그리면서 빠르게 흔들리고 있었다.

"…이 세상 모든 것 그 바탕 본래 고요하니 불제자가 되어 닦고 또 닦으면 내세에 부처를 이루리라. 아아 덧없다, 인생의 흘러가는 태어남과 죽어감이여. 나고 죽음이 없어지면 이것이야말로 열반의 즐거움이라…."

법당에 기대어 서서 팔짱을 끼고 스님의 독경을 묵묵히 듣고 있던 내게 스님의 목소리 하나가 화살이 되어 가슴에 내리꽂혔다.

"…아아 덧없다, 인생의 흘러가는 태어남과 죽어감이여. 아아 덧없다, 인생의 흘러가는 태어남과 죽어감이여."

평생을 통해 자동차에 미쳐 최고의 거부가 되었지만 죽을 땐 단돈 만원짜리 한 장도 지갑 속에 넣어 가지지 못하였던 빈털터리 김기섭 회장. 그의 육신도 흙으로 돌아가고, 물로 돌아가고, 불로 돌아가고, 바람으로 돌아가서 이제 깨끗한 무(無) 그 자체가 되었음이다.

마침내 모든 의식이 다 끝났는지 독경을 하고 있던 스님도 합장 배례한 후 사라졌다. 남은 사람은 한기철을 비롯한 서너 명뿐이었다. 나는 그제야 계단을 내려가서 한기철의 등을 두드렸다.

"아."

그는 활짝 웃으며 나를 쳐다보았다.

"언제 오셨습니까."

"한 십 분 되었을까요. 저기 법당 옆에서 지켜보고 있었습니다."

"잘하셨습니다."

한기철은 흰 장갑을 낀 손으로 머리에 맺힌 눈발을 털며 말하였다.

"이제 모든 제사는 끝이 났습니다."

타오르던 불길도 꺼져가고 있었다. 아직 완전히 타버리지 않아 태우던 물건이 무엇이었던가를 알 수 있었다.

그것은 흰옷과 그리고 고무신 한 켤레였다.

흰옷은 이제 마악 마지막 남은 한 조각마저 깨끗이 연소되고 있었지만 고무신은 잘 타오르지 않아 잔해가 남아 있었다.

저 흰옷과 흰 고무신은 죽은 영혼이 다음 생을 받기 위해 먼길을 떠날 때 입을 신의(新衣)와 첫발을 내디딜 새 신발인 것이다.

부하직원으로 보이는 사람 하나가 불길이 사그라들자 그 불길 속에 휘발유를 부어넣었다. 그러자 다시 맹렬하게 불길이 타오르기 시작하였다. 단숨에 흰 고무신의 잔해가 불길에 휩싸였다.

"자, 그럼 이제 가실까요."

흰 장갑을 벗어 직원에게 내주면서 한기철이 내게 말하였다. 우리는 나란히 경내를 가로질러 일주문 쪽으로 걸어갔다.

무사하게 사십구재를 치렀다는 안도감 같은 것이 한기철의 얼굴에 엿보이고 있었다. 그는 약간 피로해 보였다.

"차를 가져오셨지요."

"그렇습니다."

"그럼 저는 회사차를 타고 왔으니 직원들과 함께 보내고 저는 따로 정 선생님과 동행해서 시내로 들어가는 것이 어떻겠습니까."

"그렇게 하지요."

우리는 주차장까지 나란히 걸었다. 잠시 끊겼던가 싶었던 싸락눈의 알이 굵어져 있었다. 저녁 다섯 시가 조금 넘었을 뿐인데 궂은 날씨라서 그런지 벌써 땅거미가 내리고 어둑어둑하였다.

시내로 들어갈수록 교통은 훨씬 더 혼잡하였다.

먼젓번에 함께 갔었던 그 호텔의 주차장에 차를 세우고 우리는 일식집으로 갔다. 마침 작은 방이 남아 있었다.

회를 시켜 저녁식사 겸 술을 마시기 시작하였는데 한기철은 얼음을 넣은 잔에 위스키를 가득 따라 단숨에 들이켰다. 폭음하는 것이 그의 즐거움인 것 같았다.

"저는."

독한 위스키를 단숨에 들이켜고 나서야 한기철은 비로소 입을 열어 말하였다.

"사람의 내세를 믿지 않습니다. 죽으면 사람이 천국을 간다는 것도, 아니면 다른 세상에서 또다시 태어나 윤회한다는 것도 다 믿지 않습니다. 사람은 죽으면 그것으로 그만이라는 생각입니다."

단숨에 마신 위스키의 술기운이 혈관 속으로 성급하게 퍼져나가는 그 마취의 쾌락을 즐기는 듯 그는 한결 풀어진 눈빛으로 나를 보았다.

"더 취하기 전에 우선 사무적인 일부터 끝내야지요."

그는 들고 온 가방을 탁자 위에 올린 후 비밀번호를 돌려 잠금장치를 열었다. 철커덕 금속성 소리를 내며 자물쇠가 풀렸다. 무엇인가를 꺼내어 그것을 탁자 위에 놓았다.

"이것이 부탁하셨던 책입니다. 임상옥의 저서라고 알려져 있는 《가포집》 바로 그 책입니다."

한기철은 그 책을 내게 내밀었다.

책의 표지는 종이를 몇 겹 발라 만든 두터운 한지였다. 원래는 누런빛이 도는 물감을 풀어 만든 황염초주지(黃染草注紙)였던 것처럼 보였다.

표지에는 세로로 된 글씨로 다음과 같은 제목이 씌어 있었다.

'稼圃集'

한눈에도 분명한 《가포집》, 바로 임상옥이 말년에 저술하였던 그 책이었다. 임상옥은 1779년에 출생하여 철종 6년인 1855년 숨을 거두었다. 그가 비록 2백여 년 전의 사람이라 하여도 그가 죽은 것은 150년 정도밖에 되지 않는다.

그러므로 그가 오래된 역사 속의 인물이라지만 따지고 보면 가까운 근세의 인물인 것이다. 그런데도 그의 행적이 몇 개의 단편적인 에피소드로만 전해져 내려오는 것은 아마도 그가 평안북도의 의주 사람으로 남과 북이 가로막힌 그 분단의 단절 때문일 것이다.

자신의 육성으로 직접 자서한 《가포집》이야말로 임상옥 연구의 유일한 증거인 셈이었다.

"이 책을 빌려드리겠습니다. 11월에 개원될 기념관에 전시될 물건이니 그때까지만 보관하셨다가 돌려주시면 됩니다. 다만 한 가지 부탁이 있습니다."

그는 진지한 얼굴로 말하였다.

"약속해 주시겠습니까. 정 선생님 말고 다른 사람에게는 이 책을 보여주지도, 이 책의 존재에 대해서 절대 발설하지도 않겠다는 것을 약속해 주시겠습니까."

안경 너머로 그의 눈빛이 차갑게 흔들리고 있었다. 그제야 나는 독일의 프랑크푸르트에서 처음으로 만났을 때 그의 빈틈없는 태도에서 상사의 현지 주재원이라는 느낌보다는 무슨 정보기관의 첩보원 같다는 느낌을 받은 기억을 떠올렸다.

"물론입니다."

나는 대답했다.

"약속하겠습니다."

나는 빈 잔에 위스키를 조금 따라 한 모금 들이켰다.

"…불쾌하셨습니까."

"약간은요."

나는 솔직하게 대답하였다.

"미안합니다. 그 이유에 대해서는 훗날 자세히 설명해 드리겠습니다. 가져가시지요."

한기철은 탁자 위에 놓인 책을 가리키며 말하였다. 나는 미리 준비해 가져온 가방 속에 그 책을 넣었다. 그러자 그는 다시 유쾌하게 술을 마시기 시작하였다.

나는 다시 조심스럽게 말을 꺼냈다.

"한 실장님께서 먼저 말씀하시지 않았습니까. 이 책과 함께 오래된 잔을 하나 발견하셨다구요. 술잔 같기도 하고 찻잔 같기도 한, 수수께끼의 낡은 잔 하나를 유품으로 발견하셨다구요."

"아, 그 잔 말입니까."

그제야 생각났다는 듯 한기철은 머리를 끄덕였다.

"물론입니다. 유품을 정리하다가 그 책과 함께 발견한 낡은 잔 하나가 있었습니다. 처음에는 정 선생님에게 도움이 될까 해서 빌려드리려고 했지만 그럴 필요가 없다는 생각이 들어 갖고 오지 않았습니다."

"필요가 없다니요."

"그 잔은 깨어져 있었습니다. 깨어져도 금이 가거나 약간만 파손된 것이 아니라 삼분의 일 가량이 깨어져 없었습니다. 깨진 잔이 무슨 값어치가 있겠습니까."

한기철의 말은 사실이었다.

금이 가거나, 작은 균열로 일부가 손상된 물건이 아니라 30퍼센트에 해당하는 상당 부분이 깨어져버린 잔이라면 그건 이미 유물이 아니라 낡은 파편조각에 불과할 것이다.

그러나 나는 실망한 느낌이었다. 《가포집》과 함께 발견되었다는 그 오래된 잔에 대해서 많은 관심을 갖고 있었기 때문이었다. 한기철은 바로 자신의 입으로 그 잔을 '수수께끼의 잔'이라고까지 표현하지 않았던가.

그날 밤, 우리는 늦게 헤어졌다.

술은 주로 한기철이 마시는 편이었고 나는 술 대신 얼음물을 마시며 그의 말을 주로 듣는 편이었다. 빠른 속도로 많은 양의 위스키를 들이켰으므로 그는 상당히 취해 있었다. 나중에는 맥주를 따로 시켜 위스키 잔을 가라앉히고 폭탄주를 만들어 자신이 마시기도 하였다.

　그러나 한기철에게선 어디에서도 흐트러진 모습을 찾아볼 수 없었다. 밤 열 시쯤, 술 취한 한기철을 그의 부하직원이 찾아와 승용차로 데려갔으며 우리는 그렇게 헤어졌다.

2

　그날 밤.

　나는 서재에 앉아서 책을 펼쳐보았다. 책은 보관상태가 양호하지 않았다. 드문드문 세월의 흔적으로 파손되어 있었고 간혹 떨어져나간 낙장(落張)까지 있었다. 그러나 그런대로 임상옥이란 인물을 연구하는 데에는 반드시 필요한 진서(珍書)임에는 틀림이 없었다.

　처음 예상대로 《가포집》은 서두를 자신의 행장기로부터 시작하고 있었다.

　'의주 남쪽 성곽의 아래에 거주하는 곳은 곧 조상들이 사시던 곳이다. 6, 7세 때부터 외부의 스승에게 나아가 15세에 이르기까지 경서를 대충 섭렵하고 문리가 겨우 나게 되었다. 혹은 명사들을 좇아다니고 혹은 사찰에서 홀로 공부하여 읽은 것을 거의 스스로 해독하였다…'

　그런데 그날 밤, 나는 전혀 뜻밖의 사실을 발견하게 된다. 그것은 서문 끝 무렵에 이르렀을 때 우연히 다음과 같은 문장에 시선이 멎게 된 것이다.

　'…경진년에 새 집에 들어오매 숲과 연못, 꽃과 돌 사이에 새들이 집을 지으니 책이나 읽으면서 만년에 휴식할 만한 장소가 될 듯하다. 만년에는 시를 읊는 가객(歌客)으로 지내었으나 매사가 평안하였다. 돌이켜 생각해보면 나를 낳아준 사람은 부모이지만 나를 이루게 해준 것은 그 하나의 잔이었다.'

앞뒤가 맞지 않는 뜻밖의 문장이 불쑥 나타난 것이다. 나는 그 문장을 다시 한번 읽어보았다.

'生我者父母 成我者一杯(생아자부모 성아자일배)'

그 문장의 뜻은 의외로 쉽고 단순하다. 나를 낳아준 사람은 부모이지만 나를 이루게 해준 것은 그 하나의 잔이었다'는 뜻인 것이다. 나를 낳아준 사람이 부모라는 것은 누구라도 알 수 있는 의미다. 그러나 나를 이루게 해준 것이 그 하나의 잔'이라는 말은 도대체 무엇을 뜻하고 있는 것일까.

그 열 자의 글도 임상옥의 독창적인 문장이라고 말할 수는 없다. 그 문장은 《사기》에 나오는 문장에서 빌려온 것이 아닌가.

'관중열전(管仲列傳)' 편에 관중(管仲)과 포숙아(鮑叔牙)의 두터운 우정 이야기가 나온다. 이 두 사람의 각별한 우정을 고사성어로 관포지교(管鮑之交)라고 부르는데, 먼 후일 관중은 자신의 친구였던 포숙아에 대해 다음과 같이 술회하였다.

나는 젊었을 때 포숙아와 장사를 함께한 일이 있었는데 늘 이익금을 내가 더 많이 가졌으나 그는 나를 욕심쟁이라 하지 않았다. 내가 가난하다는 것을 잘 알고 있었기 때문이다. 또 그를 위해 한 사업이 실패하여 그를 궁지에 빠뜨린 일이 있었지만, 그는 나를 용렬하다고 여기지 않았다. 때에는 이로움과 불리함이 있다는 것을 잘 알고 있었기 때문이다. 나는 또 벼슬길에 나갔다가는 물러나곤 했었지만 나를 무능하다고는 말하지 않았다. 내가 때를 만나지 못한 것을 알고 있었기 때문이다. 어디 그뿐인가. 나는 싸움터에서도 도망친 일이 있었지만 그는 나를 겁쟁이라곤 말하지 않았다. 내겐 늙은 어머니가 계시다는 것을 잘 알고 있었기 때문이다.'

오랜 죽마고우였던 포숙아에 대해서 훗날 대재상이 된 관중은 이렇게 감사의 마음을 전하고 난 다음 그 유명한 말로 끝맺음하였던 것이다.

'아무튼 나를 낳아준 분은 부모님이지만 나를 알아준 사람은 포숙아였던 것이다(生我者父母 知我者鮑叔牙).'

이 말 한마디에서 둘도 없는 친구 사이를 나타내는 '관포지교'란 고사성어가 탄생하게 된 것이다.

그렇다면 임상옥은《사기》에 나오는 이 유명한 문장을 인용하고 있음이 분명하지 않은가.

'…만년에는 시를 읊는 가객으로 지내었으나 매사가 평안하였다. 돌이켜 생각해보면 나를 낳아준 사람은 부모이지만 나를 이루게 해준 것은 그 하나의 잔이었다.'

《사기》에 나오는 문장 '生我者父母 知我者鮑叔牙'는 '生我者父母 成我者一杯'로 변형되어 있는 것이다. 앞줄의 문장은 똑같아 한 자의 변형도 없다.

이는 임상옥이 짐짓 그렇게 표현한 것이라고 나는 생각했다. 관중에게 있어 포숙아는 자신의 생명과도 바꿀 만큼의 벗이자 스승이었다. 마찬가지로 임상옥에게 있어 그 수수께끼의 잔은 포숙아만큼의 중요한 의미를 지니고 있음을 암시하는 문장인 것이다.

순간 내 머리 속으로는 한기철이 말하였던 그 잔이 영감처럼 떠올랐다.

혹시 그 수수께끼의 잔을 말하고 있는 것이 아닐까.

만약 그 잔이 《가포집》과 함께 발견된 것이 확실하다면, 그리하여 그 잔이 임상옥이 사용하던 손때 묻은 잔이 확실하다면 그 잔은 깨어졌을 뿐 아니라 깨어져 박살 난 상태라 할지라도 그만한 값어치를 갖고 있음이 분명하다.

만약 그 깨어진 잔이 임상옥이 쓰던 유물임이 확실하다면 그 잔이야말로 임상옥을 키운 포숙아와 같은 벗이자 스승임이 분명할 것이다.

나는 흥분으로 가만히 앉아 있을 수 없었다. 서재를 나와 베란다의 문을 열고 담뱃불을 붙였다.

평생을 임상옥을 사숙하였던 김기섭 회장의 평소 성격으로 보아 그의 저서뿐 아니라 사용하던 유물을 구하는 것은 당연한 일이었을 것이다. 따라서 그 깨진 잔이야말로 임상옥이 고백하였던 '자신을 이루게 해준 그 잔' 일 가능성이 높다.

그때였다.

새로운 의문점이 내 가슴을 번득이며 스쳐갔다.

밤늦게까지 책을 면밀하게 살펴보았지만 《가포집》은 다만 하나의 낡은 고서일 뿐, 절대 보안을 유지해야 할 만큼의 비밀문서는 아닌 것이다. 그럼에도 한기철은 어째서 이 책의 존재에 대해서 절대의 침묵을 강요하고 있는 것일까. 그 순간 내 머리 속으로 하나의 영감이 떠올랐다.

언제였던가.

북경의 공중화장실에서 받은 거스름돈에서 '조선 여인' 의 얼굴을 발견한 김 회장은 이후부터 그 지폐를 부적처럼 가지고 다녔다는 한기철의 말을 들었을 때 나는 그 무렵 김 회장에게 어떤 일이 있었느냐고 물었던 적이 있었다.

그때 한기철은 잠시 난처한 표정으로 말을 끊었었다. 짧은 침묵 끝에 한기철은 이렇게 대답하지 않았던가.

"회장님은 국가당국과 안기부 측의 허가를 받고 올림픽이 끝난 직후인 80년대 말부터 북한에 들어가셨습니다. 지금은 이렇게 말씀 드려도 좋겠지만 그 당시만 해도 북한으로 들어간다는 것은 생사를 건 극비사항이었습니다. 아무튼 평양에 머무르는 열흘 동안 회장님 은 세 번 김일성 주석을 만났습니다."

나는 그제야 애매모호하던 상황들이 안개가 걷힌 듯 명료하게 밝 아오는 것을 느꼈다.

한기철이 내게 빌려준 《가포집》은 김기섭 회장이 북한의 주석 김 일성으로부터 초청을 받고 수차례 비밀 입북하였던 과정에서 얻은 소득이었을 것이다.

임상옥의 본관은 전주(全州).

임(林)씨의 성은 전체 성씨 중 10위에 해당될 만큼 자손이 번창 하였지만 대종(大宗)은 평택(平澤)임씨에서 분파된 분적종(分籍宗) 이다.

평택, 나주(羅州), 진천(鎭川), 울진(蔚珍) 등 30여 본으로 전해지 지만 임상옥의 본관 전주임씨는 아주 희성으로 남한에는 거의 존재 하지 않는다.

임상옥 자신도 《가포집》의 서문에서 다음과 같이 자서하고 있지 않은가.

'의주 남쪽 성곽의 아래에 거주하는 곳은 곧 조상들이 사시던 곳 이다.'

자신이 표현한 대로 임상옥은 의주 남쪽 성곽에 있던 전주임씨의 집성촌에서 4대째에 걸쳐 중국을 상대로 만상을 하던 상인의 후예인 것이다.

그렇다면 임상옥이 남긴 희귀본인 《가포집》이 그의 후손이 전무한 남한에서 발견될 가능성은 극히 희박했을 것이다. 이러한 낡은 고서들은 주로 그의 후손들에 의해서 보존되고 가보(家寶)로 전해져올 가능성이 높다.

그렇다면 《가포집》은 김 회장이 북한을 수차례 방문하였을 때 김일성 주석을 통해서 얻었던 일종의 전리품(戰利品)임에 틀림이 없을 것이다.

비록 정치체제가 달라져 임상옥의 사당이 없어지고 그의 유택이나 저택들이 흔적도 없이 사라져버렸을지도 모르지만 후손들은 분명히 그곳에 살고 있을 것이다.

그 후손들은 본능적으로 자신의 조상이었던 임상옥의 저서를 가보로 소중히 보관하고 있었을 뿐 아니라 그가 쓰던 유물 몇 점쯤은 소장하고 있었을 것이다.

한기철은 그 책이 북한에서부터 유출되어온 일종의 노획물임을 잘 알고 있었을 것이다.

김 회장이 비밀리에 방북하여 북한의 주석 김일성을 수차례 만나 상담을 벌인 것은 국가로부터 사전 승낙을 받은 일이라 하더라도, 그를 통하여 임상옥의 유물을 전해받은 것은 어디까지나 공적이 아닌 사적인 일이다.

어쩌면 김 회장은 사적으로 받은 물건들은 국가기관에 보고하거나 반납해야 할 의무가 있었을지도 모른다. 그 의무를 이행하지 않고 은밀하게 소장하고 있었다는 사실이 외부에 노출되는 것을 한기철은 꺼렸을 것이다.

거실에 걸린 괘종시계가 둔중한 소리로 세 번을 계속해서 울었다.

여의도광장 너머로 뭔가 새의 깃털 같은 것들이 희끗거리는 것이 보였다. 끊겼던 눈발이 다시 흩날리기 시작한 모양이었다. 광장의 어둠을 밝히기 위해서 밤새 켜둔 가등의 불빛 주위로 한여름 몰려드는 날곤충처럼 싸락눈의 설편(雪片)들이 하얗게 부서지고 있었다.

그렇다면.

나는 생각하였다.

한기철이 말하였던 그 깨어진 잔 역시 북한에 살고 있는 그 후손들이 보관하고 있었던 임상옥의 유물이었음이 틀림없을 것이다.

한기철은 그 수수께끼의 잔이 깨어졌으므로 아무런 값어치가 없는 평범한 잔에 불과하다고 대수롭지 않게 말하였었다. 그러나 역설적으로 김기섭 회장은 아무런 가치도 없는 깨어진 잔을 무엇 때문에 소중하게 《가포집》과 함께 따로 보관하고 있었던 것일까.

그 이유는 분명하다.

그 깨어진 잔 역시 임상옥의 후손들이 보관하고 있던 가보이며, 바로 그 깨어진 잔이야말로 임상옥이 스스로 기록하였던 것처럼 '낳아준 사람은 부모이지만 자신을 이루게 해준 것은 바로 그 하나의 잔'이라는 문장에 나오는 '그 잔(一杯)'임을 김 회장은 명백하게 알고 있었기 때문인 것이다.

그 잔이 처음부터 깨어져 있었을 리는 없다. 그렇다면 임상옥 당대에 그 잔이 깨어졌든가 아니면 그 후대에 분명 깨어졌을 것이다. 만약 임상옥 당대에 깨어진 곳이라고는 전혀 없는 온전한 고배(高杯)였다면.

나는 가빠오는 호흡에 또 다른 흥분을 느꼈다.

그렇다면 후손들에게 전해져 보관돼 내려오는 중에 실수로 깨어져버린 것이 된다. 그러나 과연 그러할까.

아닐 것이다. 만약 후손들이 실수로 잔을 깼다면 분명 깨어진 부분을 찾아 원래 모습대로 복원시켰을 것이다. 그렇다면 답은 의외로 간단하다. 임상옥 당대에 그 잔은 깨어진 것이다. 그것도 금이 가거나 약간만 파손된 것이 아니라 삼분의 일 가량이 깨졌다면 그 잔이 깨어진 데는 그럴 만한 사연이 있을 것이다. 그렇다면 혹시 그 잔이 임상옥을 이룬 것이 아니라 그 잔의 깨어진 사연이 임상옥을 이룬 것이 아닐까.

그렇다.

그 잔은 분명 누가 고의로 깬 것이다. 그 잔을 깬 장본인이 임상옥이든 아니든 그 잔이 깨어진 데는 분명 이유가 있다. 그러므로 보다 정확한 표현은 다음과 같아야 할 것이다.

'나를 낳아준 사람은 부모이지만 나를 이룬 것은 깨어진 잔이다(生我者父母 成我者破杯).'

제8장 개미와 꿀

1

  1807년.

  11세의 어린 나이로 왕위에 올랐던 순조가 즉위한 지 7년째가 되는 해 9월.

  임상옥과 박종일은 한양으로 상경하였다.

  이때가 임상옥의 나이 29세 때의 일이었다.

  임상옥이 박종일과 성급히 한양으로 상경한 것은 당대의 세도가였던 박준원(朴準源)이 68세의 나이로 숨을 거뒀기 때문이었다.

  박준원.

  어려서부터 육경(六經)과 백가(百家)의 글에 두루 능통한 대학자였던 박준원이 갑자기 권세의 중심에 서게 된 것은 그의 딸이 정조(正祖)의 부인이 된 이후부터였다.

  박준원의 3녀였던 딸이 수빈으로 뽑히자 그의 벼슬길은 승승장구하게 되었다.

그뿐 아니라 수빈이 원자(元子)를 낳게 됨으로써 세자의 외할아버지가 되었다. 그는 호산(護産)의 노고로 통정대부(通政大夫)에 올라 항상 대궐에 머물면서 원자를 보호하고 보도(輔導)하였던 것이다.

마침내 1801년에 이르러 자신의 외손주인 순조가 대왕위에 오르자 수렴청정하던 정순왕후에 의해 호조, 형조, 공조의 세 판서와 금위대장 등 삼영의 병권을 8년 동안이나 잡고 있었던 권세의 핵이었다.

오늘날에도 그의 업적을 기리는 신도비(神道碑)가 여주에 남아 있는데 그 비문을 지은 이는 순조라고 알려져 있을 만큼 대단한 권력을 누리던 당대의 거물이었다.

그렇다면 임상옥이 박준원과 도대체 무슨 인연이 있어 그의 상(喪)에 참석하기 위해 의주에서 한양까지의 그 멀고도 먼 2천 리 길을 단숨에 달려왔던 것일까.

이는 사후에 영의정으로 추증되었고, 시호를 충헌(忠獻)이라고까지 받았던 박준원에 대한 문상 때문은 아니었다.

임상옥이 부랴부랴 참석하였던 것은 한 가지의 분명한 목적이 있었기 때문이다.

그것은 박준원의 아들 박종경(朴宗慶) 때문이었다.

청렴하고 결백하였던 아버지 박준원과 달리 박종경은 그 권력의 맛을 철저히 즐기던 당대 제일의 세도가였다.

이 무렵 권력을 주물렀던 사람은 박종경과 김조순(金祖淳) 두 사람이었다.

그로부터 4년 뒤 홍경래의 난이 났을 때 홍경래는 멀리 사람들에게 알려서 부추기는 격문(檄文)을 쓰는데 그 격문의 서두는 다음과 같았다.

'지금 나라는 유충한 임금 순조를 두고 김조순과 박종경의 무리가 국권을 농락하고 있다.'

서북의 혁명아 홍경래로부터 성토를 받을 만큼 박종경과 또 하나의 인물 김조순이 왕조의 권부를 휘어잡은 양대 거물이었던 것이다.

박종경을 비롯한 그의 부친 박준원은 대왕인 순조의 외척이었지만 김조순을 비롯한 안동김씨들은 순조를 수렴청정하였던 영조의 계비 정순왕후의 근척이었다.

정순왕후는 경주김씨로 청정할 때부터 자신의 인척들을 모두 벼슬에 등용하였다.

그러다가 마침내 순조의 나이 15세에 이르러 왕비(王妃)가 철렴환정(撤簾還政)하여 친정(親政)하게 되자 김조순의 세력은 하늘을 찌를 듯하였다.

박준원이 왕의 외할아버지였다면 김조순은 대비의 아버지로서 사람들은 그를 국구(國舅)라고 부르기까지 하였다.

결국 조선 후기의 그 혼란과 폐해는 왕과 왕비를 중심으로 한 그의 친척들에게서 파생된 것이니 예나 지금이나 권력이 있는 곳에 그의 근척과 가신들이 있고 권력은 바로 그들에게서부터 부패하기 마련이라는 역사적 진리를 반드시 명심해야 할 일이다.

임상옥으로서는 그 무렵 양대 세도가였던 박종경과 김조순 두 사람 중에서 한 사람을 선택하지 않으면 안 될 절박한 상황에 맞닥뜨리고 있었다.

바로 조정에서 새로운 정책을 내놓았던 것이다.

이전에는 누구든 마음만 먹으면 인삼을 자유롭게 수출하고, 세금

만 내면 그 대금을 자유롭게 갖고 들어올 수가 있었다. 그러나 백삼이 홍삼시대로 넘어가자 매년 무역고가 백만 냥 이상으로 올라 더 이상 국가에서 방치할 수 없는 재원이 되었다.

결국 조정에서 생각해낸 것이 인삼 교역권. 말이 교역권이지 실은 인삼 독점권이었다.

임상옥은 지금까지 의주에서는 가장 큰 인삼왕이자 만상이었지만 만약 인삼 교역권을 확보하지 않으면 하루아침에 구멍가게로 전락해버릴 수밖에 없었던 것이다.

"형님."

임상옥보다 상술이 앞서 있던 박종일이 상심에 빠져 있던 임상옥에게 말하였다.

"이렇게 앉아만 있으면 무슨 수가 납니까."

"그러면."

"호랑이를 잡으려면 호랑이 굴로 들어가야지요."

"호랑이 굴이라니."

임상옥이 묻자 박종일이 대답하였다.

"옛말에 이르기를 공자께서 어느 날 아홉 구비가 구부러진 구멍이 있는 진기한 구슬을 얻으셨다 합니다. 공자는 그 구슬에 실을 꿰려고 했지만 번번이 실패했습니다. 그래서 아낙네라면 그 방법을 알고 있을 것도 같아 근처에서 뽕을 따고 있는 여인에게 물었습니다. 그러자 아낙은 이렇게 말하였습니다. '조용히 생각하십시오. 생각을 조용히 하십시오(密爾思之 思之密爾).' 공자는 생각 끝에 그 뜻을 깨닫고는 개미를 잡아다가 개미 허리에 실을 매었습니다. 개미를 구슬의 한쪽 구멍에 밀어넣고 다른 쪽 출구가 되는 구멍에 꿀〔蜜〕을 발라서 개미를 유인했습니다. 마침내 허리에 실을 맨 개미가 출구로 나왔습니다. 실이 꿰어진 것입니다. 공자는 아낙이 일러준 밀(密)에서 꿀을 떠올렸던 것입니다. 형님은 이미 진기한 구슬을 얻으셨습니다. 구슬이 서 말이라도 꿰어야 보배'란 옛말이 있듯이 그 진기한 구슬을 꿰려면 반드시 개미와 그 개미를 유혹하는 꿀이 있어야 하는 법입니다."

박종일이 말하였던 공자의 이야기는 유명한 고사성어 중의 하나인데 이를 '공자천주(孔子穿珠)'라고 부르고 있다.

공자천주라 하면 문자 그대로 '공자가 구슬을 꿰다'라는 뜻이지만 그 뜻의 교훈은 자기보다 못한 사람에게 묻는 것을 수치로 여기지 말라는 의미를 내포하고 있다.

'세 사람이 길을 가면 그중에 한 명은 반드시 나의 스승이다(三人行 必有我師).'

평소에 이렇듯 배움을 강조하던 공자였던 터라 그 유명한 고사를 임상옥이 모를 리 없었지만 박종일의 속뜻을 알 수 없어 임상옥은 다시 물어 말하였다.

"자네가 하는 말의 뜻을 모르겠네."

그러자 박종일이 말하였다.

"형님은 천하의 장사꾼이면서 어찌 제 말의 뜻을 모르십니까. 형님은 이미 아홉 구비가 구부러진 구멍이 있는 진기한 구슬을 얻으셨습니다. 그래서 공자님처럼 그 구슬의 구멍 속에 실을 꿰려 하십니다. 그러나 그것은 사람의 힘으로는 불가능한 일입니다. 뽕을 따는 여인의 말처럼 개미를 잡아다가 개미 허리에 실을 매고 구슬 안쪽에 밀어넣고 다른 쪽 출구 쪽에 꿀을 발라놓아야 합니다. 그러면 형님과 상관없이 개미가 제 스스로 알아서 출구를 찾아나가 마침내 구슬을 꿸 수 있을 것입니다."

개미〔蟻〕와 꿀〔蜜〕.

이것은 개성 상인 박종일이 임상옥에게 가르쳐주었던 장사의 기술 제1조였다. 오직 상도(商道)에만 치우쳐 있던 임상옥에게 박종일은 상술의 경영철학을 가르쳐준 것이다.

박종일은 현실주의적 경영철학을 가지고 있던 사람이었다. 이 모든 설명에도 아직 그 뜻을 헤아리지 못했던 임상옥에게 박종일은 말을 덧붙였다.

"무릇 장사에는 반드시 권세의 힘이 필요한 것입니다. 작은 장사에는 작은 권력이 필요하지만 큰 장사에는 큰 권력의 힘이 필요합니다. 장사란 무릇 이익을 추구하는 일이 아닙니까. 그러므로 이익을 추구하는 장사와 힘을 추구하는 권력이 합쳐지면 거기에서 이권이 생겨나는 법입니다. 지나치게 권세에 의지하면 그로 인해 멸망하게 되지만 또한 권세를 지나치게 멀리하면 그로 인해 흥하지도 못합니다. 따라서 장사와 권세의 관계는 입술과 치아와의 관계와도 같습니다. 입술과 치아는 함께 있지만 서로 떨어져 불가근 불가원(不可近 不可遠)입니다."

박종일은 덧붙여 말을 이었다.

"옛말에 이르기를 순망치한(脣亡齒寒)이라 하였습니다. 입술을 잃으면 이가 시리다는 뜻입니다. 이는 곧 서로 의지하는 가까운 사이에 놓여 있어서 한쪽이 망하면 또 다른 편도 온전하기 어려운 관계임을 뜻하는 비유입니다. 권력과 상업은 서로 입술과 이와 같은 관계인 것입니다. 서로 지나치게 가깝지도 않고 지나치게 멀지도 않습니다. 이를 불가근 불가원이라고 합니다. 권력은 힘이 있지만 돈이 없고, 상업은 돈이 있지만 힘이 없습니다."

현실주의적 경영철학을 갖고 있던 박종일의 상술 제1조. 개미와 꿀'의 의미는 다음과 같은 것이었다.

"개미는 권력과 같습니다. 형님은 구슬을 스스로 꿰기 위해서 수고할 필요가 없습니다. 개미 허리에 실을 매달듯 권력의 힘을 잠시만 빌리면 됩니다. 나머지는 개미가 알아서 구멍을 뚫고 나갈 것입니다. 다만 그 개미를 유혹할 강력한 미끼가 필요한데 그것이야말로 꿀인 것입니다."

박종일은 웃으면서 말을 맺었다.

"개미를 유혹하는 꿀이야말로 돈인 것입니다. 형님, 바야흐로 이제 조정에서는 교역권이라 하여 전국의 상인 중에서 다섯 명만 골라 이 다섯 사람에게만 교역권을 준다 하였습니다. 말이 교역권이지 실은 독점권이라고 말할 수 있습니다. 만약 형님께서 그냥 가만히 계신다면 교역권은커녕 인삼에 관한 무역조차 못하고 꼼짝없이 앉아서 거렁뱅이가 될 것입니다. 그러므로 이제는 호랑이를 잡으러 호랑이 굴로 가야 합니다."

그러자 임상옥이 물었다.

"호랑이 굴이 도대체 어디인가."

"그것도 모르십니까."

한심하다는 듯 박종일이 대답하였다.

"호랑이 굴은 대왕마마가 계신 한양입니다. 권력이란 힘이 있는 사람들에게서 뻗어나가는 특징이 있습니다. 대왕마마에게 가까우면 가까울수록 권력의 힘은 그만큼 강해지기 마련입니다. 아시다시피 인삼 교역권은 이권 중의 이권입니다. 전국 팔도의 인삼 상인들이 모두 한양으로 몰려들어 다섯 개에 불과한 그 교역권을 획득하려고 눈에 불을 켜고 있을 것입니다."

그리고 나서 박종일은 결론을 내렸다.

"지금 천하의 권세는 양대 세력으로 나뉘어 있습니다. 그중 하나는 김조순 대감이고 또 하나는 박종경 대감입니다. 두 사람 다 대왕마마의 인척이라는 데에 그 힘이 머물러 있는 것입니다. 이 두 사람이야말로 호랑이 중의 호랑이입니다. 인삼 교역권을 좌지우지할 수 있는 사람은 오직 이 두 사람뿐입니다."

김조순과 박종경.

이 두 사람이야말로 박종일이 꿰뚫어 본 권세의 핵이었으며 권력의 힘을 가진 개미였던 것이다.

"하지만 나는 그 두 사람과는 전혀 안면이 없지 아니한가. 소도 언덕이 있어야 비빌 것이 아니겠는가. 나는 적수공권(赤手空拳)으로 도와줄 변변한 사람도 없으며 찾아가서 상의할 양반조차 없지 아니한가."

그러자 박종일이 말하였다.

"김조순 대감은 고향이 안동으로 아마도 서북인들을 별로 믿으려 하지 않을 것입니다. 하오나 박종경 대감은 고향이 여주로 지역적인 편견은 갖고 있지 아니할 것입니다. 또한 제 이름을 보면 알 수 있듯이 저는 박종경 대감의 먼 친척뻘이 됩니다. 제가 본관이 반남(潘南)인데 박종경 대감도 본관이 반남으로 알고 있습니다. 반남을 본관으로 하고 있는 박씨는 희성으로, 거의 모두가 한 핏줄이라고 말하고 있습니다."

"하지만."

신중하게 듣고 있던 임상옥이 물었다.

"그것만 가지고는 어림도 없지 않은가. 박종경 대감을 만나기는커녕 문전에서 박대당하여 쫓겨나지 않겠는가."

"형님."

갑자기 박종일이 눈을 반짝이며 대답하였다.

"방금 한양에 있는 같은 송상으로부터 전갈이 왔습니다. 박종경 대감의 아비가 되는 박준원 대감이 올해 예순여덟 살이 되었는데 오랫동안 병석에 누워 있어 회복하여 일어날 가망은 없고 며칠 내로 운명하리라는 전문입니다. 천재일우의 기회가 아닐 수 없나이다. 만약 박준원 대감이 죽으면 자연 대감의 집 대문은 문상객들을 위해 활짝 열릴 것이며, 그의 아들인 박종경 대감을 만나는 일도 그리 어렵지 않을 것입니다. 이것이 형님의 처음이자 마지막, 단 한 번의 기회인 것이나이다."

개성 상인들의 독특한 조직 송방(松房).

개성 상인들은 이 송방을 통해 장사에 필요한 정보를 다른 상인들보다 훨씬 다양하고 빠르게 얻을 수 있었다.

이는 타지역 상인들에게 없는 오직 개성 상인들만의 조직이었다.

박종일이 임상옥에게 말한 단 한 번의 기회인 박준원 대감이 위독하다는 정보도 바로 송방을 통해 박종일에게 신속히 전달된 것이다.

박종일의 정보는 정확하였다.

그해 9월.

마침내 당대 최고의 세도가였던 박준원 대감이 68세의 나이로 숨을 거두고 말았던 것이다.

"마침내 때가 오고 말았나이다."

박종일이 임상옥에게 말하였다.

예나 지금이나 인륜지대사는 관·혼·상·제(冠婚喪祭)의 네 가지였다. 그중에서도 상(喪)은 사례(四禮) 중의 으뜸이라고 여겨졌다.

만일 박종경의 마음을 사로잡기 위해서 은밀히 그를 따로 만나 거금을 준다면 이는 명백히 뇌물이 된다.

그러나 당대의 세도가였던 박준원의 상사(喪事)에 부의금으로 거금을 보낸다면 이는 어디까지나 부정한 방법의 검은 돈이 아니라 인지상정의 상례(喪禮)가 되어버리는 것이다.

"호랑이를 잡으러 호랑이 굴로 갈 때가 되었나이다."

박종일이 임상옥을 부추기며 말하였다. 출발하기 전 박종일이 임상옥에게 넌지시 말하였다.

"자, 이제 개미는 잡았는데 꿀은 어떻게 하시겠습니까."

임상옥은 박종일의 말을 빠르게 알아들었다. 즉 박종경에게 내어 놓을 부의금을 말하는 내용이었다. 천하의 세도가인 개미, 박종경을 유인할 달콤한 꿀, 그것은 부의금이라는 명목으로 내놓는 합법적인 돈을 의미하는 것이었다.

"글쎄, 어떻게 하면 좋겠나."

평생을 관부(官府)에 기대지 않아 특혜를 누려보지 못하였던 임상옥인지라 사실 그로서는 어찌할 바를 모르고 있었던 것이다.

그러자 박종일이 대답하였다.

"꿀은 달면 달수록 좋은 법입니다. 꿀이 달면 달수록 개미는 더 빠르게 구슬을 꿸 수 있을 것입니다."

임상옥이 다시 물어 말하였다.

"얼마큼 달면 되겠나."

"형님."

임상옥의 질문에 박종일은 대답하였다.

"당대의 세도가인 박준원 대감의 상사이므로 전국 팔도 각지에서 내로라 하는 사람들이 몰려들 것입니다. 팔도의 벼슬아치는 물론 갑부들도 떼로 몰려들 것입니다. 더구나 박 대감의 아드님이신 박종경 대감은 현재 총융사로서 아비의 뒤를 이어 천하의 병권을 장악하고 있나이다. 그러니 팔도의 수령, 아전들이 올리는 각 지방의 특산물은 물론 웬만한 꿀들은 전국 각지에서 올라오고 있을 것입니다. 그러므로 그들보다 월등한 금액이 아니고서는 박종경 대감의 마음을 사로잡지 못할 것입니다."

"그럼 얼마면 되겠나."

임상옥이 넌지시 물어 말하였다. 그러나 박종일은 일정한 금액을 말하지 않고 다만 이렇게 대답하였을 뿐이었다.

"그것은 형님의 마음에 달려 있습니다."

박종일의 말을 들은 임상옥이 어음종이를 꺼내 그 종이 중앙에 붓을 들어 지급 금액을 적어 넣었다.

"이 정도면 되겠나."

그러자 박종일이 냉정하게 말하였다.

"그 정도라면 팔도의 수령들이나 할 만한 금액이나이다."

박종일의 말을 들은 임상옥이 그 어음종이를 찢어버리고 다시 다른 종이에 새로운 금액을 적어내렸다.

"이 정도면 어떤가."

임상옥이 내미는 어음을 한눈으로 훑어보고 나서 박종일은 대답하였다.

"그 정도라면 전국 팔도의 방백(方伯)들이나 할 정도의 금액이나이다."

박종일이 그렇게 말하자 임상옥은 다시 그 어음종이를 찢어버렸다. 삼세번이란 말이 있듯이 임상옥은 새로운 어음을 작성하였다.

붓을 들어 다시 어음종이 중앙에 지불할 금액의 액수를 써넣었다.

"이 정도면 어떠한가."

삼세번, 마지막으로 어음을 작성하여 박종일에게 내밀자 금액을 훑어본 박종일이 다시 그 종이를 내밀며 말하였다.

"어차피 상업이란 이익을 추구하는 것이고, 권력이란 힘을 추구하는 것입니다. 상업이 힘을 얻기 위해서는 이익을 보장해주어야 합니다. 이를 이권(利權)이라 합니다. 또한 상업과 권력이 합치면 상권(商權)이 생겨나기 마련입니다. 남의 물건을 훔친 도둑은 도둑이지만 나라를 훔친 도둑은 영웅이 되는 것이 우리들이 살고 있는 세상입니다. 보다 큰 상권을 얻기 위해서는 보다 큰 권력의 힘을 빌리지 않으면 안 됩니다. 보다 큰 권력의 힘을 빌리기 위해서는 아무도 맛보지 못한 꿀이 필요한 것입니다. 하물며 형님께서는 이제 전국에서 다섯 개밖에 되지 않는 인삼 교역권을 따야 하는 절체절명의 위기에 맞닥뜨리고 있나이다."

그날 밤.

고민고민하던 임상옥은 한 장의 어험(魚驗)을 발행하였다. 박종일과 함께 임상옥은 서둘러 한양으로 출발하였으면서도 박종일은 더 이상 임상옥에게 어음에 적은 출전(出錢) 액수를 묻지 않았고 임상옥 역시 자신이 적은 금액에 대해서는 철저히 함구하고 있었다.

한양으로 올라온 임상옥과 박종일은 곧바로 박준원의 상가를 찾아갔다. 과연 당대의 세도가였던 박준원의 상가답게 전국 팔도에서 올라온 사람들로 발 디딜 틈이 없었다.

임상옥과 박종일은 차례를 기다려 문상하였는데 어찌나 객들이 많았는지 오후 한나절이 되어서야 간신히 빈소에 들어갈 수 있을 정도였다.

빈소 앞에는 서기들이 앉아서 부의금들을 접수하고 있었다. 이들은 대부분 사랑방에서 묵고 있는 서생들이었다. 임상옥은 그들에게 가져온 어음을 내주었다. 접수를 하고 방명록을 작성하던 서생이 임상옥이 내민 어음을 보고는 깜짝 놀란 눈으로 다시 쳐다보았다.

　그날 밤부터 임상옥은 지금의 서울역 위에 있던 시장거리인 칠패 (七牌)에 숙소를 정하고 빈둥거리는 한편 박종일은 부리나케 상가 를 드나들면서 서생들과 문지기 종놈들을 매수하기 시작하였다. 사 랑방 서생들에게는 몇 푼씩 쥐어주고 술도 사주고 오입질도 시켜주 는 한편 종놈들에게는 개가죽 담배쌈지에 곰방대도 사주었다.

　건넛마을 대감보다는 내 동네 사령놈이 더 무서운 것이고, 이 공 사 저 공사 해도 '한마루 공사'가 제일이라는 것을 박종일은 잘 알 고 있었다. 목적을 위해서는 뭐니뭐니 해도 하인이나 종놈들을 매 수하는 것이 급선무임을 잘 알고 있었던 것이다. 따라서 뇌물로 군 것질 재미를 붙인 박종경의 하인들은 '의주에 사는 임가'에 대해 모르는 사람이 없게 되었으며 그 임상옥이 칠패의 여인숙에서 머무 르고 있다는 사실을 모두 알게 되었다. 그러면 임상옥은 도대체 무 엇을 기다리고 있었던가. 평안도 의주 변방에 사는 일개 장사치가 천하의 병권을 장악하고 있던 박종경과 무슨 인연이 있다고 무작정 기다리고 있단 말인가.

　바로 그 무렵.

　무사히 상을 치른 박종경은 방명록을 정리하고 있었다. 방명록에 는 일일이 찾아온 문상객들의 이름과 그들이 바친 부의금의 금액이 적혀 있었다. 명목이 부의금이었을 뿐 실은 뇌물이라 수백 냥은 보 통이었고 천 냥이 넘는 금액도 꽤 있었다.

　박종경은 마음이 흡족하였다.

　아버지 박준원에 대한 상례도 호상이었고 들어온 부의금도 천문 학적 금액이니 꿩 먹고 알 먹는 식의 대만족이었기 때문이다.

　방명록을 훑어보던 박종경은 한 이름에서 갑자기 멎었다.

'평안도 의주 상인 임상옥'

박종경으로서는 생면부지의 이름이었다. 박종경은 총융사답게 전국 팔도의 벼슬아치 이름과 웬만큼 세도를 부리던 사람들의 이름을 환하게 꿰뚫고 있었다.

그러나 임상옥, 그런 장사치의 이름은 들은 적도 본 적도 없었다. 박종경은 본능적으로 임상옥이 바친 부의금을 찾아보았다. 임상옥이 바친 어음을 찾아 그 내역을 훑어보았다. 박종경은 순간 얼굴이 일그러졌다. 웬만한 일에는 놀란 적이 없는 당대 제일의 세도가 박종경이 아니었던가. 그런 박종경이 임상옥의 어음에서 무엇을 보았기에 그처럼 놀란 얼굴을 하였단 말인가.

"여봐라."

박종경은 그 즉시 하인을 불러 말하였다.

"문상객 중에 의주에 사는 임가란 상인을 알고 있는 사람이 있느냐."

"쇤네가 알고 있나이다."

박종일이 모든 하인들을 이미 매수해놓고 있었으므로 임상옥을 모르는 종놈들은 하나도 없을 정도였다.

"그자가 지금 어디에 있느냐."

"칠패 거리의 여인숙에 머무르고 있나이다."

"그 여인숙을 알고 있느냐."

"알고 있습니다, 나으리."

"그럼 가서 임상옥을 사랑으로 불러라. 내가 얼굴을 좀 보잔다고 그리 일러라."

하인은 신이 나서 총융사 대감의 하늘 같은 분부를 가지고 임상옥이 머무르고 있는 여인숙으로 찾아가 말하였다.

"대감께오서 뵙자신다고 아뢰오."

마침내 올 것이 왔구나, 하는 표정으로 임상옥은 그 즉시 의관을 정제하고 하인을 따라나섰다. 임상옥에겐 나름대로의 확신이 있었다.

임상옥과 박종일은 그 즉시 하인을 따라 박종경의 집으로 찾아갔다. 사랑방은 찾아온 사람들로 가득 차 있었다. 박종경은 그 사람들 사이에 보료를 깔고 앉아서 이야기만 늘어지게 주고받고 있었다.

"대감, 문안인사 아뢰오."

임상옥이 무릎을 꿇어 인사를 올리자 상견례라 하여 서로 마주보며 절을 올려야 하는 것이 당연하였지만 박종경은 비스듬히 누운 채 담뱃대를 입에 물고서 거만하게 물어 말하였다.

"어디 사시는 누구신가."

임상옥은 대답하였다.

"의주에 사는 상인 임상옥이라 하나이다."

"거기 앉으시게."

박종경은 임상옥을 오라 하였으면서도 호랑이 수염이 무성한 턱 짓으로 윗목의 언저리를 가리켰을 뿐, 미리 와 앉아 있던 손님들과 다시 이야기만 걸판지게 늘어놓았다.

예나 지금이나 권력을 잡은 세도가의 사랑방은 항상 사람들로 들끓고 있는 법이다. 어떻게든 눈도장이라도 찍어 출세를 하려는 사람들과 뇌물이라도 바쳐 이권을 탐하려는 사사로운 무리들이 들끓고 있는데 이들은 예로부터 정상배(政商輩)라고 불리던 그런 사람들이었다.

박종경은 가장 아랫목에 비스듬히 누워 연죽(煙竹)이라 불리는 긴 담뱃대를 물고 빠끔빠끔 연기를 빨아들이고 있었다. 그의 담뱃대는 백동을 기본으로 하고 오동과 금으로 시문(施紋)하고 있던 최고급 담뱃대였다. 집안의 제일 어른인 박종경이 담배를 피우고 있었으므로 방안에서는 그 누구도 담배를 피우려 하지 않았다.

원래 담배가 떨어지면 옆에 하인을 앉혔다가 통 속에 담배를 재어올리게 하고 종놈이 쳐올리는 부시로 불을 붙이는 게 보통이었으나 박종경의 경우는 달랐다. 담배가 떨어지면 서로 다투어 종놈처럼 통 속에 담배를 재어올렸으며 또한 서로 다투어 부시를 쳐서 불을 붙이곤 하였다.

원래 사랑방에서는 정치 얘기와 같은 무거운 화제는 금기로 되어 있었다. 사랑방에서는 담소라 하여서 가벼운 시중의 화젯거리나 아니면 수수께끼 놀이 같은 것이 자주 벌어지곤 했다. 사랑방에 모인 사람 중에 누군가 수수께끼 문제를 내어 던지면 다른 사람 중의 하나가 문제를 맞추는 일종의 미어(迷語) 놀이가 자주 벌어지곤 하였다.

가령 누군가 한 사람이 '먹으면 홀쭉하고 안 먹으면 통통한 것이 무엇' 하고 물으면 다른 한 사람이 '애어미의 젖통' 하고 대답하는 놀이였다.

여기서 오가는 수수께끼들은 가볍게 웃을 수 있는 음담패설이 대부분이었다.

"열 놈은 잡아당기고 다섯 놈은 들어가는 게 무엇" 하고 누군가 물으면 손님 중에 하나가 대답하곤 했다.

"버선 신는 것."

그러면 사랑방에 앉았던 사람들이 일제히 와― 하고 웃곤 하였다.

임상옥은 윗목에 앉아서 물끄러미 손님들이 노는 꼴을 묵묵히 지켜보고 있었다. 임상옥과 박종일은 눈길조차 제대로 마주치지 못한 채 사랑방 손님을 위해 나온 점심까지 얻어먹었다. 오후가 되어 박종경은 또다시 사랑방으로 나와 앉았으나 오전과 마찬가지였다. 비스듬히 벽에 기대어 앉아서 쓰다 달다 말도 없이 계속 담배만 피우고 있을 뿐이었다.

마침내 땅거미가 내리기 시작할 무렵이 되자 박종경은 몸을 일으키며 말하였다.

"오늘은 이만 물러가겠소이다."

그리고 나서 박종경은 이렇게 덧붙여 말하였다.

"그런데 물러나기 전에 내가 한 가지 수수께끼 문제를 내겠소. 지금껏 여러분들이 내는 수수께끼는 들었소만 맞힐 수 없는 수수께끼를 낸 사람은 단 한 사람도 없었소. 그런즉 내가 문제를 하나 내겠으니 맞힐 수 있는 사람은 맞혀보시오."

박종경이 그렇게 말하자 온 사랑방이 술렁이기 시작하였다.

"문제가 무엇이오니까."

손님 중의 한 사람이 성급하게 물어보았다. 그러자 박종경이 호랑이 수염을 쓸어올리고 나서 이렇게 말하였다.

"내가 요새 한양의 궁궐과 치안을 맡아하고 있는 총융사의 벼슬을 하고 있는데 제일 궁금한 것이 하루에 숭례문으로 몇이나 출입하는지 그것을 모르겠소. 답답해서 대문을 지키는 군병들에게 그 숫자를 세어보라고 하였더니 어떤 녀석은 하루에 대략 3천 명이 온다고 하고 어떤 녀석은 하루에 7천 명이 온다고 대답하는 것이었소. 대답하는 녀석들마다 숫자가 달라 통 종잡을 수가 없단 말이오. 그러니 그 정확한 숫자를 아는 사람이 있으면 내일까지 그 수를 알아오시란 말이오."

그리고 나서 박종경은 말을 덧붙였다.

"맞히는 사람에게는 내가 큰 상을 내리겠소이다."

밑도 끝도 없는 수수께끼를 남기고 나서 박종경은 사랑방에서 나가버렸다.

하는 수 없이 임상옥과 박종일은 사랑방을 나와 여인숙으로 돌아갈 수밖에 없었다.

"이게 뭡니까."

성미가 급한 박종일이 안달하여 말하였다.

"종놈을 시켜 당장에 들어오라고 부를 때는 언제고 본척만척하는 때는 언제입니까. 이럴 수가 있습니까. 도대체 어음에 얼마를 적으셨길래 한나절을 윗목에 앉혀놓고 말은커녕 눈길 한 번 주지 않으니 이럴 수가 있습니까. 그리고 또 뭡니까. 하루에 숭례문을 출입하는 사람의 숫자가 몇 명이나 되느냐구요. 아니 그것을 아는 사람이 어디 있습니까."

그러자 갑자기 임상옥이 대답하였다.

"여기 있네."

박종일이 미심쩍은 눈초리로 임상옥을 쳐다보며 말하였다.

"형님께서 그 숫자를 알고 계시단 말입니까."

"…물론이지."

"그럼 그 숫자가 몇 명이오니까."

"대답할 수 없네."

빙그레 웃으면서 임상옥이 말하였다.

2

그 다음날 아침.

임상옥과 박종일은 또다시 박종경 대감의 사랑방으로 찾아갔다. 박종경은 어제와 마찬가지로 비스듬히 누운 채 담뱃대를 입에 물고 빠끔빠끔 담배연기를 뿜어올리고 있을 뿐이었다.

"대감, 문안인사 드리오."

임상옥이 어제처럼 무릎을 꿇고 인사를 올리자 박종경은 거만하게 물어 말하였다.

"어디 사시는 누구신가."

어제 분명 어디에 사는 누구라고 밝혔지만 박종경은 금시 초면인 듯 빤히 얼굴을 쳐다보며 물었다.

"소인은 평안도 의주에 살고 있는 임상옥이라 하나이다."

"직업은 무엇인데."

"상인이나이다."

"상인 중에도 무엇을 본업으로 삼고 있는가."

"청나라와 인삼 무역을 하고 있는 만상이나이다."

"오, 그러한가. 거기 앉으시게."

박종경은 다시 턱으로 빈자리를 가리켰다. 어제와 다른 것이라면 어제는 맨 윗자리였는데 오늘은 자신의 옆자리를 가리켜 가까이 앉혔다는 것뿐이다.

그러나 박종경 대감 옆자리에 가까이 앉았을 뿐 눈길 한 번 주지 않는 것은 마찬가지였다. 다만 거리가 가까워 담배가 떨어지면 박종일이 통 속에 담배를 재어 넣었으며 부시를 쳐서 불을 붙여 올릴 수 있었던 것이 그나마 행운이랄까.

마침내 손님들로 방이 가득 차자 박종경이 입을 열어 말하였다.

"어제 저녁 내가 여러분들에게 수수께끼 문제를 내었소이다. 이 문제를 맞히는 사람에게는 큰 상을 내리겠다고 미리 약조까지 하였소이다. 하루에 숭례문을 드나드는 사람의 숫자가 얼마인가, 그것을 묻는 문제였소. 간밤에 곰곰이 생각해보았을 터이니 대답들 하여 보시오."

비스듬히 누워서 박종경은 재미있다는 듯 실웃음을 띄우며 말하였다. 그러나 사랑방에 있던 손님들은 서로의 얼굴을 마주보고 있을 뿐 누구 하나 입을 열어 말하는 사람이 없었다.

사실 손님들은 박종경의 말대로 밤새도록 심사숙고하였을 것이다. 문제를 맞히는 사람에게는 큰 상을 내리겠다는 박종경 대감의 말은 평소 그의 성격으로 봐서 틀림없는 사실이었다.

그러나.

손님들은 생각하고 있었다.

그것을 어떻게 알 수 있을 것인가. 박종경 자신의 말처럼 숭례문을 파수하는 군병들조차도 어느 날은 3천 명이 들고 어느 날은 하루에 7천 명 이상이 온다고 말하고 있지 아니한가.

숭례문(崇禮門).

조선의 대표적인 성문인 숭례문. 편액에 쓴 숭례문이라는 글자는 세종대왕의 큰형인 양녕대군이 쓴 것으로 알려져 있는데 다른 문의 편액이 가로쓰임이나 유독 숭례문의 편액이 세로로 쓴 것은 관악산의 화기(火氣)를 막기 위함이라고 알려져 있다.

주위를 둘러본 박종경이 아무도 대답이 없자 헛기침을 하면서 말하였다.

"아무도 없단 말이신가."

그때였다.

잠자코 대감 옆에 앉아 있던 임상옥이 입을 열어 말하였다.

"대감어른, 소인이 한번 대답하여 보겠나이다."

임상옥이 입을 열어 말하자 좌중의 사람들은 물을 끼얹은 듯 조용해졌다. 말이 그렇지 천하의 세도가였던 박종경 대감의 사랑방에 모인 사람들은 모두 내로라 하는 선비들과 묵객들이었다. 그들의 눈에 변방에서 온 장사치의 존재는 실로 하찮은 것이었다. 그런 장사치가 감히 박종경 대감의 질문에 대답하고 나서다니.

"허어, 자네가 숭례문을 드나드는 사람의 숫자를 알아맞힐 수 있단 말이지."

"소인 아는 대로 대답하여 올리겠나이다."

임상옥은 고개를 숙이고 공손하게 말하였다.

"그러한가. 그럼 대답하여 보시게나. 하루에 숭례문을 드나드는 사람의 숫자가 몇이나 될 것인고."

"…두 사람뿐이나이다."

임상옥은 고개를 들고 박종경의 얼굴을 마주보며 대답하였다. 임상옥의 입에서 도대체 어떤 대답이 나올까 궁금해 하던 손님들은 일순간 어처구니가 없어 와아— 하고 폭소를 터뜨렸다. 숭례문을 드나드는 사람이 하루에 두 명뿐이라니. 과연 제 정신이 있는 사람의 답변이랄 수 있을 것인가.

그러나 박종경 대감의 얼굴에서는 웃음이 사라졌다. 비스듬히 누워서 뻐끔뻐끔 담배를 빨던 박종경이 순간 몸을 일으켜 똑바로 앉았다.

그뿐인가. 박종경은 몸을 바짝 임상옥에게 기울이고는 다음과 같이 물어 말하였다.

"그렇다면 자네는 그 두 사람의 성씨를 알 수 있겠는가."

"알 수 있습니다."

임상옥이 대답하였다.

"그렇다면 하루에 숭례문을 드나드는 두 사람의 성씨가 무엇무 엇인지 한번 대답해 보시게나."

"한 사람의 성씨는 이가입니다만 나머지 한 사람의 성씨는 해가 로 알려져 있나이다."

임상옥의 답변은 엉뚱하기 짝이 없었다. 숭례문을 드나드는 사람 의 총 숫자가 하루에 두 명뿐이라는 것도 그러하고, 더구나 그 두 사 람의 성이 이씨와 해씨라는 것도 그러하였다. 이씨라면 대종(大宗) 을 이룬 성씨지만 해씨는 과연 그런 성씨가 있을까 싶게도 드문 희 성이었기 때문이다.

이런 느낌을 받은 듯 박종경도 다시 물어 말하였다.

"그 두 사람의 성씨 중 한 사람이 이씨라는 것은 그럴듯하네만 나 머지 한 사람의 성씨가 해씨라는 것은 믿을 수 없네. 해씨라는 성이 과연 있기나 한가."

그러자 임상옥이 말하였다.

"소인이 글씨를 써서 말씀드리겠나이다."

당시의 풍습으로는 항상 사랑방에 지필묵을 준비해 놓고 있는 것 이 상례였다. 사랑방에 모여드는 선비들은 대부분 글씨와 그림에 능통한 묵객(墨客)들이었기 때문이다.

임상옥은 먹을 듬뿍 묻혀서 붓을 세워들었다.

임상옥이 쓴 글씨는 오직 두 자뿐이었는데 그 글자는 다음과 같 았다.

'利·害'

글자를 쓰고 나서 임상옥은 다음과 같이 말하였다.

"제가 말씀드리는 두 사람의 성씨 중 한 사람은 이(利)가이며, 또 한 사람은 해(害)가란 뜻이나이다."

순간 박종경이 담뱃대를 들어 탁상을 치며 호탕하게 껄껄 소리내어 웃었다.

"내가 잘 알아들을 수 있도록 좀더 자세히 설명하여 보시게나. 아니, 나뿐 아니라 여기 모인 여러 손님들이 잘 알아들을 수 있도록 상세히 말씀하여 보시게나."

임상옥이 다시 입을 열어 말하였다.

"하루에 숭례문을 출입하는 사람의 숫자가 3천 명이건 7천 명이건, 때로는 하루에 만 명을 넘건, 그 많은 사람들은 모두 대감어른께 한 사람은 이로운 사람일 것이고, 나머지 한 사람은 해로운 사람일 것이 아니겠습니까. 이로운 사람도, 해로운 사람도 아닌 사람은 쓸모없는 사람이므로 셀 필요도 없는 사람이겠으니 오직 있는 사람은 이로운 사람인 이가와 해로운 사람인 해가뿐이 아니겠습니까."

박종경 대감이 넌지시 손을 들어 사랑방에 모인 객들을 가리키며 물어 말하였다.

"이 사랑방에 오는 사람도 하루에 얼마가 되든 결국 두 사람뿐이겠네."

"그렇습니다, 대감어른."

임상옥은 분명히 대답하였다.

"대감어른 댁에 하루에 수천 명이나 손님들이 온다 하여도 결국에는 이로운 사람과 해로운 사람 단 두 사람뿐이나이다."

임상옥의 말은 사랑방에 모인 사람들에게 평지풍파를 일으켰다. 박종경 대감의 사랑방에 하루에 수천 명이 넘는 손님들이 온다 하여도 결국에는 이로운 사람과 해로운 사람 단 두 사람뿐이라는 임상옥의 말은 정곡을 찌른 말이었기 때문이다.

그들은 모두 명리(名利)를 좇아 벼슬 한 자리라도 얻으려는 사람들과 이권을 좇아 돈을 벌려는 상인들이 대부분이었다. 그러므로 그들은 입으로는 박종경을 칭송하고 아첨하고 있지만 마음속으로는 이익을 얻으려는 검은 속셈을 갖고 있었던 것이다.

명예를 중요시하는 선비가 이익을 탐하면 명리를 좇게 되고, 이익을 추구하는 상업이 권력과 야합하면 이권을 노린 상권이 형성되기 마련인 것이다.

임상옥의 말에 박종경이 사랑방에 모인 사람들을 두루 한 손으로 가리키며 넌지시 말하였다.

"여기 모인 사람들이 모두 내게 이로운 사람이 아니면 해로운 사람이렷다."

박종경은 물론 농담처럼 말하고 있었지만 검은 속셈을 가지고 방 안에 모인 사람들에게는 간담이 서늘한 말이 아닐 수 없었다.

"그러하면."

또다시 박종경이 임상옥을 쳐다보며 말하였다.

"어떤 사람이 내게 이로운 사람이고 어떤 사람이 내게 해로운 사람인고."

"내게 이로운 사람으로는 세 유형이 있고, 내게 해로운 사람으로도 세 유형이 있나이다."

"한번 말씀하여 보시게. 내게 어떤 사람이 이로운 사람인가."

"소인 말씀드리겠나이다."

임상옥이 입을 열어 대답하였다.

"이로운 사람으로는 세 유형이 있으니 그 첫 번째는 정직한 사람이오, 그 두 번째는 성실한 사람이오, 그 세 번째는 박학다문(博學多聞)한 사람이나이다."

"그러하면,"

박종경이 수염을 한 손으로 만지작거리며 물어 말하였다.

"내게 해로운 사람은 도대체 어떠한 사람들인가."

"해로운 사람으로도 세 유형이 있으니 그 하나는 아첨하여 정직하지 못한 자요, 그 둘째는 신용이 없이 간사한 자요, 진실한 견문 없이 감언이설(甘言利說)하는 자가 그 셋째이나이다."

임상옥이 대답하여 말한 내용은 공자의 《논어》에 나오는 유명한 금언 중의 하나이다.

공자는 《논어》의 '계씨(季氏)' 편에서 다음과 같이 말하고 있다.

'세 명의 이로운 벗과 세 명의 해로운 벗이 있다. 정직하고 성실하며 박학다문한 벗이면 이로운 벗이며, 아첨하여 정직하지 못한 자와 신용 없이 간사한 자와 진실한 견문 없이 말을 잘 둘러대는 자는 해로운 벗이다.'

중국 속담에 주(朱)를 가까이 하면 빨갛게 되고 먹을 가까이 하면 검게 된다는 말이 있듯이 벗과의 우정과 신의를 중요시했던 공자의 가르침 중에 나오는 '이로운 벗과 해로운 벗' 의 내용을 모르는 사람은 하나도 없었다. 그럼에도 임상옥의 대답은 사랑방에 모인 손님들에게 찬물을 끼얹은 것처럼 침묵을 가져왔다. 그 침묵을 깨뜨린 사람은 다름 아닌 박종경이었다.

"으핫핫핫핫."

느닷없는 박종경의 호탕한 웃음소리에 사람들은 혼비백산하여 고개를 들어 대감을 쳐다보았다.

"내 수수께끼를 이렇게 쉽게 맞히는 사람이 있을 줄은 정말로 몰랐었네. 맞았어, 맞으이. 하루에 숭례문을 드나드는 사람은 단 두 사람뿐이네. 그뿐인가. 우리집 대문을 드나드는 사람도 하루에 단 두 사람뿐이네. 내게 이로운 사람과 해로운 사람, 단 두 사람뿐이야. 으핫핫핫핫."

그날 저녁.

사랑방에 있던 손님들이 각자 물러갈 무렵. 임상옥은 머리를 조아리고 하직인사를 하였다.

"대감어른, 소인은 이만 물러가겠나이다."

그러자 거만하게 비스듬히 누워 인사를 받던 박종경이 담뱃대를 들어 재떨이를 두드리며 말하였다.

"잠깐. 잠깐 남아주시게. 내 따로 할 말이 남아 있네."

임상옥은 시키는 대로 사랑방에 남았다. 모든 사람이 다 물러가고, 박종일조차 사라진 방안에는 임상옥 혼자뿐이었다.

이윽고 어둠이 내리자 하인 하나가 찾아와 임상옥에게 말하였다.

"나으리, 대감어른이 오시랍니다. 따라오시지요."

임상옥은 하인을 따라 바깥채에서 행랑을 지나 안채로 들어갔다.

내실에서 박종경은 임상옥을 기다리고 있었다. 저녁상과 안주가 곁들인 주안상이 차려져 있었다. 당대의 권세를 한 손에 장악하고 있는 박종경과 의주에서 온 상인 임상옥 단둘만의 독대(獨對)였다.

박종경은 임상옥에게 아무런 말도 하지 않고 가득 따라 넘치는 술잔을 계속 권할 뿐이었다. 임상옥은 주면 주는 대로 받아 마셨다. 몇 순배나 술잔이 돌아가고 취기가 오를 무렵이 되어서야 박종경이 임상옥을 쳐다보며 비로소 말하였다.

"그대는 내게 있어 어떠한 사람인가. 아까 자네 입으로 말하였으니 자네 입으로 대답하여 보시게. 자네는 내게 있어 이로운 사람인가, 아니면 해로운 사람인가."

임상옥은 대답하였다.

"소인은 이롭지도 않고 해롭지도 않은 사람이나이다."

"그러하면 그대는 내게 있어 아무런 쓸모없는 사람이군."

"그렇지 않나이다, 대감어른."

임상옥이 대답하였다.

"만약 소인이 대감어른께 이로운 사람이라면 언젠가는 대감어른의 해로운 사람이 될 것이나이다. 이익이란 결국 나 자신을 위한 것이므로 다른 사람에게는 손해를 주게 되나이다. 그러므로 이익이 있는 곳에 반드시 원망과 원한이 생기게 되어 있나이다."

"그러하면 자네는 내게 있어 어떠한 사람인가. 이롭지도 해롭지도 않은 사람이라면."

"대감어른."

임상옥이 대답하였다.

"옛말에 이르기를 군자유어의(君子喩於義) 하고 소인유어리(小人喩於利)라 하였나이다."

군자는 의(義)를 따르지만 소인은 이(利)를 따른다는 임상옥의 말을 들은 박종경이 소리를 높여 말을 이었다.

"그러하면 자네가 말하는 '의'와 '이'의 차이는 무엇인가."

"신의는 상대방의 입장에서 생각하므로 불의가 있을 수 없지만 이익은 내 자신의 입장에서 생각하므로 불의와 원한이 생길 수밖에 없나이다."

"그렇다면 자네는 누구신가. 우리집을 드나드는 두 사람, 이가도 해가도 아니라면 자네는 도대체 누구신가."

임상옥은 분명하게 말하였다.

"소인은 이가도 해가도 아닌 다른 성을 가졌나이다."

"그럼 무슨 성씨를 가졌는가."

임상옥은 대답하였다.

"소인은 의(義)가이나이다."

자신의 성이 이(利)가도 해(害)가도 아닌 의(義)가란 임상옥의 대답에 박종경은 새삼스럽게 임상옥의 얼굴을 쳐다보았다. 이미 한차례의 문답으로 임상옥이 변방에서 올라온 하찮은 장사치가 아님을 꿰뚫어 본 박종경이었지만 이번 대답을 들은 순간 임상옥이 범인이 아님을 깨달았다.

박종경은 문갑의 뚜껑을 열고 그 안에서 종이 한 장을 꺼내었다. 그는 그 종이의 내용을 펼쳐보았다. 그것은 부의금으로 내놓았던 임상옥의 어음이었다.

"지난번 친상을 당하였을 때 나는 이 음표를 받았네. 그런데 방명록을 보니 이 어음을 보낸 사람이 자네 이름으로 되어 있던데."

"그렇습니다, 대감어른. 이 어음은 소인이 보낸 것이나이다."

"그래서 말인데."

박종경이 술잔을 기울이다 말고 정색을 한 얼굴로 임상옥에게 물어 말하였다.

"자네가 보낸 어음이 백지어음이었단 말이거든. 이를테면 출전(出錢)의 액수가 적혀 있지 아니하였던 백지어음이었단 말이야. 백지어음이라면 어음을 갖고 있는 사람이 임의로 그 액수를 적어넣을 수 있고 그 어음을 발행한 사람은 그 액수가 천만 냥이 된다 하여도 이를 갚을 의무가 있는 어음이라는 뜻이 아닌가."

임상옥이 마지막으로 쓴 어음에 적힌 액수는 자그마치 일만 냥이었다. 일만 냥이라면 이는 보통 액수가 아닌 것이다. 그럼에도 박종일은 일언지하에 이를 무시하면서 이렇게 말하지 아니하였던가.

"보다 큰 상권을 얻기 위해서는 보다 큰 권력의 힘을 빌리지 않으면 안 됩니다. 보다 큰 권력의 힘을 빌리기 위해서는 아무도 맛보지 못한 꿀이 필요한 것입니다."

그날 밤 고민고민하던 임상옥은 한 가지 중대한 결론을 내렸다.

어음 발행자가 그 소지인에 대해서 금액, 지불지, 만기 등의 어음 요건 전부의 권리를 부여하는 백지어음을 발행하기로 결심하였던 것이다.

그런 의미에서 임상옥이 아마 우리나라의 상인 중에서 백지어음을 발행하였던 최초의 상인이었다.

백지어음을 받은 사람은 그 어음에 자신의 임의대로 금액을 적어 넣을 수도 있다. 단돈 일 냥의 금액을 적을 수도 있으며 아니면 수천만 냥의 금액을 적을 수도 있는 것이다. 어음에 그 어떤 천문학적 금액을 써넣더라도 반드시 임상옥은 그 금액을 갚아줄 책임이 생긴다.

오직 이 한 가지 방법뿐이라고 임상옥은 결심했던 것이다.

'내가 천 냥을 쓰면 천 냥만큼의 대가를 받게 될 것이다. 내가 만 냥을 쓰면 만 냥만큼의 대가를 받게 될 것이다. 내가 그 어떤 액수의 돈이라 할지라도 그 돈을 쓰면 그 돈만큼의 보상을 받을 것이다. 그러나 그것은 어디까지나 거래에 지나지 않는다.

그러나 내가 금액이 적혀 있지 않은 백지어음을 준다면 나 또한 백지의 마음을 받게 될 것이다. 그것은 거래가 아니라 우정이 되는 것이다.'

임상옥의 생각은 적중하였다.

인간 모두의 무한대의 욕망을 극명하게 나타내 보인 그 백지어음 한 장이 천하 제일의 권력자인 박종경의 마음을 사로잡은 것이다.

"그렇습니다, 대감어른."

"도대체 내게 이런 백지어음을 보낸 연유가 무엇인가."

순간 박종경의 눈빛이 번득였다. 수염뿐 아니라 얼굴 전체가 호상(虎相)으로 사람을 쳐다보면 상대방을 압도하는 형안이었다.

임상옥은 막힘이 없이 대답하였다.

"처음부터 대감어른께 그런 어음을 드리려는 생각은 아니었나이다. 하오나 차츰 어음에 적을 금액을 생각하는 동안 도저히 그 액수를 정할 수가 없었나이다. 솔직히 말씀드려 처음에는 천 냥을 적었나이다. 그러다가 두 번째에는 오천 냥을 적었나이다. 마지막으로는 일만 냥을 적었지만 그 어음을 찢어버릴 수밖에 없었나이다."

"어째서."

"그 연유는 이러하나이다."

임상옥은 술잔을 들어 단숨에 들이켰다. 그러고 나서 말했다.

"소인이 천 냥을 쓰면 대감어른으로부터 천 냥만큼의 관심을 가질 수 있다고 생각하였습니다. 오천 냥을 쓰면 오천 냥만큼의 관심을, 만 냥을 쓰면 만 냥만큼의 관심을 가질 수 있다고 생각하였습니다. 그러므로 소인이 그 어떤 액수를 적어넣는다고 하여도 그 액수만큼의 마음을 얻을 수밖에 없음을 알게 되었나이다. 그리하여 마침내 소인이 생각하였던 것이 백지어음이었나이다."

"그러하면."

박종경이 물어 말하였다.

"자네가 얻고자 하는 것이 무엇인가."

"소인이 대감어른으로부터 얻고자 하는 것은 관심(關心)도, 점심(點心)도 아닌 마음〔心〕 그 자체이나이다. 대감어른, 사람에게 있어 호기심이나 관심은 돈으로 살 수 있사오나 마음은 이 하늘 아래 그 어떤 돈으로도 살 수 없는 것이나이다."

"그렇다면."

박종경이 백지어음을 임상옥에게 내던지며 말하였다.

"자네가 어음의 백지 위에 쓰고 싶은 것을 써보시게."

임상옥은 망설임 없이 붓을 세워들었다. 그는 단숨에 어음의 빈 백지 위에 무엇인가를 써내렸다. 글씨가 마르기를 기다려 임상옥은 그 종이를 박종경에게 두 손으로 받쳐올렸다. 박종경은 임상옥이 쓴 어음의 내용을 쳐다보았다.

'赤心(적심)'

적심이라면 조금도 거짓이 없는 참되고 충성스러운 마음을 가리키는 말로 다른 말로는 단심(丹心)이라고 부른다. 박종경은 임상옥이 새로이 써 바친 어음을 문갑 속에 집어넣은 후 뚜껑을 닫으며 말하였다.

"이제 자네의 마음은 내 것이네. 자네는 언제든 내가 이 어음을 꺼내면 자네의 마음을 내게 주어야 할 것이네."

"알겠사옵니다, 대감어른."

밤늦게까지 박종경과 임상옥은 술을 함께 마시고 대취하였다. 두 사람은 의기투합하였다. 임상옥의 일생에 있어 처음이자 마지막이었던 단 한 번의 정경유착은 이렇게 멋진 유종의 미를 거둔 것이다.

정경유착(政經癒着).

반드시 거리를 두고 있어야 할 정치와 경제가 서로의 이익을 위해 밀접하게 결합되어 있음을 가리키는 검은 뒷거래의 경제용어. 그러나 엄밀히 따지고 보면 임상옥은 그 단 한 번의 기회조차 정경유착의 부도덕한 방법으로 사용하지 않았다고 감히 말할 수 있을 것이다.

왜냐하면 임상옥은 어음 위에 금액을 쓰지 않음으로써 검은 거래의 대가를 받은 것이 아니라 박종경의 마음을 사로잡았기 때문이다.

술상이 파장이 날 무렵 넌지시 박종경이 물어 말하였다.

"깜박 내가 잊을 뻔하였구먼. 내가 자네에게 약속을 하지 않았던가."

"무슨 약속이나이까."

"이 사람이 벌써 잊었는가. 내가 숭례문에 드나드는 사람의 숫자가 몇 명이냐고 수수께끼를 내지 않았던가. 그리고 이렇게 말하지 않았던가. 이 수수께끼 문제를 맞히는 사람에게 반드시 큰 상을 내리겠다고 말일세."

"그러하였나이다."

임상옥이 대답하였다.

"그 수수께끼를 맞힌 사람이 바로 자네 한 사람뿐이니 약조하였던 대로 자네에게 상을 내려야 하지 않겠는가."

"망극하나이다."

마침내 박종경이 물어 말하였다.

"자네가 받고 싶은 상이 무엇인가. 한번 말씀하여 보시게."

임상옥은 비로소 입을 열어 말하였다.

지금까지는 자유로이 인삼을 사고팔고 하였으나 이제부터는 조정에서 교역권을 공포하여 몇 사람에게 독점시키려 한다는 사실을 말하고, 그 교역권을 얻었으면 좋겠다고 솔직히 대답하였던 것이었다.

인삼 교역권.

이 교역권이 시작된 것은 정조 말년에 이르러 한 비변사가 삼포절목(蔘包節目)이란 상소를 올린 것으로부터 비롯된다.

국방에 관한 일을 맡아 보던 주무관청인 비변사에서는 자주 사람을 보내어 변방의 경계상태를 점검해보곤 하였는데 이들이 돌아와 보고하였던 내용은 인삼을 중심으로 한 상인들에 관한 것이다.

지금까지 주로 중국을 오가는 역관들과 만상들에 의해 거래되는 인삼 때문에 사사로이 월경(越境)하는 자들이 많아 자연 국경의 방비가 허술하여지고 또한 국가의 세수가 감소되고 있음을 간파한 비변사는 '무역하는 길을 열고 재화를 통제하는 권한이 조정에서부터 나오도록 하는 교역권'을 율령(律令)으로 만들어야 한다고 상소하였다.

따라서 전국의 인삼 유통망을 다섯 개로 축소하여 인삼을 무역하고 싶은 사람은 그 다섯 개의 창구를 통해 수출하도록 조정에서 통제하고 조정에서는 이 창구를 통해 세수를 정확히 거둬들이려 했던 것이다.

그날 밤.

임상옥은 천하의 세도가였던 박종경으로부터 인삼 교역권을 얻어낼 수 있었다. 이후부터 박종경은 임상옥의 배후 인물이 된다. 또한 임상옥은 박종경의 백지어음에 썼던 '적심' 그대로 평생 동안 박종경에 대한 신의를 저버리지 않았다. 박종경에게 자신을 '의(義)'가라고 표현하였던 임상옥은 먼 훗날 박종경에게 결정적인 보은을 하는 것이다.

훗날 홍경래의 난이 일어나자 박종경은 민심으로부터 집중포화를 받게 된다. 이때 대사헌 조득영(趙得永)으로부터 탄핵을 받는데 그 내용은 다음과 같은 것이었다.

'박종경은 임금의 인척으로 위복을 누리면서 음탕과 뇌물만 탐내고 사적인 감정으로 살인을 저지르는 등 행패가 많다.'

이에 박종경은 양주목사(楊州牧使)로 좌천되어 정치적 생명이 끝

낳으며 부임도 하지 못하고 물러날 수밖에 없었다.

그가 기사회생하게 된 것은 임금이 갑자기 병환에 걸린 이유 때문이었다. 병명을 모르는 중환으로 사경을 헤매던 왕은 박종경이 지어다 준 약으로 쾌차하였는데 이 시약(侍藥)한 공로로 홍경래 난의 상처를 씻고 화려하게 당대 제일의 세도가로 복귀할 수 있었다.

이때 박종경에게 사경을 헤매는 임금이 먹을 귀한 산삼을 선물하였던 사람이 바로 임상옥이었다.

이로써 임상옥은 자신의 말대로 박종경에게 신의를 저버리지 않은 사람이었으며 백지어음에 썼던 내용대로 '적심'을 지킨, 의로운 사람이었던 것이다.

제9장 불매동맹(不買同盟)

1

1809년 순조 9년.

이조판서 김노경(金魯敬)을 진주사(陳奏使)로 하는 사신 일행이 한양을 떠나 연경으로 출발하였다.

진주사라 하면 매년 정기적으로 중국에 파견하는 사신과는 달리 임시로 통고할 일이 있을 때 부정기적으로 파견하는 사신을 말한다.

당시 조정에서는 해마다 정례적으로 청나라에 사신을 보내곤 했다. 대개 동지를 전후해 보냈으므로 이를 동지사(冬至使)라 불렀다.

이 사행은 동지를 전후해서 출발하여 대개 그해가 지나기 전에 연경에 도착하여 40일에서 60일 정도 묵은 다음 2월중에 떠나 3월 말이나 4월 초에 돌아오는 것이 통례였다. 사행의 구성은 목적에 따라 차이가 있지만 250인 내외가 대부분이었고, 어떨 때는 500인이 넘는 사행도 있었다.

예물은 황제에게는 여러 빛깔의 모시와 명주, 화문석(花紋席) 및 백면지(白綿紙), 황후에게는 나전소함(螺鈿梳函)과 여러 빛깔의 모시와 명주 및 화석이었는데 때로는 특별히 수달피 20장을 바칠 때도 있었다.

그러나 이런 정례적인 사신과는 달리 조정에서 특별히 사신을 보낼 때가 있었다. 이를테면 왕실이나 국가의 중요한 사실이 중국 조정에 잘못 전해졌거나 오해의 소지가 있어 문제가 야기되었을 때 이를 해명하고 그 정정을 요구하기 위해서 파견하는 특별사신이었다.

이 특별사신을 변무사라 불렀다.

사행의 규모는 정례 사신인 동지사의 규모보다 대부분 컸으며 그 중대 사안에 비추어 변무사를 대표하는 주청사(奏請使)의 직급도 동지사와는 비교가 되지 않을 만큼 높았다.

그러나 정례적인 사행이 아니라 일종의 외교사신이었으므로 대부분 변무사의 우두머리인 진주사를 맡아 하지 않으려고 갖은 핑계를 대고 발   하곤 했다.

이 무렵.

연경으로 떠난 변무사 일행도 예외가 아니어서 그해의 《승정원일기》에 보면 다음과 같은 내용이 나온다.

'연경으로 떠날 진주사가 모두 병을 핑계 대고 교체해주기를 바란 사람이 이미 여섯 사람에 이르렀다. 막중한 사행이 웃음거리같이 되었으니 이런 일은 나라가 생긴 이래로 처음이다. 전후 사면을 청원했던 심상규, 곽상우, 이상황, 홍의신, 김노음 등을 차례로 삭직(削職)하고 전관(銓官)이었던 김노경을 임명하였다.'

변무사의 주청사였던 김노경. 그는 조선 후기의 문신으로 일찍부터 동지사 겸 사은부사로 연경을 자주 드나들던 사람이다. 당대 최고의 명필로 지금도 남아 있는 '신라 경순왕전비'의 글씨를 통해 그의 필명(筆名)을 엿볼 수 있는데, 그는 뭐니뭐니 해도 조선조가 낳은 최고최대의 명필 추사 김정희(金正喜)의 생부로 유명한 사람이었다.

김노경의 필력은 유전적인 것으로 그의 아들인 김정희에게 대물림되었다. 특히 사행을 통해 일찍부터 연경을 드나들던 아버지 김노경을 통해 김정희가 실학(實學)을 배울 수 있었던 것이 그의 학문을 넓히는 계기가 될 수 있었다.

바로 이때 24세이었던 김정희는 아버지 김노경을 따라서 사신 일행에 합류하였던 것이다.

임상옥도 이 변무사의 사행을 따라서 연경으로 함께 떠났다.

이 무렵 임상옥은 벌써 당대 최고의 거상이 되어 있었다.

최고의 세도가 박종경을 통해 얻은 인삼 교역권으로 인삼의 무역을 독점하고 있었을 뿐 아니라, 장인 홍득주의 교역권도 관장하고 있었으므로 임상옥은 단시일 내에 최고의 무역왕으로 발돋움할 수 있었던 것이다.

그러나 무엇보다도 이번 사행길에서 임상옥이 거둔 최대의 수확은 추사 김정희와의 만남이었다.

김정희는 24세의 청년이었고 임상옥은 그보다 일곱 살이 많은 31세의 장년이었다. 비록 일곱 살의 나이 차이가 있었지만 이번 사행에 함께 참여함으로써 각별한 우정이 싹트게 되었다.

임상옥은 이미 십여 차례나 연경을 드나들어 모든 사행에는 없어서는 안 될 해결사였다. 또한 누구보다 중국어에 능통하였을 뿐 아니라 중국인들의 생리를 잘 알고 있었으므로 사신들은 떠날 때마다 임상옥의 도움을 청하곤 하였다. 이 청을 임상옥은 마다할 이유가 없었다. 사신의 일행을 따라 연경에 가서 인삼을 무역한다면 신변의 안전은 물론이고 사무역이 아닌 공식적인 무역을 통해 거래함으로써 보다 많은 이익을 얻을 수 있었기 때문이다.

임상옥은 동지사 일행보다 변무사 일행이 청의 조정으로부터 융숭한 대접을 받는다는 것을 알고 있었으므로 평소보다 많은 5천근의 인삼을 마차에 싣고 함께 연경을 향해 먼 여행길을 떠났던 것이다.

임상옥과 박종일은 꿈에 부풀어 있었다.

이번 장사를 성공리에 끝마치면 엄청난 이익은 물론이고 중국의 상권까지 장악할 수 있는 절호의 기회가 찾아왔기 때문이었다.

호리호도(糊裡糊塗).

중국인들과의 거래는 그들 속담에 내려오듯 '풀 속에서 풀칠한다'는 식의 뭐가 뭔지 모르는 상태에 빠질 때가 많다. 중국인의 속마음을 꿰어보기 전에 그들과의 거래는 항상 풀 속에서 풀칠하는 식의 오리무중이었다.

그러나 이번은 달랐다.

임상옥은 유례없는 인삼을 확보하여 이를 독점판매할 수 있는 최고의 기회를 통해 중국 상인들과 치열한 상전(商戰)을 벌여 승리를 거둘 수 있는 유일한 고지에 있었다.

김정희(金正喜).

그는 김노경의 아들이었으나 태어나자마자 아들이 없는 김노경의 형 김노영(金魯永)의 집으로 출계(出系)하였다.

출계라 함은 양자로 들어가서 그 집의 대를 잇는 것을 말함이었는데 따라서 김정희에게는 낳은 생부와 기른 양부, 두 사람의 아버지가 있게 되었다.

김정희의 재능은 어릴 때부터 뛰어나서 6세 때 벌써 글을 깨치고 그림을 그렸다. 김정희가 그린 화서첩(畵書帖)을 본 당대 제일의 학자 박제가(朴齊家)는 이미 김정희가 학예로 세상에 이름을 날릴 것을 예언하고는 말하였다.

내가 가르쳐서 반드시 성공시키겠다(吾將敎而成之).'

박제가는 실제로 김정희가 성장하기를 기다렸다가 김정희가 15세 되던 해부터 직접 그를 불러다가 가르치기 시작하였다.

박제가.

김정희의 스승이었던 조선 후기의 실학자. 뛰어난 학문적 재능을 갖고 있으면서도 첩의 아들인 서자로서 평생을 핍박받았던 당대 제일의 학자. 서얼(庶孽)들의 누적된 불만을 무마시키기 위해 제정된 정조의 정책으로 13년간이나 규장각에 근무하면서 비장된 서적을 마음껏 읽음으로써 학문을 넓혔다. 또한 청나라에 다녀온 이래로 '신분적 차별을 타파하고 상공업을 장려하여 국가를 부강하게 하고 국민의 생활을 향상시키기 위해서는 청나라의 선진적인 문물을 받아들이는 것이 급선무' 라고 주장하는 《북학의(北學議)》를 사상적으로 펼치던 선각자였다.

김정희는 15세 되던 해부터 박제가를 사사해 스승의 사상을 전수받게 되었으며 그의 가르침을 받고 대성할 수 있었다.

박제가는 네 번이나 청의 수도인 북경을 방문하였다. 그의 실학적 사상은 바로 북경을 통해 얻은 지식에서부터 싹트고, 그 싹을 통해서 체계를 갖출 수 있었다.

따라서 김정희도 스승처럼 북경에서 신학문을 보고 배울 수 있으리라는 기대에 잔뜩 부풀어 있었던 것이다.

더구나 박제가는 4년 전 연행길에서 돌아오자마자 억울한 무고로 유배되었다가 1805년 비참하게 죽음을 당하였으므로 스승의 뒤를 이어 '북학(北學)'의 유업을 잇겠다는 열정에 불타고 있었다.

임상옥도 김정희에 관한 소문은 듣고 있었다.

김정희가 일곱 살이나 어린 동생뻘이었으나 임상옥이 존경하였던 단 한 사람의 선비였다고 말할 수 있었다.

6세의 어린 나이 때 김정희가 그린 그림과 글씨를 보고 무릎을 쳤다는 박제가의 소문은 장안에 파다하게 퍼져 있었던 것이다.

그러나 김정희의 소문을 더 유명하게 만든 것은 당대 제일의 문장가이자 명신이었던 채제공(蔡濟恭)이었다. 일찍이 영조로부터 '진실로 나의 사심 없는 신하이고 너(정조)의 충신이다'라는 극찬을 받았던 노 재상 채제공은 어느 날 김정희의 집 앞을 지나다 대문 위에 걸린 글씨 한 점을 보게 되었다.

'立春大吉(입춘대길)'

대문 앞에는 봄을 맞기 위해서 쓴 입춘첩(立春帖)이 내걸려 있었다. 평범한 넉 자의 글씨였으나 그 뛰어남을 본 채제공은 평소 김노경의 가문과 대대로 좋지 않게 지내는 사이였으면서도 특별히 집으로 찾아 들어가 김노경에게 물어보았다고 전해진다.

"대문 위에 걸린 입춘방을 쓴 사람이 도대체 누구입니까. 한번 만나게 해주십시오."

이 말을 들은 김노경은 쾌히 승낙을 하고 그 글을 쓴 사람을 불러오게 하였다.

불려온 사람은 일곱 살 난 김정희. 어린 소년을 보고 채제공은 이렇게 말하였다고 한다.

"진실로 저 글씨를 쓴 사람이 바로 이 어린아이란 말입니까."

그 글씨를 쓴 사람이 7세의 소년 김정희임이 틀림없음을 알게 된 채제공은 다음과 같이 예언을 한다.

"이 아이는 반드시 명필로 세상에 이름을 날릴 것입니다. 그런데 이로 인해 팔자가 사나울 것입니다. 그러므로 차라리 붓을 잡지 못하게 하는 게 좋겠으며 만약 문장으로 세상을 울린다면 반드시 귀하게 될 것입니다."

먼 훗날의 이야기지만 채제공의 이 예언은 그대로 들어맞았다. 추사 김정희는 글씨로 세상에 크게 이름을 드날리었지만 그의 노년은 매우 비참하였던 것이다. 이는 당대 제일의 문장가였던 채제공의 뒤를 따르기보다는 당대 제일의 사상가였던 박제가를 스승으로 모시고 그의 뒤를 따른 결과였다.

청년 김정희에게도 임상옥의 존재는 각별했다.

중국말을 전혀 할 줄 몰랐기 때문에 필담으로는 의사가 소통되었으나 말로써는 통하지 않아 반드시 임상옥의 통역이 필요했던 것이다.

기록에 의하면 김노경의 사행은 1809년 기사년 10월 한양을 출발하여 12월에 연경에 도착하였으며 그곳에서 두 달 정도 머물다가 2월 초 떠나 1810년인 경오년 3월 17일에 환국하여 입조(入朝)하였다고 한다.

출발해서 돌아올 때까지 실로 5개월이나 걸린 대장정이었다.

김정희가 광활한 신천지를 연경에서 발견하고 그곳에서 신학문을 받아들이려는 학문적 열망에 불타오르고 있었다면 임상옥은 광활한 신상계(新商界)를 개척하고 그곳에서 중국 상인들과 생사를 건 상전(商戰)을 벌임으로써 어릴 때부터 꿈꿔왔던 천하 제일의 상인이 되고야 말겠다는 상업적 대야망에 불타오르고 있었던 것이다.

그러므로 방향은 달랐지만 김정희와 임상옥은 한 사람은 서도(書

道)를, 한 사람은 상도(商道)를 꿈꾸었다는 점에서 이번 연행길은 일종의 구도(求道) 여행이었다.

마침내 10월 28일 한양을 출발하였던 사신의 행렬은 그해 12월 22일 연경에 도착하였다. 일행은 사신들을 위해 준비해놓은 객관(客館)에 짐을 풀고 머무르게 되었다.

해마다 찾아오는 사신들이 연경에 있는 동안 머물게 되어 있는 객관에는 임금을 가리키는 '궐(闕)' 자를 새겨넣은 나무패가 모셔져 있었다. 이를 궐패라 하였는데 사신들은 이 궐패를 향해 무사히 연경에 도착하였음을 엎드려 절하여 배례함으로써 공식적인 외교 행사를 시작하였다.

이를 망궐례(望闕禮)라 하였는데 도착하고 떠날 때에 배례하는 것은 물론이고 연경에 머무르는 동안에도 매달 초하루와 보름이면 모든 사신 일행이 모여서 실제 살아 있는 대왕마마를 배알하듯 궐패를 향해 배례하는 것이 절차였다.

임상옥도 당연히 사신의 일행이었으므로 객관에 묵었지만 박종일은 전문대가의 여인숙에 짐을 풀었다. 박종일이 여기에 묵는 까닭은 단골 약재상들이 이곳에 밀집하여 있을 뿐만 아니라 장미령과의 인연으로 임상옥이 연경에 들를 때마다 그의 무역을 현지에서 도와주는 동인당의 점주 왕조시가 근처에 살고 있었기 때문이다.

왕조시는 장미령을 통해 임상옥과 인연을 맺게 된 이후부터 실제적인 임상옥의 화계 노릇을 하고 있었다.

화계. 다른 말로는 과계(夥計)라고 부르는 이 독특한 제도는 당시 중국 상인들만이 갖고 있던 조직이었다.

중국 상업에 있어 실질적인 주인들은 잘 나타나려 하지 않았다. 이들은 당시 청나라에서 통용되던 대로 돈으로 관직을 사 겉으로는

관리 일을 가장하고 있었다. 돈으로 관직을 사는 제도를 연납제(捐
納制)라 하였는데 실제로 장사는 화계라고 불리는 대리인들이 맡아
하고 있었다.

이들은 금전출납의 회계와 관리를 도맡아 하던 일종의 전문 경영
인이었다.

오늘날로 말하면 CEO인 화계를 내세움으로써 중국의 상권은 한
결 조직적이고 체계화됨으로써 경쟁력을 갖게 되었던 것이다.

동인당의 점주 왕조시는 연경 현지에 있어서 임상옥의 대리인이
자 화계였다. 왕조시는 임상옥의 무역을 도와주는 대신 일정량에
해당되는 수수료를 받는 일종의 중개무역상이기도 했다.

임상옥의 존재는 연경 전역에 잘 알려져 있었다. 임상옥이 가져
오는 홍삼은 최고의 품질이었으며 그 양에 있어서도 타의 추종을
불허했다. 임상옥의 홍삼이 도착하지 않으면 당장 연경에는 품귀현
상이 빚어질 수밖에 없었다. 그러므로 항상 임상옥의 홍삼은 중국
상인들과의 거래에서 유리한 고지를 선점하고 있었다.

더구나 지난해에는 인삼 흉년이 들어 연경 전역에 인삼의 씨가
말라 있었던 것이다.

바로 그럴 무렵.

조선의 인삼왕 임상옥이 5천 근의 질 좋은 홍삼을 갖고 변무사의
사행을 따라 연경에 도착하였다는 소식이 왕조시의 통문(通文)을
통해 전시내의 약재상들에게로 번져나갔다.

곧 약재상들이 박종일이 머무르고 있는 여인숙 회동관으로 몰려
들었다. 몰려온 약종상들도 흥정에 대리인으로 나선 화계들이었다.

따라서 임상옥도 자연 현장에서 물러나 있었으며 실질적인 거래
는 박종일과 현지인 왕조시가 나서고 있었다.

약재상들은 박종일을 통해 홍삼의 견본을 볼 수 있었다. 오랫동안 홍삼을 취급해온 상인들이었으므로 그들은 본능적으로 이번에 온 것이 상품 중에서도 극상품(極上品)임을 단번에 알 수 있었다.

중국 상인들은 이 최상급의 홍삼값이 도대체 얼마인가가 몹시 궁금하였다.

당시 중국인들과의 거래는 개별적으로 이루어지지는 않았다. 흥정은 충분히 하지만 인삼의 값은 공시가(公示價)로 정해져 일괄적으로 거래가 이루어졌기 때문이다. 가격이 비싸다고 생각한 사람은 그 거래에 참여치 않고 다른 거래를 찾으면 그만이었다.

"도대체 얼마만큼 인삼을 가져왔습니까."

"값은 한 근에 얼맙니까."

중국 상인들은 박종일과 왕조시에게 이것저것을 따져 묻고 탐문하였다.

다음날 중국 상인들은 동인당 앞에 내걸린 인삼의 공시가를 본 순간 일제히 놀랐다. 그들 자신이 잘못 본 것이 아닐까 눈을 의심하였다. 그 종이에는 다음과 같은 가격이 적혀 있었기 때문이었다.

'인삼 1근당 은자 40냥'

중국 상인들은 입을 딱 벌릴 수밖에 없었다.

지금까지의 가격 1근당 은자 25냥보다 터무니없이 비싼 가격이었고 흉년이 들어 품귀현상을 빚는다 해도 30냥을 넘는 경우는 거의 없었던 것이다. 그것은 오랫동안의 관행이었다.

그런데 그 오랜 관행이 깨어진 것이다.

1근에 40냥을 받겠다는 공시가가 당당하게 내걸렸다. 30냥을 내건다고 해도 최고가일 터인데 한꺼번에 10냥을 올려 40냥을 받겠다는 공시가를 내걸었으니 중국 상인들의 눈이 휘둥그레진 것은 당연한 일이었다.

바야흐로 중국 상인들과 조선에서 온 인삼왕 임상옥과의 보이지 않는 힘겨루기가 시작된 것이다.

임상옥이 단번에 은자 40냥의 최고금액으로 공시가를 정했던 것은 다분히 의도적이었다. 지금까지 조선에서 온 인삼은 그 엄청난 수요에 비해서 상대적으로 낮은 가격에 거래되는 것이 보통이었다.

그 이유는 단순하였다.

인삼의 거래가 대부분 역관들과 만상들에 의해 소량으로 이루어지는 것이 보통이었고 주로 사무역에 의존하고 있었기 때문이다. 그래서 조선의 상인들은 인삼 가격을 담합할 만한 조직력을 갖고 있지 못하였다. 몇몇의 상인들이 힘을 합쳐 가격을 인상하려 해도 자본이 영세하여서 중국 상인들과 장기전을 펼 만한 여력을 갖고 있지 못하였다. 따라서 조선에서 온 객상들은 울며 겨자 먹기로 2백 년 가량 거래되어온 고정가격을 받아들일 수밖에 없었다.

그러나 이제는 달라진 것이다.

조정에서 공포한 인삼 교역권으로 거의 모든 인삼이 임상옥에게로 독점된 것이다.

개별적인 사무역은 불법이므로 모든 인삼의 교역은 임상옥에게로 단일 창구화되었다. 인삼의 판매는 일원화된 창구로 한결 조직력을 갖게 되었으며 가격에 있어 경쟁력도 갖게 되었다.

지난해는 인삼의 흉작으로 연경 일원에서 인삼의 씨가 말라 있음을 임상옥은 꿰뚫어 보고 있었던 것이다.

드디어 때가 왔다.

임상옥은 지금이야말로 중국 상인들과 건곤일척의 승부를 벌여야 할 최고의 적기라 생각하고 있었다.

임상옥이 극상품 인삼을 5천 근이나 한꺼번에 갖고 온 것은 중국 상인들과의 단판승부에서 유리한 선제공격을 가하기 위한 치밀한 계산 때문이었다.

'인삼 1근당 은자 40냥'

동인당 앞에 내걸린 천문학적 액수의 공시가는 그런 의미에서 임상옥이 중국 상인에게 던진 선전포고와 같은 것이었다.

임상옥의 선전포고는 상인으로서 죽느냐, 아니면 이 기회를 통해 천하 제일의 상인이 되느냐는 명운이 걸린 한편의 진검(眞劍) 승부였다.

이러한 임상옥의 선전포고는 곧 연경 일대의 약재상들에게 엄청난 파문을 일으켰다. 1809년 기사년이 저물 때까지 단 한 명의 상인도 인삼을 사러 박종일의 여인숙에 들르지 않았던 것이다.

이는 전에 없던 일이었다.

대부분의 인삼은 공시된 이후부터 이삼 일이면 전량이 판매되는 것이 보통이었다. 임상옥이 연경에 도착한 것이 동지 무렵인 12월 22일이었으니 해가 가기 전에 모든 인삼이 팔려나가는 것은 당연한 일이었다. 해를 넘기면 새해가 되어 중국인들은 먹고 마시며 노는 끝도 없는 명절 연휴에 거의 한 달 이상을 소비하는 것이 상례였다.

다행히 시일이 흐른다 해도 인삼이 홍삼으로 바뀐 뒤에는 썩지 않아 안심할 수 있었지만, 보통 2월 초면 환국하는 사행의 관례로 보아 인삼의 무역은 주로 사신 행렬이 도착하는 동지 무렵에서 새해 전까지 열흘 동안에 모두 이뤄지곤 하였다.

그러나 실로 상상할 수 없는 일이 벌어진 것이다.

단 한 사람의 상인도 박종일을 찾아오지 않았으며 따라서 단 한 건의 상담도 이루어지지 않았다.

박종일은 초조해졌다. 무슨 영문인지 알아보기 위해 왕조시를 내세워 중국 상인들의 동정을 살펴보기로 하였다. 왕조시는 몇 명의 단골 약종상들을 만나고 온 후에 놀라운 사실을 털어놓았다.

　　"대인어른."

　　왕조시는 임상옥에게 입을 열어 말하였다.

　　"심상치 않은 일이 벌어졌습니다."

　　"심상치 않은 일이라니요."

　　임상옥이 묻자 왕조시가 대답하였다.

　　"아무래도 약종상들간에 무슨 합의가 있었던 것 같습니다."

　　"합의라니, 그게 무슨 소리입니까."

　　옆에서 보다 못해 박종일이 참견하며 말하였다.

　　"글쎄요. 말씀드리기 황송합니다만 상인들끼리 담합하여 누구든 한 사람도 사지 않을 것을 서로 맹세한 듯합니다."

　　왕조시는 일단 말을 꺼냈으나 쉽게 말을 잇지 못하였다.

　　"일테면요."

　　답답해진 박종일이 다시 채근하여 물었다. 그러자 왕조시는 대답하였다.

　　"일테면 불매동맹(不買同盟)을 맺은 것 같습니다. 일체 상품을 사지 않겠다는 공동의 약속이 이루어진 것 같다는 말씀입니다."

　　생산자에 대한 제재수단으로 소비자가 단결하여 그 어떤 상품을 사지 않기로 하는 공동의 약속, 불매동맹.

　　이 공동의 약속이 성공하기 위해서는 생산자에게 압력을 가하는 조직의 단결력이 우선한다. 당시 중국의 상인들은 공동의 이익을 위해서 불매동맹을 형성할 수 있을 만큼 상업이 발달하고 있었던 것이다.

"불매동맹이 이루어졌다면 그들은 도대체 무엇을 노리는 것이란 말인가요."

답답해진 박종일이 빠르게 물어 말하였다.

"상인들의 요구는 간단합니다."

왕조시는 단숨에 대답하였다.

"상인들은 임 대인께오서 값을 내려 종전의 값을 받을 것을 요구하고 있습니다."

잠시 무거운 침묵이 흘렀다. 침묵 끝에 임상옥이 입을 열어 말하였다.

"만약 그 요구를 내가 거절한다면요."

그러자 왕조시는 대답하였다.

"그렇게 되면 말씀드리기 황송하오나 임 대인께오서는 단 한 근의 인삼도 연경에서는 팔지 못하게 될 것이나이다. 결국 가져온 5천 근의 인삼을 조선으로 도로 가져갈 수밖에 없을 것이나이다."

왕조시의 전언은 실로 무서운 것으로 무조건의 항복을 요구하는 일방적인 통고와 같았다. 협상을 통해 공시가를 재조정하는 것이 아니라 종전의 가격만을 받으라는 것은 백기를 들고 항복하라는 의미를 지니고 있었다. 만약 그 요구를 받아들이지 않겠다면 일체의 거래를 중지함으로써 갖고 온 인삼을 그대로 갖고 가게 하겠다는 것이다. 그것은 연경의 상계에서 추방하겠다는 파산선고와 같은 것으로 그렇게 된다면 임상옥은 다시는 상계에서 발을 못 붙이게 되는 금치산자(禁治産者)가 되어버리는 것이다.

"여보, 왕 대인."

사태의 긴박함을 깨달은 박종일이 왕조시의 어깨를 치면서 말하였다.

"왕 대인이 나서서 그들을 설득해볼 수도 있지 않겠소. 우리와는 달리 왕 대인은 중국 사람이니 같은 중국 상인들을 만나서 흉금을 털어놓고 설득하여 그들의 마음을 돌려놓을 수도 있을 것이 아니겠 소이까."

왕조시는 연경 제일의 중약점인 동인당의 점주로서 약재상들 중에서도 가장 영향력을 지닌 인물이었다. 그가 나서서 설득한다면 많은 상인들의 마음을 바꿔놓을 수 있을 것은 분명한 사실이었다.

그러나 왕조시 역시 화계에 불과하였다. 그는 동인당의 점주처럼 보이고 있었지만 실은 장미령의 남편인 광록대부 주병성(周炳成)이 실질적인 주인이 아닐 것인가.

"대인어른."

왕조시가 미소 띤 얼굴로 말하였다.

"한번 시집간 여인은 이미 그 집 귀신이라 하였습니다. 비록 내가 중국인이라 하여도 임 대인의 집으로 시집온 이상 이미 임 대인의 귀신이라 할 수 있습니다. 따라서 그들이 제 말을 들으려 하지 않을 것입니다. 제 말을 들으려 하지 않을 뿐 아니라 저를 만나려 하지도 않을 것입니다."

왕조시가 다시 말을 이었다.

"또한 임 대인과 함께 있다고 하지만 어디까지나 중국인에 불과하므로 먼 곳에 있는 물(遠水)에 불과합니다. 어떤 사람이 물에 빠졌습니다. 그때 먼 월나라 땅에서 사람을 청해 구하려 한다면 그 월나라 사람이 아무리 헤엄을 잘 친다 해도 때는 이미 늦습니다. 또한 집에 불이 났다고 할 때 먼 바다에서 물을 끌어다가 불을 끄려고 하면 바닷물이 아무리 많아도 역시 때는 이미 늦습니다. 이처럼 저는 임 대인에게 있어서 가까이 있어 보이지만 실은 먼 바다에 있는 물에 불과합니다. 저는 임 대인의 불을 끌 수도 없거니와 끌 자격도 없는 사람인 것입니다."

왕조시가 말한 내용은 중국에서 내려오는 고사 중에서도 유명한 내용이다. 한비자의 '설림(說林)' 편에 나오는 이야기로 '멀리 있는 물로는 가까운 곳의 불을 끄지 못한다'는 의미를 담고 있는 성어이다. 이를 '원수불구근화(遠水不救近火)'라 하는데 이는 곧 먼 곳에 있으면 아무리 그 힘이 강해도 급할 때 아무런 소용이 없다는 것을 의미한다.

왕조시가 자신을 빗대어 '먼 곳에 있는 물'이라고 표현한 것은 임상옥이 처한 급한 불을 끌 수 없는 자신의 입장을 적절히 표현한 것이었다.

임상옥은 완전히 사면초가(四面楚歌)에 빠져버린 셈이었다.

임상옥의 선전포고는 전쟁을 시작하기도 전에 사면을 포위해버린 적들로 인해 고립되어 자멸해버리는 최대의 위기에 맞닥뜨리게 된 것이다.

고립무원(孤立無援).

임상옥은 완전히 사면을 포위당해 그 누구에게도 도움을 받을 수 없는 절체절명의 궁지에 빠져버렸다.

이제 남은 방법은 불매동맹을 맺은 중국 상인들이 요구하는 대로 공시가를 내려 종전의 값으로 환원하거나, 아니면 가져온 인삼을 그대로 갖고 돌아가는 두 가지뿐이었다.

그러나 두 가지 방법 모두 임상옥에게 있어 일종의 파산과 같은 것이었다. 공시가를 종전대로 내리면 갖고 온 물건은 모두 팔 수 있을 것이다. 그러나 그것은 굴욕을 의미한다. 그렇게 되면 임상옥은 앞으로 연경 상인들과의 상거래에서 항상 칼자루를 쥐지 못하고 칼

날을 쥐게 될 것이다. 한 번 신용을 잃은 상인은 결코 신상(信商)이 될 수 없다. 상인에 있어 차라리 가산을 모두 날려 도산하는 편이 낫지, 상인으로서의 자존심을 모두 버리고 백기를 드는 것은 한 번 죽는 것이 아니라 두 번 죽는 참시(斬屍)와 같은 것이다.

그렇다고 하더라도 중국 상인들과 감정싸움을 벌여 단 한 근의 인삼도 팔지 못하고 그대로 조선으로 돌아간다면 자존심은 지킬 수 있을지는 모르지만 완전히 파산되어 망하게 될 것이다. 갖고 온 인삼의 대금을 모두 은자로 계산하여 사상들과 인삼을 재배하는 농부들에게 나눠주고 나면 임상옥은 완전히 빈털터리로 전락하고 말 것이다.

"어찌하면 좋겠습니까."

사태의 심각성을 본능적으로 직감한 박종일이 말하였다.

그러나 임상옥은 묵묵부답이었다.

"방법이 없는 것은 아닙니다."

임상옥의 눈치를 보면서 박종일이 말하였다.

"방법이라니."

임상옥이 묻자 박종일이 대답하였다.

"장미령 부인의 힘을 빌리는 것입니다. 장 부인의 남편은 고위대신으로 광록대부라 하지 않았나이까. 광록대부라 하면 막강한 힘을 가진 대관이나이다. 더구나 장 부인께오서는 대인어른에게 큰 은덕을 입은 사람이 아니시오니까. 장 부인께오서 대인어른을 은인으로 생각하고 있는 이상 찾아가 말씀드리면 어떻게든 힘을 써줄 것이나이다."

그러자 임상옥이 말하였다.

"은덕에 있어서도 한 번이면 족하네. 한 번 이상 바란다는 것은 보은이 아니라 구걸행위와 같은 것이네."

임상옥은 단호하게 말하였다.

"내가 장 부인을 구한 것은 무슨 대가를 바라서가 아니었네. 이것은 장 부인도 마찬가지였네. 하지만 내가 찾아가 도움을 청해 청나라의 권력을 빌려 이 문제를 해결하려 한다면 한 번은 성공할지 모르지만 다시는 연경에 발을 들여놓을 수가 없게 되네. 이는 살아도 산 몸이 아니라 죽은 목숨과 마찬가지가 아니겠는가. 옛말에 이르기를 '닭을 잡는데 어찌 소 잡는 칼을 쓰겠는가(割鷄焉用牛刀)'란 말이 있네."

"닭을 잡는데 칼이 없다면."

박종일이 볼멘소리로 대답하였다.

"소 칼인들 어떠하겠습니까."

그러나 마음을 굳힌 듯 임상옥은 굳게 입을 다물었다.

"만약 이번에 저희들이 이 난관을 잘 헤쳐나가지 못한다면 우리는 죽습니다."

박종일이 한숨을 쉬며 말하였다. 그 순간 무심코 말하였던 박종일의 한마디가 임상옥의 뇌리에 가시처럼 박혀들었다.

"…우리는 죽습니다."

임상옥의 일생일대에서 최초의 위기였던 연경 상인들이 벌인 불매운동의 발단은 오랫동안 누적되어 왔었던 감정 싸움이었다. 그 싸움의 시대적 배경은 다음과 같다.

예로부터 사농공상(士農工商)이라 하여 물건을 사고팔아 이익을 남기는 상업을 가장 천대하였던 우리나라와는 달리 중국에서는 사상농공(士商農工)이라 하여 상업을 중시하였다.

중국에서 가장 오래된 고전인 《서경》에는 주나라의 무왕이 은나

라를 친 후 은나라의 유신 기자에게 도(道)를 물었을 때 기자는 천
제의 계시로 얻은 홍범구주(洪範九疇)를 주었다. 오행사상을 토대
로 정치, 도덕의 9대 원칙을 제시하고 있는 이 책 속에서 기자는 첫
번째로 '부(富)'에 관해 설명하고 있다.

이를 '홍범구주선언부(洪範九疇先言富)'라고 부르고 있다. 마찬
가지로 공자가 쓴 사서삼경의 하나인 《대학》에서도 반 이상이 '재
(財)'에 관해 논하고 있으며, 이를 대학십책논반재(大學十冊論半
財)'라 부르고 있는 것이다.

이처럼 중국인들은 사람을 다스림에 있어 '부'가 그 첫 번째로
중요한 덕목이라 생각하고 있으며, 공자도 '재'야말로 가장 중요한
인간의 규범임을 강조하고 있던 것이다.

중국인들은 사람을 다스림에 있어 '부'와 '재'를 중심으로 하는
경제야말로 가장 중요한 법임을 알고 있었다.

경세제민(經世濟民).

세상을 다스리고 백성을 구제함이야말로 사람을 다스리는 데 있
어 최고의 덕목이었다.

그러나 중국인들도 경제의 중요성을 알고 있었지만 상인들을 우
대하지는 않았다. 상업을 농업이나 공업보다 더 낮게 두었던 우리
나라와 달리 중국인들은 어느 정도 상업을 중요시하였지만 상인들
을 등용치 않았던 것은 우리나라와 마찬가지였다.

이는 유학의 발달과 무관하지 않았다. 명분과 학문을 숭상하였
던 유학은 다음과 같은 극단적인 내용이 나올 정도로 상업을 천시
하였다.

'굶어 죽는 일은 지극히 작은 일이고 절개를 잃는 일은 지극히 큰
것이다(餓死事極小 失節事極大).'

북송(北宋)의 정이천(程伊川)이 말한 이 내용은 주자학의 철학을 이루고 있었다.

이러한 유생들의 사고에 혁명을 일으킨 사람이 바로 왕양명(王陽明)이었다. 그는 당시의 관학이던 주자학에 빠져 있었으나 공론과 명분에만 매달리는 주자학에 곧 싫증을 내었으며 35세 무렵에 이르러 돌로 만든 관 속에 들어가 명상하기를 즐겨 하였다.

그렇게 2년을 보내던 어느 날 그는 석관(石棺) 속에서 하나의 깨달음을 얻는다.

그것은 마음이 곧 진리이며, 따라서 아는 것과 행동하는 것이 일치됨으로써 만물과 하나될 수 있다(萬物一體)는 사상이었다. 이 사상이 그 유명한 양명학(陽明學)으로 발전되었으며 양명학의 진수는 왕양명이 스스로 일컬은 사구결(四句訣)에 있다.

'마음의 본체는 원래 선과 악이 없는 것이다. 선과 악이 나타나는 것은 뜻〔意〕의 작용 때문이다. 그러므로 이미 나타난 선과 악을 구별하여 아는 것이 양지(良知)이며 선을 행하고 악을 버려 마음의 본체로 돌아가는 것이 격물(格物)인 것이다.'

격물치지(格物致知).

사물의 이치를 깨달아 자신의 잘못을 바르게 잡고, 선천적인 양지로 갈고 닦는다는 유명한 철학이 바로 양명학의 골수였다.

이처럼 명분보다 실제의 이론을 중요시한 왕양명은 공리에 치우쳤던 유생들인 선비보다 상인들을 우대하였으며, 따라서 그는 신사민론(新四民論)을 부르짖는다.

신사민론.

1525년에 왕양명이 상인 방린(方麟)을 위해 쓴 한 편의 묘표(墓表)에서 비롯된 새로운 사상은 기존의 유가에서 내려오던 사민론을 단숨에 무너뜨린 일종의 혁명과 같은 것이었다.

'옛날부터 사민(士農工商)이 있었는데 그들은 각기 직업을 달리하였으나 마음을 극진히 한 것은 한 가지였다. 선비는 이것(道)을 가지고 수양하고 통치하였으며 농부는 이것을 가지고 갖추어 봉양하였으며 공인(工人)들은 이것을 가지고 도구를 이롭게 하였고 상인들은 이것을 가지고 재화를 유통시켰다. 각기 그 자질이 가까운 곳, 힘이 있는 곳에서 생업을 삼아서 그 마음을 극진히 발휘할 것을 추구하였다. 그 귀결은 요컨대 사람을 살리는 길에 유익한 것은 한결같았다는 것이다.'

왕양명의 말은 당시의 상황으로 보면 혁명적인 발상이었다.

이때까지 유가에서는 오직 선비만이 도를 알고 도를 행할 뿐, 농부나 공인이나 상인은 도에 의해서 다스려지는 하찮은 존재였던 것이다. 맹자는 다음과 같은 극단적인 표현까지 하지 않았던가.

'…닭이 울자 부지런히 이익을 챙기는 자는 도둑놈의 무리이다.'

왕양명의 이러한 신사민론의 선언은 16세기 이후 상업 발전으로 유가들도 더 이상 상인들의 사회적 지위를 새로이 평가하지 않을 수 없게 된 현실적 상황과 무관하지 않았다.

특히 명나라가 망하고 청조가 들어서자 명나라의 유생들은 어쩔 수 없이 상인의 길로 나아갈 수밖에 없었다. 이는 조선에서도 마찬가지였다.

고려가 멸망하고 조선의 새 왕조가 들어서자 고려의 유민들은 관리의 길을 버리고 상업의 길로 나아갔다.

명나라의 유민들은 변방의 오랑캐들이라 천시하는 청나라에 의해 중원이 통일되자 대부분 과거시험 공부를 버리고 상업의 길로 나아갔다.

이를 '유학의 길을 버리고 상업의 길로 나아갔다' 하여 기유취고 (棄儒就賈)라 하였다.

따라서 임상옥이 먼저 선전포고하였던 상전에 불매동맹이라는 초유의 강수로 맞서 싸웠던 중국 상인들은 대부분 '선비의 길을 버리고 상업의 길로 나아갔던' 명나라의 자존심 강한 유생들 출신이 대부분이었던 것이다.

청나라에 몸을 굽혀 복종하여 과거시험을 보느니 돈으로 관직을 사는 일이야말로 '명실 있는 상인'이라고 자부심을 갖고 있었다.

돈으로 벼슬길에 오른 상인들은 스스로를 신상(紳商)이라 부르고 있었다. 그리고 자신들을 다음과 같이 표현하였다.

내가 비록 상인이지만 어찌 나라의 군주와 대등한 예를 지키려는 단목의 뜻이 없겠는가.'

단목(端木)은 공자의 제자인 자공(子貢)을 말함인데 그들의 이와 같은 자부심은 상인이야말로 이제는 '위대한 유학자'가 될 수 있다고 스스로를 평가하게 되었던 것이다.

임상옥의 선전포고는 이들의 명예와 자존심에 일대 경종을 울린 셈이었다.

당시 중국인들의 경영철학은 박리다매(薄利多賣)였다. 상업의 비결을 '사는 즉시 팔아야 한다'는 원칙에 두고 있던 중국 상인들에게 있어 '이익을 적게 하되 많이 판다'는 박리다매야말로 경영철학 제1조였다.

'염가(廉價)'라는 용어가 나온 것은 바로 이 무렵.

원래 이 염가라는 용어가 나온 곳은 《사기》인데 그 구절은 다음과 같다.

'탐가는 세 번을 뛰어 벌어들이고 염가는 다섯 번을 뛴다(貪價三

之 廉價五之).'

　오늘날의 염가는 매우 싼 값을 말함인데 이 용어가 당시 중국 상인들에게 유행되어 성어(成語)를 이룰 정도였던 것이다. 염가처럼 다섯 번을 뛰는 박리다매로써 이익을 남기는 일이야말로 최상의 길이라고 생각하고 있었다.

　'염가는 박리다매'라는 등식을 갖고 있던 중국 상인들에게 느닷없이 최고가격의 공시가를 내건 임상옥의 선전포고는 그들의 자존심에 치명타를 가한 셈이었다.

　그리고 중국 상인들의 불매운동은 마침내 임상옥을 사느냐 죽느냐는 절체절명의 기로로 몰아갔던 것이다.

　임상옥은 몇날 며칠을 뜬눈으로 밤을 지새우며 고민하였으나 좋은 방도가 생각나지 않았다.

　그로서는 오직 단 두 가지 방법뿐이었다.

　중국 상인들이 원하는 대로 공시가격을 내리거나, 아니면 인삼을 갖고 그대로 고향으로 돌아가는 것이었다. 그러나 이 두 가지 방법 모두 받아들일 수 없음이었다.

　그때였다.

　임상옥의 머리 속에 우연히 박종일의 말 한마디가 기억되어 떠올랐다. 그때 박종일은 낙담하여 한숨을 쉬면서 말하였다.

　"만약에 이번에 저희들이 이 난관을 잘 헤쳐나가지 못한다면 우리는 죽습니다."

　마지막의 말 한마디가 자꾸 메아리되어 임상옥의 마음을 뒤흔들고 있었다.

　"우리는 죽습니다, 우리는 죽습니다, 우리는 죽습니다."

　임상옥은 어째서 박종일의 그 한마디가 가시처럼 뇌리에 박혀 떠나지 않는지 이유를 알 수 없었다.

죽는다. 우리는 죽는다.

몇날 며칠을 뜬눈으로 밤을 새우던 임상옥의 머리 속에 뇌성과 같은 목소리 하나가 번득이며 떠올랐다. 그것은 추월암의 큰스님이었던 석숭의 고함소리였다.

추월암을 떠나 세속으로 하산할 무렵 석숭은 이렇게 말하였다.

"…너는 반드시 살아감에 있어 세 번의 큰 위기를 맞이할 것이다. 그 큰 위기가 있을 때마다 너는 이를 잘 극복해 나갈 것이지만 만약 그렇지 못한다면 하루아침에 멸문지화를 당하게 될 것이다."

그때 임상옥은 이렇게 물어 말하였었다.

"어떻게 하면 그 위기를 벗어날 수 있겠습니까."

임상옥의 질문에 한동안 침묵하던 석숭은 느닷없이 먹을 갈도록 한 후 붓을 들어 종이 위에 내리찍듯이 글자를 써내렸다. 석숭 스님이 종이 위에 쓴 한 자의 글자는 바로 '사(死)' 자였다.

그때 석숭은 그 글자를 쓰고 나서 임상옥에게 이렇게 말하지 않았던가.

"이 자가 무슨 자인 줄 아느냐."

"죽을 사(死) 자입니다."

"그렇다."

그때 석숭 큰스님은 고개를 끄덕이며 말하였다.

"이 죽을 사 자가 너를 반드시 첫 번째 위기에서 살려줄 것이다. 다른 방법은 없다. 오직 이 죽을 사 자, 한 자뿐이다."

임상옥은 곰곰이 생각하였다.

이번의 일이 석숭 스님이 말하였던, 살아감에 있어 반드시 내가 만날 운명적인 세 번의 위기 중 그 첫 번째 위기임이 틀림없을 것인

가. 임상옥은 오랜 생각 끝에 중국 상인들이 벌이고 있는 이 불매동맹이 자신이 맞은 일생일대 최초의 위기임을 확신하게 되었다.

이 위기야말로 박종일의 말처럼 잘 헤쳐나가지 못하면 죽을 수밖에 없는 최초의 위기인 것이다.

석숭 스님은 이 위기를 헤쳐나갈 비책을 가르쳐주셨다. 그 비책은 오직 한 자의 글자, 死 자뿐이라 하였다.

임상옥은 그 즉시 먹을 갈아 종이 위에 死 자의 글씨를 써서 벽에 붙여놓았다. 그리고 나서 스승이 내린 死 자의 뜻이 무언인가를 참구(參究)하기 시작하였다.

죽을 死가 어떻게 사지(死地)를 벗어나게 해줄 수 있단 말인가. 어차피 이대로 가다간 죽을 운명에 맞닥뜨릴 것이 분명한데 더 이상 어떻게 또다시 죽으란 말인가. 인삼의 가격을 내려도 죽고, 가져온 인삼을 도로 가져가도 죽는다. 어차피 죽을 운명임이 틀림없는데도 어찌하여 석숭 큰스님은 내게 죽을 사 자의 참언을 내리신 것일까.

심사숙고하였으나 그 문자에 숨겨진 진의를 깨달을 수 없었다. 이러한 고민에 해답을 내려준 사람이 바로 추사 김정희였다.

때마침 초하루라 사신 일행은 객관에 모셔진 궐패에 망궐례를 올리고 휴식을 취하고 있을 무렵이었다. 임상옥은 간단한 안주와 술병을 챙겨들고 김정희가 머무르고 있는 숙소로 찾아갔다. 마침 김정희는 혼자 있었다.

"웬일이십니까."

김정희는 임상옥을 반갑게 맞이하였다.

"출출한데 술이나 한잔 하려구 찾아왔습니다, 생원어른."

"좋습니다, 좋지요."

당시 김정희는 생원시에 갓 급제한 터였다. 국가에서 시행하는 소과(小科)에 급제하였으나, 성균관에 들어가 공부를 하다가 다시 문과(文科)에 응시해 합격하여 관직에 나아가는 것이 당시 유생들이 밟는 정상적인 과정이었으므로 아직은 햇병아리 유생에 불과하였다.

그해 연경의 겨울은 살을 에듯 추웠다. 객지에서 맞은 설날이라 몸도 마음도 춥고 쓸쓸하던 차에 임상옥이 들고 온 술이 두 사람의 객고를 달래주고 있었다.

어느 정도 술기운이 오르자 임상옥이 입을 열어 말하였다.

"김 생원, 한 가지 묻고 싶은 말이 있습니다."

"무슨 말씀이시오니까."

"어떤 사람이 지금 백척간두(百尺竿頭)에 올라서 있습니다. 오도 가도 할 수 없고 꼼짝없이 죽게 되어 있습니다."

백척간두.

백 자나 되는 높은 장대 끝이라는 뜻으로 매우 위태롭고 어려운 지경을 말함인데 임상옥은 위태로운 자신의 지경을 그렇게 표현하였다.

"그러하니, 그 사람이 어떻게 하면 그 백척간두에서 내려올 수 있겠습니까."

"백척간두에서는 내려올 수 없습니다."

김정희가 단숨에 말하였다.

"그러하면 어떻게 해야 합니까. 백척간두 위에서 올 수도 갈 수도 없고, 꼼짝할 수 없으니 그 장대 끝에서 어떻게 하면 살아날 수 있겠습니까."

"백척간두 끝이라 해도 살아나는 방법이 없는 것은 아닙니다."

"그 방법이 무엇입니까."

정신이 바짝 든 임상옥이 소리를 높여 물었다.

"옛 중국의 선사 중에 석상(石霜)이란 화상이 계셨습니다. 이 스님이 바로 백척간두에서 살아날 수 있는 방법을 가르쳐주신 분입니다."

김정희는 휴대용 붓을 쥐어들고 종이 위에 다음과 같이 글을 써내렸다. 소문으로만 듣던 추사의 운필이었다. 과연 명필 중의 명필로 이는 인간의 솜씨가 아니라 신의 필력이었다. 일필휘지로 써내린 문장은 다음과 같았다.

百尺竿頭坐底人(백척간두좌저인)

雖然得入未爲眞(수연득입미위진)

문장을 쓰고 나서 김정희가 말하였다.

"백척간두 위에 앉아 있을 수 있는 사람이라 하여도 아직 진인(眞人)은 되지 못한다는 말입니다."

"그러하면 어떻게 해야 합니까."

세속을 떠나 불문에 몸담은 적이 있던 임상옥이었지만 처음으로 듣는 선화였다.

"백척간두에서 살 수 있는 방법은 오직 한 가지뿐입니다."

추사는 다시 종이 위에 다음과 같이 써내렸다.

百尺竿頭須進步(백척간두수진보)

十方世界現全身(시방세계현전신)

글을 쓰고 나서 김정희는 말하였다.

"석상 화상은 이렇게 말하였습니다. 백척간두 위에서 다시 걸어나아가라. 그러면 시방세계의 전신을 볼 수 있으리라. 백척간두 위에서 살 수 있는 방법은 그 벼랑 끝 위에서 다시 한 발자국 나아가는 것입니다."

"백척간두 위에서 다시 한 발자국 나아가면 그것은 죽음이 아닙니까."

"죽음을 벗어날 수 있는 것은 오직 죽음뿐입니다. 백척간두 위에 앉아 있다고 하여 죽음을 물리칠 수 있는 것은 아닙니다."

그러나 임상옥은 추사의 말을 알아들을 수가 없었다.

백척간두에서 살 수 있는 유일한 길은 한 발자국 더 나아가는 길뿐이라는 말이 마음에 와닿지가 않았다. 이러한 임상옥의 마음을 눈치챈 듯 김정희가 다시 붓을 들어 종이 위에 단숨에 문장 하나를 써내렸다.

'必死卽生 必生卽死(필사즉생 필생즉사)'

임상옥은 그 말의 뜻을 알고 있었다.

반드시 죽기를 각오하면 살 것이요, 반드시 살기를 꾀하면 죽을 것이다.'

임상옥은 그 문장을 쓴 사람의 이름을 알고 있었다.

"이 문장을 쓴 사람이 누구인지 알고 계시겠지요."

김정희는 임상옥에게 물어 말하였다. 임상옥은 대답 대신 머리를 끄덕였다.

"그렇습니다. 이 문장을 쓴 사람은 이순신(李舜臣) 어른이십니다. 그분의 말씀처럼 죽음을 물리칠 수 있는 단 하나의 방법은 반드시 죽는 필사(必死)의 길 단 한 가지뿐입니다. 마찬가지로 백척간두에서 벗어날 수 있는 방법은 갱일보(更一步)하여 다시 한 발자국 나아가는 방법뿐입니다."

임상옥의 머리 속에 벽력이 번득였다. 임상옥은 손을 들어 무릎을 치면서 말하였다.

"아."

그 한순간 임상옥은 큰스님 석숭이 써준 죽을 사(死) 자의 의미를 깨달은 것이었다.

그 의미를 깨달았을 때 임상옥은 큰소리로 껄껄 웃었다고 전하여진다. 한바탕 크게 웃고 나서 느닷없이 의관을 정제한 후 김정희 앞에 세 번 무릎 꿇고 절을 하였다.

"왜 이러십니까, 대인어른."

당황한 김정희가 극구 만류하였지만 임상옥은 멈추려 하지 않았다.

"생원어른께 제가 가르침을 얻었으니 이제부터 생원어른은 제게 있어 스승이나이다."

당황한 김정희가 맞절을 하면서 말하였다.

"도대체 왜 이러십니까."

"생원어른이 백척간두에서 벗어날 길을 가르쳐주셨으니 제게 있어 생명의 은인이나이다. 이로써 제가 죽음에서 벗어날 수 있게 되었으니 어찌 무릎을 꿇고 삼배를 올림으로써 사부(師傅)로서의 예를 올리지 않으리이까."

마침내 임상옥은 큰스님 석숭이 써준 '死'의 숨겨진 의미를 깨닫게 된 것이다.

그 다음날 아침.

임상옥은 따로 박종일을 불러 말하였다.

"내가 지난밤 내내 궁리하여 인삼 가격을 새로 조정하였으니 왕조시에게 이를 전하여 공시토록 하게."

임상옥이 새로 쓴 종이를 박종일에게 내주면서 말하였다. 임상옥으로부터 종이를 전해받은 후 박종일은 눈치를 살피면서 조심스럽게 말을 이었다.

"저들의 요구를 받아들이셨다는 말입니까."

박종일로서는 이해할 수 없는 임상옥의 태도였다.

"어쨌든 내 말을 잘 듣게. 이것은 오랜 심사숙고 끝에 내가 결정을 내린 것이니 그대로 따르도록 하여 주시게."

단호한 임상옥의 태도였다. 박종일은 더 이상 말을 잇지 못하고 종이를 받아들고 객관을 나섰다. 나선 즉시 종이에 새로 썬 최종 공시가를 확인하여 보았다.

순간 박종일은 깜짝 놀랐다. 그는 자신이 행여 잘못 보았는가 두 번, 세 번 다시 확인하여 보았다. 분명 그것은 꿈이 아니었다. 그러나 그는 발길을 돌릴 수가 없었다. 평소와 달리 단호했던 임상옥의 목소리와 태도가 기억되어 떠올랐기 때문이다.

박종일은 그 길로 왕조시를 찾아갔다. 왕조시도 박종일처럼 크게 놀라 반신반의하는 표정이었지만 임상옥의 결정을 그대로 따르기로 하였다.

마침내 동인당 중약점 앞에 내걸렸던 종전의 게시판이 철거되고 새 가격을 알리는 게시판이 내걸렸다.

공시가격을 알리는 게시판이 떼어지고 새 가격을 알리는 게시판이 나붙었다는 소문은 순식간에 중국 약재상들에게 번져나갔다. 그 소문을 들은 순간 그들은 쾌재를 불렀다.

중국 상인들은 소기의 목적을 달성했다는 기쁨으로 환호하였다. 지금까지는 없었던 중국 상인들간의 단결된 초강경의 불매동맹을 통해 조선의 인삼왕 임상옥을 꺼꾸러뜨렸다는 사실에 그들은 한결같이 승리감을 맛보고 있었다.

이겼다.

중국 상인들은 환성을 울렸다.

이겼을 뿐 아니라 임상옥의 자존심을 꺾었으니 이제부터 인삼의 가격은 중국 상인들 멋대로 조종할 수 있을 것이다.

중국 약재상들은 삼삼오오 떼를 지어 전문대가의 큰 거리로 나섰다. 새해를 맞이하여 거리마다 폭죽이 터지고 있었다. 그들은 떼를 지어 동인당의 앞까지 찾아가 보았다.

순간 그들은 경악할 수밖에 없었다. 그들은 자신들의 눈을 의심할 수밖에 없었다.

과연 종전 게시판은 내려지고 새 게시판이 내걸려 있었다. 그러나 게시판에는 다음과 같이 씌어 있었다.

'인삼 1근당 은자 45냥'

인삼의 가격이 40냥에서 25냥으로 내려진 것이 아니라 오히려 40냥에서 45냥으로 5냥이나 뛰어올라 고시된 것이다.

인삼 1근당 40냥이란 공시가도 전에 없던 최고가였다. 그런데 그 최고가가 다시 5냥이 올라 새로운 가격으로 갱신된 것이다.

"꾸웨즈."

누군가 한 사람이 침을 뱉으면서 말을 뱉었다. 꾸웨즈란 귀자(鬼子)를 가리키는 말로 귀신처럼 더러운 사람을 향해 던지는 일종의 욕이었다.

그러자 누군가가 또다시 침을 뱉으며 욕을 하였다.

"토우(偸)."

토우란 도둑을 가리키는, 역시 남의 물건을 훔치는 비열한 도둑을 향해 던지는 쌍욕이었다.

그들은 일제히 침을 뱉고 욕을 한 다음 조선의 인삼 상인 임상옥을 연경의 상계에서 단호히 추방할 것을 결의한 다음 모두 그곳을 떠났다.

그러나 정작 당사자인 임상옥은 태평하였다.

그는 이미 큰스님 석숭이 내려준 '死'의 참언을 통해 이 난국을 헤쳐나갈 비책을 강구하였으므로 결심이 내려진 이상 천하태평이었다.

새로운 최고가의 공시가격을 내붙이고는 전혀 상업에 신경을 쓰지 않았다. 그는 박종일과 자신의 종들에게는 객고를 풀든지 술을 마시든지 신나게 놀라고 돈을 풀어주었다. 그리고 자신은 김정희와 단짝을 이뤄 연경의 전역을 돌아다니기 시작하였다.

2

당시 연경에는 두 사람의 거유(巨儒)가 살고 있었다.

한 사람은 옹방강(翁方綱)이었으며, 또 한 사람은 완원(阮元)이었다. 중국 청조를 대표하는 이 두 사람은 당시 중국의 정신을 이끄는 두 거목이었다.

추사 김정희의 탄생에는 박제가의 북학이 일조하였지만 김정희를 이룬 것은 청나라를 대표하는 옹방강과 완원의 실학사상이었다.

김정희는 옹방강을 통해 경학, 서화, 금석학을 배우고 익혔으며 특히 전(篆), 예(隸), 해(楷), 행(行)의 제체(諸體)에 능통하였던 그에게서 김정희 특유의 추사체란 독특한 필법을 창조해낼 수 있었다.

그에 비하면 완원은 고증학파의 산두(山斗)였던 중국의 대표적인 사상가였다. 그는 경사(經史)에 박통하고 금석 연구에 정심(精深)하던 대학자였다.

추사가 연경에 머물렀던 것은 40일 정도에 지나지 않는다.

그 무렵인 1810년 2월 1일, 완원은 자신의 제자들인 주학년(朱鶴年), 홍점전(洪占銓), 김용(金勇), 이임송(李林松), 유화동(劉華東)과 더불어 떠나는 김정희를 위해 전별연(餞別宴)을 베풀어주었다는 기록을 보면 그가 연경에 머물며 이 거유들과 교유하였던 것은 겨우 한 달 남짓에 지나지 않는다.

그러나 그 짧은 교유에서 김정희는 눈을 뜨고 꽃이 핀 것이다.

매화꽃이 피어 만발하는 데에는 오랜 시일이 필요한 것이 아니다. 따뜻한 봄의 시절과 봄볕의 인연만 맞으면 매화꽃은 어느 한순간에 눈을 뜨고 피어난다. 그런 의미에서 옹방강이 김정희의 입춘(立春)이었다면 완원은 김정희의 양광(陽光)이었던 것이다.

김정희의 재능은 스승 박제가에 의해 연경의 학자들간에 널리 알려져 있었다. 따라서 연경의 학자들은 사신을 수행하여 온 김정희의 존재를 이미 잘 알고 있었던 것이다.

당시 소장파 학자였던 조강(曹江)이 김정희에 대해 말하였다는 사실이 기록에 남아 있다.

'…동쪽나라에 김정희 선생이란 분이 있으니 호는 추사이다. 나이는 이제 24세인데 개연(慨然)히 사방으로 찾아다닐 뜻이 있어서 일찍이 시를 지어 말하기를 "한 생각 일으키니 사해(四海)에 지기(知己)를 맺고 싶구나. 만약 마음에 드는 사람을 찾기만 하면 그를 위해 한번 죽기라도 하련만, 하늘 끝 저쪽에는 명사가 많다 하니 부러움을 술로 주체하지 못하네"라고 하였다. 따라서 그의 기상을 가히 알 수 있다. 세상과 잘 어울리지 못하고 현실에 얽매이지 않으며 시도 잘 짓고 술도 잘 마신다고 한다. 지극히 중국을 그리워하고 동쪽나라에는 사귈 만한 선비가 없다고 스스로 말했다고 했는데 이제

바야흐로 사신을 따라왔으니 장차 천하의 명사들과 사귀어 옛 사람들이 정의(情誼)를 위해 죽던 의리를 본받으려 한다.'

당대의 청년학자 조강이 연경의 학계에 소개하였던 이 문장보다도 한층 김정희를 유명하게 만든 한 가지 일화가 때맞춰 연경에서 일어났다.

해마다 사행을 따라 관상감(觀象監)도 연경을 드나들곤 하였다.

이들이 하는 일은 중국으로부터 시헌력(時憲曆)을 받아가는 일이었다. 예로부터 우리나라에서는 중국의 역법(曆法)을 받아다가 그것으로 표준력을 삼았다. 청나라에서는 가톨릭 교회의 전래와 함께 서양문명이 들어와 아담 샬(중국 이름 탕약망〔湯若望〕)의 시헌력을 채택하여 이를 사용하였으므로 자연 우리나라에서도 이 역법을 사용하였다. 따라서 해마다 관상감에서 파견된 사신이 동지사의 사행을 따라 연경으로 들어와 중국의 흠천감(欽天監)에서 새로운 시헌력을 받아가는 것이 관례였다.

그런데 김정희가 새로 받아온 시헌력을 보다가 중요한 오류를 발견했다. 즉 매월마다 두 번째 드는 절기인 중기(中氣)의 차례가 틀렸음을 발견해낸 것이다.

설마 하던 관상감의 서리가 연경의 흠천감에게 변정(辨正)을 요구하니 중국의 천문학자들이 비로소 실수를 깨닫고 이렇게 탄식하였다고 전해진다.

"도대체 이처럼 천상(天象)과 지리(地理)에 통달한 사람이 어떻게 동쪽나라에 있을 수 있단 말인가."

흠천감의 시헌력을 해동에서 온 청년 김정희가 바로잡았다는 소문이 곧 연경의 학자들간에 번져나가기 시작하였다. 그들은 너나 할 것 없이 김정희를 만나고 싶어하던 차였다.

김정희가 제일 먼저 찾아간 사람은 옹방강이었다.

옹방강은 연경 제일의 거유였을 뿐 아니라 실제로 나이가 가장 많은 어른이자 원로였다.

옹방강은 순천의 대흥인(大興人)으로 자는 정삼(正三)이었고 호는 많이 있었으나 주로 담계(覃溪)를 사용하던 당대 최고의 사상가였다.

그는 당시 연경에 석묵서루(石墨書樓)란 서원을 차리고 전국에서 찾아오는 문도들을 직접 가르치고 있었다.

김정희가 임상옥과 함께 옹방강을 찾아간 것은 새해 다음날이었다. 중국어에 서툴렀던 김정희는 자연 능숙한 통역이 필요하였으므로 임상옥과 동행할 수밖에 없었던 것이다.

김정희가 옹방강을 찾아갔을 때 옹방강은 무슨 일에 열중하고 있었다. 당시 옹방강은 나이 여든이 가까운 78세의 노인이었지만 얼굴은 동안(童顔)이었고 안경도 끼지 않고 있었다.

"무엇을 하고 계십니까."

제자로서의 답례를 올리고 나서 김정희가 옹방강에게 물어 말하였다. 그러자 옹방강이 대답하였다.

"새해를 맞아 신춘 휘호를 하고 있네."

분명히 옹방강은 휘호를 하고 있다고 대답하였지만 그의 손에는 붓이 들려 있지 않았고 종이 역시 보이지 아니하였다.

그는 붓 대신 작은 도구를 세워들고 있었다. 김정희는 그 작은 도구를 유심히 바라보았다. 그것은 작은 칼이었다.

"무엇에 새기고 계십니까."

작은 칼은 있었지만 새기고 있는 대상은 전혀 보이지 않았다. 그래서 김정희는 생각하였다. 그렇다면 옹방강 선생은 아무것도 없는 허공 위에 휘호를 새기고 있단 말인가.

"보고 싶은가."

느닷없이 옹방강은 크게 웃으며 손가락에서 무엇인가 집어내었다. 눈에 겨우 보일까 말까 한 작은 씨앗이었다. 김정희는 그 씨앗이 무슨 씨앗인가를 알 수 있었다. 그것은 참깨였다.

참깨. 씨를 볶아서 기름을 짜거나 양념으로 쓰는 작은 씨앗. 중국 말로는 이를 백유마(白油麻)라고 부른다.

그 씨앗 위에 옹방강은 신춘 휘호를 새기고 있었던 것이다.

"그것은 참깨가 아닙니까."

김정희가 탄식하여 말하였다.

"물론 그렇지. 참깨임에 틀림이 없네."

옹방강이 대답하였다.

"그러면 이 작은 참깨 위에 휘호를 새기셨단 말씀입니까."

"물론이지."

그리고 나서 옹방강이 말하였다.

"보고 싶은가."

"그렇습니다."

김정희가 대답하자 옹방강이 확대경을 내주었다. 김정희는 확대경을 들고 그 씨앗을 유심히 살펴보았다. 그는 소스라쳐 놀랐다. 먼지처럼 작은 참깨 씨앗 위에 분명하게 글자가 새겨져 있었다. 그것도 한 자가 아니었다. 자그마치 넉 자의 글자였다.

天下太平(천하태평)'

이때의 감동을 김정희는 다음과 같이 표현하고 있다.

내가 찾아갔을 때 옹방강 선생께서는 설날 참깨 위에 天下太平 이라는 네 글자를 쓰셨는데 그때 선생의 연세가 일흔여덟이셨다.

글자는 파리 머리만 하였지만 안경도 끼지 않으셨다 하니 매우 놀
랄 만한 일이었다.'

'옛 사람의 글씨를 논함'이란 문장 속에 나와 있는 옹방강 선생과
의 대면은 이렇듯 충격적인 일이었다.

옹방강이 참깨 위에 '天下太平'의 넉 자를 쓴 것은 불교에서 비
롯된 행동이었다. 당대의 거유였으나 불교에 심취하고 있던 옹방강
은《유마경》에 나오는 '수미산이 갓씨 속에 들어 있다'라는 내용을
몸소 실천해 보인 것이다.

세계 중심에 솟아 있다는 수미산이 겨자씨 속에 들어 있다는 이
불법에 대해 유명한 설화가 있다.

당나라의 학자 이발(李勃)은 독서를 즐겨 만 권을 넘어서자 사람
들은 그를 '이만권(李萬卷)'이라 칭하였다. 어느 날 그는 지상(智尙)
스님에게 물었다.

"스님, 유마경에 이르기를 '수미산이 갓씨 속에 들어 있다' 하였
는데 어찌 그 큰 산이 작디작은 갓씨 속에 들 수 있는지요."

그러자 지상 스님이 대답하였다.

"이발아, 사람들은 널 이만권이라 부르지 않더냐. 그러하면 넌 책
만 권을 어찌 그 작은 머리 속에 넣어두고 있는 것이냐."

첫 대면에서 스승 옹방강이 참깨 위에 '天下太平'의 네 글자를
새겨넣는 모습을 본 추사 김정희는 큰 충격을 받았다.

이 충격으로부터 김정희의 추사체란 독특한 필법이 탄생된 것
이다.

그는 한예(漢隸)의 장점을 모아 스스로 길을 터득하여 추사체를
독창적으로 만들어내었는데 훗날 한 사람이 김정희에게 이렇게 물
은 적이 있었다.

"어떻게 선생님 특유의 추사체란 필법을 만들어내셨습니까."

이에 김정희는 다음과 같이 대답한다.

"이는 흉중(胸中)에 만 권의 책을 담고 팔뚝 아래에는 삼백구비(三百九碑)가 들어 있지 않다면 이루어질 수 없었다."

김정희는 스승 옹방강이 갓씨와 같은 참깨 위에 '天下太平' 의 네 글자를 새겨넣는 모습을 보고 당나라의 이발이 만 권의 책을 읽어 '이만권'의 별명으로 불렸던 것처럼 자신도 만 권의 책을 가슴에 담지 않으면 갓씨 속에 수미산이 들어 있다'는 진리의 구경(究境)에 닿을 수 없음을 철저히 깨달았던 것이다.

그의 말대로 가슴에는 만 권의 책을 담고 팔뚝 아래로는 한예자원(漢隸字原)'에 수록된 한나라 비석의 총 수를 가리키는 삼백구비'의 서체를 모두 익히지 않았더라면 추사체는 탄생할 수 없었다고 스스로 고백하였던 것이다.

또한 김정희가 찾아갔을 때 옹방강은 목욕재계하고 의관을 정제한 후 금글씨로 불경을 베끼고 있었다. 설날부터 시작하여 그믐날까지 옹방강은 하루에 한 장씩 불경을 베끼어 이를 가까운 절에 보시(布施)하고 있었다. 옹방강은 마침 《반야심경(般若心經)》을 베끼고 있었다. 한 자 한 자 베낄 때마다 서원에 마련된 불상을 향해 삼배를 올리는 옹방강의 모습에서 김정희는 큰 감명을 받았다.

옹방강이 금글씨로 불경을 베끼어 보시하였다는 법원사는 오늘날에도 북경에 남아 있으며 옹방강이 보시한 불경은 사찰의 보물로 소중히 보관되어 있다.

거유 옹방강도 이미 김정희에 대한 소문을 듣고 있었고 한눈에 범상치 않은 김정희의 모습을 꿰뚫어 보았다.

그는 김정희에게 다음과 같이 말하였다.

"여기 있는 난이 보이느냐."

마침 금글씨로 사경(寫經)을 하고 있던 옹방강 옆에는 난초가 한 그루 자라고 있었다. 춘란이었다.

"보입니다."

김정희가 대답하자 옹방강이 말하였다.

"이 난을 한번 쳐보아라."

김정희에게는 낯익은 춘란이었다. 꽃이 다른 난들보다 일찍 피기 때문에 보춘화(報春花)라고도 불리는데 아직 엄동설한이었으므로 꽃은 피지 않고 있었다. 김정희는 옹방강이 시키는 대로 익숙한 솜씨로 난을 치기 시작하였다.

임상옥은 옆에 앉아 난을 치는 김정희의 모습을 지켜보았다. 그에게는 경이로운 풍경이었다. 김정희가 붓을 들어 한 번 움직일 때마다 흰 백지 위에 난이 무성하게 자라고 있었다. 순식간에 종이 위에는 김정희가 친 춘란이 생생하게 살아 움직이고 있었다.

김정희가 그림을 끝내고 붓을 내려놓자 옹방강이 다가와 그 그림을 보며 말하였다.

"네가 그린 난에서는 어찌 꽃이 피지 아니하였느냐."

김정희가 웃으면서 대답하였다.

"꽃이 피다니요. 아직 꽃이 피기에는 이른 엄동설한입니다."

그러자 옹방강이 말하였다.

"어찌하여 내 눈에는 꽃이 보이는데 네 눈에는 보이지 않는단 말이냐. 네가 난을 그릴 줄만 알았지 난을 보지는 못하였구나. 이제 보니 네가 앞을 못 보는 장님이로구나."

"꽃을 그리겠습니다."

김정희가 다시 붓을 세워들었다.

김정희는 옹방강의 말을 이해할 수 없었다. 분명히 춘란에는 잎만 무성할 뿐 그 어디에도 꽃은 보이지 않았다. 일찍 꽃이 피는 춘란이라 하지만 아직 때가 되지 않아 꽃봉오리조차 맺혀 있지 않았다. 그럼에도 옹방강은 분명히 꽃이 보인다고 말하고 있지 아니한가.

　김정희는 그림 속에 상상의 꽃을 그려넣기 시작하였다. 평소에 춘란을 많이 그렸었던 김정희인지라 망설임이 없었다. 그는 화경(花莖)을 그려넣고 꽃을 그려넣고 꽃받침을 그려넣었다. 임상옥은 거침없이 그려나가는 김정희의 솜씨를 숨죽여 지켜보았다.

　그러자 살아 움직이던 춘란은 갑자기 만개한 꽃으로 황홀하게 피어나고 있었다. 김정희가 그림을 끝내자 옹방강이 다가와 그림을 물끄러미 들여다보며 말하였다.

　"마침내 꽃이 피었군."

　그러면서 옹방강은 김정희가 그린 춘란의 그림을 들어 심호흡을 하면서 냄새를 맡아보며 말하였다.

　"하지만 그대가 그린 춘란의 꽃에는 향기가 없어."

　김정희는 당황한 얼굴로 옹방강을 쳐다보았다.

　"그대는 난을 그릴 줄만 알았지 꽃을 본 적도 없고, 꽃을 그릴 줄만 알았지 꽃의 향기를 맡아본 적이 없군."

　그리고 나서 옹방강은 자신이 금글씨로 사경하던 《반야심경》을 가리키면서 말하였다.

　"내가 지금 불경의 한 자 한 자를 베끼고 있다면 나는 다만 글씨를 베끼는 필경사에 지나지 않는다. 나는 글씨를 베끼는 것이 아니라 그 뜻을 새기고 있다. 마찬가지로 그대가 난을 베끼고 있다면 그대는 다만 그림을 옮기는 화공에 지나지 않는다. 마땅히 난을 그렸으면 꽃이 피어나야 하고 꽃이 피면 향기가 있어야 한다. 향기가 없는 난이야 죽은 난이지 그것을 어찌 살아 있는 난이라고 말할 수 있을 것인가."

이 말을 들은 순간 김정희는 크게 깨우쳤다.

옹방강은 그 당시 철저하게 정도(正道)의 수련을 강조하던 이상가였다. 그는 마땅히 시도(詩道)를 하기 위해서는 소동파를 거슬러 올라가 두보(杜甫)에까지 도달해야 하는 것을 정통으로 삼고 그들의 경지에 이르러야만 마땅히 정도를 이룰 수 있다고 주장하였다.

그리하여 옹방강은 시도의 가치를 문자향(文字香)과 서권기(書卷氣)에 두고 있었던 것이다.

'문자향'과 '서권기'.

이는 옹방강이 추구하였던 최고의 이상이었다.

즉, 아름다운 문장에서 저절로 풍겨나오는 멋스러움과 좋은 내용을 담은 책에서 저절로 풍겨나오는 기운을 궁극으로 보았던 것이다.

옹방강은 시(詩)·서(書)·화(畵) 일치의 문인화풍을 존중하고 있었으며, 따라서 그림의 기법이나 기술보다는 심의(心意)를 존중하는 문인화풍에 절대적인 가치를 두고 있었다.

김정희가 훗날 문인화풍에 철저하게 된 것은 이렇듯 옹방강을 만나 큰 영향을 받은 때문인 것이다.

김정희는 옹방강의 영향을 받아 예서를 쓰듯이 필묵(筆墨)의 아름다움을 주로 하여 고답하고 간결한 필선으로 심의를 노출시키는 문기(文氣) 있는 그림, 즉 문인화를 그리는 데 전생애를 바치게 되는 것이다.

특히 김정희는 난을 잘 쳤었는데 그는 항상 난 치는 것을 예서 쓰는 것에 비겨 말하고 스스로의 마음속에 거짓이 없어야 함을 강조하였다. 또한 무엇보다 위선을 싫어하였으며, 혼자 있다 해도 '열 사람의 눈이 바라보고 열 사람의 손이 가리키는 삼엄함' 이라는 공자의 말씀을 인용하여 이렇게 말하였다.

"난을 치는 데 있어 한 가닥의 줄기, 한 장의 꽃잎이라도 스스로 속이면 얻을 수 없으며, 그림으로 남을 속일 수도 없는 것이다. 따라서 난을 치는 것은 스스로 속이지 않는 마음에서부터 시작하는 것이다."

김정희는 옹방강과의 첫 대면에서 그 진리를 한순간에 깨달은 것이다. 이로써 김정희는 옹방강의 제자가 되었을 뿐 아니라 몇 년 뒤에는 옹방강이 서찰(書札)을 통해서 김정희를 자신의 의발제자로 인정하게 된다.

김정희가 환국하여 돌아온 지 2년 후 옹방강은 편지를 통해 김정희가 자신의 법을 잇는 정법제자임을 알리고 '시암(詩庵)'이란 호를 지은 편액을 직접 보내주었던 것이다.

이로부터 김정희는 특히 난초나 문인화풍의 그림을 그렸을 때에는 스승 옹방강의 뜻을 기리기 위해서 직접 내려준 호를 즐겨 사용하였다.

이렇듯 김정희에게 있어 옹방강과의 만남은 운명적인 것이었다.

옹방강을 만남으로써 김정희는 예술가로서 거듭나게 되었던 것이다.

훗날 박혜백(朴惠百)이란 사람이 김정희에게 어떻게 그렇게 글씨를 배우게 되었습니까, 하고 물은 적이 있었다. 이에 김정희는 다음과 같이 대답하였다.

"…나는 어려서부터 글씨에 뜻을 두었었는데, 스물넷에 연경에 들어가서 여러 이름난 큰 선비를 뵙고 그 서론(緖論)을 들으니 손가락 쓰는 법, 붓 쓰는 법, 먹 쓰는 법으로부터 줄을 나누고 자리를 잡는 것과 과(戈)나 파(波)나 점과 획을 하는 법에 이르기까지 우리 동쪽나라 사람들이 익히던 바와는 사뭇 달랐었다…."

김정희는 스스로 고백하였던 이 말처럼 옹방강을 만난 이후부터 지금까지 익혀왔던 손가락 쓰는 법, 붓 쓰는 법, 먹 쓰는 법까지 모두 버리고 새로 재생(再生)하였던 것이다.

그러나 이는 김정희뿐만 아니었다.

우연히 김정희의 통역으로 따라나선 임상옥도 마찬가지였다. 그에게도 이제까지 한 번도 경험해보지 못했던 신천지의 세계였다.

임상옥은 어려서부터 장사꾼이었던 아버지 임봉핵의 뒤를 좇아서 중국을 드나들던 객상에 불과하였으므로 그들이 나누는 학문과 경학(經學)의 세계는 실로 경이로운 것이었다.

김정희를 통해 큰스님 석숭의 '죽을 사(死)'의 의미를 깨달은 임상옥은 더 이상 연경 상인들의 불매동맹에는 신경을 쓰지 않고 이처럼 매일같이 김정희와 함께 연경의 학자들을 찾아다니는 데만 전념하고 있었던 것이다. 임상옥의 태도에 몸이 단 것은 박종일이었다.

박종일은 틈만 있으면 임상옥을 찾아왔다. 그러나 임상옥의 행방은 항상 오리무중이었다.

연경 상인들의 험악한 분위기를 잘 알고 있던 박종일은 하루하루 침이 마르고 불안하였다. 이러다간 장사꾼으로 파산하는 것은 물론 살아서는 연경을 빠져나가지도 못할 정도로 분위기가 흉흉하였던 것이다.

그래서 간신히 임상옥을 만난 박종일은 따져 물었다.

"도대체 무엇을 하고 계십니까."

어렵게 만났지만 너무나 태연한 임상옥의 태도에 박종일은 어이가 없었다.

"뵈려야 뵐 수가 없습니다. 도대체 얼굴이라도 뵐 수가 있어야지요."

"이렇게 얼굴을 맞대고 있지 않은가. 보다시피 잘 있지 아니한가."

"형님."

박종일이 임상옥의 손을 잡으며 말하였다.

"도대체 어쩌자고 이러시는 것입니까. 이제 연경을 떠날 날짜가 열흘밖에 남지 않았습니다. 열흘이면 떠나야 하는 것을 잘 알고 계시지 않습니까."

"물론이지."

임상옥은 빙그레 웃으면서 대답하였다.

"그런데 지금 연경의 상계에서는 무슨 일이 벌어지고 있는지 아십니까."

"…모르겠네."

"형님께서 새로 써주신 게시판을 내걸자 찾아온 상인들이 침을 뱉으며 욕을 하였습니다. 꾸웨즈라구요."

"귀신은 내가 아니라 그들이 귀신일세."

임상옥이 웃으면서 말하였다.

얼굴에는 아무런 동요도 일지 않았다.

"걱정 말고 그냥 돌아가시게. 가서 신나게 술을 마시고 중국 여인들이나 품고 노시게나."

여색을 좋아하는 박종일의 성격을 잘 알고 있는 임상옥이었으므로 그는 툭툭 박종일의 어깨를 치며 말하였다.

"이제 곧 그들이 침을 뱉었던 바로 그 자리에 무릎을 꿇고 우리들에게 따런(大人)이라고 매달리며 용서를 빌 때가 찾아올 것이니까."

임상옥은 박종일이 충분히 즐길 수 있도록 용돈을 찔러넣어 주면서 말하였다.

"너무 걱정 마시게나. 궁하면 통하고 하늘이 무너져도 솟아날 구멍이 반드시 있는 법이니까."

박종일을 물리친 후 임상옥은 다시 김정희를 따라나섰다. 임상옥은 김정희가 만나는 학자들에게 선물하는 인삼을 전담하고 있었다. 중국의 학자들도 모두 인삼의 소문을 듣고 있었기 때문에 김정희가 갖고 오는 선물은 그들에게 호의를 갖게 하였다.

옹방강 이후 김정희가 만난 최고의 학자는 완원(阮元)이었다. 당시 완원은 47세의 소장학자였지만 최고의 학자이자 정치가, 서예가이자 문학자였다. 그의 호는 운대(雲臺), 자는 백원(伯元)이었다.

그는 조정의 요직에 두루 올랐고 양광총독(兩廣總督)에도 올라 있던 정치가였으나 무엇보다 학자들을 많이 키우고 학술 진흥에 앞장섰던 최고의 사상가였다.

완원은 옹방강과 함께 김정희를 이룬 양대 산맥이다.

김정희는 이 두 스승의 이름에서 한 자씩 따와 '옹완(翁阮)'이라고 이름을 약하여 함께 부르곤 하였다.

먼 훗날 제주도로 귀양을 간 김정희는 두 스승을 생각하면서 그 차이점을 한마디로 표현하여 말하였다.

"옹방강 스승은 이르기를 나는 옛 경전을 좋아한다'고 말하시고, 완원 스승은 이르기를 '남이 말하는 것을 그대로 말하는 것을 좋아하지 않는다'고 하였는데 이 두 분의 말씀이 내 평생을 모두 다 나타내었다. 그런데 어떻게 해서 이렇게 바다 밖의 삿갓 쓴 한 사람이 되어 홀연히 원풍대(元豊代)의 죄인같이 되었는가."

스스로 그린 초상화에 붙인 이 문장은 제주도까지 귀양온 자신의 처지를 송나라 원풍 3년에 억울한 누명을 썼던 시인 소동파로 비유하여 한탄하는 내용을 담고 있는데 이 문장 안에서 볼 수 있듯 '옹방강'과 '완원'은 김정희의 정신세계에 결정적인 영향을 끼친 것이다.

그 정신의 하나는 '옛 경전을 좋아한다'는 옹방강의 훈고정신이고, 다른 하나는 '남이 말하는 것을 그대로 말하는 것을 좋아하지 않는다'는 완원의 독창정신이었다.

'옛 경전을 좋아한다'는 옹방강의 훈고정신은 김정희에게 소동파와 두보에 거슬러 올라가기까지의 정통적인 방법을 익히게 하여 고증학(考證學)에 전념케 하였다.

당시 옹방강은 옛 문헌에서 확실한 증거를 찾아 실증적으로 연구하려는 고증학적 연구방법에 매달려 있었던 것이다.

그러나 '남이 말하는 것을 그대로 말하는 것을 좋아하지 않는다'는 완원은 이러한 정통적인 고증학적 학문 위에 실용적인 실학사상을 덧붙였다.

완원은 청조의 경학을 이어 경세치용(經世治用)을 주창하고 있었다. 완원이 주창하였던 '실사구시(實事求是)'는 김정희의 사상에 절대적인 영향을 끼쳤던 것이다.

실사구시.

사실에 근거하여 진리나 진상을 연구하는 그런 태도야말로 완원이 주창하던, 세상을 다스리고 백성을 구제하는 방법이었다.

옹방강이 고전에 바탕을 둔 이상주의자였다면 완원은 사실에 바탕을 둔 현실주의자였다.

김정희가 완원을 찾아갔을 때 완원은 제자들과 더불어 태화쌍비지관(泰和雙碑之館)이란 서원을 열고 있었다.

그는 중국의 전역에 서원을 열고 있었는데 강동에는 학해당(學海堂)이란 서원을, 절강에는 고경정사(詁經精舍)를 열었다.

그는 그곳에서 학자들과 함께《경적찬고(經籍纂詁)》란 책을 편찬했다.

때마침 왕도인 연경으로 돌아와 있던 완원은 청년 김정희를 반갑게 맞이하였다. 그는 엄걸(嚴杰)을 비롯하여 주학년, 홍점전 등 자신의 제자 수십 명과 함께 있었다. 그는 김정희가 삼배를 올리자마자 이렇게 말하였다.

"이 난이 보이는가."

완원은 서원 한곁에서 자라고 있는 난을 가리키며 말하였다. 그것 역시 옹방강의 서원에서 자라고 있던 난과 똑같은 춘란이었다.

"보입니다."

김정희가 대답하자 완원은 말하였다.

"그대의 붓솜씨가 천하일품이란 소문은 익히 들었으니 한번 이 난을 쳐보도록 하시오."

공교롭게도 옹방강을 찾아갔을 때와 똑같은 일이 벌어진 것이다. 옹방강을 찾아갔을 때도 첫 번째 인사가 춘란을 한번 쳐보라는 주문이 아니었던가.

김정희는 붓을 들어 그 난을 치기 시작하였다. 물론 때는 엄동설한이었으므로 춘란에는 꽃이 피어 있지 않았다. 그러나 이미 옹방강으로부터 마땅히 난을 그렸으면 꽃이 피어나야 하고 꽃이 피어나면 향기가 있어야 한다는 가르침을 받았던 김정희였으므로 김정희는 서슴지 아니하고 꽃을 그려넣기 시작하였다.

그림의 기법이나 기술보다는 심의를 더 존중하는 문인화풍이라면 당연히 꽃과 향기를 그려넣어야 했기 때문이다.

김정희가 그린 춘란은 황홀하리만치 아름다웠다. 옆에서 지켜본 임상옥은 넋을 잃고 바라보았다.

황홀할 정도로 아름다울 뿐 아니라 옹방강이 말하였던 꽃의 향기마저 풍겨나오고 있었다.

김정희가 그림을 끝내자 완원이 다가와 그림을 보고는 이렇게 말하였다.

"그대는 어찌하여 피지도 않은 꽃을 그려넣었단 말인가."

김정희는 당황하였다.

"내 눈에는 정녕 꽃이 피지 아니하였는데 그대의 눈에는 어찌하여 꽃이 보인단 말인가. 있지도 아니한 것을 있다고 속이는 것은 한갓 거짓에 지나지 않는다. 그대는 한마디로 난을 친 것이 아니라 거짓의 난을 속여 보인 것에 지나지 않는다."

극단적인 두 스승의 태도였다. 그러나 이 극단적인 두 스승의 태도가 결국 추사 김정희를 이룬 사상의 원천이었던 것이다.

옹방강은 심의의 꽃을 강조함으로써 김정희의 예술을 완성시켰다.

그러나 완원은 실제의 꽃을 강조함으로써 김정희의 사상을 완성시킨 것이었다.

첫 대면한 김정희를 꾸짖고 나서 완원은 붓을 들어 종이 위에 문장 하나를 써내렸다.

實事求是(실사구시)'

그 문장이야말로 완원의 핵심사상이었으며 또한 김정희 사상의 골수였다.

이렇듯 김정희는 두 스승으로부터 극단적인 영향을 받았다.

옹방강으로부터는 '문자향 서권기(文字香 書卷氣)', 즉 아름다운 문장에서 저절로 풍겨나오는 멋스러움과 좋은 내용을 담은 책에서 저절로 풍겨나오는 기운을 궁극으로 보고 그림의 기법이나 기술보다는 심의를 존중하는 시도(詩道)를 전수받았으며, 완원으로부터는 '실사구시', 즉 공허한 이론을 숭상하거나 있지도 않은 학풍에 매달리기보다는 '실제로 있는 일에서 올바른 이치를 찾아 이를 실행에 옮기는 비판정신'을 전수받았던 것이다.

김정희의 추사체가 완성된 것은 말년에 제주도에 귀양을 가서 9년간 머무르고 있을 때였는데 그는 스스로 초상화를 그린 후 그 초상화 옆에 다음과 같은 글을 자제(自題)하였다.

'진짜의 나도 역시 나고, 가짜의 나도 역시 나다. 진짜의 나도 역시 옳고 가짜의 나도 역시 옳다. 진짜와 가짜 사이에서 어느 것이 나라고 할 수 없구나. 제석궁(帝釋宮) 구슬들이 켜켜로 쌓였거늘 누가 능히 그 구슬들 속에서 참모습을 가려 집어낼 수 있을 것인가. 핫하하(是我亦我 非我亦我 是我亦可 悲我亦可 是非之間 無以爲我 帝珠重重 誰能執相於大摩尼中 呵呵呵).'

김정희는 있지도 않은 심의의 꽃과 실제로 존재하는 실제의 꽃 사이에서 진짜의 꽃을 찾아 마침내 자신만의 독창적인 추사체를 완성할 수 있었다.

이로써 김정희는 옹방강의 정법제자가 되었을 뿐 아니라 완원의 수제자가 되었던 것이다. 게다가 완원은 김정희에게 다음과 같은 미칭(美稱)을 붙여주었다.

해동제일통유(海東第一通儒)'

해동, 즉 조선 제일의 통유라는 미칭이었다. 예로부터 통유(通儒)란 말은 세상 일에 두루 통하고 실행력이 있는 유학자를 가리키는 단어였다.

김정희는 스승 완원이 붙여준 이 미칭을 조금도 사양하지 않고 스스로 즐겨 쓸 만큼 자부심을 갖고 있었다.

'해동제일통유'란 미칭으로 인가를 받은 김정희는 스승 완원의 고마움에 보답하기 위해 돌아온 이후 자신의 호를 완당(阮堂)으로 새로 지었다.

그리하여 스승 완원(阮元)의 이름 첫 자에서 '완(阮)'을 빌려다가 그 뒤에 '집 당(堂)' 자를 붙임으로써 자신이 완원의 사상을 잇는 법제자임을 스스로 드러내 보였다.

옹방강으로부터 받은 '시암(詩庵)'이라는 호와 완원을 기리기 위해서 스스로 지은 완당이란 호를 사용함으로써 김정희는 두 스승의 큰 은덕을 절대 잊지 않았다.

어쨌든 이로써 김정희는 불과 한 달 남짓의 연경 체류를 통해 신학문의 세계에 눈을 떴을 뿐 아니라 대사상가와 대예술가로서의 면모를 갖추게 되었던 것이다.

그러면 김정희가 신학문에 눈을 뜨는 동안 임상옥은 어떻게 상인으로서 살아남을 수 있었던가.

큰스님 석숭이 남겨준 참언 '죽을 사(死)'의 비의를 통해 우리나라 역사상 최초로 벌어졌던 연경 상인들의 불매동맹을 어떻게 물리칠 수 있었던 것일까.

물리쳤을 뿐 아니라 이를 통해 당대 최고의 무역왕으로 기사회생하여 위기를 기회로 만들었던 임상옥의 상도는 과연 무엇이었던가.

완원이 김정희를 위해 전별연을 열어준 그 다음날인 2월 2일은 임상옥과 연경 상인들간에 생사가 걸린 건곤일척의 상전을 벌인 결전의 날이었다.

3

그날 아침, 임상옥은 날이 밝자마자 박종일을 비롯한 자신의 종들에게 귀국할 채비를 갖추라고 명령을 하였다. 하인들은 말에 안장을 놓는다, 짐보따리를 꾸린다 하면서 바쁘게 움직이고 있었다.

다음날인 2월 3일은 김노경을 주청사로 하는 사신 일행이 환국을 하기 위해서 연경을 출발하는 날이었기 때문이다.

연경의 상인들은 비록 그 모습을 드러내지는 않았지만 사람들을 풀어놓고 임상옥의 행동을 일일이 염탐하고 있었다.

내일이면 임상옥을 비롯한 사신들이 연경을 떠난다는 정보도 이미 입수하고 있었다.

5천 근이나 되는 인삼바리는 어떻게 할 것인가. 가져온 그대로 수레에 싣고서 그냥 갖고 돌아가려는 것일까. 임상옥의 인삼은 이 연경에서 팔지 못하면 다른 곳에서는 팔 데가 없을 것이다.

연경 상인들이 그것을 모를 리가 없는 것이다. 그들은 염탐꾼을 풀어놓고 임상옥의 일거수일투족을 감시하고 있었다. 귀국할 모든 채비가 끝나자 박종일이 눈치를 살피면서 임상옥에게 물어 말하였다.

"형님, 어떻게 하시겠습니까."

"뭘 말인가."

분명히 박종일의 속마음을 알고 있으면서도 임상옥이 짐짓 딴청을 부리면서 말하였다.

"인삼 말입니다. 저희들이 가져온 5천 근이나 되는 인삼 말입니다."

"아, 그렇지."

그제야 생각난 듯 임상옥이 무릎을 치면서 말하였다.

"인삼이 그대로 남아 있었지. 그걸 깜박 잊고 있었군."

박종일은 임상옥이 제정신이 붙어 있는가 눈치를 살피면서 물었다.

"어떻게 할까요. 인삼바리를 도로 수레에 싣도록 할까요."

"가져온 인삼을 도로 가져갈 수는 없지."

"그럼 어떻게 할까요."

"가져온 인삼이니까 일단 연경에 두고 가야지."

박종일은 어이가 없어 말하였다.

"두고 가다니요. 단 한 사람도 찾아와 사려는 사람이 없는데요."

"여봐라."

박종일의 대답에는 아랑곳하지 않고 임상옥이 말하였다.

"인삼을 모두 마당에 쌓아놓도록 하라."

박종일이 묵고 있던 회동관 뜨락에 5천 근이나 되는 인삼이 가지런히 포개어 쌓여졌다. 그러자 임상옥이 다시 명령하였다.

"장작더미를 마당 한곁에 쌓아놓도록 하여라."

"장작더미라니요."

"시키면 시키는 대로 하지 뭘 따져 묻고 있는가."

임상옥의 얼굴에 노기가 서렸다. 웬만한 일에는 표정 하나 바뀌지 않던 임상옥의 얼굴이 아니었던가. 임상옥의 명령대로 마당 한곁에 장작더미가 쌓여졌다.

"어떻게 할까요."

장작더미가 쌓이자 다른 하인이 임상옥에게 물어 말하였다. 그러자 임상옥이 대답하였다.

"장작더미에 불을 붙여라."

박종일은 임상옥이 무엇을 하려는 것인가를 알 수 있었다. 임상옥의 눈치를 살폈지만 워낙 단호한 결단의 얼굴이라 뭐라고 말을 붙이거나 참견할 수 없었다. 그는 묵묵히 임상옥이 하는 대로 지켜볼 수밖에 없었다.

하인은 임상옥이 시키는 대로 장작더미에 불을 붙였다. 바짝 마른 장작이라 불이 붙자마자 무서운 기세로 타올랐다. 연경 제일의 여인숙 앞마당에 대낮에 장작을 태우는 연기가 피어오르고 화광이 충천하자 사람들이 구름처럼 모여들었다. 때아닌 불놀이가 벌어진 셈이다. 장작더미가 불이 붙어 맹렬하게 타오르자 다시 하인이 임상옥에게 물어 말하였다.

"장작더미에 불이 붙었습니다. 이제 어떻게 하면 좋겠습니까."

그러자 임상옥이 단숨에 말하였다.

"인삼을 불 속에 집어넣게."

"뭐라구요."

하인은 행여 자신이 잘못 들었는가 다시 물어 말하였다.

"인삼을 어떻게 하라굽쇼."

"인삼을 불 속에 집어던져 태워버리라니까."

하인은 멈칫했다. 그때 묵묵히 침묵을 지키고 있던 박종일이 소리쳐 말하였다.

"귀가 먹었는가. 시키면 시키는 대로 할 것이지. 무슨 말이 그리 많은가. 인삼을 불 속에 넣어 태워버리라 하시잖는가."

박종일이 먼저 나가 인삼 한 덩어리를 불 속에 집어넣었다. 무섭게 타오르던 화염이 던져진 인삼을 핥기 시작하였다. 곧 불이 붙어 인삼의 독특한 향이 매캐한 연기에 섞여 번져나갔다. 이왕 내친김이었다. 하인들도 이젠 어쩌는 수 없이 인삼덩어리를 불 속에 집어던지기 시작하였다. 때아닌 불놀이를 구경하던 사람들은 순간 경악하였다.

조선의 상인들이 불 속에 집어던지는 것이 다름 아닌 인삼이라는 사실을 깨달은 순간 어안이 벙벙하였다. 그 구경꾼 중에는 연경 상인들의 염탐꾼들이 모두 모여 있었다.

그들은 임상옥이 회동관 앞마당에 불을 지르고 그 불 속에 인삼 꾸러미를 집어던져 태우기 시작하자 혼비백산하였다. 그 즉시 달려가 자신들의 주인인 약재상들에게 이를 낱낱이 고하였다.

"조선의 상인이 불을 지르고 인삼을 모두 태우고 있습니다."

염탐꾼들의 전갈을 받은 상인들은 모두 단숨에 뛰어왔다. 그들은 실제로 임상옥이 인삼을 태우고 있는가를 살펴보았다. 연경을 드나드는 인삼 상인들은 예로부터 가짜 인삼, 즉 도라지를 따로 준비해서 갖고 다니는 것이 보통이었다. 여행 도중에 도적을 만나면 인삼이라 하고 도라지를 대신 빼앗기기 위해서 그런 꾀를 쓰고 있었던 것이다. 약재상들은 임상옥이 인삼을 태우는 척하고 실은 도라지를 태우는 것이 아닐까 유심히 살펴보았다.

그러나 아니었다.

불 속에 던져지는 것은 분명히 인삼이었다. 인삼 중에서도 수년 간 볼 수 없었던 정품(精品)의 홍삼이었다. 인삼에는 사포닌이라고 하는 독특한 주성분이 있다. 이를 중국의 약재상들은 배당체(配糖體)라고 부르고 있었다. 인삼을 먹었을 때 약간 쏩쓰레한 이 향기야말로 인삼만이 가진 독특한 맛이자 약리작용을 하는 주성분임을 약재상들은 오랜 경험을 통해 잘 알고 있었다.

따라서 인삼을 태우면 사포닌 성분이 불과 작용하여 연소할 때 인삼만이 갖고 있는 독특한 냄새를 풍기는 것이다. 약재상들은 본능적으로 솟아오르는 연기 냄새를 통해 인삼이 타오르고 있음을 자신의 눈으로 직접 확인할 수 있었다.

그러자 연경의 약재상들은 상상을 초월한 임상옥의 광기에 우선 기가 질렸다. 그들은 알고 있었다.

임상옥이 태우는 것이 인삼이 아니라 실은 자신의 몸(焚身)임을.

연경 상인들은 잘 알고 있었다.

상인들은 무엇보다 인삼을 자신의 생명처럼 알고 있음을.

그러므로 인삼을 태운다는 것은 자신의 몸을 태워 소신공양을 하는 것과 마찬가지인 것이다.

소신공양(燒身供養).

불길에 자기의 몸을 스스로 태워 죽음으로써 부처에게 공양하는 행동을 일컫는다. 임상옥이 자신의 생명이나 다름없는 인삼을 스스로 태워버리는 것은 자신의 몸에 불을 지르는 분신과 마찬가지인 것이다.

조선의 무역상들에게만 인삼이 생명이 아니라 그것을 사는 연경의 약재상들에게도 인삼은 생명이었으며 신령한 신비의 약초였던 것이다. 중국의 상인들은 인삼을 활인초(活人草)라 부르고 있었다. 사람의 목숨을 살리는 풀을 어찌 태워 한 줌의 연기로 만들 수 있을 것인가.

천하의 명약인 인삼을 불 속에 태워버리는 임상옥의 태도에 연경의 약재상들은 한순간 분노를 느끼기 시작하였다.

"이럴 수가 있는가. 감히 인삼을 태워버리다니. 사람을 살리는 신비의 약을 태워 한 줌의 잿더미로 만들어버리다니."

그러나 연경 상인들의 분노는 곧 절박한 현실감으로 바뀌어갔다. 자신의 생명과도 다름없는 인삼을 불태우는 임상옥의 광기를 지켜볼 수만은 없는 일이었기 때문이다.

만약 자신들이 지켜보는 바로 앞에서 이 엄청난 양의 인삼이 모두 불태워져 한 줌의 재로 사라진다면 앞으로 수년간 연경에서는 인삼을 눈을 뜨고 보려야 볼 수 없게 되는 것이 분명한 일이었기 때문이다.

다급해진 것은 오히려 연경 상인들이었다. 인삼이 불태워져 모두 사라져버린다면 임상옥뿐 아니라 그들 자신도 망할 수밖에 없었다.

당시 중국에선 의학이 발달하여 수많은 명의들이 배출되었다. 갈가구(葛可久), 이동원(李東垣), 모단계(牟丹溪) 이렇게 세 의원이 특히 유명하여 사람들은 이 세 사람을 신의(神醫)라고 하였다.

세 사람의 명의는 모든 병의 근원을 허로토혈(虛勞吐血) 네 증상으로 보았으며, 기가 허하고 피로하고 토하여 피가 부족한 것을 보함으로써 병을 물리칠 수 있다고 하여 양음설(陽陰說)을 주장하고 있었다. 이 세 신의들은 허로토혈을 치료하는 데에는 오직 인삼이 특효라고 신처방을 내린 것이다. 이로부터 '조선의 인삼이 가미되지 않은 중약은 약도 아니다' 라는 정설이 일반화되기 시작하였다.

따라서 인삼이 없다면 모든 백약이 무효하게 될 것이며 모든 약재상들과 중약점들은 문을 닫고 폐업할 수밖에 없었던 것이다.

중국 상인들은 불매동맹을 맺음으로써 임상옥을 골탕먹일 것만 생각하였지 자신들도 먹이사슬에 의해 임상옥과 공동운명체라는 사실에 대해서는 깜박 잊고 있었던 것이다.

순간 너나 할 것 없이 앞서 나서기 시작하였다.

"임 대인, 도대체 왜 이러시는 거요."

"어쩌자고 이러는 거요."

"임 대인, 어서 불을 끄도록 하시오. 불을 끄라 이르시오."

그러나 임상옥은 마이동풍이었다. 그는 소리쳐 하인들에게 명령하였다.

"무엇들을 하고 있느냐. 불기운이 꺼져가고 있지 않느냐. 장작더미를 더 던져넣도록 하여라."

하인들은 타오르는 불 속에 장작을 집어넣었다. 그러자 다시 무서운 기세로 화염이 타오르기 시작하였다. 임상옥은 다시 소리쳐 명령하였다.

"인삼을 더 많이 불 속에 집어던져 넣어라."

자신들의 눈앞에서 5천 근이나 되는 인삼의 반 정도가 이미 잿더미로 변하는 모습을 본 순간 중국 상인들이 앞장서 나서기 시작하였다.

"불을 끄시오. 불을 끄도록 하시오."

그 현장에 왕조시가 나와 있어 중국 상인들이 다투어 왕조시에게 말하였으나 왕조시는 묵묵부답이었다. 하는 수 없이 그들은 실제 주인인 임상옥에게 매달릴 수밖에 없었다.

"임 대인, 불을 끄도록 하십시다."

"불을 꺼 무엇을 하려고 그리들 하시오. 당신들 모두 내 인삼이 필요치 않다고 불매동맹을 맺지 않았소이까. 필요치 않은 인삼이야 남겨두어 무엇을 하겠소이까. 그대로 가져간들 소용도 없거니와, 남겨둔들 버림받아 쓸 일도 없으니 자연 태울 수밖에."

"아이구, 임 대인. 우리가 졌습니다. 불을 끕시다. 일단 불을 끄고 나서 말을 하도록 합시다."

전해오는 말에 의하면 불을 끈 사람은 임상옥이 아니라 박종일이었다고 한다. 임상옥은 그 즉시 현장에서 떠나 자취를 감춰버리고 현장에 남은 두 사람 왕조시와 박종일이 새로운 상담을 벌였다고 한다.

당시 중국 상인들의 금과옥조는 '6자 비결'과 '4자 비결'이었다. 일찍이 중국 상인 중에 전설적인 인물 하심은(何心隱)이란 사람이 있었다. 이 사람에게 어떤 상인이 찾아가 돈을 버는 비결을 물었다. 그때 하심은은 첫 번째로 '6자 비결'을 써주었는데 그 내용은 다음과 같다.

"한 푼에 사서 한 푼에 팔아라(買一分 賣一分)."

다시 상인이 하심은에게 물어 말하였다.

"돈을 버는 방법이 더 있습니까."

그러자 하심은은 다시 비결을 써주었는데 이번에는 4자였다. 그래서 이를 '4자 비결'이라 부르고 있는데 그 내용은 다음과 같다.

"한꺼번에 사서 낱개로 팔아라(頓買零賣)."

두 가지의 비결을 전해들은 그 상인이 다시 하심은에게 청하여 물었다.

"돈을 버는 세 번째의 방법은 무엇입니까."

이에 하심은이 단숨에 말하였다.

"열 자면 충분하다. 그 이상은 없다."

하심은의 '6자 비결'과 '4자 비결'은 중국 상인들의 금과옥조였다.

'한 푼에 사서 한 푼에 팔아라'라는 6자 비결의 뜻은 '사는 즉시 팔아야 한다'는 의미를 담고 있으며, '한꺼번에 사서 낱개로 팔아야 한다'라는 4자 비결의 뜻은 염가로 대량 구입하여 이윤을 붙여 낱개로 팔라는 의미를 담고 있었던 것이다.

'사는 즉시 팔아야 한다'라는 중국 상인들의 상업 철학의 의미는 흥정은 치밀하지 않더라도 매매는 단숨에 이루어지는 특성을 갖고 있었다.

이들은 즉시 왕조시와 박종일과 더불어 새로운 상담을 벌이기 시작하였다. 어제까지의 자존심은 아랑곳없는 중국 상인 특유의 노회 (老獪)함 때문이었다.

중국 상인들에게 있어 자존심은 별로 중요하지 않다. 이들에게 있어 이익은 최고의 선인 것이다. 일찍이 임어당(林語堂)은 중국인 의 성격 중 나쁘면서도 뚜렷한 세 가지 특징을 '참을성', '무관심', 그리고 '노회함'으로 구분하여 설명한 일이 있었다.

중국의 상인들은 노회의 극치였었다. 이들은 '큰 일은 작은 일로 환원할 수 있고 작은 일은 없던 것으로 환원할 수 있다'는 상인들의 처세술을 철저히 신봉하고 있었다. 따라서 어제까지의 자존심 싸움 과 같은 큰 일〔大事〕은 이익을 위해 작은 일〔小事〕로 바꿔 생각할 수 있으며 오늘의 굴욕이나 수치 같은 작은 일〔小事〕은 아예 없는 일〔無 事〕로 생각할 수 있을 만큼 후안무치(厚顔無恥)하였던 것이다.

결국 임상옥은 2월 2일, 단 하루 만에 불에 태우다 남긴 인삼 모 두를 단숨에 팔아치울 수 있었다.

불에 태운 인삼으로 손해본 가격을 모두 중국 상인들이 떠맡기로 한 파격적인 금액이었다. 임상옥은 새로 내걸었던 공시가격 45냥에 서 단 한 푼도 깎아주지 않고 원하는 가격대로 단 하루 만에 인삼을 모두 팔아치울 수 있었다. 그러니까 불에 태운 인삼을 감안하면 중 국 상인들은 인삼 한 근에 90냥이라는 천문학적 금액으로 인삼을 사들일 수밖에 없었던 것이다.

이는 종전 가격의 네다섯 배에 달하는 금액이었다.

단 한 번의 상전을 통해 막대한 재화를 벌었을 뿐만 아니라 우리 나라 역사상 처음이자 마지막으로 있었던 연경 상인들의 불매동맹 을 기묘한 방법으로 물리친 임상옥의 상업철학에 더 큰 의의가 있 다고 할 수 있을 것이다.

임상옥은 큰스님 석숭의 참언대로 죽음〔死〕으로써 보다 큰 생명〔生〕을 얻었다. 이는 비단 상업에만 국한되지 않는다.

모든 정치, 종교, 예술, 인간사회의 일들은 자기 자신을 버리고 자아 포기의 죽음이란 무(無)를 반드시 통해야만 생명의 기쁨인 존재의 유(有)를 비로소 깨닫게 되는 것이다.

이것이야말로 진리인 것이다.

추사 김정희를 통해 이순신의 '반드시 죽으려 하면 살 것이요, 반드시 살려 하면 죽을 것이다' 란 문장을 접하게 되고 그 문장에서 큰스님이 내려준 죽을 사(死) 자의 비의를 깨닫게 된 임상옥은 이로써 일생일대에 맞닥뜨린 첫 번째 위기를 통쾌하게 물리치게 된다.

물리쳤을 뿐 아니라 그 위기를 조선 최대의 무역왕으로 발돋움할 수 있는 절호의 기회로 역전시킬 수 있었다.

기회는 이처럼 위기 속에 있는 법이니 이로부터 임상옥은 조선의 상계뿐 아니라 연경의 상계까지 제 손바닥 안에 넣고 마음대로 주무를 수 있을 만큼 장악하게 되는 것이다.

4

1810년 경오년 2월 3일.

김노경을 주청사로 하는 사신 일행은 연경을 출발하여 귀국길에 올랐다. 인삼 5천 근을 연경까지 싣고 갔던 빈 수레는 대신 김정희의 물건들로 가득 차 있었다.

옹방강이 김정희를 위해 법원사에서 선물로 준 불경 4백 권과 불상도 실려 있었으며 완원이 떠나는 제자 김정희를 위해 주었던《황청경해》의 미완성 초본도 수레에 실려 있었다.

옹방강의 문도인 섭지선(葉志詵)을 통해 수백 점의 화적(畫蹟)도 얻을 수 있었을 뿐 아니라, 옹방강으로부터 《한예자원》에 수록된 한비(漢碑)들의 탁본들도 수백 장 얻을 수 있었다.

김정희가 돌아온 즉시 함흥 황초령(黃草嶺)에 있는 신라의 진흥왕 순수비(巡狩碑)를 고석(考釋)하고, 또한 북한산 비봉에 있는 석비가 조선 건국시 무학대사가 세운 것이 아니라 진흥왕의 순수비이며, '진흥' 이란 칭호도 왕이 살아생전에 사용했음을 밝혀내었던 것은 이렇듯 스승들로부터 고증학에 입각한 금석학(金石學)에 새로운 눈을 떴기 때문이었다.

우리나라가 낳은 최고의 사상가이자 예술가인 김정희가 연경에서 새로운 학문에 눈을 떴다면, 우리나라가 낳은 최고의 무역왕이자 상인이었던 임상옥도 공교롭게도 같은 날 같은 곳에서 중국 상인들의 불매동맹을 분쇄하고 거상으로 입신할 수 있는 전기를 맞이하게 되는 것이다.

연경을 떠난 사신 일행은 일주일 만에 산해관에 도착하였다. 군사적으로 중요한 지점으로 만리장성의 기점이 되고 있는 산해관은 중국의 관문이었다. 산해관을 들어서면 비로소 중국 안에 들어선 것이며, 산해관을 나서면 비로소 중국을 떠나는 것이었다.

'천하제일관(天下第一關)'

하늘 아래 제일의 관문이란 뜻을 지닌 이 현판이 있는 산해관은 상업을 위해 연경을 드나들 때마다 임상옥의 마음을 다잡는 추억의 장소이기도 하였다.

산해관에서 하루를 머무를 때면 임상옥은 으레 술병을 들고 홀로 산해관의 문루가 잘 보이는 곳에 앉아서 술을 마시며 옛 일을 생각하곤 하였다.

"천하제일상(天下第一商), 너는 반드시 하늘 아래 제일의 관문'이란 저 현판처럼 하늘 아래 제일의 상인'이 되어야 한다."

산해관 문루에 내걸린 현판을 가리키며 말하였던 아비의 말은 그대로 유언이 되었다. 그 말을 남기고 연경에서 돌아온 그해 아비 임봉핵은 술에 취해 강물에 빠져 익사해 죽지 않았던가.

임상옥은 술병을 들고 달빛 아래 위용을 뽐내고 있는 산해관의 문루가 보이는 곳에 앉아서 중얼거려 말하였다.

"아버지와의 약속을 지키게 되었나이다. 제가 드디어 하늘 아래 제일의 상인'이 되었나이다."

임상옥의 눈에서 눈물이 굴러떨어졌다.

마침내 아비의 유언대로 천하제일의 상인이 된 것이다. 연경 상인들의 불매동맹을 교묘히 분쇄하고 단숨에 일확천금(一攫千金)한 것이다.

임상옥은 주위에 술병을 기울여 술을 뿌리면서 죽은 아비의 넋을 달래었다.

그때였다.

문득 임상옥의 귓가에 우렁찬 목소리가 들려왔다.

"여기서 뭘 하고 있는가."

임상옥은 그 소리난 곳을 돌아보았다. 그러나 그곳엔 아무도 없었다. 순간 임상옥은 오래전 객상으로 함께 연경에 왔었던 이희저의 모습을 떠올렸다.

10여 년 전, 임상옥과 함께 연경으로 떠났던 이희저. 임상옥을 유곽으로 함께 데리고 간 이희저. 결국 장미령과의 운명적 만남을 이끌었던 자가 바로 이희저가 아니었던가.

이희저는 지금 무엇을 하고 있을까.

임상옥은 이희저가 광산을 경영하며 큰돈을 모아 자신과 쌍벽을 이룰 만큼 거부가 되었다는 소문은 익히 들어 알고 있었다. 직접 만난 적은 없지만 이따금 사람을 보내어 안부를 전하는 우정은 계속되고 있었다.

그것이 벌써 10여 년 전의 일.

산해관의 문루 앞에서 이 생각 저 생각을 하고 있는 임상옥에게 누군가 어둠 속에서 나타나며 말하였다.

"여기서 무엇을 하고 계십니까."

임상옥은 소리난 곳을 쳐다보았다.

그곳에는 청년 김정희가 홀로 서 있었다. 날이 밝으면 이제 산해관을 넘어 저 광활한 만주의 대륙으로 떠난다는 감회로 잠 못 이뤄 뒤척이다가 바깥바람을 쐬기 위해 나온 모양이었다.

임상옥은 느닷없이 나타난 김정희가 무척 반가웠다.

"마침 잘되었습니다. 출출하던 차에 술병을 가져왔는데 한잔 하시겠습니까, 생원어른."

김정희는 술을 좋아하는 호주가였다. 이 점은 임상옥도 마찬가지였다. 두 사람은 산해관의 문루 옆에서 임상옥이 갖고 나온 술병을 기울이며 대작하기 시작하였다.

술 한 병을 단숨에 비워버린 두 사람은 금세 취기가 솟아올랐다. 그러자 갑자기 김정희가 정색을 한 얼굴로 임상옥을 쳐다보며 말하였다.

"한 달 전 저 산해관을 들어올 때만 해도 저는 큰 바다를 몰랐습니다. 저는 우물 안의 개구리였던 것입니다."

김정희는 웃으면서 말하였다.

"옛말에 이르기를 '우물 안 개구리는 대해가 있음을 모른다(井中之蛙 不知大海)'라고 하였습니다. 한 달 전의 저는 옛말처럼 큰 바다가 있는 줄 모르던 우물 안의 개구리였습니다. 그런데 한 달 남짓 연경에 머무르고 있는 동안 저는 마침내 큰 바다를 보았습니다. 그런데 내일 아침이면 중국을 떠나 또다시 개구리로 돌아갑니다. 그러나 이제 저는 예전의 우물 안 개구리는 아닐 것입니다. 이는 옛 선사들의 선화(禪話)와도 같습니다. 한 사람이 다음과 같이 말하였습니다. '산은 산이요, 물은 물이다.' 그러나 한번 깨치고 보니 '산은 산이 아니요, 물은 물이 아니었습니다.' 그러나 확철대오한 끝에 그는 다음과 같이 말하였습니다. '산은 산이요, 물은 물이다.' 그러나 이때의 경지는 예전과 다릅니다. 이때의 산은 산이지만 예전의 산이 아니고 이때의 물은 물이지만 예전의 물이 아닌 것입니다. 저도 마찬가지입니다. 내일 아침이면 중국을 떠나 내 나라로 돌아갑니다. 그러나 이제 저는 예전의 '우물 안의 개구리'는 아닙니다. 이제 저는 '큰 바다 속의 개구리'인 것입니다."

그리고 나서 김정희는 다시 말을 이었다.

"담계 노인께서 떠나는 제게 화도사비첩(化度寺碑帖)의 탁본을 주셨습니다. 아마도 연경에서 받아 가져가는 선물 중에 가장 귀한 선물의 하나일 것입니다."

'화도사비첩'은 당나라 초기인 정관(貞觀) 5년(631년)에 옹선사(邕禪師)의 사리탑을 세울 때 당시 74세의 구양순(歐陽詢)이 쓴 글씨로 새긴 비첩이었다.

구양순.

태어나기를 키가 작고 얼굴이 못생겨서 남의 업신여김을 받는 등 어릴 때부터 불행한 환경을 참고 견디며 자랐지만 수양제(隋煬帝)

밑에서 태상박사(太常博士)까지 올랐던 서예의 대가로 특히 해서
(楷書)의 달인이었다.

옹방강은 개인적으로 구양순의 숭배자였으며 그가 남긴 화도사
비의 숭배자였다. 특히 해서야말로 모든 문인화의 기본으로 보았으
며 따라서 구양순의 서체는 '해법(楷法)의 극칙'이라고까지 칭송하
였다.

그리하여 떠나는 제자 김정희를 위해서 스스로 각출(刻出)하여 만
든 구양순의 화도사비첩의 탁본을 특별히 선물로 주면서 말하였다.

"나는 너의 스승이 아니다. 나는 다만 너보다 앞서온 선인(先人)
에 지나지 않는다. 너의 참 스승은 바로 이것 하나뿐인 것이다. 이
것을 너의 스승으로 삼아라. 옛말에 이르기를 부처를 만나면 부처
를 죽이라고 하였다. 너는 이것을 너의 스승으로 삼아서 마침내 스
승을 죽여 네 자신만의 해탈의 극칙을 이루리라."

김정희는 스승 옹방강 노인과의 약속을 지켰다. 그는 화도사비첩
을 통해 자기만의 독특한 서체를 완성할 수 있었다.

술취한 김정희는 갑자기 몸을 일으켜 일어섰다. 그는 산해관의
문루를 우러러보면서 말하였다.

"천하제일관, 산해관의 문루에 새겨진 현판을 바라보면서 저는
두 스승의 말을 떠올렸습니다. 완원 스승께서는 떠나는 제게 '해동
제일통유'란 명칭을 친히 붙여주셨습니다."

김정희는 손을 들어 현판에 쓴 글씨를 가리키며 말하였다.

"스승께서 친히 지어준 미칭이라 사양하지는 않겠지만 문득 산
해관의 문루 위에 쓴 저 현판을 바라보니 가슴속에서 솟구쳐 오르
는 열정을 억누르기가 벅차나이다, 대인어른."

김정희는 임상옥을 바라보면서 껄껄 소리내어 웃으면서 말하였다.

"이왕이면 '해동제일의 통유'가 될 것이 아니라 '하늘 아래 제일의 통유'가 되는 것이 어떨까 하는 열정이 샘솟아 오르나이다. 옹방강 노인의 말씀처럼 저 문루 위에 내걸려 있는 현판을 뜯어내리고 그 자리에 구양순의 서체가 아닌 나 자신만의 서체로 현판을 내걸고 싶은 열정 또한 샘솟아 오르나이다."

〈2권에 계속〉